LA CIUDAD DE LAS MUJERES DESAPARECIDAS

MEGAN MIRANDA

LA CIUDAD DE LAS MUJERES DESAPARECIDAS

Traducción de
Laura Fernández

Círculo de Lectores

Para mis padres

I

DE NUEVO EN CASA

El hombre [...] no puede aprender a olvidar, se refugia en el pasado: por más que corra y por más rápido que lo haga, esa cadena se desplaza con él.

FRIEDRICH NIETZSCHE

Empezó con una llamada de teléfono. Una simple llamada de teléfono. Un zumbido en la mesita de noche de Everett, una pantalla que brillaba más de la cuenta en aquella oscura habitación. A Everett le gustaba la oscuridad total para dormir. Corría las cortinas, pese a que los cristales ya eran oscuros. Interponía entre él y el mundo una doble línea de defensa. Cuando vi el nombre que parpadeaba en la pantalla, silencié el teléfono y lo puse bocabajo junto al despertador.

Pero ya no pude dormir. No había razón para que mi hermano me llamara a aquellas horas, tan temprano, un domingo por la mañana. No dejaba de darle vueltas a qué podría haber pasado: mi padre, el pequeñín, Laura.

Salí de la cama, me abrí camino en la oscuridad, tanteando aquí y allá los muebles de la habitación, hasta que di con el interruptor de la luz del baño. Mis pies descalzos notaron las frías baldosas. Me senté en la tapa del inodoro con el teléfono en la mano y un escalofrío que me recorría las piernas.

El mensaje de Daniel rompió el silencio: «El dinero se está acabando. Tenemos que vender la casa. Pero papá no quiere firmar los papeles». Una pausa. «No está bien, Nic.»

No estaba pidiendo ayuda: hubiera sido demasiado directo, y nosotros no somos así.

Borré el mensaje, volví a la cama y me acurruqué junto a Everett, que aún no se había despertado, intentando olvidar lo que había escuchado.

Pero ese mismo día, más tarde y ya en casa, eché un vistazo al correo de los últimos días y encontré una carta dirigida a mí

–Nic Farrell– escrita en una letra que me resultaba vagamente familiar, en tinta azul. La dirección parecía que la había escrito otra persona: el tipo de letra era distinto y la tinta del bolígrafo, más oscura.

Mi padre no solía llamarme. Los teléfonos no eran lo suyo. Le confundían, sobre todo cuando estaba demasiado lejos de la persona con la que intentaba ponerse en contacto. Incluso si sabía a quién estaba llamando, lo olvidaba en cuanto quien fuese que hubiese al otro lado contestaba y se convertía automáticamente en una voz que de repente surgía de la nada.

Desplegué el papel. Era una hoja de libreta arrancada, con los bordes dentados. Las letras se salían de las líneas y se inclinaban virando ligeramente a la izquierda, como si hubieran sido escritas apresuradamente, como si primara el deseo de anotar lo que fuese cuanto antes.

No había una frase de saludo.

«Necesito hablar contigo. Aquella chica. La he visto.»

No había despedida.

Llamé a Daniel con la carta en la mano. La mano me temblaba.

–Acabo de escuchar tu mensaje –dije–. Voy para allá. Dime qué pasa.

DÍA 1

Eché un último vistazo al apartamento antes de cargarlo todo en el coche. Había dejado la llave en un sobre, junto al fregadero. Había colocado algunas cosas de última hora en una caja, que seguía abierta junto a la puerta. Contemplé el apartamento desde la cocina, desnudo, vacío, y aunque sabía que no me dejaba nada, no podía evitar pensar que estaba olvidando algo.

Lo había recogido todo de cualquier manera, deprisa. Mi partida coincidía con el fin del curso escolar. Mientras hablaba con Daniel para ultimar los detalles de mi llegada, buscaba a alguien que realquilara el apartamento durante el verano. No podía pararme a pensar en lo que estaba haciendo. No había tiempo. Lo único en lo que podía pensar era en que iba a volver. Allí. Daniel no sabía nada de la carta. Creía que únicamente volvía a casa para echarle una mano, que iba a dedicar mis dos meses de vacaciones a arreglar lo de papá y que luego regresaría a mi vida.

El apartamento estaba prácticamente vacío. Parecía un recinto industrial, sin ningún tipo de personalidad, a la espera del estudiante universitario aparentemente responsable que pensaba ocuparlo durante el verano. Le había dejado los platos, porque hubiera sido una locura empaquetarlos. Le había dejado el futón, porque me lo había pedido, y porque me había pagado cincuenta dólares más por él.

El resto –todo lo que no me cabía en el coche– estaba en un almacén cercano. Era mi vida e iba a quedarse allí, en aquel almacén, con la única compañía de unos muebles viejos y ropa de invierno.

Alguien llamó a la puerta y me sobresalté. Se suponía que el nuevo inquilino llegaría en un par de horas. Para entonces yo ya estaría en la carretera. Era demasiado pronto para que fuese él.

Crucé el pequeño aposento y abrí la puerta.

–Sorpresa –dijo Everett–. Quería verte antes de que te fueras.

Iba trajeado, el traje que se ponía para el trabajo –tan limpio y elegante–, y se inclinó para besarme, con un brazo a la espalda. Olía a café y a pasta de dientes; a almidón y a cuero; a profesionalidad y a eficiencia. Sacó un vaso de espuma de poliestireno de su espalda.

–Te he traído café. Para el camino.

Cogí aire.

–Tú sí que sabes –dije.

Lo cogí, bebí un gran sorbo. Él miró su reloj y se lamentó:

–Siento abandonarte, pero tengo una reunión a primera hora en la otra punta de la ciudad.

Se acercó para darme un beso. Le cogí por el codo cuando hizo ademán de marcharse. Le dije:

–Gracias.

Él apoyó su frente contra la mía.

–Pronto estarás de vuelta. Ya verás.

Le contemplé mientras se alejaba hacia el ascensor con paso firme y seguro; su cada vez más larga melena negra le rozaba el cuello. Se volvió justo cuando las puertas se abrieron. Me apoyé contra el marco de la puerta, me sonrió.

–Conduce con cuidado, Nicolette.

Volví dentro. Por primera vez pensé en lo que se me venía encima, y fue como si todo a mi alrededor se ralentizara. Me hormigueaban las puntas de los dedos.

Había pasado otro minuto. Las cifras rojas del reloj del microondas cambiaron. Tenía que darme prisa si no quería llegar tarde.

Había nueve horas de coche entre Filadelfia y Cooley Ridge, suponiendo que el tráfico fuera fluido y contando las paradas para comer, para repostar y para hacer pis. Y puesto que iba a salir veinte minutos más tarde de lo previsto, me imaginaba ya a Daniel cansado de esperarme, en el porche delantero, antes de que por fin apareciese yo por el sendero de grava que llevaba a nuestra antigua casa.

Le mandé un mensaje al salir del apartamento, con una de las maletas en la mano: «Ya en camino, pero más bien 3.30».

En dos viajes tuve el coche cargado. Llevaba equipaje y algunas cajas. El coche estaba aparcado en la misma manzana, pero justo detrás del edificio. De fondo se oía el tráfico, parecía que hubiera algún atasco cerca. Se oía un zumbido constante, algún que otro bocinazo. Resultaba tremendamente familiar.

Arranqué y esperé a que el aire acondicionado actuara. «Vamos allá», pensé. Coloqué el teléfono en el sujetavasos y entonces vi la respuesta de Daniel: «Papá te espera para cenar. No lo olvides».

Como si fuese a llegar tres horas después de lo previsto. Daniel era un verdadero experto en ese tipo de cosas. Y parecía que en los últimos tiempos había perfeccionado el arte del mensaje de texto pasivo-agresivo. De hecho, llevaba años practicando.

Cuando era pequeña, creía que podía ver el futuro. Probablemente fue culpa de mi padre, que me había llenado la cabeza de lo que aprendía en los tratados de filosofía que solía leer. Mi padre me había hecho creer que cualquier cosa era posible. Y yo cerraba los ojos y veía imágenes. Escenas. Veía, por ejemplo, a Daniel, con toga y birrete, el día de su graduación. Veía a mi madre sonriendo orgullosa a su lado. Yo les decía que se juntaran un poco más porque iba a hacerles una foto. «Rodéala con el brazo. ¡Que parezca que os queréis! Perfecto.» Años después de aquello me había visto con Tyler lanzando nuestras mochilas al asiento trasero de su polvorienta camioneta y largándonos a la universidad. Largándonos para siempre.

Por entonces no tenía ni idea de que no bastaba con subirme a una camioneta, que alejarme de verdad iba a ser mucho más difícil. Que iba a llevarme diez años. Que los kilómetros de por medio iban a ayudarme y, por supuesto, el tiempo. Pero que el proceso iba a ser lento. Por no hablar de que Tyler nunca iba a dejar Cooley Ridge. Que Daniel no iba a graduarse. Y que mi madre no iba a vivir para contarlo.

Si mi vida fuese una escalera, Cooley Ridge sería el primer peldaño, una aborrecible ciudad oculta entre las Smoky Mountains, el clásico pueblo americano sin ningún tipo de encanto. Mudarme a cualquier otro lugar –fuese el que fuese– suponía ascender un peldaño más, y no iba a tardar en hacerlo. Primero me fui a la universidad, alejándome trescientos kilómetros; luego me matriculé en un curso de posgrado que me obligaba a cambiar de estado, en dirección norte; y, al acabar, me busqué las prácticas en otra ciudad, también del norte, y me negué a abandonarla cuando terminé. Tenía un apartamento y mi propio despacho. En todo aquel tiempo, Cooley Ridge no había dejado de alejarse. O, mejor dicho, yo no había dejado de alejarme de allí.

Lo que he aprendido sobre la vida es esto: en cuanto te vas, ya no hay vuelta atrás. No puedes volver. Ya no sé qué hacer en Cooley Ridge, y Cooley Ridge no sabe qué hacer conmigo. La distancia no deja de aumentar con los años.

La mayor parte de las veces, cuando intentaba volver la vista atrás –«cuéntame cómo era tu casa, cómo fue crecer allí, cómo era tu familia»– porque Everett quería saber cosas de mi pasado, todo lo que veía era una reconstrucción a escala infantil en mi cabeza: un pueblo diminuto, con todo listo para que empezaran las vacaciones, congelado en el tiempo. Así que lo que hacía era darle algún tipo de respuesta superficial, nada específica. Le decía cosas como: «Mi madre murió cuando yo tenía dieciséis años», o «el pueblo estaba junto al bosque», o «tengo un hermano mayor».

Incluso para mí, mientras respondía, la sensación era de que no estaba diciendo nada. Que sujetaba una polaroid descolorida; que hablaba de una ciudad fantasma habitada por fantasmas.

Pero había bastado una llamada de Daniel, aquel «tenemos que vender la casa», para que me invadiera la sensación de que el suelo desaparecía bajo mis pies. «Voy para allá», dije, y todo volvió a mí de repente: los besos de mi madre; lo que pasó en la noria cuando Corinne empezó a mecer nuestra cabina; Tyler cruzando el río sobre el árbol caído.

«Aquella chica», había escrito mi padre, y me había parecido verla.

Se reía.

«Necesito hablar contigo. Aquella chica. La he visto.»

Mi padre había escrito aquello, y lo más probable es que lo hubiese olvidado. No habría hecho falta ni una hora: quizá lo hubiese olvidado en un momento. Lo más probable es que hubiese dejado en alguna parte el sobre, con la carta dentro, quizá en su mesita de noche, o bajo la almohada, y que alguna de las enfermeras, dando por hecho que la carta era para mí, hubiera escrito mi dirección en el sobre. Pero algo le había llevado a escribirla. Quizá había sido un recuerdo. Una idea perdida en las sinapsis de su cerebro; un pensamiento en busca de acomodo.

Había escrito aquello llevado por un impulso, y luego alguien había puesto mi nombre en el sobre, y ahora el pasado corría, desbocado, como un animal salvaje, en mi cabeza. Y el pasado tenía un nombre.

Corinne Prescott.

La carta de mi padre llevaba semanas en mi bolso, pero no había dejado de pensar en ella. Cuando metía la mano para buscar las llaves del coche o la cartera y la rozaba sin querer, todo volvía a mí: su melena bronceada cayéndole sobre los hombros, su olor a hierbabuena, su voz.

«Aquella chica.» Ella era «aquella chica». ¿Qué otra chica podía ser?

Hacía poco más de un año que había ido a casa por última vez, después de que Daniel llamara para decirme que teníamos que ingresar a papá en una residencia. Había ido en coche porque no podía permitirme un vuelo de última hora. Llovió durante prácticamente todo el trayecto, ida y vuelta.

Aquel día, sin embargo, era perfecto para conducir. No llovía, estaba nublado pero no amenazaba tormenta. La luz era agradable. Había logrado atravesar tres estados sin detenerme. Las ciudades y las salidas se iban alejando, una tras otra, por el retrovisor. Me estaba alejando de todo lo que amaba. De lo que me había salvado de aquella otra vida. Y me había dado una vida sencilla. Una vida en la que podía limitarme a anotar las tareas pendientes, en la que podía disponer del tiempo a mi manera.

Me gustaba que el empleado de la tienda de la esquina fuese borde conmigo, que nunca levantara la vista del crucigrama que estaba haciendo para cobrarme, que no hubiera ningún tipo de contacto visual. Me fascinaba el anonimato de aquella vida. Que la calle estuviera repleta de extraños y de infinitas posibilidades.

Conducir a través de todos esos estados fue un poco así, también. Al menos al principio, cuando todo iba más deprisa. Luego, a medida que fui adentrándome en el sur, las salidas tardaban cada vez más en llegar, el paisaje se volvió repetitivo y la sensación era que ya había pasado por allí mil veces.

Estaba en algún lugar de Virginia cuando sonó el teléfono. Seguía en el sujetavasos. Tanteé el bolso en busca del dispositivo de manos libres, tratando de no perder de vista la carretera, pero no di con él y me limité a descolgar.

–¿Hola? –dije.

–Eh, ¿me oyes? –La voz de Everett sonaba lejana, y no sabía si se debía al altavoz o a la cobertura.

–¡Sí! ¿Qué pasa?

Dijo algo indescifrable, la voz se cortaba.

–Perdona, te pierdo, ¿qué has dicho? –casi grité.

–He salido a comer algo –dijo inmerso en la estática–. Solo llamaba para saber qué tal iba todo. ¿Las ruedas bien esta vez? –Supe que estaba sonriendo.

–¡Mejor que el teléfono! –dije.

Se rio.

–Posiblemente estaré reunido todo el día, pero llámame cuando llegues para que me quede tranquilo.

Pensé en parar a comer, pero no encontré otra cosa que asfalto y campo a lo largo de kilómetros y kilómetros.

Había conocido a Everett un año antes, la noche después de que ingresáramos a mi padre en la residencia. Conducía de vuelta a casa, tensa y malhumorada, porque se me había pinchado una rueda a las cinco horas de salir y había tenido que cambiarla yo misma y durante todo el rato no había dejado de llover.

Cuando llegué a casa, a punto estuve de echarme a llorar. Llevaba el bolso en el hombro y me costaba dar con la cerradura de tanto que me temblaba la mano. Apoyé la cabeza contra la puerta para tratar de estabilizarme. Y pensé en el tipo del 4A. Había salido conmigo del ascensor y me estaba mirando. Lo más probable es que estuviese esperando a que estallase.

¿Qué sabía de él? Que era el tipo del apartamento 4A. Que ponía la música muy alta, que a menudo tenía invitados y, también, unos horarios nada convencionales. En aquel momento había un tipo con él, uno que parecía educado y elegante. No tenía nada que ver con mi vecino. Era de una delicadeza que contrastaba con su rudeza. Y estaba sobrio, cosa que no podía decirse de mi vecino.

El tipo del 4A solía sonreírme cuando nos cruzábamos en el pasillo, y una vez me esperó en el ascensor. Eso era todo. Vivíamos en una ciudad. La gente nos traía sin cuidado.

–Hola, 4C –acertó a decir, tambaleándose.

–Nicolette –dije.

–Nicolette –repitió–. Trevor. –El tipo que había a su lado parecía avergonzado–. Te presento a Everett. No sé, tengo la sensación de que necesitas una copa. ¿Por qué no pasas y te la sirves?

Pensé que un buen vecino me habría preguntado cómo me llamaba hacía un año, cuando me mudé, pero necesitaba esa copa. Quería sentir que me había alejado de allí, que volvía a estar en casa; necesitaba olvidar aquel viaje de nueve horas.

Trevor sujetó la puerta mientras entraba. El tipo que iba con él me tendió la mano y dijo «Everett», como si el hecho de que Trevor ya lo hubiera presentado no contara.

Cuando me fui, le había contado a Everett lo de mi padre y la residencia, y él me había dicho que era lo mejor que podíamos haber hecho. Le había hablado del piso y de la lluvia y de lo que pensaba hacer aquel verano, en vacaciones. Cuando acabé, me sentí más ligera, mejor. Puede que fuera por el vodka, pero quise pensar que era por Everett. ¿Trevor? Se había quedado dormido en el sofá, a nuestro lado.

–Debería irme –dije.

–Te acompaño –dijo Everett.

La cabeza me daba vueltas mientras caminábamos en silencio, y para cuando mi mano acertó a posarse sobre el pomo de la puerta y él seguía junto a mí, me dije: «Hay reglas de adultos para esto, ¿no?».

–¿Quieres entrar?

No respondió, pero me siguió. Se detuvo en la cocina, desde donde podía verse todo mi apartamento. Era un estudio de un único ambiente, con ventanas altas y tuberías vistas. Una cortina poco tupida separaba mi habitación del resto. Podía ver mi cama a través de ella –incitando, deshecha–, y también él podía verla.

–Vaya –dijo. Le gustaban los muebles, seguro. Los había encontrado en tiendas de segunda mano y mercadillos y los había restaurado yo misma, pintándolos de colores llamativos que armonizaran entre sí–. Me siento como Alicia en el País de las Maravillas.

Me quité los zapatos y me apoyé en la encimera de la cocina.

–Diez dólares a que no la has leído.

Sonrió y abrió la nevera, sacó una botella de agua.

–Necesito un trago –dijo, y me reí.

Luego sacó una tarjeta de visita, la colocó sobre la encimera, se inclinó hacia mí y rozó sus labios contra los míos antes de retroceder.

–Llámame –dijo.

Y lo hice.

Atravesar Virginia se me antojaba interminable, con sus enormes granjas y sus fardos de heno salpicando aquí y allá el paisaje que las rodeaba, colina tras colina. Atravesé las montañas, con sus quitamiedos y sus señales de curvas cerradas y de faros antiniebla, y la estática que hace que la radio se entrecorte. Cuanto más conducía, más lenta me sentía. «La relatividad», pensé.

El ritmo era diferente allí abajo. Todo era más lento. La gente prácticamente no cambiaba nada en una década. «Ahí está –me dije–. Cooley Ridge, dejándote que sigas siendo la de siempre.» Cuando salí de la carretera, bajé por el desvío y me metí en la calle principal tuve la sensación de que no tardaría en toparme con Charlie Higgins junto a la farmacia. O con Christy Pote persiguiendo aún a mi hermano, y mi hermano fingiendo que la cosa no iba con él, aunque el tiempo había pasado y ambos estaban casados con otras personas.

Puede que fuese por la humedad, y cómo tuvimos que acostumbrarnos a ella, a esa especie de sirope dulce y viscoso que se te pegaba a las suelas de los zapatos. O por vivir tan cerca de las montañas, que tardaron en formarse mil años, las placas tectónicas desplazándose lentamente bajo la tierra, los árboles que ya estaban allí cuando nací y que seguirán ahí cuando muera.

Quizá sea que eres incapaz de ver nada más allá cuando estás en Cooley Ridge. Las montañas, el bosque, tú. Nada más.

Una década más tarde, a ciento sesenta kilómetros de distancia, cruzo la línea estatal –«¡bienvenidos a Carolina del Norte!»–, los árboles se espesan y tengo la sensación de que el aire pesa más, de que he vuelto.

Todo lo que estaba borroso se me aparece con claridad, es como si todo volviera a su lugar en mi cabeza. Los recuerdos fluyen. Vuelvo a vernos junto a la carretera: Corinne tiene el pulgar en alto, hace autoestop. Bailey y yo la seguimos. Está sudando. Cuando los coches pasan demasiado cerca, su falda se levanta. Bailey cuelga de mi hombro. Su aliento apesta a vodka. Puede que el mío también.

Mi mano se apartó del volante. Quería extenderla y tocarlos. Que Corinne se diera la vuelta y dijese «ponte las pilas, Bailey», y me mirase y sonriese. Pero ya no estábamos allí, nos habíamos ido, como todo lo demás, y en su lugar se había instalado una horrible sensación de pérdida.

Lo que había pasado hacía una década se acercaba. Estaba ya a treinta kilómetros de todo aquello. Empecé a pensar en mi casa. Vi la puerta delantera. El sendero de grava cubierto de vegetación, las malas hierbas que lo invadían. Se abre la puerta y Tyler pregunta: «¿Nic?». Suena un poco más alto que en mis recuerdos, un poco más cerca.

Ya casi estoy en casa.

Salgo de la carretera, giro a la derecha en el semáforo, las ruedas pisan el asfalto agrietado y gris.

No puedo evitar ver el letrero recién plantado en la esquina, la base aún cubierta de barro seco. El letrero es idéntico al de hace una década y anuncia la llegada de la feria del condado. Fue en la feria donde ocurrió. Me estremezco al pensarlo.

Ahí está la farmacia, y el grupo de adolescentes pasando el rato por los alrededores, como solía hacer Charlie Higgins. Y la hilera de tiendas, con sus nombres en las puertas esmeriladas, como cuando era niña. Ahí está Kelly's, el pub donde solíamos reunirnos. Ahí está el colegio y, cruzando la calle, la comisaría. Imagino un viejo archivador cubierto de polvo y los expedientes del caso Corinne dentro. También veo una caja, la caja en la que guardan todas las pruebas en un rincón, perdida entre todas las demás, olvidada con el tiempo.

Como entonces, los cables siguen colgando, pegados a sus postes, por encima de la carretera, y la iglesia a la que todo el mundo va, sea o no protestante, sigue estando junto al cementerio. Corinne nos hacía aguantar la respiración cuando pasábamos por delante del cementerio. También nos pedía que alzáramos los brazos cuando cruzábamos las vías y que besáramos a alguien cuando daban las doce. Pero sobre todo nos pedía que no respirásemos junto a los muertos. Cuando murió mi madre, nos obligó a hacerlo. Para ella era como si la muerte fuese una superstición, algo de lo que pudiéramos librarnos tirando un poco de sal por encima del hombro, cruzando los dedos a nuestra espalda.

Al parar en el semáforo cogí el teléfono y llamé a Everett. Como suponía, saltó el buzón de voz. «Estoy aquí –dije–. Acabo de llegar.»

La casa estaba exactamente igual a como la recordaba y era tal como había imaginado que la encontraría. El sendero de grava que llevaba al porche delantero estaba invadido por las hierbas del maldito patio, muy descuidado. Daniel había dejado el coche fuera del garaje para que yo metiera el mío, y los hierbajos que crecían por doquier no iban a tardar en emprenderla con mis tobillos cuando saliera del coche.

Contemplé la casa. La pintura estaba descolorida. Había zonas más oscuras y otras más claras, blanqueadas por el sol. A medio camino me detuve y no pude evitar pensar en la lista de tareas pendientes que haría si aún estuviera en casa: «Tomar prestada una hidrolimpiadora», «encontrar a alguien que corte el césped», «llenar el porche de macetas con flores»...

Seguía allí, a medio camino, pensando en todo lo que quedaba por hacer, con la mano protegiendo los ojos a modo de visera, cuando vi salir a Daniel por la puerta.

–Sabía que era tu coche –dijo.

Tenía el pelo más largo de lo que lo recordaba, una especie de media melena. Parecido a como lo llevaba yo justo antes de largarme para siempre. Solía llevarlo muy corto, porque la única vez que se lo había dejado crecer la gente no paraba de decirle que se parecía a mí. El pelo, tan largo, parecía más claro –era más rubio que no rubio–, mientras que el mío había ido oscureciéndose con el tiempo. Tenía la piel muy blanca, como yo, y sus hombros desnudos aparecían rojos, como quemados por el sol. Había adelgazado, las líneas de su rostro eran más pronunciadas. No parecíamos hermanos.

Tenía la zona del pecho sucia y las manos cubiertas de tierra. Se las limpió en los vaqueros mientras se dirigía hacia mí.

–Aún no son las tres y media –dije, pero sonó ridículo.

Él siempre había sido el responsable de los dos. Fue él quien dejó el colegio para ayudar a mamá. Fue él quien se dio cuenta de que papá nos necesitaba. Era él quien estaba pendiente del dinero que quedaba. Que hubiese llegado relativamente a tiempo no era gran cosa.

Se rio y volvió a limpiarse las manos en los vaqueros.

–Qué bien que estés aquí, Nic.

–Lo siento –dije, y me lancé a sus brazos. Fue un poco demasiado. Siempre me pasa. Intento compensar yéndome al otro extremo. No me devolvió el abrazo, pero de todos modos me puse perdida–. ¿Qué tal el trabajo? ¿Qué tal Laura? ¿Qué tal tú?

–Mucho lío. Irritable, por el embarazo. Feliz, porque estás aquí.

Sonreí, luego regresé al coche a buscar el bolso. No se me daban bien los cumplidos. No sabía qué hacer con ellos, no sabía si iban en serio. Daniel era, como solía decir mi padre, un tío difícil. Nunca sabías en qué estaba pensando en realidad. Su cara te decía que en absoluto aprobaba lo que fuese que estuvieras haciendo, por eso siempre estaba a la defensiva con él, como si tuviera algo que demostrar.

–Por cierto –dije, abriendo el maletero y revolviendo entre las cajas–. Tengo algo para ella. Para los dos. Para el bebé. –¿Dónde demonios estaba? Era una bolsa de regalo con un sonajero que cambiaba de color cuando lo movías–. Está por aquí, en alguna parte –susurré. El papel en el que estaba envuelto tenía diminutos pañales dibujados sujetos con alfileres; yo no entendía nada, pero me había parecido que a Laura le encantaría.

–Nic –dijo, tenía una mano apoyada en la parte superior de la puerta abierta del coche–. No hay prisa. Tenemos la fiesta del *baby shower* el próximo fin de semana, para preparar la bienvenida para el bebé. Puedes venir, si quieres. –Se aclaró la garganta. Retiró la mano de la puerta–. A Laura le encantaría verte.

–Claro –dije, dejando de buscar–. Por supuesto. Allí estaré. –Cerré la puerta y nos dirigimos a la casa; Daniel ralentizó el paso para mantenerse a mi lado–. ¿Cómo de mal está la cosa? –pregunté.

No había visto la casa desde el pasado verano, cuando llevamos a mi padre a Grand Pines. Por entonces creíamos que era algo temporal. Eso fue lo que le dijimos. «No es para siempre, papá. Cuando mejores, volverás a casa. Solo serán unos días.» Ahora sabíamos que no iba a mejorar, que no iban a ser unos días. Su mente estaba hecha un asco. Pero sus cuentas estaban aún peor. Eran un desastre que desafiaba toda lógica. Pero al menos tenía la casa. Teníamos la casa.

–Llamé ayer para dar de alta los suministros, pero el aire acondicionado no funciona.

El pelo, largo, se me pegaba al cuello, y el vestido de verano, al cuerpo. Estaba sudando. Me sudaban las piernas. Y no llevaba allí ni cinco minutos. Cuando pisé el astillado porche de madera, por un momento pensé que las rodillas iban a fallarme.

–No corre aire.

–Lleva así todo el mes –dijo–. He traído un ventilador. Todo funciona, excepto el aire acondicionado. La casa necesita una mano de pintura, hacen falta bombillas, y tenemos que decidir qué hacer con todo lo que hay dentro, claro. Ahorraríamos una pasta si pudiéramos venderla nosotros –añadió, dirigiéndome una mirada penetrante.

Aquí era donde entraba yo. Daniel no solo quería que me encargara del papeleo de papá, también quería que vendiera la casa. Él tenía un trabajo, un bebé en camino, una vida.

Yo tenía dos meses de vacaciones. Un apartamento que estaba realquilando para sacar algo de dinero. Un anillo de compromiso y un novio que trabajaba sesenta horas a la semana. Y ahora, además, tenía un nombre –Corinne Prescott–, un fantasma, que iba dando vueltas en mi cabeza.

Abrió la puerta mosquitera y su chirrido me cortó la respiración. Siempre lo hacía. Bienvenida a casa otra vez, Nic.

Daniel me ayudó a descargar el coche, subió mi equipaje a la segunda planta y apiló mis cosas en la mesa de la cocina. Pasó la mano por la encimera y cientos de miles de partículas de polvo salieron despedidas y permanecieron suspendidas en el rayo de sol que entraba por la ventana. Tosió, con el brazo cruzado sobre la cara.

–Lo siento –dijo–. Aún no había entrado. Pero he traído cosas para limpiar. –Señaló una caja de cartón sobre la encimera.

–Para eso estoy aquí.

Me dije que si iba a vivir allí, debería empezar por limpiar mi cuarto, para tener así un sitio donde dormir. Puse la maleta en el extremo superior de las escaleras y llevé la caja de artículos de limpieza, apoyada en mi cadera, hasta mi antigua habitación. El suelo de madera crujió cuando me acerqué a la puerta de mi cuarto, como había hecho siempre. Las cortinas apenas dejaban pasar la luz, así que todo en la habitación se veía apenas iluminado por un tenue resplandor. Le di al interruptor pero la luz no se encendió; dejé la caja en el suelo y descorrí las cortinas, justo a tiempo de ver a Daniel salir del garaje con la caja del ventilador bajo el brazo.

El edredón amarillo estampado con pálidas margaritas seguía sobre la cama, como si nunca me hubiera ido. Lo retiré y me pareció que en las sábanas podían adivinarse formas, las de una cadera, una rodilla, incluso una cara, como si alguien acabara de levantarse. Oí a Daniel en la puerta principal y me apresuré a colocar el edredón como estaba, alisándolo.

Abrí las ventanas. Una iba estupendamente, la otra se había roto en la época en la que iba al instituto y nadie la había arreglado aún. La mosquitera había desaparecido, lo que no era una gran pérdida: estaba rota y hecha un asco desde hacía años. En parte por mi culpa, porque la quitaba cada noche para subir al tejado y la dejaba en el suelo y al saltar lo hacía sobre ella. Alguna vez me había hecho daño, pero solo porque no había calculado bien las distancias. He aquí el tipo de cosas que te parecen una idea estupenda a los diecisiete y que ahora encuentras ridículas. Porque no podía volver a subir por la ventana, así que tenía que entrar por la puerta y subir las escaleras tan rápido como podía y, por supuesto, evitar el crujido del suelo en el pasillo. Lo más probable es que si lo intentase ahora, sería un desastre.

A la luz que entraba por la ventana pude comprobar que Daniel había hecho ya parte del trabajo: había quitado los cuadros de las paredes, que eran de un horrible amarillo desvaído; había apilado en un rincón las viejas cajas de zapatos que solían estar sobre el armario, y había retirado de debajo de los pies de la cama la alfombra que había sido de mi madre cuando era niña y que ocupaba prácticamente toda la habitación.

Oí crujir la madera. Daniel estaba en el umbral, con la caja del ventilador bajo el brazo.

–Gracias –dije.

Se encogió de hombros.

–No es nada. –Lo sacó, lo colocó en una esquina y lo enchufó. Maravilloso, pensé–. Gracias por venir, Nic.

–Gracias por echarme una mano con la habitación –dije, y eso fue todo.

No entiendo cómo la gente puede llevarse bien con sus hermanos. Cómo hacen para volver a ser niños cuando están juntos y obviar cualquier tipo de formalidad. Daniel y yo íbamos a pasar el día juntos, en la casa donde crecimos, dándonos las gracias por todo, todo el rato, como dos desconocidos.

–¿Disculpa? –dijo, mientras ponía en marcha el ventilador. Su zumbido se convirtió en una suerte de ruido blanco que amortiguaba todo lo que venía del exterior.

–Mi habitación. –Hice un gesto hacia las paredes–. Gracias por quitar las fotos.

–No he sido yo –dijo, y se quedó un segundo quieto delante del ventilador con los ojos cerrados–. Debió de ser papá.

Puede. Pero si se lo preguntaba, no iba a recordarlo. Yo misma había estado allí hacía un año, una noche, después de trasladarlo a la residencia, y no me había fijado. No había prestado atención a los detalles. ¿Estaban ya las cajas de zapatos en el suelo entonces? ¿Habían desaparecido las fotos de las paredes? Era incapaz de recordarlo. No recordaba nada de aquella noche.

Y Daniel no sabía que yo había estado allí entonces. Le dije que me iba directamente a casa: «Tengo que trabajar, tengo que irme». Pero volví y anduve vagando por las habitaciones, con un nudo en la garganta y temblando, como un niño perdido en una feria que busca a su madre entre la multitud. Me acurruqué entre las sábanas en aquella casa vacía, hasta que oí el rugir de un motor abajo y alguien tocó al timbre. No bajé a abrir, pero él entró: oí el ruido de la puerta mosquitera al abrirse, la llave en la cerradura, los pasos en la escalera. Era Tyler. «Empezaba a echarte de menos –me dijo–. ¿Estás bien?»

–¿Cuándo estuviste aquí por última vez? –le pregunté.

Daniel se rascó la cabeza. Se acercó aún más al ventilador.

–No lo sé, me dejaba caer de vez en cuando para que papá me viera el pelo o para que supiera que podía contar conmigo si necesitaba algo, ¿por?

–Por nada –dije.

Pero no era verdad. Tenía la sensación de que alguien había estado allí. Trasteando entre mis cosas. Era el mismo alguien que había retirado la alfombra de debajo de los pies de mi cama. Alguien que anda buscando algo. Porque la sensación era que mis cosas no estaban donde debían. Que, tal como revelaba la luz del sol, las huellas que había dejado el polvo no eran las correctas. Puede que solo fuese una sensación. Después de todo, había crecido, y la casa se había hecho más pequeña. Por no hablar de la cama. Me parecía la cama de una niña, comparada con la cama de matrimonio de mi apartamento, por no hablar de la cama de Everett, que es una *king size*.

Me pregunté qué sentiría al acurrucarme allí otra vez. Si notaría algún tipo de huella de otro cuerpo. Si reconocería la huella de mi propio fantasma. Retiré el edredón. Daniel frunció el ceño.

Cuando volví a subir a mi cuarto después de cargar la lavadora, todo me resultó más familiar. Yo y mi habitación teníamos que acostumbrarnos la una a la otra, al igual que teníamos que hacerlo Daniel y yo. Me quité el anillo y lo puse en el viejo joyero de cerámica que había en la mesita de noche antes de ponerme a limpiar el baño y a ordenar los cajones del tocador. Luego me senté en el suelo delante del ventilador y traté de no pensar en nada.

Al cabo de dos horas seguía allí, tratando de evitar hacer lo que tenía que hacer. Tenía que ir a ver a papá. Tenía que poner en orden todo el papeleo, pero sobre todo tenía que verle. Aunque puede que ni siquiera me reconociese. Tenía que probar suerte. Tenía que preguntarle qué significaba la carta y cruzar los dedos para que lo recordara. Tenía que fingir que no me importaba que hubiera olvidado cómo me llamaba.

No es algo a lo que puedas acostumbrarte. Duele.

Reuní los papeles de la custodia que el médico necesitaba para iniciar «el proceso». Por irónico que parezca, íbamos a convertirnos en tutores de nuestro padre para poder administrar sus bienes. Mientras me preparaba para irme, escuché el motor de un coche y luego oí puertas que se cerraban. Supuse que Daniel había llamado a alguien para que se encargase del patio, pero no. Quien fuese había entrado en casa y estaba subiendo las escaleras. El ventilador seguía zumbando.

–¿Nic?

Reconocí la voz al instante. Había doce años de historia en aquel «Nic». Su voz era una colección de recuerdos.

Antes de que llegara, me asomé por la ventana y allí estaba: la camioneta de Tyler, aún en marcha. Había una chica en el asiento del pasajero. Daniel estaba hablando con ella, apoyado en la ventanilla. Lo único que podía ver de él era su espalda bronceada.

«Mierda.»

Me di la vuelta justo cuando Tyler entró en la habitación.

–He pensado que sería grosero por mi parte no subir a saludarte.

Sonreí sin querer, porque era Tyler. Un acto reflejo.

–¿Y no te han enseñado a llamar? –dije, y él se rio. Se estaba riendo de mí. Odiaba lo ridículamente infantil que me volvía cuando estaba con él.

No me preguntó cómo me había ido ni qué había estado haciendo ni quiso saber si le había echado de menos. No mencionó las cajas, ni el equipaje, ni dijo nada de mi pelo, que me había crecido mucho desde el año pasado y que ahora se me ondulaba. Pero le vi tomar nota de todo. Yo hice lo mismo.

Había engordado un poco, su pelo castaño estaba ligeramente más descuidado y sus ojos azules brillaban más. Cuando éramos adolescentes siempre tenía ojeras, incluso cuando había dormido toda la noche. Me gustaban, no le restaban atractivo, pero ya eran historia. Tenía mejor aspecto que nunca. Parecía más joven. Más feliz.

–Dan no me dijo que llegabas hoy –me comentó, ya dentro de mi cuarto.

A Daniel no le gustaba que estuviéramos juntos. A los dieciséis me dijo que me anduviera con cuidado, que si no quería que hablasen mal de mí no me dejase ver con un tío como Tyler. Todavía no sé si quien debía tener cuidado era yo o Tyler. El caso es que nunca aceptó que se equivocaba.

–A mí tampoco me dijo que ibas a venir hoy –dije, cruzándome de brazos.

–No lo sabía, porque se suponía que iba a pasarme mucho antes, en mi descanso para comer. –Se encogió de hombros–. Pero como luego iba a tener que estar por la zona, he decidido matar dos pájaros de un tiro.

Eché un vistazo a la chica de la camioneta, solo por evitar seguir mirándole y que aquello que estaba pasando entre nosotros siguiera creciendo. Lo cierto era que si con Daniel me costaba muchísimo volver a tener la confianza que teníamos de niños, con él me pasaba lo contrario. No importaba el tiempo que hiciese que no nos hubiésemos visto. Estaba en mi cuarto y, de repente, era como volver a las vacaciones de primavera de hacía dos años. Si daba un paso hacia mí, estaríamos en el verano de mi graduación. Si dijera mi nombre, volvería a tener diecisiete años.

–¿Sales con ella? –le pregunté. Todo lo que veía era una cola de caballo rubia y un brazo delgadísimo colgando de la ventanilla.

Él sonrió.

–Algo así.

Volví a mirar por encima del hombro.

–Será mejor que vuelvas, entonces –dije–. Daniel probablemente esté diciéndole que se ande con cuidado contigo. –Daniel estaba metiéndose en el coche por la ventanilla para tocar el claxon–. Aunque no creo que estés saliendo con ella.

Cuando me di la vuelta, Tyler estaba más cerca.

–Si no lo conociera lo suficiente, diría que no quiere verme rondando a su hermanita.

No le reí la gracia, porque hacerlo hubiera sido peligroso. Poco importaba que hubiera una chica en su coche o que fuese camino de una cita en aquel preciso instante. Porque cada vez que volvía, era la misma historia. No importaba que yo me fuera y él se quedara. Que nunca hablásemos del futuro ni del pasado. Que él dejase de hacer algo por mí y que yo fingiera que no lo sabía.

–Estoy prometida –dije.

Me apresuré a decirlo, y sonó forzado.

–Sí, eso me dijo.

Echó un vistazo a mi mano, a mi dedo desnudo.

Lo escondí.

–Está en la mesita de noche –dije–. No quería estropearlo.

Sí, parecía ridículo y pretencioso, y la clase de cosa que Tyler hubiera odiado de una chica.

Se rio.

–Vale, ¿por qué no me lo enseñas? –me retó.

–Tyler...

–Nic...

Incliné el pequeño joyero de cerámica y el anillo rodó hasta mi mano. Se lo pasé, como si no fuera nada del otro mundo. Abrió los ojos como platos.

–Joder, Nic. Me alegro por ti. ¿Quién es el afortunado?

–Se llama Everett.

Se rio otra vez y yo me mordí el labio para no sonreír. Pensé lo mismo cuando le conocí. Compañero de mi vecino en una universidad de la Ivy League, socio en el bufete de su papá. Pensé: «Claro que es un nombre pijo, por supuesto». Pero Everett había resultado ser una caja de sorpresas. Seguía siéndolo.

–Se llama Everett y te ha comprado este anillo –prosiguió Tyler–. Claro, ¿qué iba a hacer si no? ¿Cuándo te casas?

–Aún no tenemos fecha –dije–. Pero supongo que algún día.

Asintió y me devolvió el anillo. Como quien lanza una moneda al aire o la tira a una fuente: «Cara o cruz, pide un deseo».

–¿Cuánto tiempo te quedas? –me preguntó.

Devolví el anillo al joyero.

–No lo sé. Lo que haga falta. Tengo el verano libre.

–Entonces nos iremos viendo por ahí, supongo.

Hizo ademán de marcharse.

–¿La conozco? –pregunté, refiriéndome a la chica.

Se encogió de hombros.
–Annaleise Carter.
Por eso estaba por la zona. La casa de los Carter está justo al lado de la nuestra, y Annaleise es la hermana mayor, pero no tan mayor como nosotros.
–¿Cuántos años tiene? ¿Trece? –pregunté.
Se rio como si supiera lo que estaba pensando.
–Hasta otra, Nic –dijo.
Los ojos de Annaleise Carter eran enormes, la clase de ojos que te hacen parecer a la vez inocente y sorprendida. Me estaba mirando en aquel momento, asomada a la ventanilla del coche. Me miraba fijamente, como si hubiera visto un fantasma. Levanté una mano, «hola», y luego la otra, «¡no es cosa mía!».
Tyler se metió en el coche y echó un último vistazo a mi ventana antes de alejarse.
¿Qué edad debía tener ahora, veintitrés? Para mí siempre tendría trece. Y Tyler tendría diecinueve y Corinne, dieciocho. El tiempo se había detenido el día en que Corinne desapareció. El día en que me fui.

Hacía diez años, por aquella misma época –las dos últimas semanas de junio–, se había instalado la feria en la ciudad. No he ido a la feria desde entonces. Sin que pudiera evitarlo, cada vez que Everett me preguntaba por mi pasado, pensaba en ello. Aquel día en la feria, el día en que desapareció Corinne, era el primer recuerdo que me asaltaba. No importaba el tiempo que hubiera pasado, volvía siempre intacto y lo que recordaba era esto:
Me veía a mí misma asomada al borde de la cabina en la noria, con la barra de seguridad aún clavada en el estómago. Estaba llamándole. Llamaba a Tyler desde allí arriba. Tyler estaba abajo, entre la gente, demasiado lejos para oírme. Tenía las manos en los bolsillos. Nos estaba mirando. Todo el mundo nos miraba. Corinne acababa de susurrarme al oído: «Hazlo». Y Bailey rio con una risa nerviosa. La cabina se balanceaba hacia delante y hacia atrás, suspendida sobre Cooley Ridge: «Tictac, Nic».

Me veía un segundo después levantando la barra de seguridad, poniéndome en pie, asomándome, mi peso haciendo que la cabina se balanceara aún más y trepando hasta tocar el techo por fuera, la falda ondeando al viento. Me di la vuelta, me apoyé en la baranda con los codos. Las manos de Corinne los sujetaron a su vez, notaba su aliento en mi oído. Tyler observó desde abajo cómo la noria volvía a ponerse en marcha. El viento me golpeó, noté en el estómago la sensación de caer al vacío, el corazón me iba a mil por hora. La cabina estaba acercándose al suelo, tenía que saltar.

Salté.

Las rodillas me flaquearon cuando caí al suelo, pero eso no evitó que echara a correr, mareada y con la adrenalina a tope, gritándole al tipo de la atracción que me dejara en paz, que sabía que aquello no estaba bien, que me largaba, topé con Tyler en mitad de la carrera, sonriéndole como una estúpida, sus ojos diciéndome exactamente lo que haría conmigo en aquel momento. Un incitador. Eso lo consideraba Daniel porque quería pensar que la culpa no era mía.

«Corre», me dijo. Yo no hacía otra cosa, había perdido el aliento, iba medio riéndome. Esbozó una de sus medias sonrisas, y supe que no saldríamos de allí. Con suerte llegaríamos a la camioneta.

Y entonces una mano me cogió del brazo y yo traté de zafarme diciendo: «He dicho que me largo». Pero no era el encargado de la seguridad. Era Daniel. Me zarandeó con fuerza antes de golpearme. Me dio un puñetazo. Del impacto, perdí pie y caí al suelo, de costado. Me torcí un brazo en la caída.

En el recuerdo, el dolor y el susto, el miedo y la vergüenza, eran la misma cosa. Se mezclaban, de alguna manera, con el sabor de la sangre y el de la tierra del suelo. Nunca antes me había pegado. Ni siquiera cuando éramos niños. Y aunque han pasado diez años, no hay una sola vez que no me acuerde de aquel momento cuando le veo. En parte es como si ese momento se interpusiera entre nosotros. Como si estuviera presente en cada mensaje de texto pasivo-agresivo que me envía, en cada llamada de teléfono no respondida.

Esa fue la noche en que Corinne desapareció. Lo hizo en algún momento entre el cierre de la feria y las seis de la mañana. De ahí que no pudiera borrar aquello de mi mente. Durante las semanas siguientes empezamos a pensar en la muerte. Todos. Era como si la muerte estuviera por todas partes. Como si pudiera volverse de carne y hueso. Como si nos asfixiara. Estaba presente en cualquier versión de los hechos que se nos ocurriera. Corinne siempre podía estar muerta, y podía haber muerto de mil maneras distintas.

Y si se había ido, ¿por qué lo había hecho? ¿Porque su padre abusaba de ella? ¿Por seguir los pasos de su madre, que lo había dejado y se fue de Cooley Ridge un año después?

Si no había huido podía ser cosa de su novio, Jackson, porque siempre es cosa del novio y porque se habían peleado. O cosa del tipo con el que se la había visto coquetear en la feria, a quien ninguno de nosotros conocía: el del puesto de los perritos calientes. Bailey juró que nos había estado observando.

O tal vez solo había intentado volver a casa haciendo autoestop, con la falda corta y la camiseta muy ajustada, y un desconocido de paso por la ciudad la había recogido, la había violado y luego se había deshecho de ella.

Pero podía ser que simplemente se hubiese ido. Eso fue lo que la policía supuso que había pasado. Después de todo, tenía dieciocho años, legalmente era adulta, y estaba harta de aquel lugar.

«¿Qué pasó –querían saber los policías– entre las diez y las seis de la mañana? ¿Qué hiciste? Cuenta hasta el último secreto, cuenta con quién estabas, qué hacías exactamente y por qué.» Eran los mismos polis que interrumpían las fiestas y luego, en vez de llamar a nuestros padres, nos acompañaban a casa en coche. Los mismos que salían con nuestras amigas y que se iban de copas con nuestros hermanos y a veces incluso con nuestros padres. No iban a guardar nuestros secretos. Iban a contar lo que les contáramos. Lo contarían en el bar, en la cama. No había secretos en Cooley Ridge.

En cualquier caso, cuando llegaron los agentes estatales ya era demasiado tarde. No íbamos a contarles nada, teníamos nuestras propias teorías, creíamos en lo que queríamos creer. La versión oficial era que se había visto a Corinne por última vez en la puerta de la feria y que luego había desaparecido.

Pero no era cierto. Cada uno de nosotros la había visto en otra parte después, pero no se lo habíamos dicho a nadie.

Daniel la había visto fuera de la feria detrás de las taquillas.

Jackson, en el aparcamiento.

Yo la había visto desvanecerse en una de las curvas de la carretera que se alejaba de la feria, en dirección a Cooley Ridge.

Éramos un pueblo de miedicas que buscaban respuestas. Pero también éramos un pueblo de mentirosos.

La cafetería de Grand Pines es decepcionante. El suelo es de madera y hay manteles en las mesas, pero no parece la cafetería de una residencia, sino un restaurante. Hay un piano en una esquina, pero es decorativo. Suena música clásica de fondo durante las comidas. La comida, según tenía entendido, era la mejor que podía encontrarse en una residencia de por allí. Al menos eso fue lo que me dijo Daniel cuando eligió el sitio, como si aquello pudiera hacer que se sintiera mejor o que yo me sintiera mejor. «No te preocupes, papá, vendremos a verte. Y la comida está de muerte.»

La enfermera de turno me acompañó hasta el comedor y no tardó en dar con papá, sentado a una mesa para dos en un rincón. Sus ojos pasaron de la enfermera a mí y luego volvieron a concentrarse en el tenedor con el que tanteaba la pasta.

–No nos dijo que iba a venir, si no la habríamos esperado para cenar –dijo la enfermera, mostrando una ligera preocupación.

Papá levantó la vista y nos vio. Abrió la boca, como con la intención de decir algo, pero la enfermera se le adelantó, sonriente.

–Patrick, ha venido a verte tu hija, Nicolette –dijo, y mirándome, añadió–: Es estupendo volver a tenerla por aquí.

–Nic –la corrigió papá. Sus dedos tamborilearon sobre la mesa, lentamente, un, dos, tres, un, dos, tres, y de repente algo pareció encajar allí dentro. El tamborileo se aceleró, undostres, undostres–. Nic. –Sonrió.

Ahí estaba.

–Hola, papá.

Me senté al otro lado de la mesa y extendí la mano para tomar la suya. Dios, cuánto tiempo había pasado. Hacía un año que no nos veíamos. Yo le había llamado alguna vez, pero luego había dejado de hacerlo porque Daniel decía que mis llamadas lo alteraban. Así que habíamos empezado a escribirnos cartas. Y yo le enviaba fotos de vez en cuando. Pero no podía hacerme una idea de cómo estaba. No tenía mal aspecto, parecía una versión mayor de Daniel. Un Daniel sumiso que hubiera sobrevivido a décadas de alcohol y comida basura.

Apretó mi mano en la suya. Se le daban francamente bien las manifestaciones de cariño paternal. Cuando éramos niños solía abrazarnos en mitad de la noche, cuando llegaba borracho de cualquier parte. Y nos cogía de la mano. Nos cogía de la mano cuando no quedaba comida y se negaba a levantarse de la cama para salir a comprarla. «Si te cojo de la mano, es que puedes tomar prestada mi tarjeta y salir a comprar.» ¿Acaso necesitábamos más?

Me miró la mano y se fijó en el dedo que ya no lucía el anillo.

–¿Dónde está?

Por un momento me avergoncé. Pero le sonreí y me alegré de que se hubiera acordado de aquel detalle. Me alegraba descubrir que recordaba cosas que le había contado por carta. No estaba perdiendo la cabeza, solo estaba perdido. Era distinto. Sabía de lo que hablaba. Sabía de qué iba la cosa.

Busqué una fotografía en el móvil e hice zoom.

–Me lo he dejado en casa. Estaba limpiando.

Frunció el ceño mirando la pantalla, observando los ángulos perfectamente tallados, el brillo del diamante.

–¿Tyler te ha comprado eso?

El estómago me dio un vuelco.

–No es de Tyler, papá, es de Everett.

Había vuelto a perderse, pero no había ido demasiado lejos. Solo había viajado al pasado. A una década antes. Éramos unos chiquillos. Y Tyler no estaba pidiéndome que me casara con él. Estaba suplicándome otra cosa. «Quédate», me decía.

Y este anillo significaba... No sabía qué significaba el anillo de Everett. No tenía ni la más remota idea. Everett tenía treinta años y yo estaba a punto de cumplirlos, y me lo había pedido el día de su cumpleaños, en cierto modo para dar por hecho que lo nuestro no era una pérdida de tiempo. Yo le había dicho que sí, claro, pero de aquello hacía dos meses y aún no habíamos hablado de la boda. Ni siquiera habíamos considerado la opción de vivir juntos cuando acabase mi contrato de alquiler. Era una eventualidad. Un plan.

–Papá, tengo que preguntarte algo –dije.

Se fijó en los papeles que sobresalían de mi bolso y sus manos se hicieron puños.

–Ya le he dicho que no pienso firmar ningún papel. No dejes que tu hermano venda la casa. Tus abuelos la compraron. Es nuestra.

Me sentí una traidora. La casa iba a venderse, le gustase o no.

–Papá, tenemos que venderla –dije con tiento.

«No tienes dinero. Te lo has estado gastando en Dios sabe qué.» No quedaba nada. Lo justo para salir del paso, cuatro paredes y un patio descuidado.

–Nic, en serio, ¿qué diría tu madre?

Lo estaba perdiendo. No tardaría en mudarse a otro tiempo. Siempre empezaba así, con mi madre, como si invocarla le llevara de vuelta a la época en la que seguía viva.

–Papá –dije, tratando de mantenerlo conmigo–. No estoy aquí por eso. –Cogí aire–. ¿Recuerdas haberme enviado una carta hace unas semanas?

Volvió a tamborilear con sus dedos sobre la mesa.

–Claro. Una carta.

Solo estaba ganando tiempo. Noté que trataba de aferrarse al presente y recordar.

Saqué la carta y la coloqué sobre la mesa, entre nosotros. Observé cómo la miraba.

–Es esta.

Miró detenidamente las palabras y luego apartó la vista, sus ojos azules empañados, perdido en sus pensamientos. «Aquella chica. La he visto.»

El nombre, su nombre, me latía, al ritmo del corazón, en la cabeza.

–¿A quién te referías? ¿A quién has visto?

Miró alrededor. Se inclinó hacia mí. Abrió la boca para decir algo y la cerró. Una, dos veces. Luego susurró:

–La chica de los Prescott.

Se me erizó el vello de la nuca al instante.

–Corinne –dije.

Asintió.

–Corinne –dijo, como si hubiera encontrado algo que andaba buscando–. Sí. La vi.

Yo también miré alrededor. Seguíamos en la cafetería. Me incliné sobre la mesa.

–¿La viste? ¿Aquí?

Me imaginé a su fantasma recorriendo los pasillos de la residencia. Su carita de ángel, su pelo bronceado y sus labios perfectos, tal y como había sido hacía una década. Me pasó el brazo por encima del hombro, pegó su mejilla a la mía y me dijo en un susurro, como hacía siempre, como si solo hablara para mí: «¿No te ha hecho gracia? Venga, no te enfades. Sabes que te quiero».

Papá tenía la mirada perdida. Cuando volvió en sí, se fijó en lo que tenía más cerca. Los papeles que sobresalían de mi bolso.

–No, no la vi aquí. La vi en casa.

–¿Cuándo? Papá, ¿cuándo la viste? –Ella había desaparecido justo después de la graduación. Poco antes de que me fuera. Hacía diez años... La última noche de la feria del condado. «Tictac, Nic.» Sus frías manos sujetándome, la última vez que la vi.

Y nada desde entonces.

Clavamos carteles con su foto en los postes de teléfono. La buscamos en sitios donde temíamos encontrarla. Nos preguntamos cosas. Buscamos la pieza que nos faltaba. La pieza de Corinne que podía explicar lo que había pasado.

–Debería preguntarle a tu madre... –Allí estaba. Aquella mirada perdida otra vez. Debía estar instalándose, de alguna manera, en un recuerdo de hacía años. De la época en que Corinne aún no había desaparecido. Y mi madre aún no había muerto–.

La vi en el porche trasero, pero solo un momento... –Abrió mucho los ojos de repente–. Los bosques tienen ojos –dijo.

A papá le gustaban las metáforas. Había dado clases de filosofía en la universidad. La cosa siempre empeoraba cuando bebía. Hablaba con frases que sacaba de los libros que leía y que hacía encajar con lo que fuese que le estuviese pasando, y se dedicaba a soltar citas que estaban por completo fuera de contexto y yo me volvía loca tratando de encontrarles un sentido. Y se reía, se reía de mí, de cómo me lo tomaba, me daba una palmadita en la espalda y me decía que lo olvidara. Pero ahora aquello no le funcionaba. Se perdía en mitad de las metáforas. En cuanto se apagaba su siempre esquiva lucidez.

Me incliné aún más sobre la mesa, me aferré a su brazo, para no perderle.

–Papá, escucha, se nos acaba el tiempo. Dime lo que sepas de Corinne. ¿Me estaba buscando?

Suspiró, exasperado.

–El tiempo no se acaba. Ni siquiera es real –dijo, y supe que lo había perdido, que se había perdido, que había empezado a dar vueltas allí dentro, en su mente–. Es solo una medida. Como la pulgada. O el kilómetro. –Mientras hablaba, hacía gestos con las manos, como para hacer énfasis en aquello que decía–. Ese reloj –dijo, señalando a su espalda–. No está midiendo el tiempo. Lo está creando. ¿No ves la diferencia?

Miré el reloj del que hablaba y me fijé en la aguja negra del segundero, que no hacía más que moverse, moverse, que siempre iba a moverse.

–Entonces ¿por qué envejezco? –murmuré.

–Envejeces, Nic, porque te mueves –dijo él–. Pero el pasado sigue ahí. La única que te mueves eres tú.

Me sentía como un hámster en una rueda cada vez que intentaba tener una conversación con él. Había descubierto que era mejor esperar que discutir. Intentaba no ponerme nerviosa, porque aquello lo confundía aún más. Podía volver a intentarlo al día siguiente, probar a abordar el tema desde otro punto de vista, en otro momento.

–Vale, papá, voy a ir tirando.

Se apartó un poco y me miró como miraría a un desconocido. Me pregunté a quién estaba viendo en aquel momento. ¿Veía a su hija o a una desconocida?

–Escucha, Nic –dijo. Oía el tictac del reloj. «Tictac, Nic.»

Una vez más hizo tamborilear sus dedos sobre la mesa. Se oyó un estruendo al otro lado de la sala y me di la vuelta para ver qué había pasado: a un tipo que andaba recogiendo platos y limpiando las mesas se le había caído una bandeja. Me volví y me encontré con mi padre exactamente igual que lo había encontrado al entrar, revolviendo la pasta del plato. Como si los últimos minutos no hubiesen existido.

–Deberías probar la pasta –dijo. Y sonrió, cálido y distante.

Me puse en pie y le devolví mi propia versión de aquella cálida y distante sonrisa.

–Me alegro de verte, papá –dije. Rodeé la mesa, lo abracé, y noté cómo vacilaba un segundo antes de detenerme.

–No dejes que tu hermano venda la casa –me dijo, y fue como si todo volviera a empezar, como si hubiéramos entrado en un bucle.

Cuando aparqué junto a la entrada de casa, en el sendero de grava, la luz del porche estaba encendida, casi era de noche y tenía un mensaje de Daniel. Volvería por la mañana, decía, y también que le llamara si necesitaba algo, o si cambiaba de idea y me apetecía instalarme en su casa.

Aún en el coche, observando el balanceo de la lámpara que iluminaba el porche, la luz que se abría camino entre las sombras, pensé en ello. Pensé en cruzar la ciudad y tender un colchón en el suelo del cuarto del bebé. Y entonces nos vi. Nos vi como habíamos sido entonces. Apenas unos niños. Estábamos contándonos historias de fantasmas bajo el balanceo de aquella misma luz.

Corinne y Bailey escuchaban con atención mientras Daniel les hablaba del monstruo. Había un monstruo en el bosque, decía. No podían verlo, pero estaba ahí, podían sentirlo. El monstruo se llevaba a la gente. Me oí decirle entonces que se dejase de gilipolleces. Y vi a Corinne inclinar la cabeza, apoyarse en la baranda, sacar pecho, sonreír y mirar a Daniel con malicia. Miró a Daniel con malicia y le preguntó: «¿Y qué hace contigo ese monstruo? ¿Te obliga a hacer cosas?».

Siempre provocándonos.

Siempre provocando.

Odiaba aquello. Odiaba tener que recordar. Y era lo que iba a hacer si me quedaba. Pero no podía irme. No podía instalarme en casa de Daniel porque su mujer estaba a punto de parir y porque yo sabía que no había sitio para mí. Si me lo había ofrecido era solo porque sabía que me negaría. Tenía mi propia casa, mi propio cuarto, mi propio espacio, allí. Yo ya no era su responsabilidad.

Abrí la puerta principal y oí cerrarse una puerta en el otro extremo de la casa, como si de alguna manera hubiera alterado algún tipo de equilibrio interno de la propia casa.

–¿Hola? –grité, sin moverme–. ¿Daniel?

Nada. Es el viento que agita los paneles de vidrio y su familiar tintineo. Solo es la brisa, gracias a Dios.

Fui encendiendo todas las luces a medida que avanzaba por la casa. Algunas funcionaban y otras no.

Daniel no estaba. No había nadie.

Eché el cerrojo, pero la madera estaba podrida y astillada, así que no sirvió de nada, la puerta podía abrirse de todas formas.

En cualquier caso, todo estaba como lo había dejado: había una caja en la mesa, un vaso usado en el fregadero, y todo estaba cubierto por una fina capa de polvo.

El anillo. Subí las escaleras de dos en dos y fui derecha a la mesita de noche. Cogí el joyero de cerámica con los dedos temblorosos, el corazón latiéndome en cada uno de ellos, hasta que lo toqué.

El anillo estaba allí. Todo iba bien. Me lo puse y me retiré el pelo con la mano aún temblorosa. «Todo va bien. Coge aire.»

La cama seguía como la había dejado, solo que Daniel la había cubierto torpemente con el edredón, a la manera en que lo hacía cuando mamá había dejado de hacerlo. Devolví las cajas de zapatos a la parte superior del armario y volví a colocar la alfombra bajo los pies de mi cama. Puse el joyero bajo el espejo del tocador y en su lugar quedó un recuadro libre de polvo, el polvo que se había acumulado el último año. Todo se resituaba.

Todo se reasentaba.

Los recuerdos también. Volvían, uno a uno, a su lugar. La investigación. Todo lo que había desencadenado. Aquel todo que había permanecido oculto durante los últimos diez años.

Miré a mi alrededor y todo lo que vi fueron rectángulos de pintura descolorida. Cerré los ojos y vi las fotos que habían colgado de ellos. Se me revolvió el estómago, inquieto. Corinne estaba en todas ellas.

«Una coincidencia», pensé. Asociaba tanto a Corinne con mi infancia que probablemente la vería por todas partes si empezaba a fijarme en cosas que habían tenido que ver con la época en que era niña.

Necesitaba averiguar qué había llevado a mi padre a arrancar aquella hoja de libreta y a escribir lo que había escrito y enviármelo. Qué recuerdo había asaltado la parte moribunda de su cerebro reclamando atención antes de desaparecer para siempre. Corinne. Viva. Pero ¿cuándo? Tenía que averiguarlo.

Todo seguía fuera de lugar. A la espera de que pusiera orden. Orden en las pruebas, las historias, los hechos, hasta que, de alguna manera, todo cobrara sentido.

Visto así, papá tenía razón respecto al tiempo. El pasado seguía presente.

Bajé por las escaleras de madera, en dirección a la cocina. Me fijé en el linóleo, que se despegaba en los rincones. E inevitablemente volví a pensar en ella. La vi. Vi su largo cabello bronceado, oí su risa alejarse, la vi salir de casa, aquella noche.

«Tictac, Nic.»

Tenía que centrarme, reunir las piezas y darles sentido, y luego tenía que irme. Tenía que irme cuanto antes. Tenía que irme antes de que el pasado me devorara. Antes de que se fugara de aquella caja en la que alguien lo había encerrado hacía mucho mucho tiempo, y me devolviese otra vez al punto de partida.

II
VUELTA AL PASADO

Tiene razón la filosofía: la vida solo puede ser comprendida hacia atrás.

Søren Kierkegaard

DOS SEMANAS DESPUÉS

DÍA 15

Si mantenía los ojos cerrados, casi podía imaginarme que había vuelto a Filadelfia. Everett conducía, en el asiento trasero viajaba nuestro equipaje y Cooley Ridge se alejaba por el espejo retrovisor. Nada de chicas desaparecidas. Nada de coches sospechosos rondando por la ciudad. Nada que temer.

–¿Te encuentras bien? –preguntó Everett.

«Solo será un momento.» Necesito más tiempo. Un minuto más para fingir que esto no está pasando.

Que no está pasando otra vez. Aquí, en Cooley Ridge.

Que no ha vuelto a desaparecer una chica junto al dichoso bosque, que no se ha esfumado sin dejar rastro en mitad de la noche. Que no han vuelto a colgarse carteles por todas partes, carteles en los que puede leerse DESAPARECIDA. Carteles en los árboles, en las puertas de las tiendas. Una cara inocente que pide ayuda. «Por favor, otra vez no.»

Pero allí estaba cuando abrí los ojos. El mundo era el que era. Y era un mundo en el que las chicas desaparecían sin dejar rastro. Me estremecí. Allí estaban sus ojos azules. Me miraban fijamente. Por encima de ellos solo aquel puñado de letras que formaban la palabra DESAPARECIDA. Un cartel, otro, en un poste de teléfono: ANNALEISE CARTER. PERDIDA.

–¿Nic?

Era Everett. Dios, no llevaba allí ni dos días y ya me llamaba Nic. Era como si lo hubieran abducido.

–Dime –dije, sin apartar los ojos de la calle.

Me detuve en el semáforo y volví a encontrármela. Había un cartel en la puerta de la *boutique* de Julie, donde se vendían todo tipo de cosas hechas a mano. Desde bufandas hasta joyas. Me fijé en el cartel y luego en una bufanda de seda verde. Pensé que Annaleise se parecía tanto a mí que podría haber sido yo. Incluso había estado saliendo con Tyler. De hecho, se decía que habían estado juntos la noche en que desapareció. De aquello hacía ya dos semanas.

–¡Eh! –Everett posó una mano en mi hombro–. ¿Va todo bien?

–Sí, lo siento, todo bien.

Dejé de mirar el cartel y le miré a él, pero de todas formas no pude evitar sentir que Annaleise me miraba. Era como si estuviera tratando de decirme algo. «Mira. Acércate. ¿Acaso no puedes verlo?»

–No pienso irme hasta que sepa que estás bien. –Su mano seguía en mi hombro. Su reloj plateado, que en realidad era de acero, o eso me había dicho, le colgaba de la muñeca. Llevaba una camisa de manga larga, ¿por qué no se estaba asando?

–¿No hemos ido al médico para eso? –Levanté la bolsa que contenía las pastillas–. Me tomaré un par y te llamaré por la mañana. –Sonreí, aunque me costó. Miró mi dedo desnudo, el dedo en el que debía estar el anillo, preocupado. Escondí la mano–. Lo encontraré –dije.

–No es el anillo lo que me preocupa. Me preocupas tú.

Lo cierto era que tenía un aspecto horrible: llevaba el pelo recogido en una horrenda cola de caballo; unos *shorts* que me habían ido estupendamente hacía dos semanas pero que ahora se me caían todo el rato; una vieja camiseta que había encontrado en el armario y que tenía al menos diez años. Él, en cambio, seguía teniendo un aspecto estupendo. Lucía un envidiable corte de pelo y vestía como si acabara de abandonar la oficina un segundo para llevar a su novia al médico. De hecho, el orden del día podría haber sido: «Llevar a Nicolette al médico porque no duerme». «Echar un vistazo al papeleo de mi futuro suegro.» «Pillar un taxi al aeropuerto y preparar el juicio.»

–Everett, en serio, estoy bien.

Me retiró un mechón de pelo de la cara.

–¿De verdad?

–De verdad.

Me ardían los ojos. Volví a mirar la foto de Annaleise. Solo una persona cuerda se daría cuenta de cuán cerca estaba del abismo. Mi padre no, mi padre no tenía ni idea, no solo no sabía cuán cerca estaba de ninguna parte, sino que, de caer, ni siquiera hubiese notado el aumento de velocidad de la caída.

Pero yo sí. Yo sabía lo cerca que estábamos todos del abismo. Y eso era bueno. Como diría Tyler, que cada uno lidie con su propia mierda.

–Nicolette, no quiero dejarte sola.

El coche que teníamos detrás pitó porque el semáforo estaba en verde, y Everett aceleró.

Me quedé mirándole, su perfil se recortaba contra el asfalto.

–No estoy sola. Está mi hermano.

Everett suspiró. Y me bastó su silencio para saber lo que pensaba de Daniel.

Las chicas desaparecidas tienen un talento especial para meterse en tu cabeza. No puedes evitar verlas todo el tiempo. Cada chica con la que te cruzas puede ser una de ellas. Porque estamos de paso. Somos insoportablemente frágiles. Ahora estamos aquí, pero quién sabe luego. Luego quizá no seamos más que la chica del cartel del poste de teléfono.

No podía dejar de pensar en ello, aunque era algo completamente irracional, y lo sabía. Pensaba: cualquiera puede desaparecer. Cualquiera puede estar ahí y luego dejar de estarlo. Notaba cómo ese pensamiento trataba de abrirse camino desde la superficie, a través de la voz de Tyler en el contestador y del inexplicable comportamiento de Daniel. Lo notaba especialmente cuando ponía un pie en Grand Pines. No llevaba ni dos semanas en Cooley Ridge y ya sentía que todo el mundo estaba en peligro.

Que cualquiera podía desaparecer.

Recorrimos en silencio el sendero que llevaba a mi casa. Everett aparcó junto a la puerta, salió del coche y se quedó contemplando el porche, como el primer día.

–Tengo que sacar a mi padre de Grand Pines –dije.

Everett había conseguido que la policía dejara en paz a papá, pero yo sabía que solo era cuestión de tiempo que volvieran a preguntarle por Corinne. Estaban desesperados por encontrar una pista. La que fuera.

Entramos en casa. Everett me cogía de la cintura. Jugueteaba con mi blusa. Dijo:

–Tienes que cuidarte. El médico ha dicho...

–El médico ha dicho que no me pasa nada.

Everett había insistido en entrar en la consulta conmigo. En primer lugar el médico me había preguntado por mi familia, y yo le había dicho que nuestra historia era deprimente pero que no tenía nada que ver con lo que me pasaba. Y luego había querido saber cuándo había empezado, y Everett le había dicho que cuando Annaleise –mi vecina– había desaparecido, y el médico había asentido como si aquello lo explicara todo. Estrés. Miedo. Una u otra cosa. Puede que las dos. Me había recetado unas pastillas para la ansiedad y otras para dormir, y me había advertido que si no empezaba a dormir un poco más, aquello podía complicarse. Dejarían de apetecerme las cosas. Entraría en una especie de letargo. Y si no le ponía remedio, podía llegar a desmayarme en cualquier momento. De ahí que Everett se hubiese ofrecido a conducir mi coche.

«Intenta dormir –había querido decirle al médico–. Intenta dormir cuando hay otra chica desaparecida y la policía anda interrogando a tu padre, sin saber si puede fiarse de él o no. Intenta dormir cuando sabes que una de ellas ha estado en tu casa.» Como si todo pudiese volver a su lugar por el mero hecho de que yo me relajara.

Everett seguía sujetándome como si en cualquier momento fuese a salir volando, o a ponerme a flotar, como un puto globo.

–Vente conmigo –dijo.

«¿Adónde?», pensé. ¿Acaso su casa era mi casa?

–No puedo. Mi padre...

–Yo me ocuparé de todo.

Sabía que lo haría. Para eso había venido.

–Pero ¿y la casa? –dije, señalando las abultadas cajas que había por doquier, la puerta de atrás, que seguía sin cerrar bien. Todo lo que aún estaba por hacer.

Él sacudió la cabeza.

–Pagaré a alguien para que se ocupe de todo. No tienes por qué estar aquí, y lo sabes.

Yo también negué con la cabeza. Porque ya no era cuestión de ordenar, de arreglar o de limpiar aquello. Era otra cosa.

–No puedo irme. No en medio de todo esto.

Y «esto» era la chica del cartel. Sus ojos que nos miraban desde todos y cada uno de los postes de teléfono, desde las puertas de las tiendas. «Esto» era la investigación, que no había hecho más que empezar. «Esto» eran los secretos, los secretos más oscuros de mi familia, a punto de ser revelados. Otra vez.

Everett suspiró.

–Querías un consejo, ¿no? Pues ahí va: no estás a salvo aquí. Los polis rondando esta puñetera casa como asquerosos buitres, agarrándose a un clavo ardiendo. Están interrogando a gente. No tiene sentido, pero lo están haciendo de todas formas.

Everett no sabía por qué, pero yo sí: Annaleise había enviado un mensaje al móvil personal del agente Stewart la noche de su desaparición preguntándole si podía hacerle unas preguntas sobre Corinne Prescott. Él le devolvió la llamada al día siguiente, pero saltó directamente el contestador. Para entonces, Annaleise había desaparecido.

Todos los policías de Cooley Ridge eran del lugar, por lo que conocían al dedillo la historia de Corinne. Habían oído hablar de ella cientos de veces en el bar. Y la historia se había repetido. Ahora no había una, sino dos chicas desaparecidas. Y lo último que se sabía de Annaleise es que había preguntado por Corinne Prescott.

Lo que tenía todo el sentido del mundo si eras de Cooley Ridge.

He aquí todo lo que imaginaba que podía haber en la caja en la que creía que habían guardado las notas del caso, la caja que debía seguir en comisaría: un test de embarazo escondido en una caja de caramelos y encontrado en el fondo de un cubo de basura; un anillo con restos de sangre que habían descubierto en una de las cuevas del bosque; cintas de casete con montones de horas de grabación de interrogatorios a gente que decía mentiras, medias verdades y alguna que otra verdad; transcripciones de las llamadas de teléfono de la propia Corinne; y nombres. Nombres garabateados en pedazos de papel, los suficientes pedazos de papel como para llenar la caja entera, como si fueran confeti.

Hasta no hacía demasiado, había imaginado esa caja cerrada y escondida en un rincón, bajo otras cajas, cajas nuevas. Pero ahora tenía la sensación de que con un golpecito podía derribarla y que al caer al suelo se abriría y todo su contenido se esparciría por el polvoriento suelo. Todos aquellos nombres. Esa caja representaba en mi mente cómo éramos en Cooley Ridge. Lo que hacíamos con el pasado: lo encerrábamos en algún lugar apartado de la vista, pero nunca lo dejábamos demasiado lejos.

Si la caja había vuelto a abrirse era solo porque Annaleise había pronunciado el nombre de Corinne justo antes de desaparecer. Cierra los ojos y mete la mano. Saca un nombre. Y monta un interrogatorio.

Así funcionan las cosas aquí.

Eso era lo que había pasado.

Sí, había llamado a Everett para pedirle ayuda. Quería saber qué hacer con los agentes que habían empezado a acosar a mi padre, a mi padre enfermo, en la residencia, y él había venido. De hecho, había cogido un avión hacía tres días, había llamado a un taxi para que le trajese a casa desde el aeropuerto y había montado una especie de despacho en el comedor. Todo lo que hacía era trabajar allí. En sus cosas. Yo no le había pedido que viniera. Pero vino porque estaba asustado. Yo le había asustado. Y le quise por eso. Me encantó que lo hiciera. Me encantó que hubiera venido. Pero no podía ponerme a investigar con él allí. No podía tratar de descubrir qué demonios le había pasado a Annaleise sin arrastrarlo a ese otro mundo a él también.

Debería haberle dicho: «Vete. Vete antes de que te arrastremos con nosotros».

–Es mi familia –dije.

–No quiero que te quedes aquí –susurró, señalando el patio trasero, que se extendía hasta donde nos alcanzaba la vista y se perdía en el bosque–. Ha desaparecido una chica y estaba justo aquí.

–Haré caso al médico, me tomaré las pastillas y trataré de dormir más. Te lo prometo. Pero tengo que quedarme.

Me besó en la frente.

–No sé por qué haces esto.

¿No era obvio? No podía dejar de verla. Estaba por todas partes. En cada poste de teléfono. En cada marquesina. Su cara colgaba de los mismos sitios de los que había colgado la de Corinne, y yo no podía evitar sentir un nudo en el estómago. Porque por más que acelerase y una tras otra pasasen a toda velocidad junto a la ventanilla del coche, no iban a irse a ninguna parte, seguirían ahí.

Era Annaleise quien estaba por todas partes ahora, y sus enormes ojos me decían que abriera los míos. Allá donde mirara, me topaba con ella. «Mira. Mira. Mantén los ojos abiertos.»

La compañía de taxis me dijo que en veinte minutos llegaría un coche, pero sabía que iban a ser cuarenta. Everett estaba apoyado en la puerta del lavadero, observando cómo sacaba la ropa de la secadora y la metía en la cesta.

Sonreía.

–No tienes por qué hacerlo, Nicolette.

Me aclaré la garganta y me coloqué la cesta en la cadera.

–Quiero hacerlo –dije.

Quería recoger sus cosas y meterlas en la maleta y luego darle un beso de despedida. Quería que cuando llegase a casa y abriese la maleta se acordara de mí. Pero también me moría de ganas de que se fuera.

Me estuvo contemplando mientras doblaba cada una de las prendas que había traído consigo en la mesa del comedor. Y luego me vio meterlas en la maleta, como quien contempla una delicada cirugía.

–Averigua si puedes anular tu contrato de alquiler –dijo, acercándose a mí y rodeándome con los brazos, en el momento en que doblaba su última camisa. Me apartó la coleta y me besó el cuello–. Me gustaría que cuando volvieras viviéramos juntos.

Asentí, sin dejar de hacer lo que estaba haciendo. Hubiera sido fácil soltar un «claro, por supuesto». Porque, después de todo, no era difícil imaginarnos: podía ver con claridad mi ropa en su armario; nos veía a los dos cocinando, y luego, acurrucados en el sofá. En la escena del sofá yo me cubría con la manta roja, porque siempre hacía frío en su casa. Él hablaba de cómo había sido su día en el juzgado, yo de mis estudiantes. Cada uno con una copa de vino en la mano.

–¿Me has oído? –me preguntó.

–Sí. Solo estoy pensando en todo lo que tengo que hacer aún aquí antes.

–¿Necesitas algo? –me preguntó. A continuación se aclaró la garganta, trató de que su voz sonara natural y añadió–: ¿Dinero?

Aquello me sorprendió. Nunca antes me había ofrecido dinero. De hecho, nunca habíamos hablado de dinero. Él tenía y yo no, de modo que esquivábamos el tema como una hoguera que podía arder sin control hasta consumirnos. Por eso nunca me había atrevido a hablar de la boda, porque habría significado hablar del contrato prematrimonial que me haría firmar su padre, y que yo firmaría, y que acabaría convirtiéndose en motivo de discusión.

–No, no necesito tu dinero –dije.

–No, eh, Nicolette, no quería decir... Puedo ayudarte, ¿vale? Deja que te ayude.

Cuando nos conocimos me confesó su admiración porque yo me había hecho a mí misma. Porque ahí estaba yo, con mi coche y mis clases, sin deberle nada a nadie, porque me había abierto camino sola.

«Claro –le respondí yo–, pero para que eso ocurra tienes que salir de la nada más absoluta. Y endeudarte hasta las cejas.»

–Sí, es maravilloso, pero ¿sabes qué? En los próximos diez años no haré otra cosa que amortizar préstamos –dije.

A veces me preguntaba si cuando nos casáramos iba a pagarlos él. Y si aquello me convertiría en una persona distinta. Si cuando ocurriera, le seguiría gustando tanto.

–Everett, te lo agradezco, pero el dinero no va a ayudarme. –Cerré la maleta y la dejé junto a la puerta.

Se aproximaba un coche por el camino de entrada.

–Ahí tienes tu taxi –susurré, abrazándole.

–¿Lo pensarás? –me preguntó al separarnos.

No estaba segura de a qué se refería exactamente, si a lo de vivir juntos o a lo de aceptar su dinero, y odié que lo sacara a colación precisamente ahora. Porque le había hecho falta aquello, le había hecho falta verme allí, a un paso del abismo, para darse cuenta de que me quería.

–Vale –dije, y se mostró satisfecho.

–Me hubiera gustado poder quedarme más tiempo –dijo. Me besó–. Al menos he conocido a tu familia. Y me alegro.

Me reí.

–Sí, claro.

–De verdad –dijo y, en voz baja, añadió–: Son buena gente.

–Claro –susurré, y me estrechó tan fuerte que casi me hizo daño–. Tú también –añadí cuando me soltó.

Me cogió la mano y la posó en su mejilla.

–Mañana pondré una denuncia.

–Aún podría aparecer. –Me encogí de hombros–. Seguramente estará en alguna caja. Volveré a echarles un vistazo.

–Si lo encuentras, avísame –dijo, levantando la maleta y dirigiéndose hacia la puerta–. Y, Nicolette –el corazón me dio un vuelco, por cómo me miró–, si no estás en casa el próximo fin de semana, vendré a buscarte.

Cuando el taxi se hubo ido, cerré la puerta, di una vuelta a la llave y eché el cerrojo, para asegurarme. Recorrí la casa para comprobar que todo estuviera en su sitio y cerré las ventanas que Everett había insistido en abrir. Bloqueé la puerta trasera con la silla de la cocina, porque el cerrojo seguía roto. Hacía un calor de mil demonios. El maldito aire acondicionado seguía sin funcionar. Fui a la cocina: necesitaba beber algo. Algo frío. Con cafeína. Metí la cabeza en la nevera, a ver qué encontraba.

Agua. Gatorade. Latas de soda. Me arrodillé junto a la puerta abierta, respirando aquel aire helado –«despierta, Nic»– mientras la electricidad zumbaba en mis oídos y la luz de la nevera iluminaba el espacio a mi alrededor.

Un ruido seco y repentino me sacó de mi ensimismamiento. Era la silla que había colocado para bloquear la puerta trasera. Me puse en pie y di la espalda a la nevera abierta, buscando algo con lo que poder defenderme.

Era Tyler. Estaba temblando. También estaba cubierto de sudor, sucio, y olía a tierra y a polen. Temblaba como si acabara de recibir un chute de adrenalina y tratase de volver en sí. Frunció el ceño al ver la silla en el suelo y luego examinó la habitación detrás de mí.

–¿Tyler? ¿Qué demonios haces? –Sus botas de trabajo marrón estaban cubiertas de una gruesa capa de barro, había apoyado un brazo en el marco de la puerta. Me puse en pie y cerré la nevera. Un silencio incómodo se cernió sobre la casa–. ¿Tyler? ¿Qué pasa? Di algo.

–¿Hay alguien más contigo? –preguntó.

Supe que no se refería a un «alguien más» cualquiera.

–Se ha ido –dije. Seguía temblando–. Estoy sola.

Era evidente que no se encontraba bien. Era otro Tyler, uno de quince años, el día en que se celebró el funeral de su hermano; su madre tenía una bandera estadounidense sobre las rodillas y él parecía estar sentado muy derecho cuando, en realidad, si te fijabas, podías verle temblar. Estaba a punto de estallar, de romperse en mil pedazos. Y todos aquellos extraños que no hacían más que acercarse a él empeoraban la situación. Era, también, el Tyler de diecisiete años el día en que empezamos a salir y rayé, sin querer, la puerta de su coche, y le vi enfurecerse, y contuve el aliento, temiéndome lo peor. «No es más que una puerta», dije entonces.

–Solo estamos tú y yo –dije.

Dio un paso al frente y entró en casa. De sus botas se desprendieron pedazos de barro que ensuciaron el linóleo.

–Lo siento –murmuró contemplando el suelo.

–¿De dónde vienes? –le pregunté.

No contestó. Miraba sus zapatos y miraba el barro en el suelo. Por un momento temí que se fuera y que no volviera a verlo más.

–Ven aquí –dije, y me arrodillé delante de él, tratando de desatar los embarrados cordones de sus botas de trabajo. Su respiración era irregular y, de cerca, pude observar que había una suerte de polvo amarillo adherido a sus pantalones. Traté de concentrarme en lo que estaba haciendo, mantener las manos firmes, controlar el caos. «Tyler. Solo era Tyler.» Había conseguido desatar una de las botas cuando el sonido del teléfono nos sobresaltó a los dos. Tyler me miró cruzar la habitación mientras se quitaba la otra bota.

–Es mi hermano –dije cuando vi su nombre parpadear en la pantalla.

Tyler puso la cara que habría puesto yo. Me acerqué el teléfono a la oreja.

–Nic –dijo Daniel, sin darme tiempo a saludar–. ¿Dónde estás?

–En casa, Daniel.

–¿Está Everett contigo? –preguntó, y oí el viento a través del teléfono. Se estaba moviendo. Rápido.

–No –dije–. Se ha ido. Pero Tyler está aquí.

Miré a Tyler, que se había acercado un poco. Estaba en mitad de la habitación, tenía la cabeza ladeada, como si tratara de escuchar la conversación.

–Escúchame –dijo Daniel. Oí que un motor se ponía en marcha–. Sal de ahí.

El estómago me dio un vuelco y volví a mirar las botas cubiertas de barro de Tyler.

–Sal. Ahora.

Dejé caer el brazo.

–¿Tyler? –dije.

El teléfono resbaló de mi mano y, al caer al suelo, se rompió. «Polen –pensé–. Tierra.»

–¿Qué? ¿Qué te ha dicho? –quiso saber Tyler. Parecía asustado.

Miré sus manos. Tenía tierra bajo las uñas. Una fina línea de sangre seca le corría entre el pulgar y el dedo índice.

–Tyler –dije–. ¿Qué has hecho?

Se apoyó en la silla, sus dedos se aferraron a la madera.

–No me queda tiempo, Nic.

Y entonces oí, débil y lejana, las sirenas de la policía.

«Tictac, Nic.»

–¿Qué ha pasado? –pregunté.

Cerró los ojos con fuerza y un temblor atravesó su cuerpo.

–Han encontrado un cadáver en la granja de los Johnson.

El campo de girasoles. Polen. Tierra.

Las sirenas se acercaban.

Tyler también.

Y el tiempo permanecía perfecta y dolorosamente detenido.

El tiempo es algo que hemos inventado nosotros. Una medida. Una manera de entender el mundo. De explicar las cosas. Puede llevarte a otro lugar y mostrarte todo lo que quieres saber si le dejas.

Déjale.

UN DÍA ANTES

DÍA 14

El tiempo dejó de importarme. Había pasado toda la tarde rebuscando entre los papeles de mi padre. Entre sus viejos libros y su material didáctico. Y seguí haciéndolo por la noche. Fui sacando pedacitos de papel de entre las páginas, revisando los márgenes en busca de comentarios. Solo estaba haciendo tiempo. Quería que Everett se durmiera. No encontré nada. Hubiera sido más fácil tirarlo todo a la basura sin más. Ya de madrugada, apilé las cajas en el pasillo.

Por la mañana las devolvería al garaje.

Volví a la habitación descalza, para no hacer ruido. Everett dormía a pierna suelta. El edredón amarillo estaba en el suelo formando una pequeña montaña. Puede que no estuviese profundamente dormido aún, pero su respiración era lenta y acompasada. Le toqué y ni se inmutó.

Eran las 3.04 según el reloj de la mesita de noche. Perfecto. La hora ideal para no encontrarme con nadie. Los últimos rezagados del Kelly's acababan de volver a casa y por fin se metían en la cama, y los que iban temprano a trabajar aún dormían y no saldrían de casa hasta que el chico de los periódicos empezase el reparto. El mundo estaba en silencio, a la espera.

Salí de mi cuarto, evitando el listón que crujía. Fui de puntillas hasta el dormitorio de mis padres, abrí el armario en el que guardaban la ropa de trabajo, los zapatos y las zapatillas viejas, y deslicé mi mano dentro de una de ellas, la zapatilla en la que había escondido la llave que no utilizaría hasta que fuera seguro hacerlo. Noté las formas del pie que no hacía tanto había descansado en su interior. La llave estaba fría, y en la oscuridad no podía ver el misterioso silueteado del llavero. Pero podía sentirlo. Cuando apreté el puño noté el relieve, los remolinos infinitos que se cerraban unos sobre otros.

«Tictac, Nic.»

Mis zapatillas me esperaban junto a la puerta trasera. Había corriente de aire en la planta baja. Everett había dejado abierta la ventana de la cocina.

Me aupé en la encimera y la cerré.

Luego me fui.

Este bosque es mío.

Crecí aquí, entre estos árboles. Se extienden desde mi casa hasta el otro extremo de la ciudad; lo conectan todo, llegan hasta el río, hasta las cuevas. Había pasado mucho tiempo, pero si dejaba de pensar en ello y confiaba en la memoria, podía encontrar hasta el más recóndito de los caminos, de día o de noche. El bosque era mío, y yo era suya, y no tenía por qué recordármelo. Pero habían pasado muchas cosas. Todo eran incógnitas. Los animales prosperaban, la noche era inquietante, y había seres, sí, que solo podían sobrevivir en la oscuridad. Allí dentro había cosas que respiraban, crecían y morían. Nada iba a detenerse, nunca.

«Este bosque es mío.»

Acaricio con las puntas de los dedos los troncos de los árboles a medida que me interno en el bosque y repito las palabras como un mantra. Es el bosque en el que me escabullía para encontrarme con Tyler en mitad de la noche. Tyler dejaba su camioneta en el aparcamiento de la tienda de comestibles y nos encontrábamos a medio camino, en un claro al que me enseñó a llegar mi hermano cuando yo era niña. Daniel y yo llegamos a construir un fuerte allí. Lo hicimos con ramas y lo rodeamos de espinos, para «mantener al monstruo lejos», o eso había dicho él. Una tormenta lo destruyó; por entonces yo estaba a punto de empezar el instituto y Daniel era ya demasiado mayor, así que le traía sin cuidado. Fui yo quien se ocupó de él, y el claro pasó a ser mío, solo mío.

Pero aquel era también el bosque en el que Annaleise había sido vista por última vez. El bosque en el que pasamos diez años buscando a Corinne. El bosque que habíamos rastreado por última vez la semana pasada. Y allí estaba yo, sola, en un momento que solo existía para los amantes de la oscuridad, para los nocturnos.

El haz de luz de mi linterna se abría paso entre las sombras y aquí y allá topaba con ramas sueltas que en ocasiones parecían querer volver a la tierra, y raíces que, por el contrario, parecían querer escapar de ella. Algo pequeño y veloz pasó junto a mí. Me trajo sin cuidado, seguí internándome en el bosque. Y mis pasos se volvieron más firmes, más ruidosos, a medida que lo hacía.

Crucé el límite del bosque y me encontré en la finca de los Carter. No había luz en el estudio en el que había vivido Annaleise el último año, cuando aún asistía a la escuela de posgrado. No formaba parte del edificio principal de la casa. Y ni la casa ni el estudio eran demasiado grandes, pero se conservaban bien, si no te fijabas en el patio y en los tejados de una y otro. La casa tenía encendidas las luces exteriores, que parecían estar esperando que Annaleise regresase en cualquier momento.

Su estudio había sido en otra época un garaje en el que cabía un solo coche, pero el padre de Annaleise lo había arreglado y lo había convertido en una especie de taller de pintura porque, según le había dicho a mi padre, su hija era «una gran promesa». Pero eso había sido antes de que le despidieran, «por culpa de los recortes», le había dicho un día a mi padre, sentados los dos en el porche trasero, cada uno con una copa en la mano. También había sido antes del divorcio. «Va a quedarse la maldita casa»; «es de mi familia pero va a quedársela ella», le había dicho a mi padre. Se lo había dicho antes de que se largase a Minnesota o a Misisipi, nunca consigo acordarme, porque por fin había encontrado otro trabajo. En una época en la que las promesas aún podían cumplirse.

También en casa, hace unos años, habíamos estado a punto de reformar nuestro garaje para que Daniel se mudara. Porque encontrar un sitio en el que vivir en Cooley Ridge no era tan sencillo como en el norte. No había muchos apartamentos en alquiler, ya que la gente no solía mudarse a menudo. Las tiendas de la calle principal alquilaban la primera planta y el sótano como apartamentos, y podías instalar una caravana en el solar de alguien si pagabas lo que pedía. Así que cuando Daniel decidió quedarse en Cooley Ridge, pensó que la opción más barata sería convertir el garaje en un estudio. La empresa del padre de Tyler, Construcciones Ellison, iba a encargarse del asunto, y mi padre y Daniel iban a ayudar en lo que fuese necesario para ahorrarse parte del presupuesto.

Para empezar, construyeron una especie de cochera entre el garaje y la casa, y llegaron a cubrir el maltrecho suelo del garaje con una primera capa de hormigón, dejando espacio para las tuberías. Pero nunca se procedió al aislamiento ni a la fontanería. Corinne desapareció y el mundo se detuvo. Daniel cambió de opinión y decidió ahorrarse ese dinero y continuar viviendo con papá hasta que él y Laura pudieran comprarse su propia casa.

Creo que Annaleise era de las que sabía que no era bueno echar raíces en Cooley Ridge. Después de todo, ya se había ido una vez. Se fue y regresó, y di por hecho que no había sabido qué hacer a su vuelta. Que ella y Cooley Ridge no habían sabido qué hacer el uno con el otro. El estudio era para ella, pero luego sería para su hermano, que estaba en el instituto. Me la imaginaba repitiéndose constantemente: «Esto es temporal. Hasta que me llegue la oportunidad. Hasta que encuentre mi camino».

Un sendero serpenteaba desde la carretera principal hasta su apartamento, junto a la casa, recordando la época en la que era un garaje. El coche de Annaleise y otros dos estaban alineados bajo la gran cochera que había junto a la casa.

Recorrí la distancia que me separaba de la puerta trasera del estudio con la linterna apagada. La llave se me clavaba en la palma de la mano. Una vez allí, cogí aire y la metí en la cerradura. Encajaba perfectamente. Apoyé la mano en la puerta y noté el temblor generado por la llave al girar, y oí que el cerrojo se deslizaba sin esfuerzo.

Cuando entré, mi cuerpo temblaba por la ansiedad. «No debería estar aquí.»

Volví a encender la linterna y la mantuve baja, lejos de las ventanas. El lugar me recordó a mi apartamento. Muros bajos dividían las estancias, pero no había una sola puerta. Frente a mí podía ver una cama de matrimonio con un edredón blanco, y en la pared opuesta había una mesa de dibujo: los pinceles, lápices y demás útiles estaban organizados en recipientes perfectamente alineados.

Detrás de un pequeño muro vi un sofá frente a un televisor colgado de la pared. Apenas había muebles, pero los pocos que había quedaban muy bien. Todo era discreto y minimalista, a excepción de las paredes, de las que colgaban todo tipo de dibujos: bocetos a lápiz o al carboncillo, sin color. De hecho, todo el lugar estaba desprovisto de color.

Fui iluminándolos con la linterna. Eran bocetos, y estaban enmarcados. Deduje que debían ser obra de la propia Annaleise. Algunos parecían versiones de fotografías famosas. Marilyn Monroe de perfil, de pie, apoyada en una pared, mirando al suelo. Una niña con el pelo revuelto que le tapaba la cara. Tenía la sensación de haberla visto en alguna parte, pero no podía precisar dónde. Había otros que me eran totalmente desconocidos. Tampoco tenía forma de saber si eran copias u originales realizados por Annaleise.

Pero me di cuenta de que todos tenían algo en común: en todos aparecían chicas, chicas solas. Chicas de aspecto vulnerable, triste y soñador. Chicas que podrían pasar desapercibidas, que lo habían hecho, y que seguían mirándonos desde las paredes: «Mira –decían–. Míranos».

Chicas, como Annaleise en los postes de teléfono, silenciosas y silenciadas.

Annaleise había ido a una famosa escuela de bellas artes, lo que no suponía una sorpresa. Al volver al instituto ganó un concurso estatal de fotografía y apareció en la prensa local. Aquello le había asignado un papel. Era la chica que había al otro lado de la cámara. La chica tímida, delgada, de ojos grandes, cuyos movimientos eran de tanteo, cuidadosos, deliberados. El que crea, observa, pero nunca se deja ver. Al contrario que Corinne.

Sabía que la policía había estado allí, pero no parecía que hubieran tocado nada.

Obviamente, allí no se había producido ninguna pelea. Se sabía que Annaleise había salido a pasear. Y que si alguien le había hecho daño, no se lo había hecho en casa. Su bolso no estaba, pero lo más probable es que lo llevase con ella cuando desapareció. Su coche sí estaba. Esa fue la gran señal. ¿Quién se va de casa sin el coche? No habían encontrado su móvil, por lo que se daba por hecho que lo llevaba encima, estuviera donde estuviera. Y estaba apagado, por lo que no habían podido rastrearlo.

La policía había estado aquí, y probablemente sus padres también, pero nadie había hablado de ningún tipo de pistas. La llave que yo tenía era real, era algo, me revolvía el estómago. Era peligrosa.

Eché un vistazo a su mesa de trabajo. Abrí el armario. Y los cajones del cuarto de baño. Incluso miré en el cubo de basura, recordando que en el de Corinne habían encontrado un test de embarazo en una caja de chocolatinas.

Pero no hallé nada. Un pañuelo de papel usado, un desodorante de bola gastado, el envoltorio de una pastilla de jabón. Pensé que lo más probable era que alguien hubiera pasado por allí antes del registro de la policía para limpiar y ahorrarle la vergüenza, manteniendo a salvo aquello de sí misma que no quería que los demás vieran.

Revisé los cajones del armario. Todo estaba cuidadosamente doblado y todo parecía pertenecerle. No había ropa de hombre. En el lavabo, un solo cepillo. No había notas en la mesa. Nada de nada, a excepción de un portátil junto a un puñado de cables. Me mordí un padrastro del pulgar. Probablemente ya le habían echado un vistazo. Pero también yo podía hacerlo. Y podía devolverlo antes de que lo echaran de menos. «Podía hacerlo.»

Lo cogí antes de que pudiera cambiar de opinión.

Miré debajo de la cama antes de salir. Había una maleta. Era evidente que no se había ido de viaje. Junto a la maleta había una caja blanca: quizá contuviera un álbum de fotos. Dejé el portátil en el suelo y saqué la caja de debajo de la cama. Al levantar la tapa vi que contenía más bocetos como los que había en la pared.

Les eché un vistazo rápido. Noté el frío metálico de la linterna entre los dientes y me pregunté si habría algo más que dibujos. Algo que la policía hubiese pasado por alto, algo que ella hubiera intentado ocultar. Pero no, solo eran dibujos. Más chicas tristes. Con los ojos abiertos, cerrados; todas, de alguna manera, desamparadas. Tuve que entrecerrar los ojos para ver sus caras, pues los trazos eran muy débiles. Simples borradores: bocetos para oscurecer y sombrear, bocetos a los que dar profundidad después. Todos iban mezclándose en mi cabeza a medida que iba pasándolos, más y más rápido.

Hasta que algo hizo que me detuviera para echar un nuevo vistazo a los últimos que había desechado. Me quité la linterna de la boca e iluminé convenientemente los ángulos familiares de aquella cara, la curva de su sonrisa, el lunar junto al ojo derecho. La forma de corazón de su boca, el sencillo vestido de campesina que le llegaba justo encima de las rodillas.

«Corinne.»

Era un boceto de Corinne. Pero no, era más que eso. Era una copia de una fotografía que había colgado de la pared de mi cuarto. Habíamos estado en un campo de girasoles. En la granja de los Johnson, a tres o cuatro pueblos de distancia. Era lo más parecido a una atracción turística que teníamos por allí. La gente conducía durante horas para hacerse fotos. A Bailey le encantaba.

De hecho, aquella fotografía fue tomada con la cámara de Bailey el verano antes del último año de instituto. Habíamos realizado al menos un centenar de fotografías ese día, posando durante tanto tiempo que incluso nos olvidamos de que estábamos posando. A Bailey le gustaba hacernos fotos mientras dábamos vueltas. Nos hacía girar sobre nosotras mismas y programaba la cámara de manera que tomara las fotos en larga exposición: el resultado se traducía en fotografías oscuras y borrosas. Fotografías de fantasmas.

No conservé esas fotos en las que no podíamos reconocernos. Solo conservaba aquellas en las que sonreíamos, en las que mirábamos a cámara y parecíamos felices. Colgaban de las paredes. Como prueba.

Yo también aparecía en esa foto. Corinne tenía los ojos cerrados y sonreía, atrapada entre lo que acababa de ocurrir y lo que ocurriría. Había estado contándonos una historia mientras jugueteaba con el tallo de un girasol altísimo. Yo estaba junto a ella, mirándola. Riéndome.

Era la foto que más me gustaba de todas en las que aparecíamos juntas. Pero Annaleise solo había dibujado a Corinne. Me había eliminado. En el lugar que yo ocupaba había dibujado girasoles. Me había borrado del recuerdo. Yo no era más que una complicación innecesaria, prescindible. Sin mí, Corinne parecía sola y triste, como las otras chicas que había en aquella caja.

Pasé la página y me fijé en la siguiente. Era otro boceto de una fotografía en la que aparecíamos Corinne, Bailey y yo. Pero en el dibujo solo aparecía Corinne, que miraba indefensa a un lado. A quien mirábamos en la foto era a Bailey, que había echado la cabeza hacia atrás y a la que la falda le volaba entre las piernas, sus oscuras piernas. Pero en el dibujo solo se veía a Corinne, sola, en un campo de girasoles.

¿Cómo demonios había conseguido Annaleise mis fotos? Seguro que había estado en casa. En mi habitación. ¿Quién era aquella chica junto a la que había vivido tantos años?

Annaleise era cinco años más joven que yo, pero por entonces apenas notábamos la diferencia. En parte porque era una niña tranquila y había pasado desapercibida. Lo único que recordaba de ella es que siempre parecía estar atravesando esa fase en la que ya no eres una niña pero tampoco una adolescente, y que siempre había sido flaca e insegura.

He aquí todo lo que sabía de ella: que tras la muerte de mi madre solía venir a casa con la comida que nos preparaban sus padres; así durante tres meses, pero daba la impresión de que no sabía qué decir cuando llegaba, de modo que no decía nada; que nunca debió de tener muchos amigos, o eso me parecía, porque siempre la había visto sola; que había ganado aquel concurso de fotografía pero nos habíamos enterado porque Bailey también había participado; y que le gustaba el helado de fresa. O le gustaba lo suficiente como estar comiéndose uno el día en que la vi en la feria del condado, hacía diez años.

Estaba en la entrada de la feria, sola, cuando pasé corriendo, escapando del tipo de la noria, y al principio no la vi. Al único que vi fue a Tyler, que me estaba esperando. Pero cuando Daniel me pegó y caí al suelo, me torcí el brazo y miré a lo lejos, la vi allí. Fue como si su cara se me apareciera en mitad del tumulto: lamía aquel helado de fresa y su lengua estaba a punto de volver a hundirse en la bola.

Después de aquello oí otro puñetazo –fue muy rápido–, y no me costó imaginar quién lo había propinado. Pero yo seguía mirando el helado de Annaleise, y antes de que ella echara a correr y desapareciera, la bola cayó al suelo. Volví la cara en la dirección contraria y pude ver un puñado de gotas de sangre en el suelo: Daniel se agachaba, las manos ahuecadas sobre su nariz, y Tyler maldecía sacudiéndose la mano.

Volví a colocar la caja debajo de la cama. Pero doblé los dibujos de Corinne y los metí en el maletín del portátil. De todos modos, eran casi míos.

–¿Nicolette? –Everett estaba sentado en su lado de la cama. Era por la mañana. Yo estaba mirando el espacio desnudo que una vez habían ocupado las fotografías en las paredes de mi cuarto–. ¿Qué demonios haces?

–Estoy pensando.

Abrí el cajón superior y saqué una muda de ropa. Había escondido el portátil y los dibujos en el armario de mi padre, junto a la maldita llave de aquel estudio, antes de volver a meterme en la cama. Se despertó cuando me deslicé entre las sábanas. Me miró, pero no dijo nada.

–¿Has dormido? Me desperté y vi que no estabas.

–Un poco. Me costaba dormir y me puse a empaquetar cosas.

Me metí en el cuarto de baño y abrí el grifo de la ducha, esperando que Everett no insistiera.

–Te oí –dijo.

Estaba de pie en la puerta y me veía estrujar el tubo de la pasta de dientes sobre el cepillo. Empecé a cepillarme los dientes y alcé las cejas, mirándole, como preguntándole a qué se refería exactamente.

–No estabas en casa, ¿qué hacías ahí fuera?

Hizo un gesto en dirección al bosque. Everett se había criado en una ciudad en la que vagar de noche por las calles no era seguro para una chica. Para él, un bosque era un misterio, un lugar peligroso, una aventura que compartir con amigos, una tienda de campaña y un puñado de cervezas calientes.

Escupí en la pica y dije:

–He dado un paseo, pensando en mis cosas.

Noté que se ponía tenso, como en guardia, y contuve el aliento. Porque sabía cómo llegar a la verdad. Era su trabajo. Si quería, podía presionarme desde cualquier ángulo y conseguir que me rompiera en mil pedazos. Era muy bueno en lo que hacía.

Pero no se molestó.

–Voy a estar en la biblioteca –dijo–. ¿Puedo llevarme el coche?

Cuando necesitaba conectarse a internet, tenía que ir a la biblioteca. En casa no teníamos ni línea de teléfono.

–No hace falta. Te llevo.

Me concentré por un momento en el agua que se iba por el sumidero y mi mente vagó hasta el bosque, buscando entre los bocetos de Annaleise. Everett estaba junto a mí. Me cogió de la barbilla hasta que estuvimos cara a cara, el cepillo de dientes colgando de mi boca. Me eché atrás.

–¿Qué? –dije.

Dejó caer la mano, pero siguió mirándome, preocupado.

–Pareces cansada –dijo–. Tienes los ojos enrojecidos.

Desvié la mirada, dejé el cepillo de dientes y empecé a desnudarme para meterme en la ducha, esperando que se diera por vencido.

–Sabes que va bien tomar algo que te ayude. A dormir, me refiero. Mañana vamos al médico.

Everett al mando. Tomando el control. Haciendo planes. Evitando las crisis.

El vapor de la ducha empezó a inundar el cuarto de baño. Seguía mirándome a los ojos cuando salió.

Conduje hasta la puerta de la biblioteca, un edificio que no le habría parecido una biblioteca a nadie que no la estuviese buscando. Era una casa victoriana de dos pisos con enormes ventanales y un porche que la rodeaba por completo. Había sido parcialmente renovada, se habían tirado algunos tabiques para ganar espacio, pero las escaleras de madera, el descomunal pasamanos y los cuartos de baño seguían allí.

–¿Cuánto tiempo vas a estar aquí? –quise saber.

–Me temo que casi todo el día. Vamos a juicio la semana que viene.

–¿No aceptó el acuerdo?

Me miró de reojo.

–Se supone que no debes saberlo.

Se supone que nunca sé nada. Pero siempre me deja preguntar. Poco antes de venirme para aquí, una noche, estaba preparando la documentación de fin de curso para el orientador escolar. Everett estaba trabajando en la mesa y el contenido de su maletín estaba esparcido por todas partes. Yo estaba sentada justo delante y no pude evitar echar un vistazo a sus papeles. Me fijé en las frases subrayadas y en las notas de los márgenes.

–¿El caso Parlito? –le pregunté.

Sabía que estaba siguiendo una pista telefónica. Y por lo que estaba leyendo, había una propuesta de acuerdo.

Él sonrió entonces y recogió los papeles. A continuación hizo desaparecer su mano bajo la mesa y me pellizcó la pantorrilla. No puedo evitar preguntar. Casi se ha convertido en un juego. Y él nunca contesta. La verdad es que me encanta que no lo haga. Porque demuestra que no solo es bueno en lo que hace, sino que lo es en todos los sentidos.

–Llámame cuando acabes, por favor –le dije, y entorné los

ojos para evitar que me deslumbrara el sol que se colaba por el parabrisas.

Me cogió del brazo antes de abrir la puerta del copiloto y dijo:

–Pide hora con el médico, Nicolette.

A veces, cuando no estoy centrada, acabo yendo a un lugar al que no tenía intención de ir. Me ocurre como con la memoria muscular. Voy a la tienda y acabo en el colegio. Camino hasta el banco y termino en el metro. Conduzco para ver a Daniel y acabo en la puerta de la vieja casa de Corinne. O, como acababa de ocurrirme, me dirijo a casa y termino aparcando en la esquina junto al Kelly's.

Eché un vistazo a la fachada, al viejo toldo y a la ventana del primer piso, al aparato de aire acondicionado que colgaba de la repisa. Vi que la persiana estaba subida.

Tenía que hablar con él de aquella llave. Y no me cogía el teléfono. Aunque no podía culparle.

Entré en el pub y sentí un escalofrío al oír el tintineo de la campana. De noche, nunca lo notaba. Había demasiado ruido en el interior. Olía a humo, a grasa y a rancio, y mientras me apresuraba para alcanzar la escalera que conduce al primer piso, oí que alguien gritaba desde la penumbra:

–¡No está aquí!

Y después se reía.

Subí las escaleras de dos en dos hasta el primer piso. Había una puerta a cada lado. Me aposté frente a la de la derecha. La golpeé tres veces, esperé, y volví a intentarlo. Pegué el oído a la puerta. Nada. Saqué el móvil y le llamé, con el oído aún pegado a la puerta, y oí que su teléfono vibraba dentro hasta que saltó el buzón de voz: «Hola, aquí Tyler. Deja un mensaje». Puede que estuviera en la ducha. Traté de escuchar algo parecido al sonido del agua que corre por las tuberías, o cualquier otra cosa. Nada. Volví a llamar. La vibración, el buzón de voz, nada más.

Alguien volvió a reírse abajo. Miré la hora en el móvil: la una del mediodía, domingo. Por lo que escuchaba abajo, era como antes a las cinco. Mi padre solía venir al bar en verano, cuando estaba de vacaciones. Pero no tan pronto. Nunca tan pronto.

Me volví para irme, pero no pude evitar la sensación de que estaba siendo observada. Empezó en la parte posterior del cuello y se deslizó por la columna vertebral. Me asusté. No había nadie en la escalera. La puerta del fondo estaba cerrada. Traté de detectar cualquier tipo de movimiento. Un arrastrar de pies al otro lado de la pared. Una respiración en el conducto de ventilación. Al otro lado del pasillo, en la diminuta franja de luz que salía de la puerta del apartamento, había una sombra, pero estaba quieta. Me acerqué con cuidado, tratando de moverme lo más silenciosamente posible.

Podía ser por culpa del ángulo, por la luz del sol o por los muebles... Miré fijamente por la mirilla, y todo lo que vi fue mi cara distorsionada. Era como mirarse en un espejo curvo en la casa de los horrores: mis ojos eran enormes, mi boca, pequeñísima, y todo parecía alargado y enfermizo.

Llamé a la puerta, suavemente, pero la sombra no se movió. Se me erizó el vello de la nuca. Cerré los ojos, conté hasta diez. Eso es lo que ocurre cuando investigas: sientes que todo el mundo te mira, te vuelves sospechosa para todos. Y te desmoronas si no consigues mantenerte entera. «Mantente entera.»

Bajé las escaleras apresuradamente, mis pasos resonaron abajo, atravesé la entrada del local como alma que lleva el diablo y me aposté junto a la barra. Una multitud de caras que reconocí vagamente me contemplaba. Vi que un hombre se inclinaba para decirle algo a otro. Leí en sus labios: «Es la hija de Patrick Farrell». El otro se limitó a acercarse a los labios la botella de cerveza.

Miré al camarero, esperando que me mirara, pero o no me veía o no le importaba. Lo más probable es que fuera lo segundo. Di una palmada sobre la barra.

–Jackson –dije, en un susurro.

Se acercó, pero sin dejar de hacer lo que estaba haciendo. Limpiar y apilar platos detrás de la barra. Los músculos del antebrazo se contraían y aflojaban al hacerlo. Al fin, clavó sus ojos verdes en mí.

–Dime, Nic.

–¿Quién vive en el otro apartamento? –le pregunté–. El que hay frente al de Tyler.

La piel que rodeaba sus ojos se tensó al mirarme, y antes de responder se frotó la cara con una de sus bronceadas manos.

–Yo, ¿por qué?

Sacudí la cabeza.

–Por nada.

Tenía que volver a casa. Tenía que revisar el portátil. Tenía que devolverlo al lugar del que lo había sacado antes de que alguien lo echara en falta.

Jackson me miró un instante, el ceño fruncido, antes de decir:

–Siéntate, Nic. Creo que necesitas uno de estos. –Me sirvió un chupito en un vaso en el que aún se veía el pintalabios de alguien–. Vodka, ¿no? La casa invita.

Se me revolvió el estómago y le devolví el vaso. La barra estaba pegajosa.

–Tengo que irme.

Me cogió por la muñeca, y trató de disimular la violencia del gesto bajo una sonrisa juguetona.

–Hay un coche azul –dijo, mirando a todo el mundo–. Ha pasado por aquí tres veces en la última media hora. No eres la única que busca a Tyler. Pero estará fuera todo el fin de semana.

«Fuera todo el fin de semana.» Ya. Y se ha dejado el teléfono en casa.

–Solo pasaba por aquí –dije.

–Claro –dijo él.

Me pregunté qué sabía exactamente Jackson, pero su cara no me transmitía nada. Inclinó la cabeza. Seguía sujetándome por la muñeca.

Un hombre levantó su copa en el otro extremo de la barra. Un amigo de mi padre, o al menos alguien con quien solía beber. Tenía las mejillas rojas, de un rojo brillante, como un par de manzanas, y el pelo abundante y gris.

–Recuerdos a tu padre, querida. –Sus ojos fueron de la mano de Jackson, que seguía sujetando mi muñeca, a los míos–. ¿Todo bien?

–Sí, todo bien –dije, liberando el brazo.

Jackson frunció el ceño, se tomó mi chupito y estampó el vaso contra el mostrador.

–Está a punto de pasar algo, Nic. Lo notas, ¿verdad?

Lo notaba. El aire estaba cargado de una especie de electricidad estática. Como una red que se cierra, un coche que da vueltas en círculo. Llevaba dos semanas escarbando en el pasado y poco a poco todas las mentiras estaban subiendo a la superficie. Annaleise desaparece y la caja que contenía las pruebas del caso de Corinne acaba revuelta. Y los sospechosos de entonces son los sospechosos de ahora.

Estaba ya en la puerta cuando lo vi. Era un sedán azul de cristales tintados. Dio la vuelta a la manzana, lentamente. Esperé a que pasara antes de regresar a mi coche.

El portátil de Annaleise no precisaba contraseña, lo que me extrañó un poco, aunque quizá no era del todo raro, teniendo en cuenta que vivía sola en mitad de la nada. O quizá la policía lo había encontrado antes que yo y había eliminado cualquier tipo de protección. Eché un vistazo a las carpetas que contenían sus trabajos de la universidad y los de la escuela de posgrado y los ordené por fecha de la última modificación, para ver si había algo nuevo o potencialmente relevante. Hice lo mismo con las fotos.

Las fotos solo podían ordenarse por fecha de captura. Las primeras las había hecho cinco años antes y las últimas eran de hacía tres semanas. Me fijé en una de Tyler en su camioneta, la boca ligeramente abierta, la mano un poco alzada. «Sonríe», debió de decirle. Y él levantó la mano para fastidiarle la foto. Un momento congelado en el tiempo. Cuando aún podía desarrollarse de cientos de formas distintas. Las más recientes eran de la feria del condado de este año. Había fotografiado la noria, las cabinas vacías, las luces que brillaban intensamente en el anochecer. Un niño con un algodón de azúcar, la boca pegajosa teñida de rosa, los hilos de algodón que se derretían al contacto con los labios. Vendedores de perritos calientes dando el cambio a los clientes, o un bocadillo, y la gente esperando, vigilando a sus hijos, o con ellos subidos a hombros, alejándose.

Podía imaginarme a Annaleise allí, como cuando era niña. Una espectadora dedicada a observar cómo a los demás les pasaban cosas. Fui cerrando una a una todas las fotografías, y entonces me fijé en el nombre de los archivos: algo no encajaba. Los nombres eran números, y algunos números faltaban. Había saltos, pequeñas brechas. Como si alguien hubiera eliminado las fotos que no quedaron bien. Puede que hubiera sido la propia Annaleise. Puede que no le gustaran. Pero me costaba pensar que hubiera sido ella. Alguien había estado fisgando en aquel ordenador y había encontrado algo que no esperaba encontrar. Anoté el intervalo de fechas de los archivos que faltaban: la mayoría eran de hacía cuatro o cinco meses.

Cuando Everett me llamó para que fuera a buscarle a la biblioteca, había registrado hasta la última carpeta del ordenador. Había encontrado portafolios directamente escaneados y fotografías de sus bocetos. Había echado un vistazo a las últimas páginas web que había visitado. Eran webs relacionadas con la universidad y con ofertas de trabajo.

«¿Dónde demonios te has metido, Annaleise?»

Limpié el teclado y el resto del ordenador y metí la llave del estudio de Annaleise en uno de los bolsillos delanteros de mis pantalones cortos. Noté el calor del metal calentado por el sol. Volvería a esconderla, junto con el portátil, en el armario de mi padre, hasta que llegara la noche y todo el mundo durmiera. Hasta que el mundo estuviera otra vez en silencio, esperando.

Probablemente todas las conversaciones que había mantenido con Annaleise no durarían, en total, una hora, y pese a ello sentía una profunda conexión con ella, ligada a mis recuerdos más nítidos.

Porque en la caja que imaginaba en la comisaría, la caja en la que habían ido almacenando todo el material generado por el caso de Corinne Prescott, su nombre estaría unido a los nuestros para siempre. La policía nos había interrogado a todos, había querido saber qué hacíamos aquella noche, quién le había roto la nariz a Daniel, por qué Tyler tenía los nudillos magullados y a qué obedecía mi ojo a la virulé. Tyler fue el primero que pronunció su nombre.

–La chica de los Carter –dijo–. Su nombre empieza con A. Estaba allí, y nos vio.

Supuse que la habían interrogado, y supuse que ella corroboró nuestra historia, porque jamás volvieron a preguntarnos.

Annaleise fue nuestra coartada.

UN DÍA ANTES

DÍA 13

–Everett está aquí –dije.

Me encontraba en el cuarto de baño susurrándole al teléfono, con el agua de la ducha cayendo de fondo.

–¿Dónde? –quiso saber Daniel.

El vapor lo invadía todo, había empañado el espejo.

–Aquí. –Miré por encima del hombro–. En mi cuarto. Le llamé para contarle lo de papá y ayer se presentó en casa para echarme una mano. Y está echándome una mano.

Oí a Laura de fondo decir algo del olor a pintura y el embarazo y algo sobre que «abriera esa maldita ventana», lo que me llevó a quererla un poquito en ese momento.

–Genial, estupendo. De verdad. –Hizo una pausa, y me lo imaginé alejándose de Laura–. ¿Qué le dijiste?

Abrí la puerta un momento y el vapor escapó hacia mi habitación, dibujando ondulantes líneas de nada. Everett seguía tumbado en la cama, bocabajo. Debía tener una resaca de caballo. Dejé la puerta abierta, crucé el pequeño cuarto de baño y entré en la vieja habitación de Daniel por el mismo cuarto de baño, que tenía dos puertas.

–La verdad, Daniel. Que la policía había estado interrogando a papá por la desaparición de una chica que se produjo hace ya diez años, sin tener en cuenta su estado de salud. Ya se ha presentado en comisaría y ha ido a Grand Pines, amenazando con emprender acciones legales si volvía a ocurrir.

–¿Y eso es todo? ¿Se ha acabado?

–Tiene que volver el lunes, con algún tipo de autorización de su médico. Pero van a dejarle en paz hasta entonces.

–¿Así que se queda hasta el lunes?

–Eso parece.

Volví a oír la voz de Laura, que decía: «¿Quién se queda hasta el lunes?». Y luego no pude oír bien lo que decían porque Daniel parecía estar cubriendo el auricular con la mano. Al final se aclaró la garganta y dijo:

–Laura quiere que vengáis a cenar esta noche.

–Oh, dile que gracias, pero...

–Genial, Nic. Os esperamos a las seis.

No desperté a Everett hasta después de comer, y solo porque sabía que se le había acumulado un montón de trabajo. De hecho, la mesa del comedor estaba repleta de papeles. Sabía que tenía que recuperar el tiempo perdido el día anterior. Le di un suave golpecito en el hombro y le tendí una caja de analgésicos y un vaso de agua. Gimió al darse la vuelta, y le vi tratando de enfocar la mirada, intentando orientarse en aquella habitación desconocida.

–Buenos días –dije, todavía agachada junto a la cama, tratando de ocultar mi sonrisa.

Me gustaba Everett recién despertado, perezoso y maleable, cuando aún no había tomado el control de la situación. Me gustaba su cara de sorpresa ante cualquier cosa, cuando aún no tenía claro qué estaba pasando. Luego la cafeína se lo llevaba a alguna otra parte en la que era un despiadado lince.

Me gustaba sobre todo las raras mañanas en que despertaba en mi apartamento y se sentaba en la cama, tratando de encontrar su teléfono para parar la alarma y calculando mal la distancia que separaba la cama de la mesita de noche, confundido por lo pequeño que era todo y por los muebles de colores.

–Hola –dijo, haciendo un gesto de dolor. Se incorporó el tiempo suficiente de tomarse los analgésicos y volvió a tumbarse.

–¿Quieres dormir un poco más?

Echó un vistazo al reloj y se cubrió los ojos con el brazo.

–No, no.

Había estado fuera doce horas. Tiempo en el que yo había estado ocupada llevando todas las cajas del comedor al recién terminado garaje. Las había colocado contra la pared y organizado en pilas: «Para papá»; «para Daniel»; «para mí».

Tenía que deshacerme del resto de las cosas. De hecho, las había metido ya todas en bolsas de basura que estaban por todas partes, en el suelo: libros de cocina, figuritas de cristal, revistas de hacía un año, cortinas floreadas que habían conocido tiempos mejores, viejas facturas de tarjetas de crédito y bolígrafos sin tinta.

–He hecho café –dije–. Baja cuando quieras.

Me serví una taza y me situé junto a la ventana de la cocina, desde donde podía verse el porche trasero y el bosque. Everett me rozó el brazo y di un respingo.

–Lo siento, no pretendía asustarte –dijo, acercándose a mí en busca de la cafetera.

Me llevé la taza a los labios, pero el líquido era extremadamente amargo y me dejó un regusto horrible. Lo dejé en el fregadero y vi que Everett llenaba su taza.

–Voy a preparar más.

Su taza aún humeaba cuando dio el primer sorbo.

–Es perfecto. Bonitas vistas –dijo, situándose a mi lado.

Al estar en un valle no veíamos mucho más que árboles, pero supuse que eran unas vistas maravillosas comparadas con las de la ciudad: todos aquellos edificios, el cielo o, en el caso de mi apartamento, un aparcamiento. Y luego estaba la colina que se alzaba detrás de nosotros y desde la que sí se tenía una increíble vista del valle por este lado, y del bosque que rodeaba el río por el otro. Debería llevarle. Enseñarle algo que valiera la pena ver. «Este pedazo de tierra –le diría– ha pertenecido a mi familia desde hace tres generaciones.» No era demasiado, pero mi padre tenía razón. Puede que fuese poca cosa, pero era nuestro. No había una separación entre nuestra finca y la de los Carter, salvo el arroyo que se había secado hacía ya mucho y que se había convertido en una suerte de ridícula zanja que cada año se hacía menos visible, cubierta como acababa siempre de hojas; la tierra iba cubriendo poco a poco la herida que había dejado el arroyo. La próxima generación tendría que poner una valla o clavar un letrero si quería saber dónde había estado aquella especie de frontera.

Everett no aguantó mucho junto a la ventana. Se dejó caer en una silla, ante la mesa de la cocina, y se masajeó las sienes mientras se tomaba el café.

–Dios, ¿qué le ponen aquí a la bebida? Dime que era whisky y así podré conservar el amor propio.

Abrí un armario y eché un vistazo a las tazas.

–¡Ja! –le dije–. Estás en el sur. Aquí te dan siempre más por todo. No es como en la ciudad: aquí no te aguan la bebida ni te cobran el doble.

Esta noche podría llevarle a Daniel la vajilla de la boda de mis padres y dar por terminado el repaso a la cocina. Podría dejarle algo de dinero dentro de la caja con la vajilla para que no pudiera verlo a tiempo y decirme que no lo necesitaba. Teniendo en cuenta que Everett estaba allí, eso sería lo máximo que podría conseguir.

–Daniel y Laura quieren que vayamos a cenar esta noche –dije.

–Suena bien –dijo–. Y sonaría aún mejor si tuvieran internet.

–Seguro que tienen. Pero Laura va a hacernos un millón de preguntas sobre la boda. Así que prepárate.

Inclinó la cabeza hacia atrás y sonrió.

–Un millón, ¿eh?

–Ese es el precio que se paga por la conexión.

–Bueno, supongo que es un trato justo.

Se dirigió al comedor, donde tenía el ordenador y el maletín de trabajo. Era una estancia pequeña, se veía desde la cocina. Yo había estado organizando y almacenando cosas. Se fijó en las cajas.

–Has adelantado un montón. ¿Cuánto rato llevas despierta?

–No mucho –dije, abriendo el resto de armarios. Por un momento la cocina me pareció más pequeña, como si las paredes quisieran echársenos encima–. Mira a tu alrededor. Aún hay mucho por hacer.

–Sí, bueno, si me hubieras esperado, lo más probable es que lo hubiera hecho en la mitad del tiempo...

–Everett, por favor –dije.

Dio un golpe con el bolígrafo en la mesa del comedor.

–Estás estresada.

Cogí una pila de platos y los coloqué en la mesa, frente a él.

–Por supuesto que estoy estresada. Imagina que la policía tratara a tu padre como está tratando al mío.

–Eh, relájate –dijo, y de repente odié lo práctico que parecía. Lo condescendiente. Se removió en la silla. Sonó a madera contra madera–. Deja que te diga algo sobre tu padre, Nicolette.

–¿Sí?

Me coloqué al otro lado de la mesa y me crucé de brazos.

–Puedo impedir que lo interroguen de manera oficial, pero no puedo impedir que él ofrezca información voluntariamente. Lo entiendes, ¿verdad?

Se me revolvió el estómago.

–¡Pero si ni siquiera sabe lo que dice! Está totalmente senil. ¿Puedes entender eso tú?

Asintió, puso en marcha el ordenador y me miró antes de prestar atención a la pantalla.

–¿Es posible que tuviera algo que ver?

–¿Algo que ver con qué? –le pregunté.

Siguió mirando la pantalla. Fingía estar trabajando, pero yo sabía que no era así.

–Con la chica. La de hace diez años.

–No, Everett, por Dios –dije–. Y se llamaba Corinne. No era una chica cualquiera. Era mi mejor amiga.

Everett se estremeció, me miró sin verme, como si acabara de despertar en mi apartamento rodeado de mis muebles de colores.

–Te comportas como si debiera saber de qué va la cosa, pero no me habías hablado de ella ni una sola vez. No te cabrees conmigo si te has negado a contármelo.

«Si me he negado.» Así que era mi deber. Cometí un error. Fue por mi culpa. Todo lo que no le había contado: Corinne y yo en el despacho del director. Corinne y yo en la cocina, con mi madre, cubiertas de harina, lamiendo el azúcar de nuestros labios. Corinne y yo en el asiento trasero de un coche patrulla, el agente Bricks, en su primer mes en el puesto, tratando de asustarnos al decir: «Esto no es un taxi, la próxima vez os llevaré directamente a comisaría y llamaré a vuestros padres». Corinne está presente en casi todos mis recuerdos del pasado. Y Everett nunca había oído su nombre.

A Everett no le gustan las sorpresas. Una vez perdió un juicio porque su cliente le había ocultado información clave. Puesto que era algo imprevisible, algo que no esperaba en absoluto, el golpe fue de una violencia increíble. Se cerró en banda, se volvió impenetrable. Se hundió, se deprimió. «No puedes entenderlo», repetía, y tenía razón. No podía entenderlo. Tres días más tarde empezó con un nuevo caso y volvió a ser el de siempre. No volvimos a hablar del tema.

Si Corinne hubiera estado allí entonces, habría tratado de indagar en ese punto débil, su vulnerabilidad, hasta exponerla por completo, hasta hacerla suya. Y hubiera acabado haciéndole suyo a él también.

Yo era más generosa con los defectos de la gente. Cada uno tenía sus propios demonios, incluida yo.

–Yo tampoco sé qué hacías en el instituto –dije–. Porque adivina qué, ¡no importa!

–Mi familia nunca se ha visto involucrada en la investigación de un supuesto asesinato.

Evitó mirarme cuando lo dijo, y no le culpé por ello.

Me incliné sobre la mesa. Me sudaban las manos.

–Vale, ya lo pillo. No te gusta porque empaña la imagen de familia perfecta que tenías en la cabeza, ¿verdad?

Posó una mano en la mesa. Aquello era demasiado para él, a juzgar por la expresión de su rostro. Con la otra mano se alisó el pelo y se arrellanó en la silla, captándolo.

–Tú no eres así –dijo.

Era culpa mía. No estaba segura de que Everett supiera quién era yo en realidad. Empezamos a salir en vacaciones, así que todo lo que hacía era ser su novia. Podía ser lo que él quisiera cuando él quisiera. La definición misma de la flexibilidad. Podía llevarle el almuerzo al trabajo, pasar a saludar a su padre, salir hasta tarde y dormir hasta mediodía. Podía ayudar a su hermana con la mudanza, pasearme por un mercadillo al caer la tarde, estar siempre disponible cuando él llegaba del trabajo, dispuesta a hacer lo que quisiera. Para cuando volví al trabajo al mes siguiente, habíamos hecho al menos el triple de cosas que podríamos haber hecho en aquel tiempo.

Yo era algo minúsculo y discreto que podía encajar a la perfección en su vida. Un año después, descubría un montón de cosas sobre mí que querría no haber descubierto. Como si abriera el archivo de un caso y se encontrara con un puñado de pruebas que habían sido debidamente clasificadas y numeradas, guardadas en bolsas de plástico después de haber sido recogidas de la escena de un crimen cualquiera: «Nicolette Farrell. Edad, 28. Padre, Patrick Farrell, senil tras un derrame cerebral. Madre, Shana Farrell, muerta de cáncer. Lugar de nacimiento: Cooley Ridge, Carolina del Norte. Estudios: Licenciatura en Psicología, máster en Terapia. Hermano: Daniel, empleado en la oficina de reclamaciones de una empresa de seguros». Mi comida favorita y mis programas favoritos y las cosas que me gustaban y la manera en que me gustaban. Mi pasado convertido en una lista de cosas, no en algo que realmente existiera para él.

–No he venido aquí a discutir –dijo.

–Lo sé. –Respiré hondo–. Corinne estaba jodida y no me di cuenta. O no quise darme cuenta. No lo sé. La investigación fue horrible. Pero mi padre no hizo nada.

–Cuéntamelo entonces –dijo–. Cuéntame toda la historia.

Negué con la cabeza. Él levantó las manos, tratando de calmarme.

–Es mi trabajo. Soy bueno.

La historia. En eso se había convertido. En una historia con un montón de lagunas que intentábamos llenar con elementos que le dieran sentido. Una historia con distintos puntos de vista, distintos narradores y una chica, sola, en el centro.

–Teníamos dieciocho, acabábamos de graduarnos. –Bajé la voz. Me pareció la voz de otra persona. Un fantasma–. Era justo en esta época del año, hace diez años. La feria estaba en la ciudad, como lo estuvo la semana pasada. Esa noche estábamos todos en la feria.

–¿Quiénes erais «todos»? –quiso saber.

Levanté las manos.

–Todos. Todo el mundo.

–¿Tu padre también?

Por un momento me vi en el estrado. Everett me estaba interrogando. Indagando la verdad.

–No, mi padre no estaba. Pero sí estaba Daniel. Corinne. Nuestra amiga Bailey. Habíamos ido juntas en el coche de Daniel. Y allí íbamos a encontrarnos con nuestros amigos. Con todos nuestros amigos.

–¿Y os fuisteis todos juntos?

–Everett, ¿vas a dejar que te cuente lo que pasó o vas a interrogarme?

Se cruzó de brazos.

–Disculpa. Es la costumbre.

Estaba nerviosa. Demasiada cafeína. No dejaba de moverme. Daba vueltas alrededor de la mesa. Para tranquilizarme.

–No, no nos fuimos juntos. Daniel y yo nos peleamos. Fue todo un poco confuso después de aquello. No sé decirte quién se quedó y quién se fue. Sé que me fui con otra persona y que Corinne se quedó. –Me encogí de hombros–. Y eso es todo lo que sé. Luego me enteré de que Bailey no había podido dar con Corinne y que había vuelto a casa con mi hermano. Supuso que Corinne había hecho las paces con su ex, Jackson. Pero Jackson jura que no la vio en toda la noche.

Everett tomó un sorbo de café, permaneció en silencio, a la espera de más.

Volví a encogerme de hombros.

–Su madre llamó a mi casa por la mañana. La estaba buscando. Luego llamaron Bailey y Jackson. Para cuando anocheció, ya estábamos buscándola por el bosque.

–¿Y eso es todo?

–Eso es todo.

No podía contarle nada más a alguien que no había estado allí. Que no la conocía ni nos conocía a nosotros. Una historia no deja de ser la versión simplificada de lo que pasó, algo fácilmente catalogable, tan soso como fascinante.

–Sé cómo funcionan estas cosas, Nicolette.

Asentí, pero no me senté. No me acerqué a él.

–Con la excusa de la investigación, la cosa se puso fea, unos y otros empezaron a acusarse y a decir cosas horribles de Corinne... Todos nuestros secretos quedaron al descubierto, todo lo que pensábamos, nuestras sospechas. Fue horrible. Al final de aquel verano me fui de aquí, pero nada cambió. Nunca la encontraron.

Everett no se había movido, pero su rostro cambió de aspecto cuando la pantalla del ordenador se apagó por falta de actividad.

–¿Y quién lo hizo?

–¿Disculpa?

–Veamos, si ahora voy al bar. –Everett se estremeció–. Después de reponerme de la resaca de anoche, quiero decir... Si entro en el bar e invito a alguien a una copa y pregunto qué pasó con Corinne, ¿qué crees que me diría? Siempre hay un nombre. Aunque nunca se arreste a nadie ni se llegue a juicio, siempre hay un sospechoso. ¿Quién es?

–Jackson –dije–. Jackson Porter.

–¿El novio?

«Sí, el tipo que te sirvió la bebida anoche», me hubiera gustado decirle. Pero para la policía también era «el novio». Asentí.

–Sí.

Everett dio otro sorbo a su café y volvió al trabajo.

–Es lo que suele pasar. ¿Y lo están investigando por lo de esa otra chica?

–Annaleise –dije, mirando por la ventana–. No lo sé. Puede.

–Y tú ¿qué crees? ¿Pudo ser él?

–No lo sé –Había mucho que contar, demasiado para hacerlo allí, en aquella especie de estrado en el que me había colocado–. El caso es que Jackson y Corinne discutían a menudo. No era nada nuevo.

Continuamente rompían y luego volvían. Si Corinne no hubiera desaparecido, aún andarían a la greña. Ella presionándole para que hiciera algo que él no quería; él hartándose de todo y dejándola; ella «perdonándole»; él volviendo con ella. Él siempre volvía con ella.

No importaba que una vez le hubiese pedido a Bailey que coqueteara con él cuando llevaba tres copas de más para ver si intentaba besarla. O que la mitad de las veces que ella prometía venir no llegara a presentarse. O que de repente llegara y dijese que habíais quedado y que «cómo era posible que te hubieses olvidado», y si es que «tenías la cabeza llena de mierda o qué».

No importaba que siempre estuviese pidiendo que le demostráramos lo fieles que le éramos.

–A ella le gustaba ponerle a prueba –dije–. Le gustaba ponernos a prueba a todos. Pero él la quería.

Everett alzó una ceja.

–¿Y era tu mejor amiga?

–Sí, Everett. Era cruel pero también era maravillosa. Yo la conocía y ella me conocía mejor que nadie. Y eso cuenta, ¿sabes?

–Si tú lo dices.

Regresó a su trabajo con toda la tranquilidad del mundo, aunque acababa de sacarme de quicio.

Everett nunca había sido una adolescente, y puede que en el caso de los chicos ocurra algo parecido, que la amistad sea algo mucho más profundo durante esa época de la vida. Pero lo cierto es que cuando una chica como Corinne te elige, no preguntas por qué. Solo esperas que no te deje nunca.

Tyler nunca acabó de entenderla. Y esto inevitablemente nos cambió. Durante las vacaciones de Navidad, el último año de instituto, Corinne me llevó a una fiesta a la que yo no quería ir, básicamente porque mi hermano iba a estar allí. «No se lo digas a Tyler –me había dicho Corinne–. Será una sorpresa.» Me pidió que fuese a guardar las chaquetas y vi que se echaba encima de Tyler, sentado en la parte trasera de su camioneta; la puerta estaba abierta y las piernas le colgaban sobre el guardabarros. La apartó; no fue un empujón, pero casi, y Corinne acabó golpeándose contra el coche que había justo al lado.

–Eso es violencia doméstica, imbécil –le dijo, frotándose el costado mientras a su alrededor se congregaba una pequeña multitud.

Yo estaba ya de vuelta: salí en cuanto vi que se le tiraba encima.

–No me interesa –dijo Tyler, y sus ojos me buscaron entre la multitud hasta que dieron conmigo. Luego se abrió paso y entró en la casa, mientras Corinne contaba lo que había pasado a todo el que quisiera escucharla–. ¿De verdad crees que debía seguirle el juego? –me soltó Tyler–. No soy uno de sus juguetes. Así que deja de jugar conmigo, Nic.

–No estoy jugando –dije–. No sabía lo que iba a hacer.

Volvió a dirigir su mirada a la multitud hasta dar con ella. Sus ojos se encontraron.

–Es tu amiga, Nic, ya estás jugando.

«Verdad o atrevimiento. Desafío. Siempre elijo desafío.»

«Tictac, Nic.»

Me encaré con ella cuando nos íbamos. Tyler me esperaba en la puerta.

–¿En qué coño estabas pensando, Corinne? –le espeté.

–Necesitabas saberlo –dijo, sonriéndome–. Y ahora ya lo sabes. –Se frotó el brazo, inclinándose hacia mí cuando vio que Daniel nos miraba–. Pero dime una cosa, ¿siempre es así de bruto?

Eso ocurrió seis meses antes de que desapareciera. Y entonces empecé a alejarme, aunque solo un poco. Había cumplido los dieciocho, comenzaba mi época de adulta y solo quería escapar. Quería incluso escapar de mi propia piel. Me sentía atrapada, y la culpa era de aquel lugar, la culpa era de Cooley Ridge.

Me había perdido algo. Eso era lo que le había dicho a Everett. Había empezado a ignorar sus llamadas cuando estaba con Tyler. A pasar de ella cuando llegaba y decía que habíamos quedado, yéndome con Tyler.

Había pasado de ella, y luego había desaparecido.

Parte de esas historias habían conseguido colarse en la caja imaginaria –la caja de la investigación oficial– gracias a las declaraciones de los testigos y a las sospechas de la gente.

El empujón de Tyler a Corinne estaba allí.

El beso de Bailey a Jackson también.

Pero había otras muchas historias que nunca entraron en aquella caja. Aspectos demasiado íntimos, como su susurro en mitad de la noche, cuando dormíamos en el bosque en sacos de dormir. O como aquella vez en que se coló un pájaro por la ventana y ella ni se inmutó: puso los ojos en blanco y fue a buscar una pala al garaje para cargárselo. Me pareció oír el crujido de sus pequeñas alas al ser aplastado contra el suelo, y aquel horrible sonido me acompañó durante meses. Y sus palabras: «De nada», le había dicho, después de aplastarlo.

O cuando en el último campamento al que fuimos juntas me arrastró hasta las duchas al aire libre –«no me seas mojigata»– y trató de convertirlo en un espectáculo: los pies descalzos asomaban bajo la puerta oscilante y nuestra ropa colgaba de la percha, en la pared. «¿Me enjabonas la espalda?», me preguntó, lo suficientemente alto para que alguien soltara un silbido. Se dio media vuelta lentamente, para que pudiera ver el corte que iba desde la columna hasta el omóplato, y el de más abajo, más delgado y preciso, como si lo hubiera hecho alguien con una navaja. No dije nada, me limité a enjabonarle la espalda, tratando de evitar las heridas. Nunca supe si se lo había hecho Jackson o su padre, o si era otra cosa, pero el caso es que me lo enseñó, y yo sabía que estaba ahí.

Y cuando salimos, con la ropa seca sobre nuestra piel mojada, noté que Jackson me miraba, me miraba desde el bosque, y no dejó de hacerlo durante todo el viaje.

Corinne era famosa en Cooley Ridge. Y se hizo aún más famosa tras desaparecer. Pero no era más que una niña: tenía dieciocho años y lo quería todo. Estaba convencida de que el mundo estaba ahí para servirla. Debió de ser duro descubrir que no todo era posible.

Everett abrió las ventanas y encontró cierta resistencia en la madera: hacía tiempo que no se abrían. Sus papeles revolotearon sobre la mesa produciendo un sonido hipnótico.

Pasé el resto de la tarde envolviendo la vajilla en periódicos viejos, con las yemas de los dedos negras de tinta, y cargando el coche con las cajas de Daniel. Cuando llegó la hora de irnos, cerré las ventanas que Everett había abierto.

–Esto va a ser un horno cuando volvamos –dijo Everett.

–Por la noche refresca. Estás en la montaña. Adelántate y pon el aire acondicionado en el coche –le pedí.

Oí que el motor se ponía en marcha y miré una vez más por la ventana de la cocina. Luego arrastré una de las sillas de la cocina hasta la puerta trasera y la atranqué. Si alguien trataba de entrar, lo sabría. La silla se habría movido. O las ventanas estarían abiertas.

Lo sabría.

Me fijé en las ojeras de Laura cuando saludó a Everett y en que Daniel no dejaba de frotarse la nuca, como si tuviera alguna especie de contractura de las que han venido para quedarse. Pero Laura era la perfecta anfitriona sureña. Había alcanzado tal volumen que era imposible abrazarla si no te acercabas a ella desde el costado, que era exactamente lo que Everett estaba haciendo en aquel momento, a medida que la expresión de Laura se volvía de un rubor ensayado.

–He oído hablar mucho de ti –le dijo a Everett mientras su mano de dedos hinchados le rodeaba la nuca mientras le besaba en las mejillas.

–Yo también –dijo él, retrocediendo, con las manos metidas en los bolsillos–. Me alegro de que por fin nos hayamos conocido.

–Lo mismo digo –repuso ella–. ¡Quiero saberlo todo de la boda! Nic ha estado tan ocupada con la casa que no me ha contado nada aún –añadió, dirigiéndome una sonrisa divertida.

Everett también me sonrió cuando arqueé una ceja mirándole.

–¿Cuándo sales de cuentas? –preguntó.

Laura se alisó el vestido de flores que llevaba, haciendo más evidente el tamaño de su barriga.

–En tres semanas.

–¿Es niño o niña?

Laura me miró de reojo.

–Niña –dijo.

–¿Sabéis ya el nombre?

Volvió a mirarme de reojo, para que quedara claro lo poco que le había hablado de ella a Everett.

–Shana.

–Me gusta.

Laura ladeó la cabeza y dijo:

–Como la madre de Dan y Nic.

Everett asintió de forma apresurada y Daniel lo cogió por el brazo y se lo llevó al salón, rescatándonos a los dos.

–Nic me ha dicho que tenías que enviar algunos correos electrónicos.

Se instalaron en el sofá y Laura dejó de fingir; se apoyó en la pared, como si necesitara descansar.

–¿Estás bien? ¿Hemos llegado en mal momento? –pregunté.

Acto seguido me vi en la cocina con ella. Me había arrastrado hasta allí.

–Dios mío, Nic –dijo, los ojos como platos.

Así era Laura: creía que el hecho de ser cuñadas nos convertía automáticamente en mejores amigas sin habernos ganado ese privilegio. No importaba que me hubiera ignorado durante todo el instituto ni que hubiera seguido haciéndolo hasta que había empezado a salir con Daniel, hacía cuatro años. Era como si de repente hubiera decidido que teníamos que ser íntimas porque así debía ser.

–¿Va todo bien? –pregunté.

Un temporizador empezó a pitar junto al fogón, pero Laura no pareció darse cuenta.

–La policía acaba de estar aquí –susurró.

Estaba prácticamente encima de mí y aquel maldito reloj no dejaba de sonar. Empezó a dolerme la cabeza: un dolor sordo que provenía de algún punto detrás de mis ojos. Por suerte, Daniel entró, apagó aquel chisme y frunció el ceño al vernos tan juntas.

–¿Qué querían? –pregunté, dirigiéndome a Daniel.

–¿Te refieres a algo más aparte de provocarme el parto? –Volvió a acariciarse la barriga, respirando lenta y profundamente–. ¿Han ido a verte a ti también?

–Laura, ¿qué dijeron?

–Pues no dijeron nada. Preguntaron cosas. Las exigían. Me trataron como a... como...

–Laura –la detuvo Daniel.

Everett estaba de pie en el umbral, con el portátil apoyado en la cadera.

–¿Va todo bien?

–¿Ya has acabado? –le pregunté, alejándome de Laura.

–Sí, solo tenía que enviar un par de correos. –Me miró a mí y luego a Laura.

Laura cambió de posición, visiblemente incómoda por el peso de la barriga.

–Eres abogado –dijo–. ¿Podrías decirme si es legal que te interroguen sin motivo?

–Laura.

No quería arrastrar a Everett a aquel mundo. No quería que aquello empañara mi vida con él.

–Un momento –dijo Everett–. ¿Está hablando de tu padre?

Laura se apoyó en la encimera.

–La policía acaba de estar aquí preguntándome por Annaleise Carter ¡sin motivo! ¿Pueden hacerlo?

Primero pareció tenso, luego se relajó.

–No han arrestado a nadie, así que no tienen por qué leerte tus derechos. Pero tú tampoco tienes por qué hablar con ellos si no quieres. Pero ellos van a intentarlo de todas formas.

Ella negó con la cabeza.

–Por supuesto que tienes que hablar con ellos, ¿cómo vas a negarte?

–No, legalmente...

Laura se rio.

–Legalmente. –Guardó el temporizador en un armario y se masajeó los riñones–. Si te niegas a hablar, darán por hecho que tienes algo que ocultar. Hasta yo sé cómo funcionan ese tipo de cosas.

–¿Qué les has dicho? –pregunté.

–No había nada que decir. Vino Bricks, Jimmy Bricks. ¿Te acuerdas de él? Iba con otro tío que no llevaba uniforme. No me sonaba de nada. Era él quien preguntaba todo el rato. Me preguntó si conocía a Annaleise, y claro que la conocía, pero no la conocía bien. Bricks se lo podía haber dicho. Luego quiso saber cuándo la habíamos visto por última vez, y yo no lo tenía claro. ¿En la iglesia, hacía un par de semanas? ¿O me había preguntado por el bebé después? No lo recuerdo bien. Prácticamente no la conocía. Luego le ha preguntado a Daniel si la conocía.

–Solo están tanteando el terreno –dijo Everett.

–¿Daniel? –le pregunté–. ¿Qué les has dicho tú?

–Yo no estaba en casa –me contestó.

Apretó los dientes. Y supe exactamente qué era lo que buscaba la policía. Por qué Laura había pensado que la siguiente sería yo. Daniel. Acababan de sacar su nombre de la caja.

–¿Sabes qué pensé cuando los vi llegar? Que le había pasado algo a Dan –dijo Laura, y se acarició la enorme barriga. Volvió a respirar de aquella manera lenta y profunda–. No deberían hacer eso. –Apretó los nudillos–. Es nuestra vida.

Daniel le masajeó la espalda.

–Vale. Ya pasó –dijo.

–No, no ha pasado –dijo Laura, y sus ojos brillaron cuando miró a Daniel–. No ha hecho más que empezar.

Ninguno de nosotros supo cómo consolarla. Todos habíamos pasado ya por eso antes.

A pesar de que Annaleise había corroborado nuestra coartada y había dicho a la policía que Daniel me había pegado, la cosa no acabó ahí. De hecho, la cosa empeoró. La gente empezó a preguntarse cosas. Cosas sobre nosotros. Sobre lo que podía haber estado pasando en casa. ¿Acaso no eran moretones lo que tenía en la espalda? ¿Cómo nos las habíamos ingeniado en casa sin una madre y con un padre ausente?

«¿Se liaron alguna vez Daniel y Corinne?», quisieron saber entonces. Se lo preguntaron a él. Nos los preguntaron a todos.

«Nunca», dijo Daniel.

«Nunca», dijo Bailey.

«Nunca», dije yo.

Para cenar había pollo a la brasa y verduras. Las verduras eran del huerto de la propia Laura. Y también hacía su propio té dulce. A Everett le encantó. Nunca había probado algo así antes y puso los ojos en blanco al tomar el primer sorbo, pero se recompuso a tiempo. Le pellizqué la pierna bajo la mesa y le dije:

–Aquí nos tomamos muy en serio el alcohol y el dulce.

Sonrió, y se me ocurrió pensar que, después de todo, aquello iba a sentarnos bien. Pero bastó un segundo de silencio –el ruido de los cubiertos en el plato, el de masticar el pan– para que Laura volviese a la carga.

–Deberían comprobar si queda alguno de los empleados de la feria que vinieron hace diez años. Puede que alguno esté aún aquí. Se lo he dicho. Con dos ya tienen un patrón, ¿no? –Las puntas de su larga melena rubia estaban a punto de tocar el plato, y le llamé la atención con mi tenedor–. Oh –dijo–. Gracias. –Y lo apartó hacia atrás.

–La cena está deliciosa –dije.

–¿Me pasas la mantequilla? –pidió Daniel.

–Creo que están buscando en el sitio equivocado. –Laura seguía a lo suyo. Miré a Daniel, pero estaba tan concentrado en el pollo que no me hizo caso. No había forma de saber en qué estaba pensando, de todos modos. Ella apartó un poco la silla y se acomodó de costado–. Sinceramente, creo que con quien deberían hablar es con Tyler. –Mi mano se detuvo, con el cuchillo a un centímetro del pollo. Laura se inclinó sobre la mesa y susurró–: Lo siento, Nic. Por entonces salían juntos, y se dice por ahí que lo último que hizo fue llamarle...

Daniel dejó su copa en la mesa con cierta contundencia.

–¿Quién es Tyler? –quiso saber Everett.

Laura se rio y luego se dio cuenta de que hablaba en serio.

Daniel se aclaró la garganta y respondió por ella:

–Un amigo con el que crecimos. Salía con Annaleise. Su familia tiene una constructora y nos han echado una mano con algunos arreglos.

–Bueno, es el Tyler de Nic –dijo Laura, para tratar de aclararlo del todo.

–Oh, Dios mío –dije, mirando al techo–. Es un exnovio, Everett, ¿vale? Salíamos en el instituto.

Everett sonrió, ligeramente molesto con Laura.

–Así que el Tyler de Nic –le dijo, y se volvió para mirarme, con aquella sonrisa aún en la cara–. ¿Y te está ayudando con la casa?

–No. –Laura lo interrumpió–. Les ayudó hace años. Es buena gente. Te caerá bien.

Daniel se atragantó, tosió y escupió algo. Laura le tomó del brazo.

–¿Estás bien?

Yo estaba temblando: el tenedor repiqueteaba en el plato. Lo dejé en la mesa y posé las manos en el regazo para tratar de calmarme.

–¿Crees que puede estar involucrado en la desaparición de Annaleise? –pregunté–. ¿Es lo que dijiste a la policía?

–No, no fue eso lo que dije. Solo comenté que si querían saber más hablaran con él y no con nosotros. Porque lo más probable es que sepa más... ¡Oh!

Laura jadeó, me cogió la mano y la puso sobre su barriga. Me quedé quieta, lo único que quería era retirarla y hacerlo sin que pareciera violento, pero entonces noté algo, algo se estaba moviendo allí dentro y traté de seguirlo, inclinándome más, buscándolo, para volver a sentirlo.

–¿Lo has notado? –me preguntó.

La miré, y por un momento me fascinó su cara redonda, que en algún sentido equilibraba los rasgos afilados de Daniel, y me dije que esa niña tenía mucha suerte. Porque, a diferencia de mi madre, ella estaba viva, y Daniel sabría qué hacer, no se hundiría bajo el peso de las responsabilidades.

–Algún día os tocará a vosotros, chicos –dijo Laura, y yo retiré la mano suavemente.

Everett fingió que la cosa no iba con él. Y lo mismo pasó con Daniel.

–En serio, esto está muy bueno, Laura –dije.

–Riquísimo –dijo Everett.

Recogí la mesa. Everett me ayudó.

–¿Te apetece tomar una copa ahí fuera? –le preguntó Daniel a Everett.

–Creo que voy a pasar de la copa, pero ahora salgo. –Everett me sonrió–. Anoche salí con Nicolette y me emborrachó. Este sitio solo parece apto para tipos duros.

Daniel se rio.

–Sí, supongo que sí. ¿Adónde te llevó?

–¿Murry's? –tanteó Everett–. ¿Kenny's?

–Kelly's –le corrigió Daniel. Yo estaba poniendo los platos en el fregadero–. Qué vas a contarme.

Me di la vuelta.

–Daniel, enséñale el patio trasero. Everett, si crees que desde casa las vistas son bonitas, vas a alucinar con las que tienen aquí.

Salieron y le pedí a Laura que se sentara y dejara de intentar echar una mano.

–Gracias. Lo siento si he hablado más de la cuenta y te he metido en un lío.

–No me has metido en ningún lío –dije–. Lo que pasa es que no le he contado casi nada de mi pasado y le ha pillado por sorpresa.

–Vaya. Pues lo siento –dijo–. Estoy un poco alterada. Por lo de la policía. Y cuando me pongo nerviosa siempre hablo más de la cuenta.

Asentí, y luego, cuando se puso en pie para dirigirse a la puerta de atrás, hice algo que nos sorprendió a las dos. La abracé. Tenía algo de jabón en las manos y ella, restos de migas en el pelo, y tuve que abrazarla de costado para no vérmelas con aquella enorme barriga.

–Daniel y tú estaréis bien –dije, y cuando me aparté, había lágrimas en sus ojos, y asentía, una y otra vez.

–¿Vienes? –me preguntó. Se refería al porche trasero, en el que Everett y Daniel habían encendido una luz y parecían contemplar el atardecer.

–Dame un minuto. Tengo que ir al baño.

Cogí el bolso y esperé en el pasillo hasta que oí cerrarse la puerta mosquitera. Puesto que la habitación del bebé estaba casi lista, el despacho de Daniel era un cuartucho del tamaño de un vestidor. Estaba bajo las escaleras. Había apilado allí sus cosas de cualquier manera. Saqué el sobre con el dinero y escribí su nombre. Deduje que Laura no entraba a menudo, pero de todas formas lo metí en el primer cajón de su escritorio, por si acaso.

Le debía dinero a Daniel. Pero si le mandaba un cheque, jamás iría a cobrarlo. Si intentaba dárselo en mano, no lo aceptaría. Podría habérselo dado a Laura, pero estaba casi segura de que ella no tenía ni idea. Y el hecho de que se enterara solo provocaría que empezara a preguntarse qué otras cosas no sabía de Daniel.

No había podido devolverle nada hasta entonces porque tenía demasiados gastos. Tenía que pagar el alquiler, los plazos del coche y el préstamo que había pedido para los estudios. Pero dispuesta como estaba a pasar allí todo el verano, no iba a tener tantos gastos, y dado que el estudiante realquilado me había abonado el importe por adelantado, si aquel mes –solo aquel mes– no pagaba el coche no pasaría nada y podría devolvérselo todo. Antes de que llegara el bebé. Saldar todas las deudas. Cortar todos los lazos.

Me había prestado el dinero antes de que me fuera, llevado por su equivocado sentido de la responsabilidad. Al darme el dinero el garaje se había quedado a medias, sin acabar, porque no había fondos para más. «Para tus estudios», me dijo, y me pidió que me fuera. Si yo hubiera sido una buena hermana, no lo habría aceptado. Pero al mirarle no podía evitar pensar en lo que había sucedido, porque su nariz seguía estando rota. Por otro lado, es muy difícil negarle cualquier cosa a Daniel. Él te pide que lo cojas, que te lo quedes, y lo haces.

A él el dinero le traía sin cuidado. Quería que me fuera.

Puse el sobre en el cajón del escritorio y aparté hacia un lado todas las libretas, para que lo viera al abrirlo. Y entonces la luz del vestíbulo creó un destello al fondo del cajón. Un destello de metal. Una llave. Miré por encima del hombro. Nadie. Hurgué en el fondo y la alcancé. Parecía la llave de una casa. Una anilla la unía a un llavero rectangular con una letra A en el centro, una A caligrafiada, de aspecto artístico, rodeada de intrincadas cenefas, remolinos y lazos.

«Por favor, no.»

Oí una carcajada procedente del exterior. Alguien había abierto la puerta mosquitera.

Dejé el dinero encima del escritorio y me metí la llave en el bolsillo.

–¿Everett? –llamé–. Lo siento, pero no me encuentro bien.

Todos fueron entrando en casa, hablando de la próxima vez que nos veríamos. Everett le dio una tarjeta a Daniel y Daniel le dijo que le llamaría si necesitaban algo, cualquier cosa. Everett me cogió de la mano, camino del coche. Anochecía.

–Ha sido divertido –dijo.

–Mientes –dije.

Volví un momento la vista atrás y vi que Daniel nos miraba desde la ventana.

«La A podía ser de cualquier cosa», me dije.

Aquella llave podría abrir cualquier puerta.

No tenía por qué significar nada. No tenía por qué haber sido mi hermano.

–¿Cuándo pensabas hablarme de ese tal Tyler?

Si hubiera sido una carretera normal, no habríamos tardado ni cinco minutos en llegar a casa. Pero era un camino sin asfaltar que cruzaba el bosque y la montaña, así que íbamos a tardar al menos veinte.

–Dime que no vas a querer saberlo todo de mis ex, porque no eres de esos, ¿verdad? –dije, para ver si bromeaba–. Oh, no, lo eres.

–No te pases de lista –dijo él.

–No hay nada que contar, Everett.

–Eso no es lo que me ha parecido ahí dentro.

–Así son las cosas aquí, ¿vale? Pasó hace diez años, pero para ellos fue como si hubiera pasado ayer. Porque para ellos las cosas no han cambiado nada. Todos siguen aquí.

–Tú no.

–Yo no.

Frunció el ceño, incrédulo.

–Éramos unos críos, Everett.

Se estiró y apoyó la cabeza en la ventanilla. Sonrió.

–¿Te llevó al baile de fin de curso?

–Para. –Estaba bromeando, y yo había empezado a reírme–. No hubo baile de fin de curso.

–¿Perdiste la virginidad en el asiento trasero de su camioneta?

–¡Serás cabrón!

–¿Eso es un sí? –Sonrió abiertamente.

–No –dije.

«Fue a los diecisiete. En su habitación. En su cama, un simple colchón de muelles. Nos cubrimos con la manta que tenía en el sofá, porque yo era muy friolera. Era mi cumpleaños, y recuerdo sus manos al desabrocharme el vestido, y las mías, que le ayudaban.»

Hacía demasiado calor en el coche, o el coche era demasiado pequeño, no sé. El caso es que tuve que bajar la ventanilla y el pelo empezó a revolvérseme, como aquel recuerdo al que no podía aferrarme.

–Fue en otra vida, Everett.

Aparqué el coche junto a la entrada. Los faros iluminaban el porche desierto.

–Vale, así que ese tal Tyler podría estar detrás de lo de Annaleise. ¿Qué crees tú? –me preguntó Everett.

Dios, ¿es posible que aún estuviéramos hablando de aquello? Apagué el motor, la oscuridad de la noche nos rodeó, salvaje.

–Nadie sabe si en realidad le pasó algo. No se sabe si va a volver. Puede que lo haga. Puede que solo se haya ido.

–¿Pero podría haber tenido algo que ver?

«¿Podría?» Esa era la pregunta.

Se tomó mi silencio como un sí.

–No quiero que te quedes sola aquí.

–No puedes estar hablando en serio.

–La última persona a la que llamó la chica desaparecida en el bosque junto al porche trasero de tu casa fue a tu ex. Y ha estado echándoos una mano con la casa.

–Tyler no me haría daño –dije al entrar.

–En diez años la gente cambia, Nicolette.

–Lo sé –dije.

Solo que en realidad no lo creo. «No lo creo.» Las personas somos como muñecas rusas. Cada nueva versión de nosotros esconde a las anteriores. Las contiene. Y todas ellas están ahí dentro, y no han cambiado en absoluto, por más que no estén a la vista. Tyler seguía siendo Tyler. Alguien que jamás me haría daño. No dudaba de ello. Pero ese mismo Tyler había disfrutado viéndome hacer malabarismos en la cabina de la noria, y en una fiesta casi había tirado a Corinne al suelo y jamás había pedido perdón.

Comprobé la silla de la cocina que bloqueaba la puerta trasera. Estaba allí, pero ¿se había movido? ¿Quizá un poco? ¿O estaba exactamente igual que cuando la había dejado?

–¿Todo bien? –me preguntó Everett.

Notaba una especie de electricidad en todas partes. En el aire, en las paredes.

–Solo estaba pensando.

–Vamos a la cama.

–No estoy cansada –dije.

Vi nuestro reflejo en la ventana. Everett se estaba acercando. Me retiró el pelo con la mano, me besó el cuello, repitió:

–Vamos a la cama.

Miré más allá de nuestro reflejo, más allá de los árboles.

–No estoy cansada –repetí.

Sentía el peso de la llave en el bolsillo de mi pantalón, su superficie dentada se me clavaba en la piel. Todo era posible aún, y todo a la vez.

UN DÍA ANTES

DÍA 12

En esta casa había algo.

«Recuerda el cadáver», dijo ayer mi padre. No parecía tener mucho sentido, pero cuando alguien está lo suficientemente desesperado –y yo lo estaba– intenta encontrarle sentido a cualquier cosa. Y no estaba sola.

Había llamado a Everett para contarle lo que estaba pasando con mi padre, y me dijo que él se ocuparía de todo. Pero él estaba en Filadelfia y yo aquí, y no había vuelto a hablar con él desde ayer. Si Everett no conseguía pararles, registrarían la casa, como yo la había registrado. Llevaba toda la noche haciéndolo. Hasta que caí en la cuenta de que mi padre se estaba refiriendo al armario. «Recuerda el cadáver.» «El cadáver en el armario.» Sí. Debía de estar refiriéndose a su armario. Ya había registrado el mío. Y el de Daniel estaba totalmente vacío.

Se refería al armario del dormitorio principal. Por supuesto.

Pero allí no había más que ropa. Trajes viejos que no había vuelto a ponerse. Las maltrechas zapatillas que tenía que tirar cuanto antes y un puñado de monedas, aquí y allá, en la parte inferior, que estaba por completo cubierta de polvo.

En un último intento de hallar algo saqué toda la ropa del armario; las perchas se golpeaban en su vaivén. Y de repente ahí estaba yo, una chica en mitad de una habitación, rodeada de ropa vieja, tratando de centrarse.

«Esto es lo que consigues cuando haces caso a un loco, Nic.»

«Esto es lo que consigues.»

Me puse en pie y respiré hondo, tratando de controlar mis nervios. Las manos me temblaban. No podía evitarlo. La cabeza me daba vueltas. Apoyé las manos en la pared y luego apoyé la frente. Miraba al suelo. Los listones de madera.

Había polvo en el suelo, un alfiler que debía llevar allí desde la época en la que mi madre aún vivía y dos diminutos tornillos. Los tornillos estaban junto a mi pie izquierdo, en un rincón. «Si estuviera perdiendo la cabeza, ¿dónde escondería las cosas?» Pisé los tornillos con uno de mis pies desnudos y de alguna forma los desplacé, porque salieron rodando. Al rodar me di cuenta de que estaban pintados de blanco, como la pared. Levanté la vista y me fijé en algo que no había visto hasta entonces: un conducto de ventilación. Casualmente le faltaban dos tornillos. «Ahí lo tienes», me dije. Volví a coger aire. Acababa de descubrir algo. Aún había esperanza. Con las manos todavía temblorosas aflojé uno de los tornillos superiores hasta que cayó al suelo; el respiradero quedó colgando, dejando el conducto de ventilación a la vista.

Desde donde me encontraba no podía ver nada, pero metí la mano y toqué papel. Eran cuadernos de espiral. Los saqué, los dejé caer al suelo, y con ellos cayó también un puñado de hojas sueltas. Me coloqué de puntillas para llegar más lejos y saqué lo que pude. De repente, la parte inferior del armario estaba repleta de papeles y libretas, además de polvo. ¿Cuán profundo era aquel respiradero? ¿Hasta dónde llegaban los secretos de mi padre en aquella casa? Por un momento vi el espacio entre las paredes repleto de papeles, papeles como cadáveres.

Desplacé el montón de ropa y traté de auparme para poder echar un vistazo. Pero no había forma de ver qué había allí dentro, porque el respiradero adoptaba un ángulo recto y continuaba hacia arriba. Había alcanzado uno de los pocos restos que quedaban, las yemas de mis dedos rozaban la página amarillenta, cuando sonó el timbre.

«Mierda.»

«Mierda, mierda, mierda.»

No iba a darme tiempo. No había sido lo suficientemente rápida. ¿Podían conseguir con tanta celeridad una orden de registro? ¿Sabían lo que estaban buscando? ¿Sabían dónde buscar?

Me detuve, contuve el aliento. El coche estaba en la puerta. Sabían que estaba en casa.

El timbre volvió a sonar y alguien golpeó la puerta. No tenía por qué abrir. «Salí a dar un paseo», «estaba en la ducha», «vinieron a buscarme unos amigos», pero ¿acaso importaba si estaba o no en casa? Si tenían una orden, no necesitaban que les abriera la puerta, o eso tenía entendido.

Suspiré y volví a meterlo todo dentro. Se me arrugaron algunas páginas y las coloqué de nuevo en el conducto de ventilación. Luego volví a colocar un par de los tres tornillos; el tercero no me dio tiempo y lo metí en el bolsillo. Alguien había vuelto a tocar el timbre. Bajé corriendo las escaleras, el pelo hecho un asco, como si acabara de levantarme.

«Allá vamos», me dije.

Respiré hondo, fingí un bostezo y abrí la puerta.

Era Everett. Tenía el teléfono en una mano y con la otra parecía estar a punto de volver a golpear la puerta. Sonrió cuando me vio lanzarme a sus brazos, aliviada. Porque era él. Everett. No la policía. Everett.

Salté para abrazarle, mis piernas en su cintura, y por un momento me invadió su olor, aquel olor tan familiar, su gel de baño, su champú para el pelo, su colonia. Caminó así, sin soltarme, riéndose, hasta que estuvimos dentro.

–Yo también te he echado de menos –dijo–. No quería despertarte, solo darte una sorpresa.

Bajé la vista y vi que llevaba puestos los vaqueros y un polo, y que había una maleta en el porche.

–Y me la has dado –dije, aún tan cerca que podía sentir la fuerza que emanaba de su cuerpo–. ¿Qué haces aquí?

–Me llamaste pidiéndome ayuda y aquí estoy. Porque estas cosas solo pueden arreglarse personalmente. Y porque necesitaba una excusa para venir a verte –dijo, y vi que se fijaba en mi aspecto desaliñado. Su sonrisa vaciló, y trató de ocultar su preocupación fingiendo un descuido–. ¿Dónde habré puesto la maleta? Oh, ahí está.

Metió la maleta dentro, y cuando volvió a mirarme ya era el

Everett de siempre, el Everett tranquilo, el que lo tenía todo bajo control.

–¿Y qué es lo que vamos a hacer? –pregunté, visiblemente ansiosa y dando la bienvenida a un incipiente dolor de cabeza.

–De camino hacia aquí he pasado por comisaría. Les he llevado todos los papeles y les he pedido que dejen de interrogar a tu padre hasta que tengamos los resultados de la evaluación.

Mi cuerpo entero se relajó, los músculos se me destensaron.

–¡Oh, cómo te quiero!

Se detuvo en el centro de la sala de estar y se fijó en todo: en las cajas apiladas en el comedor y en el vestíbulo, en la vieja mesa y en la puerta mosquitera, que hacía un ruido infernal. En el suelo, que estaba hecho un asco, y en los muebles, que habían sido torpemente retirados de la pared para pintar. Y se fijó en mí. No dejaba de mirarme. Apoyé las manos en las caderas para que no viera que temblaban.

–Te dije que yo me ocupaba –dijo.

–Gracias –dije.

Así que ahí estábamos. Everett y yo en el único sitio que pensé que jamás vería. No tenía ni idea de qué hacer a continuación.

Volvió a mirarme de arriba abajo.

–Todo irá bien, Nicolette.

Asentí.

–¿Estás bien?

Traté de imaginar qué estaba viendo exactamente: y era yo, hecha un asco. Había pasado la noche registrando armarios y aún no me había duchado. Había abusado del café y me temblaban las manos. Me temblaban tanto que si no estaba sujetando algo no había forma de pararlas.

–Ha sido muy estresante –dije.

–Lo sé, te lo noté en la voz ayer.

–Mierda, ¿no tienes trabajo? –¿Qué día era? ¿Jueves? No, viernes. Ajá. Eso era. Viernes–. ¿Cómo has podido escaparte?

–Me he traído el trabajo conmigo. Odio tener que admitirlo, pero me temo que voy a estar trabajando casi todo el fin de semana.

–¿Hasta cuándo te quedarás? –le pregunté al verle arrastrar la maleta, que no era exactamente una bolsa de viaje, lejos de la puerta.

–Hablaremos hoy con el médico de tu padre, y con suerte el lunes tendremos los papeles. Entonces me iré.

Pensé en las libretas que había en el conducto de ventilación. En la puerta que no cerraba. En la gente que había desaparecido, antes y ahora.

–Deberíamos dormir en un hotel. Aquí no hay aire acondicionado, y no creo que puedas soportarlo.

–No seas ridícula –dijo–. El hotel más cercano está a cuarenta kilómetros. –Lo había estado mirando, y no tuvo en cuenta el motel de carretera que había entre Cooley Ridge y el siguiente pueblo, que siempre disponía de habitaciones–. Así que ¿por qué no me enseñas la casa?

De repente, no me apetecía. Me encogí de hombros y traté de no pensar en la casa de la forma en que solía hacerlo; traté de no pensar «esta es la silla de papá, y esa mesa es de mamá, pero antes fue de mis abuelos y ella la restauró y la dejó como nueva», sino en lo que vería Everett.

–No es gran cosa. Hay un comedor, una sala de estar, una cocina, un lavadero. Un cuarto de baño al final del pasillo y un porche en la parte de atrás, pero apenas quedan muebles y hay una plaga de mosquitos.

Everett miró alrededor en busca de un sitio en el que colocar el ordenador. En concreto, miró la mesa del comedor.

–Ponlo aquí –dije, y retiré los papeles y las facturas, todo lo que había sobre la mesa. Lo metí de cualquier manera en los cajones de la cocina que acababa de vaciar.

Puso el ordenador sobre la mesa, y también su maletín.

–¿Puedo trabajar aquí?

–Claro, pero no hay internet.

Hizo una mueca de disgusto y me tendió una factura que había olvidado. Era un comprobante de Home Depot. La fecha era prácticamente ilegible, aunque estaba subrayada en amarillo. Frunció el ceño.

La cogí, sin darle importancia.

–Hace un año que no vive nadie aquí. Sería tirar el dinero seguir pagando internet. –En realidad, en casa nunca habíamos tenido internet. En Cooley Ridge la conexión por satélite no era muy buena y el servicio se interrumpía al menor indicio de mal tiempo, y a mi padre jamás le interesó. Casi todo el mundo consultaba su correo a través del teléfono móvil, pero solo había una compañía con cobertura en la zona, y no era la de Everett–. ¿Quieres ir a la biblioteca? Está cerca de la comisaría. Aquí al lado. Puedo llevarte.

–Estoy bien aquí, Nicolette. Podemos pasar por la biblioteca cuando vayamos a ver a tu padre, y así envío un par de cosas.

–¿Estás seguro? Porque...

–He venido a verte –dijo–, no a trabajar en una biblioteca. Te he echado de menos.

Ahora que lo mencionaba, en realidad nunca nos habíamos separado. Estaba claro que no podía forzarse, pero tampoco era normal que pasáramos tanto tiempo juntos. Me pregunté si no estaríamos atrapados en una suerte de espejismo. ¿Qué pasaría si hiciéramos un alto en el camino, para coger aire?

Me echaba de menos, claro. Quería ayudar, claro. Pero también estaba agobiado con aquel maldito caso suyo y necesitaba un respiro. Tomar distancia. Lo noté cuando hablamos por teléfono.

–¿Qué te ha dicho la policía?

Se alisó el pelo con una mano.

–Casi nada. No se alegraron de verme, pero tampoco parece que el asunto sea prioritario por ahora. Dudo mucho que su declaración sirva para algo. –Me miró por el rabillo de ojo mientras se preparaba el trabajo en la mesa–. Háblame de esa chica que ha desaparecido. He visto carteles por todas partes.

–No sé si llamarla chica. Se llama Annaleise Carter. Dicen que su hermano la vio entrar en el bosque y que por la mañana no estaba en casa. Nadie la ha visto desde entonces. –Mis ojos se desviaron inevitablemente hacia el patio trasero, hacia su casa.

–¿La conoces?

–Everett, aquí todo el mundo se conoce. No éramos amigas ni nada parecido, si es eso a lo que te refieres. Es más joven que yo, pero vivía ahí detrás. –Incliné la cabeza en dirección a la cocina y Everett se acercó a la ventana.

–Solo veo árboles.

–Bueno, no exactamente ahí detrás, pero son nuestros vecinos más cercanos.

–Ah. –Everett siguió mirando por la ventana y yo me puse nerviosa. Había secretos en esos bosques. El pasado se revolvía allí fuera y las piezas de dominó habían empezado a caer. Sacudí la cabeza, tratando de aclararme las ideas. Everett se volvió–. ¿Algún problema?

«Las chicas desaparecidas; mi padre y la policía y las cosas que se han dicho; los papeles que he encontrado en el armario y de los que tengo que deshacerme antes de que alguien venga por ellos.»

–He perdido el anillo –dije, y empecé a respirar de forma apresurada, incapaz de controlarme, como si estuviera dándome un ataque de ansiedad. Se me hizo un nudo en la garganta, me puse a llorar, empecé a ver a Everett borroso, entre lágrimas–. Lo siento mucho. Me lo quité para llenar las cajas, luego lo cambié todo de sitio y ahora no lo encuentro.

Me temblaban las manos. Él se acercó y me las cogió. Apoyé la frente en su pecho.

–Eh, no pasa nada, ¿vale? Está en la casa, ¿no?

–No lo sé. Lo he perdido. –Oí algo en la casa, una especie de eco, el eco de mi fantasma, de la otra yo, la yo de hace tiempo. Me solté las manos, apreté los nudillos–. Lo he perdido.

Dos chicas desaparecidas con diez años de diferencia. La feria, de vuelta en la ciudad. Y todos nosotros. Convirtiendo aquellos diez años en un suspiro. Un parpadeo. Una mirada rápida por encima del hombro.

–No llores –me dijo, enjugándome las lágrimas con el pulgar.

«Solo es un pedazo de metal –me había dicho Tyler–. Solo es dinero.»

–Está asegurado –añadió Everett–. Seguro que aparece.

Asentí. Seguía pegada a su pecho. Sus manos masajearon mis hombros.

–¿Seguro que estás bien? –Asentí una vez más. Le oí reírse–. Nunca pensé que fueras la clase de chica que llora por un anillo.

Respiré hondo y me aparté.

–Era muy bonito.

Él se rio aún más fuerte, con la cabeza inclinada hacia atrás.

–Vamos –me dijo, pasándome la mano por encima del hombro y guiándome hasta las escaleras, con la maleta en la otra mano–. ¿Por qué no me enseñas el resto de la casa?

También yo me reí entonces.

–Cuando la veas te preguntarás por qué no dijiste que sí a lo del hotel.

Subimos al piso de arriba. Nos detuvimos en el pasillo. Un pasillo estrecho. Una habitación de matrimonio con su propio cuarto de baño y otras dos conectadas por otro cuarto de baño.

–Esa de ahí es la habitación de mi padre –dije, señalando la habitación de la cama de matrimonio y el viejo armario. Cerré la puerta cuando pasamos junto a ella–. Esta era la de Daniel –dije, en la puerta de al lado–. Se llevó todos los muebles. –Por eso se había convertido en el almacén de todo aquello con lo que mi padre no sabía qué hacer: viejas novelas, material didáctico, cajas de apuntes, tratados de filosofía y notas escritas de cualquier manera en pedazos de papel–. La próxima semana nos desharemos de esto. Poco a poco. –Me aclaré la garganta–. Y esta es mi habitación.

La cama amarilla parecía triste, y la habitación demasiado pequeña con Everett allí. No le gustaba dormir en mi apartamento. No podía ni imaginar qué pensaba en aquel momento.

–¿No podríamos dormir en la habitación de matrimonio? La cama es más grande –dijo.

–No pienso dormir en la cama de mis padres. Dormiré en el sofá si es demasiado pequeño para ti.

Me miró. Miró la cama.

–Lo hablamos después.

Cuando estábamos a medio camino de Grand Pines, Everett sacó el móvil por la ventanilla del coche y murmuró un sarcástico «aleluya». Su teléfono acababa de pillar cobertura y empezaron a lloverle los sonidos de notificaciones a medida que iba descargando correos electrónicos. Habíamos vuelto al País de los Datos.

Echó un vistazo rápido a su alrededor antes de sumergirse en la lectura de los correos.

–Deberíamos volver en otoño. Apuesto a que las vistas son increíbles –dijo. Luego todo lo que oí fue el tap-tap-tap de su teléfono mientras escribía.

–Claro –dije, aunque sabía que no volveríamos. Algo parece apoderarse de este lugar en otoño. El viento sopla con fuerza y durante un par de días parece que llueven hojas, y luego lo cubren todo, como si en vez de hojas fuesen copos de nieve–. Es más bonito en invierno –añadí.

–Mmm.

–A no ser que pretendas llegar a alguna parte. Porque en cuanto empieza a nevar, todo es misión imposible.

–Mmm. –Tap-tap-tap en el teclado, y el clásico sonido de mensaje enviado.

–Hay un monstruo ahí fuera –dije.

–Mmm, un momento, ¿qué?

Le sonreí.

–Solo quería saber si me escuchabas.

La recepcionista de Grand Pines empezó a coquetear en cuanto cruzamos la puerta. Se irguió, se atusó el pelo, se toqueteó el escote. Estaba acostumbrada a ello: la gente reaccionaba de forma inconsciente a la presencia de Everett.

Everett provenía de una familia adinerada de Filadelfia. Su familia era como esos viejos edificios imponentes de Filadelfia, con sus adoquines y su hiedra. Y con ella pasaba como con la famosa Campana de la Libertad, que sus imperfecciones solo la hacían más interesante. Más digna de la vida que el destino les ha deparado. Everett era siempre el centro de atención cuando estaba con sus amigos, e incluso estando conmigo. Era como si nos hechizara. Era capaz de ser resolutivo sin imponer, y de creer en sí mismo sin resultar engreído. A los de su clase se les enseña a caminar con estilo en cuanto aprenden a gatear: «Conoce tus clásicos, conoce tu cerveza». Ninguno de ellos se ha pasado jamás de la raya, porque todos han tenido un padre perfecto que ha desaprobado al instante cualquier salida de tono.

Me mostré confiada camino de la recepción junto a él. No podrían con él, y lo sabía.

Cuando se dirigió al despacho del director, la mujer que había tras el mostrador me miró arqueando una ceja y sonrió, como diciendo «afortunada».

Asentí. «Lo sé.»

Y lo siguiente que sentí fue que me juzgaba. No podía entender qué hacía él allí conmigo. De repente sentí que lo que llevaba puesto no me quedaba nada bien y supe que mi pelo seguía hecho un asco, y que las manos me temblaban, aunque probablemente era por culpa de la cafeína.

–He venido a ver a mi padre. Patrick Farrell –dije.

–Muy bien –dijo ella, levantando el auricular del teléfono.

La enfermera que había visto el primer día me llevó a la sala común, donde mi padre estaba jugando con una baraja a algo parecido al solitario sin seguir ninguna regla que fuese capaz de reconocer.

–Mire a quién acabo de encontrarme, Patrick. Su hija.

Levantó la vista. Sonrió. Fue una sonrisa real, enorme.

Hice lo mismo, sin poder evitarlo.

–Hola, Nic.

Qué frase tan simple, y qué bonita.

–Es usted de lo más popular hoy –dijo la enfermera al tiempo que se iba.

Le agarré por el brazo mientras ella se alejaba.

–¿Quién ha estado aquí? ¿La policía?

–¿La... qué? –La enfermera miró mis dedos en la manga y al instante lo solté–. No, el tipo con el que suelo almorzar.

Ella le pasó la mano por la manga y alisó las arrugas que le había dejado.

–¿Daniel? –pregunté, mirándola primero a ella y luego a mi padre.

Ella negó con la cabeza.

–No, el otro. Patrick, ¿quién viene a comer contigo los viernes?

Mi padre hizo tamborilear los dedos sobre la mesa y me miró, con algo parecido a una sonrisa en el rostro.

–No puedo decírtelo, Nic.

Sonreí a la enfermera como si pensara que era encantador. Divertido, incluso.

–¿Quién ha estado aquí, papá?

–Se supone que es un secreto –dijo, y tuvo el valor de reírse.

La enfermera le guiñó un ojo a mi padre y luego se dirigió a mí.

–Un chico guapo. Ojos azules, pelo castaño. Siempre lleva vaqueros y botas de trabajo...

Volví la cabeza hacia mi padre, que parecía estar apretando los dientes.

–¿Tyler? –pregunté.

La enfermera acarició el hombro a mi padre y se alejó. Mi padre había recogido las cartas, las había barajado, se había quedado la mitad y me había servido el resto. No sabía qué se suponía que tenía que hacer a continuación. Había un rey sobre la mesa, y esperaba que yo tirara alguna de mis cartas.

–¿Qué demonios pinta Tyler aquí?

–¿Por qué no podría venir a verme? ¿Acaso tienes los derechos exclusivos de la amistad de Tyler Ellison? Tira, te toca –dijo, señalando mis cartas.

Tiré un as e intenté relajarme. No quería ahuyentar la conversación.

–Ah, no me había dado cuenta de que teníais tantas cosas en común.

Mi padre frunció el ceño mientras recogía las cartas. Luego jugó un cinco de diamantes.

–Presta atención –dijo.

–Eso es exactamente lo que estoy haciendo. Dime qué quiere Tyler de ti.

Dejé de jugar, para que no se desconcentrara.

Se encogió de hombros, evitando el contacto visual.

–Nada. Solo viene a verme. –Me señaló la mano, esperando que tirara otra carta. Al final lo hice–. Es un buen chico, Nic. Creo que le gusta la comida que ponen aquí. –Miró alrededor y se mostró ligeramente confundido–. O puede que le guste la joven enfermera de los viernes. No lo sé. Pero viene a comer.

Miré por encima del hombro y vi a la enfermera que esperaba junto al mostrador de recepción. Era más bajita que yo, llevaba una bata más bien sosa y se había pintado mal los labios, pero era atractiva de todas formas. Tenía el pelo oscuro y lo llevaba arreglado. Era joven. Alegre.

–¿Y se suponía que no debía saberlo?

–Está claro que no. –Lanzó el dos de corazones.

–¿Y por qué no debería saberlo, si la única razón de que esté viniendo es que le guste la comida o la enfermera? Piensa un poco, papá. –Tiré el dos de picas.

–No estás prestando atención –dijo mientras cogía el par de cartas, y no me quedó claro si hablaba del juego o de Tyler.

Acababa de entrar en la sala común un nuevo grupo de residentes, y entraron y salieron diversas enfermeras, todas con sus carpetas. Se nos estaba acabando el tiempo. Mi padre se disponía a barajar de nuevo, pero lo detuve.

–Papá, necesito hablar contigo.

–¿No lo estamos haciendo? –me dijo.

–Papá, escucha. Estamos solucionándolo. No dejes que la policía te interrogue. No dejes que nadie lo haga. Avísanos. Avisa a la enfermera. Avisa al médico. No pueden hacerlo. No tienes por qué hablar con ellos. ¿Lo entiendes?

–Yo... Claro. Claro que no. No lo haré –dijo.

«Pero lo hiciste.»

–Ojalá hubiera sido mejor padre, Nic.

–Papá, no...

–Podría haberlo sido. Ahora que ha pasado, lo sé. Pero uno no puede volver atrás, ¿verdad?

Sacudí la cabeza. «No, no puedes.»

Se palmeó un costado de la cabeza.

–Esta es mi penitencia, ¿no crees? –Como si mereciese perder la cabeza por haber sido un padre horrible.

–No fuiste malo. No nos hiciste daño.

No hizo nada. Me hacía reír y me dio un techo y comida y una cocina, y nunca me levantó la mano ni la voz. Para mucha gente, eso lo convertiría en alguien bueno. Un buen padre. «Un buen hombre.»

Se inclinó sobre la mesa y me cogió la mano.

–¿Eres feliz, Nic?

–Sí –dije.

Todo lo que siempre he querido me está esperando en Filadelfia. Mi vida está allí.

–Bueno, eso es bueno.

Le apreté la mano.

–No te mereces esto –dije–. Nada de esto.

Empezó a tamborilear con los dedos otra vez, más rápidamente que antes, inclinado hacia mí. Bajó la voz y me dijo:

–Nic, escúchame. Tengo que pagar. Tengo que hacerlo.

–Me ocuparé de todo –dije–. No vuelvas a hablar de ello. Nada. No digas una palabra. A nadie. ¿Vale?

–Vale –dijo.

Pero sabía que la promesa no duraría más de una hora.

–Necesito que te concentres, papá. Necesito que lo recuerdes.

–Lo recordaré, Nic.

Levantó la vista, y sus ojos me parecieron los de un niño a la espera de respuestas.

Miré mi mano, miré la suya. En la mía había pecas, la suya estaba moteada por manchas de la edad.

–Papá, quieren llevarte a comisaría. Tienes que dejar de contarles cosas. Por favor.

Abrió la boca para decir algo, pero levanté la mano para detenerlo. Vi que Everett entraba en la cafetería, y él acababa de vernos a nosotros. Cuando levanté la mano, mi padre miró en la dirección en la que yo estaba mirando.

–Papá, quiero que conozcas a alguien. Te presento a Everett –dije mientras se acercaba.

«Dime que recuerdas a Everett. Por favor.»

Lo miró y luego miró mi mano buscando el anillo, y sonrió.

–Claro, claro. Encantado de conocerte, Everett.

Everett estrechó la mano de mi padre.

–Lo mismo digo, Patrick. Pido disculpas por lo de Navidad.

Se suponía que íbamos a volar a Cooley Ridge para pasar el día de Navidad con él y que luego volveríamos a casa para pasar el resto de las fiestas con la familia de Everett, pero una tormenta de nieve dio al traste con nuestros planes y no volvimos a intentarlo. Pero mi padre no iba a ser capaz de recordar un detalle como aquel. Hizo un ruido que a Everett debió de parecerle desagradable.

Se volvió hacia mí.

–Parece que está todo listo, ¿piensas quedarte a cenar?

Por un momento me sentí como si volviera a tener diecisiete años y estuviera sentada a la mesa de la cocina y mi padre me estuviera preguntando si pensaba quedarme a cenar o si iba a largarme. «Largarme», habría dicho. Siempre estaba largándome. En cuanto dejé de convencerme de que mi madre sobreviviría, pasaba más tiempo fuera que dentro.

–Tengo mucho que hacer –dije–. Pero nos vemos luego, papá.

Everett dejó su tarjeta sobre la mesa.

–Ya se lo he dicho al médico y a las enfermeras, pero si alguien viene a hablar contigo, sea quien sea, llámame.

Mi padre alzó una ceja y me miró cuando ya me alejaba. Seguía mirándome cuando me di la vuelta por última vez antes de salir. Sacudí la cabeza, suplicando que se acordara.

Everett se quedó hablando con la chica del mostrador mientras yo iba al lavabo. Una vez dentro, cerré la puerta y llamé a Tyler, incapaz de controlar mi ansiedad.

–Cógelo, maldita sea –murmuré, pero, evidentemente, no lo cogió.

Pensé en llamar a información y pedir el número del Kelly's para ver si estaba allí. Pero desde el cubículo del cuarto de baño escuché a Everett preguntarle a alguien:

–¿Qué es lo que decía exactamente Patrick Farrell?

Me apresuré a salir.

–¿Everett? –le llamé, y vi que se alejaba del mostrador–. ¿Nos vamos?

El cotilleo es el principal enemigo de cualquier investigación. Es contagioso e inevitable. Sé de sus peligros desde mucho antes de convertirme en psicóloga escolar.

Lo más peligroso del cotilleo es que parte de algo real. Que la mentira crece, como crece una semilla plantada en la tierra. Y que en un instante realidad y ficción se convierten en un todo único, indivisible. Y llega un momento en que ya no sabes cuál fue el punto de partida.

Cuando Corinne desapareció y ya no tuvimos dónde buscarla ni a quién preguntar, lo único que nos quedaba era el cotilleo. Y la gente empezó a hablar.

Hablaban de Corinne, de Bailey, de mí. De lo irresponsables que éramos, de lo mucho que bebíamos, de que nunca pensábamos en las consecuencias de lo que hacíamos. De cómo nos pasábamos la botella en el bosque e invitábamos a los chicos a meterse con nosotras en cualquiera de las cuevas de por allí. De las chocolatinas que robábamos en el colmado –porque nos habíamos apostado algo, siempre estábamos apostando– y de cómo no respetábamos la propiedad ni la autoridad. De hasta qué punto parecíamos intercambiables –el mismo pelo, la misma piel bronceada– y de que «hasta compartíamos los novios».

Porque si echáramos un vistazo a las pruebas que hay en esa caja imaginaria nos encontraríamos con Bailey que besa a Jackson y con Corinne que tontea con Tyler en mis narices. Las tres, como tres fantasmas enloquecidos, dando vueltas y más vueltas en un campo de girasoles. Yo saltando de la noria, a punto de matarme, y sin importarme lo más mínimo. Estábamos demasiado cerca unas de otras, cerca de algún misterioso límite, de la irresponsabilidad y de la ingenuidad que nos impedía temer a la muerte. Nos creíamos invencibles. Simplemente estábamos demasiado cerca. Y la gente solía decir que la culpa era nuestra.

Y es probable que lo fuera.

Luego estaban ellos: Daniel, Jackson y Tyler, que no nos perdían de vista. Nos vigilaban, nos rodeaban, esperaban. Se enfadaban y actuaban. Rompían con nosotras, nos apartaban de su lado cuando se hartaban, pero luego siempre volvían por más.

¿A alguien le había sorprendido lo que pasó realmente?

Después de todo lo que se habló de nosotros, no sé cómo pudieron quedarse.

Conducía con cuidado porque se estaba poniendo el sol y a ratos me deslumbraba. Además, la carretera estaba mal asfaltada y con muchas curvas, sin ninguna señal que advirtiera de la peligrosidad de alguna de ellas. Por no hablar de los ciervos: en cualquier momento podía aparecer uno, podía encontrármelo en mitad de la calzada. Además, Everett seguía contestando correos, y si iba más rápido quizá perdiera la cobertura en la próxima curva.

Esperé a que comenzara a maldecir aquel condenado teléfono.

–¿Te acerco de nuevo a la biblioteca?

–No –contestó, apoyando la cabeza en la ventanilla–. Puede esperar a mañana.

–¿Tienes hambre? –pregunté.

–Estoy muerto de hambre.

–Estupendo, porque ya sé dónde voy a llevarte. –Le eché una rápida mirada–. En casa solo tengo platos precocinados. Mañana iremos a comprar comida.

–Tienes que comer mejor –dijo–. Me parece que has adelgazado.

A juzgar por cómo me quedaban los pantalones, lo más probable es que fuese verdad. Había estado muy liada y me había saltado alguna comida; tenía suficiente con el café y la soda, lo soportaba bien hasta que me daba un subidón de acidez. Todo lo demás tenía gusto a rancio o me sabía a metal.

Dejé el coche en el aparcamiento que había detrás del Kelly's, porque en la calle no había un solo sitio libre. Había muchos coches aparcados y todos eran de por allí. La camioneta de Tyler no estaba, pero la bicicleta de Jackson sí.

La gente que iba al Kelly's los viernes por la tarde no era la misma que la del resto de la semana. A los de siempre había que sumar los universitarios, que salían de marcha.

Entre los habituales estaban los que se pasaban por allí después del trabajo y que los viernes bebían un poco más de la cuenta antes de regresar a casa. Eso sí, el olor era el mismo: alcohol, grasa, perfume mezclado con sudor.

Solo había dos personas detrás de la barra. Jackson, que se encontraba al fondo, y una mujer que me sonaba ligeramente, con una camiseta muy ajustada y una lisa melena que le llegaba hasta la cintura. Me miró cuando entramos.

–Sentaos donde queráis –dijo, señalándonos las mesas, como si yo no supiera de sobra cómo iba la cosa.

Nos sentamos a una mesa para dos junto a la ventana, y desde allí podía verse perfectamente el vestíbulo que conectaba con las escaleras y el piso de arriba.

–Echa un vistazo al menú, yo iré por la bebida –dije, poniéndome en pie. Everett me señaló a la camarera, y yo sacudí la cabeza–. Es más rápido así. Confía en mí.

Me dirigí al rincón donde se encontraba Jackson y di un toquecito en la barra para que me viera. Parecía distraído.

–Vaya, ¿qué te trae por aquí, Nic? –preguntó, coqueteando.

–Un vodka con tónica –dije–. Doble.

–¿Un día duro?

–Y agua.

Jackson se detuvo. Acababa de ver a Everett, que estudiaba detenidamente el menú bajo aquella luz tan tenue.

–¿Quién coño es ese?

–Everett. Mi prometido –dije cuando los ojos de Jackson volvieron a clavarse en mí, airados–. ¿Has visto a Tyler? Tengo que hablar con él.

–¿Has traído a tu prometido aquí? Es demasiado cruel incluso para ti.

Me encogí de hombros.

–Es una emergencia.

–No le he visto, Nic –dijo mientras servía las bebidas–. Pero te aseguro que esta –inclinó la cabeza en dirección a Everett– no es la mejor manera de llamar su atención.

Di un sorbo a mi copa.

–Hazme un favor –dije, señalando el vodka–. En cuanto se la acabe, ponle otra.

Everett no me había quitado ojo de encima y cuando la camarera se alejó, sonrió. Y aún no era por el alcohol.

–Nunca te había oído hablarle así a nadie, excepto a mí –me dijo–. Es adorable.

Mi acento no era tan marcado como el de la mayor parte de la gente de por allí. Mi padre no era de Cooley Ridge. Mi madre sí, pero se fue. Se largó. Estudió, conoció a mi padre, se casó. Hizo una carrera, se hizo un nombre, lejos. Pero luego, cuando tuvo a Daniel, decidió regresar. Quería que sus hijos crecieran en el lugar en el que ella había crecido, el sitio en el que habían vivido y habían muerto sus padres, donde estaban enterrados. Ahora ella está enterrada junto a ellos.

Cuando me fui aprendí a disimular el acento, aunque no lo tuviese muy marcado. Acortaba las palabras, acortaba las vocales. Hablaba con un descuido formal. Hasta que empecé a sonar como sonaría alguien que no es de ningún lugar.

Recuperaba el acento cuando me emborrachaba, aunque no bebía a menudo. Entonces no bebía, pero no podía evitar hablar como todo el mundo cuando estaba allí.

–¿Estás intentando emborracharme para aprovecharte de mí, Nicolette? –quiso saber Everett, y forcé una sonrisa.

Me pasé buena parte de la cena mirando la puerta que comunicaba con el vestíbulo, cabreada con Tyler porque no llegaba. Por las veces que había ido a ver a mi padre, por las explicaciones que aún tenía que darme, por las llamadas que había decidido no contestar al ver que era yo.

Cuando casi habíamos acabado con las hamburguesas y Everett iba por su tercer vodka con tónica, al fin llegó. Se detuvo en la puerta, echó un vistazo al bar, me vio y vio a Everett, y se esfumó.

–Vuelvo enseguida –dije–. Voy al baño.

Everett estaba de espaldas a la puerta, así que no me vio abrirme camino entre la gente y girar a la derecha para dirigirme al vestíbulo. El baño estaba en la dirección contraria.

–¡Eh! –grité, pero Tyler siguió escaleras arriba–. ¡Tengo que hablar contigo!

Se detuvo, pero no se volvió.

–¿Es él?

Subí hasta alcanzarle y bajé la voz.

–Has ido a ver a mi padre. ¿Por qué?

Se dio la vuelta. De repente, estábamos demasiado cerca. Me aparté un poco. Me apoyé en la barandilla.

–¿Qué pasa? ¿No puedo ir? Tengo un curro cerca. Voy una vez por semana a comer. No le va mal tener algo de compañía de vez en cuando. Y me queda cerca.

–¿Algo de compañía? ¿Estás haciéndome sentir culpable?

–No. No estoy haciendo que te sientas nada. –Pareció notar que estábamos demasiado cerca, cogió aire y dio un paso atrás–. Cuando murió tu madre perdió la cabeza. Lo sé, estaba allí. Lo pillo. No le debes nada. Nadie te culpa.

–No es por eso por lo que... Tengo un trabajo, ¿vale? Y una vida. No puedo dejarlo todo porque mi padre decidió beber hasta que el cerebro le dijo basta.

Asintió.

–Eh, Nic. No tienes que convencerme de nada. Solo voy a verle. Porque me apetece, ¿vale?

–Me dijo que se suponía que no tenía que saberlo –dije, porque aquello tenía que significar algo. Sospechaba que Tyler me ocultaba algo, y en aquel momento estaba segura de que así era–. ¿De qué habláis? ¿Qué te ha contado?

Inclinó la cabeza hacia atrás, mirando el techo.

–Nada. Él y yo solo... hablamos. La única razón por la que no deberías saberlo es esa. Esa es la única razón.

Le clavé el dedo en el pecho.

–No me mientas.

Se quedó boquiabierto.

–No te miento. Y lo sabes.

Eso era antes, pensé. No había nadie en quien confiara más que en él. Pero no en aquel momento. Porque no me había contado que solía visitar a mi padre, y no lo había hecho porque no quería que lo supiera.

–Solo dime por qué, Tyler.

–¡Déjale en paz, no hay nada que contar! –Se acercó–. Es tu padre, y tú eras mi chica. Tú te fuiste, pero él se quedó. Yo no paso de la gente cuando deja de interesarme. Es así de sencillo, Nic.

Me rodeé la cintura con el brazo. «Cuando deja de interesarme.»

–Era tu chica hace diez años. Ya no es cosa tuya. Es simple, ¿no?

Durante un segundo pensé que iba a discutírmelo. Que iba a enumerarme todas las razones que confirmaban por qué no estaba en lo cierto, por qué era incapaz de entenderlo. Pero en vez de hacerlo, se rio. Se rio con los ojos cerrados, y resultó ridículo.

–Vale. Ningún problema. –Siguió subiendo, sacó las llaves–. Diez años, ¿eh? Habría jurado que eran menos. –Soltó una de las llaves del llavero, mi llave, y me la tiró, pero no la cogí al vuelo y se estrelló contra el suelo, con un ruido metálico–. Escucha, tengo un par de cosas que hacer aún. Así que hazme un favor: déjame en paz.

Y entonces volví a sentirlo –como un puñetazo en el estómago–, sentí que entre nosotros había algo, algo que valía la pena y que estaba perdiéndolo. Otra vez.

Hice ademán de detenerle, pero tenía los ojos cerrados.

–Sácalo de aquí. Quiero bajar a tomarme una cerveza y no quisiera verle.

–Tyler...

–No, Nic. –Señaló el bar–. En serio, no puedo. –Dejó caer el brazo–. No creo que sea tan difícil. Me pediste que te dejara en paz, y ahora te lo estoy pidiendo yo. Porque eso es lo que queremos, ¿verdad? Así de sencillo.

De repente fue como volver a tener dieciocho años. Estaba rompiendo con mi novio. La llave de la casa que habíamos compartido acababa de estrellarse contra el suelo. No habíamos llegado a romper nunca, y tal vez había sido culpa mía, porque me fui sin avisar, o culpa suya, por fingir que no lo había hecho. El caso es que nunca habíamos roto oficialmente. Era ridículo pensar en todo aquello ahora. Pensar que aquel puñado de momentos dispersos constituían la relación más larga y más importante de mi vida. Que en realidad habíamos seguido juntos aquellos diez años porque nunca rompimos. Porque me limité a irme. Porque «paso de la gente cuando deja de interesarme».

No podía soportar pensar en lo que había hecho. De qué manera me había largado sin decir nada, en mitad de la noche. Aquellos diez años no habían cambiado nada, el tiempo no cambiaba nada, no impedía que me sintiera fatal ni que mirara de la forma en que lo hacía.

Me di la vuelta para que no me viera. No quería que viera lo mucho que me había dolido aquello.

Recogí mi llave, regresé al bar y me acodé en la barra.

Jackson me vio llegar.

–No ha ido del todo mal, ¿verdad?

–No seas cabrón –dije–. Por favor.

Sirvió el último vodka.

–Yo invito. Y luego te vas. –Cogí el vaso y él me agarró del brazo–. En serio –dijo–. Sácalo de aquí.

Me bebí la mitad del vaso antes de llegar a la mesa.

–Venga, vamos.

Tuve que arrastrar a Everett hasta el coche; había bebido más de la cuenta. Mientras buscaba las llaves en el bolso, Everett apoyó las dos manos en el techo del coche.

–Hola –dijo cuando le miré. Me besó, sus dientes se toparon con los míos y trató de deslizar su mano bajo mi ropa.

–Espera un poco –dije, haciéndome a un lado. Desde el apartamento de Tyler podía verse la zona de estacionamiento, y yo no era, como creía Jackson, tan cruel.

–Creo –dijo– que estoy borracho.

–Me parece que tienes toda la razón –dije, ayudándolo a sentarse.

Se detuvo, aún con la mano en mi hombro, mirando el edificio.

–Alguien nos está mirando –dijo.

–Entra en el coche, Everett.

–Llevo todo el día con esa sensación. –Se balanceó ligeramente y al final se sentó–. La sensación de que alguien nos vigila. ¿Lo has notado?

–Lo que pasa es que no estás acostumbrado a los bosques –dije.

Pero no pude evitar sentir un escalofrío. Porque yo también lo había notado. Tenía la sensación de que nos vigilaban desde el bosque, desde el otro lado de las ventanas. En todas partes.

La lámpara del porche se balanceaba de un lado a otro cuando llegamos, proyectando luces y sombras y reavivando de nuevo los viejos fantasmas.

–Este sitio da un poco de miedo por la noche –dijo Everett, siguiéndome fuera del coche.

–Da miedo cuando estás borracho –dije al entrar.

Everett se dejó caer en el sofá, mirando el techo.

–Por la mañana estaré hecho polvo.

–Voy a encender el fuego.

–¿Quieres que esto sea un horno?

–Refresca por la noche –dije–. Descansa.

Lo dejé ahí tumbado, con los ojos cerrados y un brazo colgando, como lo haría el de una muñeca de trapo, y comprobé las ventanas, una a una, y la silla que había dejado atrancando la puerta de atrás. También eché un vistazo a mi ventana rota.

Todo parecía en su lugar. Por último, fui a la habitación de mi padre y abrí el armario. Encendí la pantalla de mi móvil para comprobar el interior. El conducto de ventilación estaba exactamente igual que lo había dejado, pero ¿cuánto iba a durar así?

–Nicolette –gritó Everett desde el piso de abajo.

No había tiempo.

–Voy –grité.

Acompañé a Everett hasta la cama, procurando no caerme, a la vez que hacía todo lo posible por mantenerle en pie.

–Vuelvo enseguida –dije.

Desatornillé el respiradero, saqué las libretas y los papeles sueltos y los llevé al piso de abajo. Me senté delante del fuego. Les eché un último vistazo –los cuadernos resultaron ser libros de contabilidad– y me parecieron piezas de un rompecabezas. En los pedazos sueltos de papel había descripciones de las joyas de mi madre, recibos y detalladas listas de casas de empeños. Arranqué las páginas de las libretas y las tiré al fuego: las llamas las devoraron e iban fundiéndose poco a poco.

Luego saqué todo lo que había guardado en los cajones y lo coloqué en la mesa del comedor. Había llegado el momento de deshacerme de todo. De los recibos del banco, de las facturas subrayadas. Iba a quemarlo todo. Iba a reducirlo a cenizas, a nada, a humo. No podía permitirme el lujo de mirarlo con detenimiento, ni siquiera de intentar comprender lo que había pasado. Había llegado de improviso, como las tormentas de hojas muertas en otoño. Primero ocurría que las hojas cambiaban de color, para ponerte sobre aviso, y luego llegaba el viento y las hacía caer.

UN DÍA ANTES

DÍA 11

Había un puñado de adolescentes en el claro del bosque, pero dormían. Atravesé el improvisado campamento tratando de evitar pisar latas vacías y sacos de dormir. Iba en busca del estrecho sendero que comunica con las cuevas. Empezaba a amanecer y el cielo tenía ese aspecto entre rosado y neblinoso que suele tener cuando amanece; la oscuridad me esperaba en la entrada de las cuevas. El tiempo no existe ahí abajo. Es demasiado laberíntico incluso para que la luz pueda abrirse camino. Y son muy grandes. Moverte ahí abajo es cosa de instinto. Me recuerdo agarrando a Tyler por la cintura, siguiendo sus pasos, y la risa de Corinne allí dentro...

Hacía diez años, las cuevas nos pertenecían.

Desde mi casa, en coche, estaban a no menos de dieciséis kilómetros, pero a través del bosque no eran más de tres, puede que cuatro. Corinne, Bailey y yo solíamos venir caminando antes de aprender a conducir. Pero no por las cuevas. Lo de las cuevas vino después, cuando empezamos a apostar a que no éramos capaces. Al principio habíamos hecho lo que hacían aquellos críos: acampar en el bosque.

Antes había un camping en la zona, pero ahora estaba abandonado. Con todo, algunas instalaciones de los antiguos baños aún funcionaban. De ahí que el lugar fuese ideal para acampar o para montar una fiesta. Pertenecía a los adolescentes que, como hechizados temporalmente, lo olvidaban en cuanto se hacían mayores.

Solíamos colarnos por las puertas oxidadas y seguir la cuerda que hacía las veces de guía, tan lejos como nos atrevíamos. Con las linternas apagadas, muertos de miedo ante cualquier mano que se posaba en nuestro hombro: «Verdad o atrevimiento».

En la oscuridad, todo eran manos y risas y susurros. Nos cogíamos unos a otros, nos empujábamos contra las paredes húmedas, para que el último siempre fuera otro. Fingíamos ver fantasmas, fingíamos ser fantasmas, hasta que alguien se rendía y encendía la linterna.

Hubo una época en que las cuevas podían visitarse, pero de eso hacía ya mucho. Se cerraron después de un accidente, en algún momento de la generación anterior a la nuestra. Una pareja había quedado atrapada, perdida en la más completa oscuridad, y solo uno de los dos había sobrevivido a la noche. La mujer había resbalado, y al caerse se dio un golpe en la cabeza; su marido, sumido en la más absoluta oscuridad, no había podido encontrarla. Había estado dando vueltas por la cueva a cuatro patas, gritando su nombre, sin que ella contestara. Pidió ayuda a través de la puerta cerrada, pero solo el bosque interminable pudo oírle. Puedes llegar a desorientarte muchísimo ahí abajo; parece poco probable quedarte atrapado en la misma cueva con otra persona y no ser capaz de dar con ella, pero cuando has estado allí sabes que puede pasarte. Puede pasarte perfectamente.

La encontraron en un charco de sangre, su propia sangre, y a él, a unos veinte metros de distancia.

Se les había ocurrido internarse por un túnel muy estrecho que se salía de la ruta marcada. Cuando se apagaron las luces se dieron cuenta de que ya no quedaba nadie. Fue entonces cuando trataron de regresar a la cueva principal, buscando el camino, buscando la cuerda para volver a la puerta. Y entonces ella se perdió.

Por supuesto, esa era la historia. Luego estaban los rumores, lo que decía la gente. Que él la había matado. Que quería matarla. O que fue un accidente: llevado por la pasión, la había empujado con demasiada fuerza. La versión de Daniel era que había sido el monstruo. El monstruo le había obligado a hacerlo. Vivía en el bosque, aquel era su hogar, y te hablaba en un susurro que sonaba como el eco de tu propia voz.

En cualquier caso, el lugar se cerró, el generador se quemó y las luces se apagaron para siempre. Y Cooley Ridge se apagó con ellas. Las cuevas eran la principal atracción turística del pueblo, aunque había otras. Estaban las montañas, el río, el campo de girasoles de los Johnson. La gente paraba en el arcén y se bajaba del coche con la cámara al cuello y se internaba en él como quien se interna en un laberinto. Los girasoles eran tan altos como cualquiera de nosotros.

Todavía teníamos las montañas, las vistas, nuestro «modo de vida», que al parecer resultaba pintoresco. Pero a treinta kilómetros había un pueblo con un tren con dibujitos que hacía una ruta panorámica, y por supuesto allí también tenían un río, y montañas, y quedaba igualmente cerca de la granja de los Johnson y su campo de girasoles, y acabó por quedarse hasta con el último turista.

Así que cerraron las puertas, las rodearon con cadenas sujetas por un candado enorme y colocaron el típico letrero: PELIGRO. PROHIBIDA LA ENTRADA.

Y fue como si hubieran alumbrado el cielo con la Batseñal de las narices, una Batseñal que decía: «¡Adolescentes! ¡Venid!».

Y eso hacíamos. Íbamos.

Las puertas y las cadenas eran de hecho decorativas. Todo el mundo conocía a alguien que conocía a alguien que tenía una llave. Lo más probable es que hubiera al menos ocho copias de la llave en cuestión circulando por entre los grupos de jóvenes cuando nos graduamos. Entrar se convirtió en una especie de rito de iniciación, y no únicamente para los novatos. Nos retábamos y apostábamos todo el tiempo, aunque la cosa iba perdiendo interés a medida que nos hacíamos mayores. Y sobre todo después de la graduación, cuando la privacidad que buscabas la encontrabas fácilmente en el motel de carretera que había entre Cooley Ridge y el pueblo siguiente y ya no te conformabas con el suelo húmedo de las cuevas y sus frías paredes.

Cuando Corinne desapareció, la policía no pudo buscarla en

todas partes. Había demasiados sitios donde buscar y muy pocos recursos disponibles, y por fin llegó el apoyo estatal. Pero se trataba de una chica de dieciocho años que no se había visto involucrada en ningún asunto turbio, por lo que unos y otros dictaminaron que lo más probable es que se hubiese largado.

Pero las cuevas estaban cerca de la carretera que une la feria con el pueblo, un sendero privado que se había asfaltado a medias con los fondos públicos del condado. Un lugar ideal para esconder un cuerpo. Fue Jackson quien sugirió a la policía que organizáramos grupos de búsqueda dos días después de que Corinne hubiera desaparecido. «¿Alguien ha echado un vistazo a las cuevas?» No podían no hacerlo. Si no lo hubieran hecho ellos, habríamos entrado nosotros, con nuestras linternas y nuestra desesperación y nuestra llave ilegal.

Estábamos allí cuando la policía entró: Bailey junto a Jackson, con la cabeza apoyada en el pecho de él, la camiseta manchada de rímel; Tyler entrelazaba sus dedos con los míos y me apretaba la mano; Daniel, cruzado de brazos, taciturno y nervioso. La policía había traído consigo unas enormes tenazas para cortar las cadenas, pero no las necesitaron. El candado estaba abierto, las cadenas sueltas y la puerta ligeramente abierta; la oscuridad esperaba ansiosa para recibirlos.

Jimmy Bricks fue el primero en internarse con una linterna gigante, mientras el agente Fraize trataba de que no nos moviéramos, que fingiéramos formar parte de la multitud reunida. Y esperamos, esperamos mucho, con un nudo en la garganta, y el calor, el calor del verano, el pegajoso aire caliente que, por momentos, se volvía tan denso que podría haberse cortado con un cuchillo, y la sensación de que todo estaba perdido.

Pasaron más de una hora allí dentro, y lo único que consiguieron encontrar fue el anillo.

Era un anillo increíblemente bonito, único. La montura era de plata y tenía ensartadas pequeñas piedras azules. Al día siguiente el agente Fraize lo empujó hacia mí sobre la mesa, metido como estaba en una bolsa de plástico.

–Míralo bien –me dijo.

Algunas de las piedras estaban renegridas, cubiertas de lo que parecía sangre seca. Cerré los ojos y sacudí la cabeza.

–No es suyo –dije.

En las semanas siguientes trataron de descubrir a quién pertenecía. La mujer de Fraize, que era secretaria en el colegio, lo contó en su club de lectura. Intentaron vincularlo con Corinne, luego lo intentaron con Jackson, con un recibo o con la identificación de una casa de empeño. Pero el caso es que el anillo simplemente había aparecido de la misma manera en que Corinne se había esfumado.

De la nada.

O bien, en su caso, hacia la nada en sí.

Bailey declaró que el anillo no era de Corinne. También Jackson. Pero la policía seguía creyendo que sí, y que quizá había cosas de ella que no sabíamos. Y eso que no sabíamos la había llevado hasta allí, y una vez allí, la cueva se la había tragado: la pared había absorbido sus huesos; la roca, sus dientes, y la oscuridad había devorado lo que llevaba encima; lo único que había quedado de ella era aquel pedazo de metal cubierto de sangre.

¿Por qué, si no, Jackson iba a pedirle a la policía que echara un vistazo? Es lo que haría un culpable atenazado por la culpa. Es la naturaleza humana. El culpable desea ser absuelto.

Después de aquello, cerraron de nuevo las cuevas. Pusieron puertas nuevas, nuevas cadenas y nuevos candados. Sin llaves. Que yo supiera, nadie había entrado en los últimos diez años.

Por un momento había pensado que los adolescentes con los que me había topado en el bosque estaban allí por la misma razón por la que diez años antes nosotros habíamos pasado la noche en el bosque. Que habían venido en busca de Annaleise, a la manera en que nosotros vinimos a buscar a Corinne. Que quizá sabían algo que los demás no sabíamos pero tenían miedo de contarlo. Pero resultó que no.

Tras la desaparición de Corinne removimos cielo y tierra. Cuando la policía dejó de buscarla, nosotros seguimos haciéndolo. Nos empleamos tan a fondo que algunos, aún hoy, no podemos evitar seguir buscándola.

«Ahí dentro vive el monstruo», solía decir Corinne. Y luego me cogía de la mano y entrábamos juntas, sin aliento, riéndonos. «¿Por qué no sales a buscarnos?», gritaba, y lo más normal era que escucháramos pasos, y que fuesen de Jackson o de Tyler, y que viéramos destellos de luz aquí y allá, las de sus linternas que alumbraban el camino.

Volvía a estar allí, ante la puerta, rodeando las rejas con mis manos, oyendo la brisa que se perdía en la oscuridad y regresaba a mí en forma de aullido siniestro. El candado estaba echado y la cadena estaba cubierta de un musgo que se desprendía con facilidad, pues en un momento me puse las manos perdidas.

Reseguí la cadena hasta el candado. Tiré de los barrotes, pero no había forma de que aquello cediera. Solo un mínimo ruido cuando el candado y las cadenas se resistieron. Agarré con fuerza los barrotes y coloqué la cara entre dos de ellos, con las mejillas aplastadas entre uno y otro. Solo estaba intentando ver algo.

–¿Hola? –susurré, y oí que mi voz rebotaba en las paredes. Me aclaré la garganta y probé una vez más–: ¿Annaleise?

Nada. Solo el eco de mi propia voz.

Traté de forzar las puertas desde otro ángulo, tirando de los barrotes que quedaban más cerca de la roca, pero no hubo manera. Las sacudí una y otra vez hasta que oí a alguien cerca que murmuraba:

–¿Has oído eso?

Era una chica.

Me escabullí entre los árboles antes de que me viera.

Por un momento creí que no sería capaz de volver a casa, pues no había dejado ningún rastro. Y hacía demasiado que no recorría aquel camino. Pero no me resultó difícil. Todo volvió a mí de repente en cuanto empecé a moverme. El sendero donde solía encontrarme con Tyler, de camino al claro, y los sonidos del río que me acompañaban hasta casa.

La ola de calor no se había ido a ninguna parte, así que cuando alcancé el patio trasero estaba sudando y sucia.

Me detuve junto al límite del bosque, pues vi el coche de Daniel aparcado en la puerta. Fui hasta la puerta trasera de la cocina, intentando hacerme una idea de dónde podía estar. Le oí hablar por teléfono, iba de un lado a otro, oía sus pasos.

–Solo dime si está ahí.

Una pausa. Más pasos.

–No me jodas. Dime que está bien. Hemos discutido y... Bueno, ella... No sé. No se encuentra bien.

El ritmo de los pasos se aceleró.

–No, estoy aquí y su coche está aquí, y todas sus cosas están aquí, pero ella no está.

–¿Daniel?

Entré por la puerta trasera, que era por donde había salido. Le bastó levantar la vista para verme.

–Luego hablamos –dijo, guardándose el teléfono en el bolsillo–. Hola, Nic. –Parecía abatido. Trató de fingir que no le importaba–. ¿Dónde estabas?

–He salido a dar un paseo.

Vio que mi ropa estaba hecha un asco y frunció el ceño.

–¿Has ido al bosque?

–No –dije–. A la carretera. –Me aclaré la garganta–. Dime una cosa, ¿sabes si alguien ha echado un vistazo a las cuevas?

Se le enturbió la mirada, los labios se le curvaron en una mueca que no auguraba nada bueno.

–¿De qué demonios estás hablando?

–Las cuevas. ¿Ha vuelto a entrar la policía?

Daniel me miró de arriba abajo y yo escondí las manos, que estaban sucias y cubiertas de musgo.

–Déjales hacer su trabajo –dijo–. No creo que sea buena idea entrometerse.

–Lo sé, pero alguien debería entrar.

–Nic –dijo, gesticulando para que me acercara aún más–. He venido a hablar contigo. –Inclinó la cabeza y por un momento tuve la sensación de que iba a disculparse, y me preparé mentalmente para hacer lo mismo. Pero no–. Es sobre papá –dijo–. Tengo buenas y malas noticias.

«No, no quiero saberlas.»

–Para empezar –dijo Daniel–, tenemos fecha para el juicio. –Disponíamos de dos declaraciones juradas que atestiguaban la incapacidad total de papá, y una demanda, que Everett me había ayudado a redactar, según la cual Daniel debía considerarse su tutor y, en caso de faltar él, sería yo quien se encargaría–. Pero no se celebrará hasta dentro de dos meses.

–¿Dos meses?

–Sí. Por lo que si papá se niega a firmar los papeles para poner la casa en venta, no podremos hacerlo hasta que tengamos la custodia, y eso será dentro de dos meses.

–Hablaré con él.

Daniel se aclaró la garganta.

–Quizá deberías volver a casa.

Me cabreé. Siempre estaba diciéndome lo que debía y lo que no debía hacer. Y en aquella ocasión quería saber por qué. Por qué quería que me fuera.

–Creía que querías que te ayudara. Me llamaste para eso, ¿no? Querías que viniera.

–Ya, pero puedo ocuparme yo solo –dijo.

No supe qué pensar. Siempre era difícil saber qué estaba pensando Daniel realmente.

–Hablaré con papá –dije–. Firmará los papeles. Venderemos la casa.

Asintió. Miró el bosque.

–Llévate el móvil la próxima vez que salgas. Así no me preocuparé.

Había un coche de policía en el aparcamiento de Grand Pines. Estaba semivacío, e instintivamente aparqué junto a la entrada. No tenía ningún sentido hacerlo, pero no pude evitarlo.

El agente salió del edificio justo cuando yo cerraba la puerta del coche, y me quedé allí sin casi moverme, fingiendo que echaba un vistazo a los papeles que había traído conmigo. Algo me resultó vagamente familiar en su manera de caminar. Se miraba los zapatos, con las manos en los bolsillos. También su pelo me sonaba, y su piel, ligeramente bronceada. «Piel canela», le había dicho en una ocasión Jackson a Bailey. Como si en vez de color su piel tuviera sabor.

–¿Mark? –le llamé, alejándome del coche–. ¿Mark Stewart?

Era el tipo al que Annaleise había enviado un mensaje antes de desaparecer: «Quiero preguntarte un par de cosas sobre Corinne Prescott. ¿Podríamos vernos?».

Era Mark Stewart. Y estaba allí.

Se detuvo a medio camino de su coche, sobre una de las líneas azules de estacionamiento pintadas en el suelo. Me apresuré y corrí hacia él, lo que, yendo en chanclas como iba, no resultó nada fácil, y menos tratando de no perder ninguno de los papeles que llevaba bajo el brazo. Los aseguré al alcanzarle y, con el corazón a mil, logré articular:

–Nic Farrell, ¿me recuerda?

Pareció sorprendido, pero no tardó en asentir y sonreír.

–Hola, Nic. Vaya, no hace mucho que...

No acabó la frase, pero sabía perfectamente a qué se refería.

–Sí –dije–. Dios, has crecido un montón.

¿Le había hecho gracia que le dijera aquello? Ni idea. Su cara era tan inescrutable como la de mi hermano. Bailey siempre había sido cautivadora. El tipo de persona a la que no puedes dejar de mirar. No importaba la de veces que la hubieras visto: el efecto era siempre el mismo. Su madre era japonesa –su padre la conoció cuando servía en la Marina– y tenía un acento nada natural que a Bailey se le daba muy bien imitar.

Su hermano era igual. Tenía el pelo negro, ojos marrones y piel canela. Pero producía el efecto contrario. Era uno del montón. Nunca el centro de atención. Me preguntaba si él y Annaleise habían llegado a ser amigos. Si sabía algo que nosotros no supiéramos. Para empezar, si sabía por qué Annaleise estaba interesada en el caso de Corinne.

Mark tenía catorce años cuando yo me fui. Lo único que recordaba de él es que era terriblemente torpe y tan inmaduro como el que más teniendo en cuenta su edad. Pero solo se permitía comportarse así en casa; fuera era callado y siempre parecía estar de mal humor. Por eso le daba vergüenza cruzarse conmigo en cualquier parte: porque yo conocía al otro Mark, y eso no le gustaba. Le incomodaba.

–¿Qué haces aquí? –le pregunté.

Se puso rojo, y me alegró ver que seguía produciéndole el mismo efecto. Iba a ayudar a que me dijera la verdad, porque la sensación era de que lo había pillado in fraganti.

–Sigo una pista –dijo, mirando en otra dirección–. De una enfermera. Sobre un posible crimen. Vamos a investigarla.

Asentí, y traté de controlar el temblor de mi mano y respirar con normalidad.

«Puede ser cualquiera. ¿Cuántos pacientes hay ahí dentro? ¿Qué había leído en aquel folleto? ¿Seiscientos veinte? Puede que doscientos sesenta. Aun así, solo había el uno por ciento de posibilidades de que se tratara de mi padre.»

–Bueno, ¿y qué tal todo? ¿Aún vives aquí?

–No. Solo trabajo aquí. Vivo cerca de Bailey. El sitio es bonito. Ya sabes.

Me hablaba como si supiera algo de Bailey. Yo no tenía ni idea de dónde vivía ni a qué se dedicaba. No había ido preguntando por ahí porque no me apetecía hablar de lo que había pasado, y lo que había pasado era que Bailey y yo habíamos dejado de hablarnos. El día en que Corinne desapareció. No nos habíamos dicho nada desde entonces.

La caja imaginaria que había en comisaría cambiaba a la gente. Te hacía decir cosas de los demás. Se había convertido en una prueba de tu traición, una prueba que incluso habías firmado.

–Bueno –dije–. Me alegro de volver a verte, Mark.

Casi estaba en la puerta cuando me llamó.

–¡Eh, Nic! –me llamó, con una voz que no sonaba nada a la suya. Era su voz de policía–. ¿Vas a estar por aquí estos días?

Me encogí de hombros.

–Supongo. Tengo que ocuparme de un par de cosas.

Cogí el montón de papeles con más fuerza, para que las manos dejaran de temblarme.

No me preguntó por qué estaba allí ni a quién iba a visitar.

Porque ya lo sabía.

En cuanto las puertas se cerraron a mi espalda, corrí a la habitación de mi padre.

Mi padre estaba especialmente desorientado, o inquieto, o las dos cosas.

Estaba sentado en el borde de la cama, de cara a la pared, balanceándose adelante y atrás. Llamé a la puerta, que ya estaba abierta, pero no contestó.

–¿Papá? –le llamé.

Se volvió para mirarme, se puso de nuevo de cara a la pared y siguió balanceándose. Se había cerrado en banda.

No corría ningún peligro. El director no iba a llamar a Daniel ni a concertar una cita con nosotros para hablarnos de nada malo. Porque todo iba a las mil maravillas.

Pero a mí aquello me asustaba. Porque no estaba luchando por su cordura, ni siquiera intentaba ya entender qué demonios estaba pasando, ni se enfrentaba con un mundo que se volvía cada vez más extraño para él. Había tirado la toalla.

Sobre la cama, en la pared, había colgado fotografías mías, de Daniel, de las enfermeras, de los médicos, de la gente a la que no debería temer. Los estaba mirando a todos en aquel preciso momento. Me coloqué junto a mi foto. En ella tenía el pelo más corto y sonreía, y mi padre me rodeaba el hombro con su brazo. Era del año pasado, cuando ingresó en la residencia. De hecho, la habíamos tomado en aquella misma habitación. No había fotos recientes en las que saliéramos juntos. «Con Nic, tu hija», había escrito Daniel en la parte inferior de la fotografía.

Pero ni así. Seguía balanceándose. Murmuraba algo. Repetía una especie de mantra sin sentido.

–¿Papá?

Volví a intentarlo, pero no sirvió de nada. Seguía mirando a través de mí, como si yo no estuviera.

De pronto se detuvo, me miró, pareció concentrarse.

–¿Shana? –preguntó.

Cerré los ojos, y él volvió a balancearse.

No había ni una sola fotografía de mi madre en la pared. Había sido muy duro dejarla fuera. La decisión más dura que tomamos. Pero Daniel y yo creímos que habría sido demasiado cruel hacerle creer que estaba viva. Pero también lo era fingir que no había existido. ¿Qué era peor? Daniel y yo habíamos estado discutiéndolo la noche antes de ingresarle. Y yo misma tomé la decisión, porque sabía qué era lo peor: lo peor era perderla. Perder algo que habías tenido. Algo que habías querido. Era mucho peor.

Volví al pasillo. Había demasiada luz. El zumbido del fluorescente se mezclaba con el rumor de las conversaciones en las otras habitaciones.

–Hola –le dije a la primera persona con la que me crucé. No llevaba bata, pero sí un traje chaqueta; el pelo estaba suelto y tenía cara de pájaro. La agarré por el brazo, porque vi que iba a pasar de largo después de dedicarme una sonrisa–. ¿Qué le han hecho? –pregunté.

Quizá fuera por la manera en que la cogí del brazo, o porque la miré de forma un tanto agresiva, pero todo lo que hizo fue parpadear delicadamente y decir:

–Avisaré al doctor.

–No. Quiero hablar con Karen Addelson –dije con toda mi decisión, al estilo de Everett, que sin duda habría llamado a la directora así, por su nombre.

–Está reunida.

Si Everett estuviera aquí, pensé, la habría sacado de esa reunión sin que pareciera que lo estaba haciendo. Habría dejado que la mujer del traje chaqueta cayera en su propia trampa: «No creo que tarde; ah, ya veo; sí, haremos una cosa, me asomaré y le preguntaré si puede salir un momento». Habría hecho que pareciera idea suya.

–Necesito hablar con ella –dije.

–Se lo diré en cuanto acabe.

–No, tiene que ser ahora –dije–. He de hablar con ella ahora. ¿Ha venido alguien a ver a mi padre? ¿Por eso se está balanceando de esa manera en el borde de la cama? ¿En eso consiste su –hice el gesto de las comillas con las manos– «atención especial»?

Sus mejillas se tiñeron de rojo.

–De acuerdo. Siéntese ahí, en la sala de espera. Veré qué puedo hacer.

La seguí. Caminaba con determinación por el pasillo.

–¿Por qué ha estado aquí la policía? –pregunté.

Vaciló, pero no se detuvo.

–No lo sé, los agentes llegaron hace como una hora...

–¿Los agentes o el agente? –pregunté–. ¿Mark Stewart?

Se detuvo ante la puerta del despacho de la directora, se dio media vuelta y me miró ligeramente desconcertada.

–Un agente. –Se aclaró la garganta–. Asiático, creo.

Volvió a sonrojarse, como si acabara de darse cuenta de que ese no era el modo apropiado de describir a nadie.

Solo un chaval. Un crío torpe y triste. Mark.

–¿Y ha dejado que hablara con mi padre? Voy a hacerles responsables de todo esto –dije, gesticulando aquí y allá, tratando de abarcar todo el espacio posible– si mi padre empeora.

Me señaló el sofá que había en la antesala del despacho de la directora y ella tomó asiento en su mesa.

–Yo estaba aquí. No tengo ni idea de lo que ha pasado. –Cogió el teléfono y pulsó un botón–. La hija de Patrick Farrell la está esperando.

Fue decir aquello y abrirse la puerta del despacho y aparecer Karen Addelson disculpándose con una pareja, a la que claramente estaba echando.

–Nicolette. Por favor, pase –dijo, como si me hubiera estado esperando.

En su despacho había plantas por doquier y un pequeño jardín zen sobre una mesita baja, con un diminuto rastrillo y un montón de arena que alguien parecía haber rastrillado.

–¿Qué le han hecho a mi padre? He visto al agente Stewart en el aparcamiento y me he encontrado a mi padre prácticamente catatónico en su habitación. ¿Qué demonios ha pasado?

–Siéntese, por favor –dijo.

Me senté en la silla que había justo delante de su mesa, olvidándome del sofá en el que al parecer quería que me sentara. Es imposible que no te tomen el pelo si dejas que te sienten en un sofá delante de un jardincito zen.

Se tomó su tiempo en sentarse al otro lado del escritorio. Cuando lo hizo, posó sus manos sobre la superficie, las trenzó, y me di cuenta de que se le marcaban las venas, lo que la hacía parecer mayor. Debía de tener diez años más de los que había creído que tenía. Unos sesenta. La edad de mi padre. Dios, él no debería estar aquí.

–Señorita Farrell –dijo–. No puedo impedir que la policía interrogue a un paciente, y créame que me gustaría poder hacerlo. Solo han sido unas preguntas. Al parecer, su padre ha podido ser testigo de un crimen.

Me reí.

–Claro. Evidentemente, es la clase de testigo que a todo el mundo le gustaría subir al estrado.

–Señorita Farrell –dijo–. Incluso si no está legalmente capacitado, tenemos las manos atadas. No podemos impedir que la policía interrogue a un paciente. Esa responsabilidad es suya.

–Pero ¿le ha visto? Está fatal. Nada de lo que dice tiene sentido.

–Mire. Habló con una enfermera, a la que por cierto llamaba Nic, y le dijo que sabía algo de la chica desaparecida. Que sabía lo que había pasado. Así que la enfermera no tuvo más remedio que llamar a la policía.

Traté de mostrarme sorprendida, pero en realidad me estaba poniendo enferma. Se me hizo un nudo en el estómago y otro en la garganta.

–Pero ¿es que no se da usted cuenta? Ni siquiera es capaz de distinguirme de cualquier otra persona, no sabe de lo que habla. ¿No ve la falacia en su lógica? Nada de lo que dice tiene ningún sentido.

–Al contrario, su padre es un hombre muy listo. Y creo que hay algo de verdad en todo lo que dice. Quizá debería usted preguntarle. Pregúntele por la chica desaparecida, a ver qué le dice.

–¿Estaba usted ahí? –quise saber.

Tardó en responder, y no pude evitar reconocer una de las tácticas de Everett. «Muéstrate tranquila –diría Everett–, y haz que vuelva a la calma. Controla la situación. Contén la emoción.»

–No. Ha insistido en que tenía que ser en privado. Después de todo, se trata de la policía. Tenemos las manos atadas.

Me aparté de la mesa. Cuando me enfado, no puedo contener las lágrimas. Es como si el enfado y el llanto fuesen una sola cosa. Y lo peor de todo es que me enoja aún más, porque tengo la sensación de que al llorar parezco más débil, cuando lo que quisiera es dar la impresión de alguien fuerte y seguro de sí mismo, como Everett. Y opté por salir del despacho como en estampida.

Mi padre tardó una hora en reconocerme. Durante todo ese tiempo permanecí allí sentada, en su habitación. Y de repente pareció que volvía a conectar. Miró la foto de la pared y me miró a mí, que seguía sentada en la silla de las visitas, en una esquina de la habitación.

–Nic –dijo, tamborileando los dedos sobre la mesita de noche–. Nic, tu amigo. El amigo de tu hermano. ¿Sabes que se ha hecho policía? No tenía ni idea...

–No te preocupes, papá. Yo me encargo. Dime qué quería. Dime qué le has dicho.

Me puse en pie y cerré la puerta. Él no dejaba de mirarme.

–Quería saber cosas de la chica. La chica que desapareció.

Me estremecí.

–No tienes por qué contarle nada. Pasó hace diez años, y lo más probable es que Mark ni siquiera recuerde...

–No, no se refería a Corinne. Bueno, sí. Pero no solo a ella. También está la otra. Esa otra chica. La...

–¿Annaleise Carter? No puedes ser testigo de nada. Llevas

aquí desde... –Me aclaré la garganta–. Ya estabas aquí cuando desapareció.

–¿Cuánto llevo aquí, Nic? Es importante que lo sepa.

Hice una pausa. Dije:

–Casi un año.

Respiró hondo.

–Llego tarde.

–Papá, ¿qué te ha preguntado? –dije, tratando de que no se desviara.

–Quería saber si la conocía bien. Y cosas sobre tu hermano. Siempre tu hermano. Nunca debió hacer lo que hizo. –Miró mi mejilla, la mejilla en la que debería verse la marca de lo que me había hecho Daniel diez años antes. Como si acabara de pasar. Noté que el calor del golpe me subía a la cara, pero ya solo era el recuerdo, aunque no pude impedir que la lengua buscara la sangre, notara el sabor de la sangre en mi boca. Aquel golpe que lo había convertido en sospechoso–. Quería saber si consideraba que podían tener algo que ver. Corinne y Annaleise. Sí. Eso es lo que quería saber. La casa está llena de cosas, Nic.

–No hay nada en la casa, papá. Te lo prometo.

–Hay mucho en ella –dijo–. Necesito... Conservar mis recuerdos. Dejar constancia, para ayudar a mi mente a no...

La enfermera abrió la puerta.

–La señora Addelson quiere que el doctor lo examine. Venga conmigo, Patrick –dijo, sin mirarme.

Mi padre se puso en pie y se inclinó ligeramente al salir, con su enorme mano apoyada en mi hombro.

–Recuerda el cadáver –susurró–. Encuéntralo. Antes de que lleguen.

Me pasé el camino hasta casa llamando a gente que no me cogía el teléfono. Daniel estaba trabajando, vete a saber dónde. Tyler probablemente también. Everett no descolgó, pero me envió un mensaje de texto para decirme que estaba en una reunión y que me llamaría más tarde.

Cuando llegué a casa, Laura me estaba esperando en el porche, visiblemente incómoda, sentada en uno de los escalones de la entrada.

Algo pasaba. No teníamos el tipo de relación que le permitiera dejarse caer por casa sin motivo. No habíamos vuelto a vernos desde el *baby shower*. ¿Y qué podría querer de mí que no pudiera decirme por teléfono? Contuve el aliento de camino al porche, el corazón latiéndome a mil por hora, pensando en todo tipo de cosas negativas, hasta que vi las macetas y los sacos de tierra en el suelo.

–¡Hola! –dijo, algo insegura–. Dan me ha dicho que estabas trabajando en el jardín, y como estoy en plena fase nido y en casa ya he hecho todo lo que podía... Hubiera empezado a plantar las cosas yo misma, pero me cuesta tanto moverme... Es horrible.

–Gracias. No tenías por qué hacerlo, pero gracias.

Añadió:

–Quisiera pedirte disculpas por lo del sábado. Por lo de mis amigas.

Sacudí la cabeza.

–No te preocupes.

–Sí me preocupo –dijo–. Porque a veces no piensan lo que dicen. Son buena gente, aunque no lo parezcan. Pero eso no les sirve de excusa.

–Vale –dije, para liquidar la cuestión. Me senté en uno de los escalones, junto a ella–. ¿Entramos? ¿Te apetece tomar algo?

–No, estoy bien aquí –dijo–. ¿Tienes prisa? Me gustaría explicarte cómo va todo esto.

Le gustaba la idea de quedarse, lo noté en su voz; no podía echarla. No tal y como estaba. No en aquel momento. No cuando no tenía a nadie más a quien acudir y todo lo que tenía eran las palabras de papá. «Recuerda el cadáver», me había dicho. Y por un momento quise desaparecer con él en la madriguera en la que su mente se escondía.

–Claro –dije–. No tengo ninguna prisa.

El olor de Laura era especial. Parecía envuelta en el perfume de las flores que había traído consigo. Aunque en realidad no era eso. Era como si ella misma estuviera a punto de florecer. Su piel se había vuelto delicada, se le marcaban las venas, la sangre que corría a través de ellas. «La vida», pensé.

–Estas de aquí han de estar siempre a la sombra –dijo, señalándome una de las macetas–, así que he pensado que son ideales para el parterre lateral. –Hizo una pausa, frunció el ceño–. Si tienes animales por aquí, acabarán con ellas.

Me puse en pie y le tendí la mano para ayudarla a levantarse. Se alisó el vestido e inclinó la cabeza para echar un vistazo a la casa.

–Este sitio tiene posibilidades –dijo–. Solo necesita un poco de dedicación. Dan está contento de que estés aquí.

–Pues no se le nota mucho.

Trató de restar importancia a mi comentario.

–No se lo tengas en cuenta. Entre el trabajo, tu padre, la casa y el bebé está muy estresado. –Sonrió–. Había pensado en ampliar un poco nuestra casa, pero ni se me ocurriría pedírselo ahora. Esperaré a que todo esto pase. –Hizo un gesto con la mano en dirección a la casa y me pregunté si se refería a la casa en sí o a todo lo que estaba pasando.

–Bien pensado.

Cogí los tiestos de flores más grandes y empecé a llevarlos al parterre lateral. Laura me siguió con un par de los pequeños.

–Sé que no es perfecto –dijo–. Sé que vuestra relación no es demasiado buena. Pero se ocupa de tu padre y de nosotras. Va a ser un buen padre. Lo sabes, ¿verdad?

–Claro –asentí, sin pensar. Era lo que esperaba que dijese, lo que debía decir.

Laura frunció el ceño, como si supiera lo que estaba pensando en realidad.

–Entonces no era más que un crío, Nic. Y tú también.

Parecía algo bien aprendido. Como si Daniel le hubiera hecho un curso acelerado sobre nuestra familia, sin limitarse a lo básico, sino yendo hasta el final. Que le hubiese entregado una parte de nuestro pasado y, con ella, parte de nuestro futuro. Apoyada en la pared exterior de la casa, estaba observándome.

Suspiré, asentí.

–Muy bien, Laura –dije, y me sequé las manos en los costados de mis pantalones–. ¿Por dónde empezamos?

Estaba en la ducha, quitándome de encima toda la tierra con la que me había embadurnado plantando, cuando sonó el móvil. Saqué la mano de la ducha y puse en marcha el manos libres para no mojar el teléfono.

–¿Hola? –dije, esperando que fuese Daniel o Everett.

Pero no. Era una voz del pasado. Tan dolorosamente punzante como cualquiera de mis recuerdos de entonces. Sonaba tensa, ansiosa. Dulce. Insegura.

–Soy Bailey –dijo.

–Hola –dije, como una idiota. Cerré el agua y me quedé allí de pie, desnuda, el pelo goteándome, la piel de gallina.

–Mañana van a llevar a tu padre a comisaría para interrogarle. –Respiró hondo–. No sé por qué te lo cuento.

No hay secretos en esta ciudad. No hay secretos en la cama, ni en la mesa del comedor, ni en el bar. No los hay entre familiares y amigos y vecinos. Ni siquiera entre nosotras.

La sola idea de imaginar a mi padre en comisaría me aterró. Mi cabeza se llenó de pensamientos, de listas con cosas por hacer, todas borrosas, ilegibles. «Everett. Llama a Everett.»

–Te debo una. No sé cómo podré devolvértela.

El eco de mi voz se perdió en el cuarto de baño, y tuve que esforzarme para escuchar a Bailey a través de mi agitada respiración.

Hubo una pausa. Luego, ella dijo:

–Mantente lejos de mí.

Pensé que si yo estaba pagando lo que debía, ella también debía estar haciéndolo, y aquella llamada era una de las maneras de hacerlo.

Me cubrí con una toalla tan mojada que seguía goteando sobre el linóleo y llamé a Everett.

–Estaba a punto de llamarte. Lo siento –dijo.

–Necesito tu consejo –dije.

–Vale –dijo–. ¿Sobre custodia? Tienes las declaraciones juradas, ¿verdad?

–Van a interrogar a mi padre. En relación con un crimen. Everett, no está en sus cabales. –Vacilé–. No sé qué ha estado diciendo ni lo que puede llegar a decir. Tengo que evitar que lo interroguen. Dime cómo puedo hacerlo.

–Un momento, ¿qué pasa?

Se lo conté grosso modo. Le dije que hacía diez años había desaparecido una chica. Y que recientemente había desaparecido otra, y que el caso había vuelto a abrirse. Debió sonarle francamente dramático. No podía dejar de llorar.

–Yo me ocupo –dijo.

–Pero ¿qué hago? ¿Con quién debería hablar?

–Acabo de decirte que yo me ocupo. Llama a la residencia, dales mi número, diles que me llamen si cualquiera, sí, cualquiera, intenta hablar con tu padre. Diles que les demandaremos si no lo hacen. No podemos hacerlo, pero díselo de todos modos.

Lo hice así. Llamé a Karen Addelson y le dejé un mensaje durísimo en el buzón de voz. Antes de llamar lo ensayé tres veces en el espejo. Luego hablé con Daniel y le dije lo que me había dicho Bailey y lo que había acordado con Everett.

Luego intenté contactar con Tyler. Quise dejarle un mensaje, pero no habría sido buena idea. Ello podría usarse en nuestra contra, como la otra vez, si reabrían la investigación. De hecho, tenían motivos para pensar que Tyler podía estar involucrado. Ya nos había pasado antes. Me acordé de otra de las cosas que guardaba aquella caja que contenía todo lo relacionado con el caso de Corinne:

Un mensaje en el contestador. Un mensaje de Corinne para Jackson. «Lo siento», decía, y sonaba desesperada, más de lo que nunca lo había estado. La detective de la policía estatal me lo puso para ver si sabía de qué estaba hablando. «Por favor,

Jackson. Por favor, vuelve. Estaré en la feria. Nos vemos allí. Haré lo que sea. Pero no me dejes. No. Por favor.»

Jackson juró que no habían llegado a encontrarse. Pero si lo habían hecho, y lo último que se sabía de Corinne era que había realizado aquella llamada... sería suficiente. La prueba estaba ahí. Corinne le había llamado y nadie había vuelto a verla. Esto bastaba para condenar a alguien en un lugar como Cooley Ridge.

Saltó el contestador de Tyler y colgué. Me puse a buscar. Busqué el maldito cadáver en la casa. Sabía que no era exactamente un cadáver. Era algo que debía permanecer oculto. Y yo tenía que encontrarlo. Tenía que encontrarlo antes de que ellos llegaran.

UN DÍA ANTES

DÍA 10

No pude pegar ojo. Me preocupaba haberme dejado algo, quizá alguien había venido a casa y aún estaba ahí fuera en ese momento. Salí a despejarme al porche trasero poco después de medianoche. Me senté en los escalones, pero a oscuras. Todavía podía oír a mi padre advertirme: «El bosque tiene ojos».

Permanecí ahí fuera, en la frontera entre las sombras y la más completa oscuridad, en estado de duermevela. Las sombras crepitaban a medida que las nubes pasaban frente a la luna y parecían monstruos escurridizos.

La policía no tenía nada: ninguna pista. Y si la tenían, no soltaban prenda. No parecían los mismos. No eran como los recordaba.

El agente Fraize era policía raso cuando Corinne desapareció. Su mujer le puso al corriente sobre mí y sobre Jackson, Bailey y Tyler. Su mujer era secretaria en el instituto, y quizá pensó que podía ayudarle con el caso. Buscaba información, pero en realidad la estaba aireando: «¿Recuerdas a Bailey y Jackson? ¿Y a Corinne y Tyler? ¿O a Daniel Farrell? ¿Qué sabes de ellos? Cuéntame todo lo que sepas».

Jimmy Bricks estaba en el último año cuando Daniel cursaba primero. Además de ser el primer Bricks universitario, ostentaba el récord de ser el estudiante que más cervezas se había bebido de golpe. Este récord seguía vigente cuando me gradué. Teníamos casi la misma edad, y nuestras amistades confluyeron. Lo veíamos siempre de fiesta cuando se suponía que debía estar en casa después de clase. Nos explicaba cosas sobre Corinne como si las hubiera sacado de un informe policial.

El caso empezó a cobrar importancia cuando la policía estatal mandó a Hannah Pardot. La detective Pardot, la que nunca sonreía, ni siquiera cuando intentaba resultar amable, con mirada penetrante y los labios pintados de un rojo intenso que a veces le manchaba algún diente. Me ponía nerviosa, porque en algún momento también fue una chica de dieciocho años. Parecía conocer mejor que nadie a Corinne. Para entonces, Pardot tenía treinta años, el cabello castaño rizado y ojos grises que no revelaban nada. Quizá haya tenido hijos y ahora lleve una vida acomodada. O haya dejado la policía. O siga encargándose de casos así y el nuestro fuese uno más, uno cualquiera, entre otros muchos.

Hannah era minuciosa y se concentraba en los datos de manera fría y objetiva. Si se hubiera hecho cargo del caso desde el principio, probablemente habría descubierto lo que le pasó a Corinne.

Si estuviera aquí ahora mismo, creo que también averiguaría lo que ha pasado con Annaleise.

Los hechos. Los hechos no estaban del todo claros. Eran como el paisaje desde nuestro porche: sombras en la oscuridad y figuraciones que solo podías conjurar a partir del propio miedo.

Había alguien fuera. Oía pisadas sobre las hojas secas, cada vez más cerca. Alguien corría. La adrenalina me hizo ponerme en pie, pero aún estaba aturdida. Las pisadas eran cada vez más veloces y se acercaban por mi derecha. Aguanté la respiración y me esforcé para distinguir alguna cosa, pero quienquiera que fuese se ocultaba en el bosque. El crepitar de hojas continuó a buen ritmo, dejó atrás mi casa y, tras una larga pausa, atravesó el arroyo, seco desde hacía tiempo, y se dirigió hacia la finca de los Carter. Me metí en la casa, a buscar el teléfono, calculando el tiempo que necesitaría cualquiera para llegar hasta allí. Oía que el sonido de las pisadas se atenuaba mientras seguía preguntándome qué hacer.

«Vamos allá.»

Atravesé rápidamente el patio, pero al entrar en el bosque me asaltó el miedo. Reprimí un grito cuando mi tobillo se enredó en una raíz; me aferré al tronco de un árbol y me detuve a escuchar el sonido de las pisadas. Silencio. ¿Me había oído? ¿Se había esfumado?

Aguanté la respiración, abrazada al árbol, y conté hasta veinte.

Silencio.

Comencé a andar con mucho cuidado, deteniéndome cada pocos segundos para escuchar, hasta que alcancé la colina que separaba nuestra casa de la de los Carter. Me agazapé y ascendí la colina a cuatro patas mientras procuraba conseguir una buena visión a través de los árboles.

Allí. Una luz. Una figura que se movía al fondo entre las sombras del remodelado estudio de Annaleise. Bajé de lado la colina. La luz, tenue, no era lo suficientemente potente como para provenir de una linterna. Era una luz mortecina. Quizá de un televisor, o de un ordenador.

Me acerqué sigilosamente, pero la figura se movió de repente y se asomó. La forma en que la luz de la luna se reflejaba en la ventana me permitió distinguir, durante un breve instante, el brillo de sus ojos. Cerré los míos por si me ocurría lo mismo, y me deslicé detrás del árbol más cercano, con la espalda apoyada contra el tronco. Intenté serenarme.

Percibí el sonido de una puerta que se cerraba. El desconocido estaba ahora fuera de la casa. Escuché ruidos a mi alrededor. Al principio lentamente, muy cerca. Y después más rápido, sonidos que se alejaban de mí.

Esperé unos segundos, quizá minutos, antes de regresar a casa, temblorosa y con mis abotargados pies siguiendo mi propio rastro. Alguien había entrado en casa de Annaleise en mitad de la noche. Alguien que conocía bien el bosque. Que tenía su llave. Y que podía esfumarse como un fantasma y que se sabía el camino de memoria.

Me di una ducha fría, y no sabía si temblaba por el agua o por la adrenalina. Pero me sentó bien. Seguía haciendo calor y todavía no había encontrado a nadie que me arreglara el aire acondicionado. Tyler había dicho que la causa era el condensador, pero Daniel quería una segunda opinión. De hecho, literalmente dijo que quería una opinión «real».

Me vestí, preparé un poco de café, me senté en una silla en la cocina y apoyé la cabeza en mis brazos cruzados sobre la mesa mientras el café se calentaba. Intenté vaciar mi mente, abandonarla a un feliz olvido. Pero no pude evitar pensar que tenía que hablar con Tyler antes de que se fuera. Tenía que mirarle a los ojos y preguntarle. Quería saber qué había pasado.

Pero eso sería luego. Ahora me concedería un minuto. Un minuto para mí.

Y luego saldría.

El café estaba frío cuando desperté de aquel breve sueño. «Mierda.» En lugar de mi desayuno habitual me tomé una taza a toda prisa, me metí en el coche y conduje hasta el Kelly's.

La camioneta de Tyler ya no estaba allí, pero había luz en el pub. Como siempre, la bicicleta de Jackson estaba en el aparcamiento trasero. Aunque era un miércoles por la mañana, había hombres en el pub. Vasos de whisky. Botellas de cerveza. Y entre ellos, un bol de frutos secos en la barra. La campanilla sonó al entrar. Jackson me miró.

–¿Puedo ayudarte en algo?

Cuando me acerqué, vi que sonreía.

–Pero ¿tú nunca descansas?

–Es mi trabajo –dijo.

Estaba apoyado en la barra, los músculos se le marcaban bajo la camiseta y los tatuajes de los brazos parecían cobrar vida al moverlos. Se mordía las uñas, y no era capaz de distinguir si las manchas en las yemas de sus dedos se debían al alcohol o a la nicotina.

–Por cierto, se ha ido hace un rato –dijo sin mirarme.

Jackson y yo éramos muy cautelosos el uno con el otro. Incluso cuando sus palabras denotaban una leve amenaza, las disimulaba con alguna otra cosa. Él me conocía muy bien, y yo a él también. Aprendimos mucho el uno del otro durante la investigación. También aprendimos mucho de Corinne. A partir de su desaparición me di cuenta de lo poco que se había abierto conmigo. En realidad, las incisivas preguntas de Hannah Pardot fueron las que me abrieron los ojos. Era incapaz de encontrarles respuesta. «¿Qué opinión tenía Corinne de sus padres? ¿Y de Jackson? ¿Sabías si había decidido quedar con él ese día? ¿Qué decía el mensaje que le envió en realidad?» Yo solamente podía especular. Las únicas preguntas que no me veía capaz de responder eran: «¿Se habría ido Corinne con el primero que pasara? ¿Se habría fugado? ¿Te habría robado a tu novio con el pretexto de que lo hacía por tu bien?».

Pero «¿cuál dirías que era su estado de ánimo?», lo que realmente importaba, lo tangible, lo real: a esto era incapaz de responder. Solo conocía a una Corinne hipotética, la que existía dentro de ciertas posibilidades teóricas: la que «habría», la que «podría», la que «quizá».

Cuando Hannah Pardot la investigó a fondo empecé a saber cosas de ella. Corinne Prescott: más presuntamente muerta que viva.

Jackson no abrió el pico, no dijo lo que sabía de verdad. Declaró que aquella noche no la había visto; que «no llegó a encontrarme» y que no sabía «a qué se refería con el mensaje».

Pero fue solamente porque nunca se lo pedí.

Por aquella época la gente quería creerle. «Jackson Porter la quería, él nunca le hubiera hecho daño.»

Tenía algo especial cuando éramos adolescentes. Había algo en su aspecto que hacía que la gente creyera todo cuanto decía. No parecía sincero, pero sus maneras te invitaban a creerlo.

La gente veía sus enormes ojos marrones con sus largas pestañas y daba por hecho que escuchaba, incluso cuando en realidad no era así. Su pelo, del mismo color que sus ojos, consumaba esa lógica aparente y hacía que confiaras en él. Pero era mucho más que eso. Era su simetría. Le hacía parecer un tipo que jamás podría decepcionarte. Cuando Corinne desapareció y empezó el turno de las preguntas supe al instante que Jackson podía –porque siempre había sido capaz de hacerlo– librarse de todo.

Aunque yo sabía que mentía.

Quizá por eso no quería estar con él en la misma habitación. Ni hablar sobre él. Y Hannah Pardot se dio cuenta. No fue por lo que dije, sino por la distancia que interponía entre Jackson y yo. Porque me negaba a hablar de cualquier cosa que Jackson hubiera dicho. Ni lo confirmaba ni lo desmentía. Me ponía en modo «no lo sé», que al fin y al cabo era todo lo que Corinne me había dejado.

Al final no tuvo importancia. Bailey se derrumbó al enterarse de que el test de embarazo que había encontrado en el cuarto de baño de Corinne había dado positivo. Allí estaba la caja imaginaria en comisaría, repleta de traiciones y de miedo. A Hannah Pardot le dijo lo que quería oír: «¿Nic? Se cree demasiado buena. Pero no sería nadie sin nosotros. Nadie». Y «no, no sabíamos que Corinne estuviera embarazada, pero seguro que fue cosa de Jackson, y de eso iba el mensaje del contestador, y Jackson no quería tenerlo, está claro». Bailey construyó una historia con los mimbres que Hannah le proporcionó: le dijo que Corinne era impulsiva y temeraria –que incluso había llegado a pegar fuego a la granja de los Randall– y que yo todavía estaba jodida por lo que había pasado con Tyler en la fiesta. Eso, y que Daniel había sido siempre muy cruel conmigo (remarcó lo de «cruel»). «Jackson no iba a perdonarla esta vez –dijo Bailey–. Me lo había dicho.»

Fue él. Tuvo que ser él. No la quería, y menos aún al bebé.

Bailey se inventó una historia, y puesto que era una de las mejores amigas de Corinne, Hannah Pardot se la tragó. Y los demás se sumaron a ella, sin que nada de lo que dijeran fuese cierto: «La oí vomitar en el cuarto de baño»; «había dejado de llevar ropa ajustada porque quería ocultarlo»; «estaba avergonzada»; «Jackson la dejó»; «pobre chica»; «oh, pobrecita»; «aunque, en realidad, ella se lo buscó».

No sé qué me pasó al descubrirlo. Por qué me cabreé con Bailey, por qué le grité y la acusé de arruinarle la vida a Jackson. Por qué me molesté.

Porque le arruinó la vida. Esa fue la historia que todos dieron por cierta, aunque no pudo probarse nada. Y por eso él había acabado trabajando en el bar, solo. Por eso no salía nunca con nadie. Ahora, esos mismos ojos con esas pestañas imposibles hacían que pareciera la clase de tipo que escucha más de la cuenta, un espía que trama algo. Que pareciera un tío del montón no quería decir nada. Su simetría era una máscara. Y él era el monstruo que se escondía tras ella.

Aquel bar era el sitio más seguro en el que podía estar.

–¿Por qué no te largas de aquí, Jackson?

No respondió. Sus tatuajes se movían mientras limpiaba la barra. Pero yo sabía por qué no se había ido. En un sitio así esperas que la gente venga. Que vuelva. Para que todo tenga sentido.

–¿Por qué sigues viniendo tú? –preguntó.

–Estoy ayudando con lo de mi padre.

–¿Así que solamente vuelves aquí por él? –Sonrió, evitando mi mirada.

Me senté en uno de los taburetes.

–¿Desde cuándo se ha vuelto socialmente aceptable beber durante el desayuno?

Jackson apretó los labios mientras me miraba durante un instante que se me hizo demasiado largo:

–Ya ha pasado la hora de comer.

Me fijé en el reloj que había detrás de la barra y en cómo saltaba bruscamente la manecilla al pasar de un minuto al siguiente. Había dormido una o dos horas en la mesa de la cocina. Mi cuerpo intentaba recuperar el sueño perdido aquella noche.

–¿Qué es lo que quieres, Nic?

Empecé a hacer tamborilear mis dedos sobre la barra, a la manera en que lo hacía mi padre, pero me detuve enseguida. Puse la mano plana sobre la barra. Para evitar que me temblara. Demasiada cafeína.

–¿Sabes dónde trabaja Tyler?

–Donde siempre.

–Ya sabes a qué me refiero.

Tyler no tenía una oficina. Él y su padre trabajaban en casa, donde Tyler había sido feliz viviendo hasta lo que yo había llegado a considerar una edad demasiado avanzada. Pero él decía que quería ahorrar.

–Dinero que tendrás que gastarte en un motel cuando quieras acostarte con alguien –le había dicho yo en una ocasión, para sacarle de quicio. Estábamos demasiado cerca.

Él había sonreído.

–No, me limito a llevarlas a casa –había dicho. Y como para demostrarlo, me llevó a la mía.

Pero ahora vivía allí. En el apartamento de encima del bar. Yo no estaba segura de si seguía trabajando desde la casa de sus padres o había montado allí su propia oficina.

Jackson dejó el trapo sobre el mostrador y me hizo una seña para que lo siguiera fuera del local donde nadie pudiera oírnos. Nos plantamos en el vestíbulo, entre la puerta principal y las escaleras, y me susurró:

–Aléjate de él. En serio.

–¿De qué hablas?

Me pareció que los hombres que había en el bar se acercaban para escucharnos, sabía la de rumores que podían surgir de aquel encuentro. Y lo que dirían: «Vimos a Jackson y a Nic hablar del caso. Jackson y Nic, juntos».

–Annaleise Carter –dijo–. Van detrás de Tyler. Y que tú estés aquí no ayuda en absoluto.

–¿Cómo lo sabes?

–No importa cómo lo sé. Pero no añadas leña al fuego a lo que ya se rumorea, Nic.

–¿Qué se rumorea?

Casi me atravesó con la mirada, así que decidí no seguir por ahí.

–Estoy prometida. Solo quiero hablar con él.

–Tienes que alejarte de él. Annaleise estaba... –Se interrumpió, pensativo. Annaleise todavía era una chica de trece años para mí. Al marcharme, me había perdido todo lo que vino después.

–¿Estaba qué?

–Estaba obsesionada. –Jackson se aclaró la garganta–. Con Corinne. Venía por aquí a menudo. Se mostraba muy amigable. Preguntaba cosas.

–¿Sobre lo que había ocurrido?

–En realidad, no. No es que estuviera obsesionada con aquello en concreto. Solo con... ella. –Jackson echó un vistazo por encima de mi hombro, al bar, y me susurró al oído–: Me decía las mismas cosas que me había dicho Corinne, y juro que incluso usaba su mismo tono voz. Era muy raro, Nic. Demasiado raro. Era capaz de convertirse en una versión enfermiza de Corinne. –Jackson parecía tener todos los músculos en tensión–. Yo nunca... Me asustaba. Más que cualquier otra cosa me daba miedo. Pero los polis han venido a preguntar de todas formas. Han estado aquí esta mañana. Me juego lo que quieras a que ahora están hablando con Tyler, porque ellos también me han preguntado dónde trabaja. Y después de hablar con él irán por tu hermano.

–¿Por Daniel? ¿Por qué demonios querrían hablar con él?

Jackson apretó los labios y se mostró imperturbable.

–¿Es broma? –dije–. Daniel no ha podido hacerle nada.

Se encogió de hombros.

–He oído decir que ella le llamaba a menudo. Venía aquí y preguntaba por él, igual que tú ahora preguntas por Tyler. Me enteré de que su mujer pasó unos días en casa de su hermana hace unos meses. No sé si tiene algo que ver. Ya sabes. Los rumores.

Sí, los rumores. Nacen de algún sitio. Daniel no me había contado que Laura había pasado un tiempo en casa de su hermana, pero ¿por qué iba a contármelo?

–Dime dónde trabaja, Jackson.

–La verdad es que no lo sé –contestó, evitando mirarme.

«Mentía. Otra vez.»

Me dejó ahí plantada, en la puerta. Y cuando me di cuenta de que podía perder todo lo que había tratado de mantener unido –mi familia–, incapaz de contener la angustia que empezaba a devorarme, perdí la vergüenza y le seguí adentro. Alcé la voz, rompiendo el silencio:

–¿Alguien sabe dónde puedo encontrar a Tyler Ellison?

El hombre del whisky tosió en el puño. Me acerqué a él, quizá demasiado.

–¿Le conoce? –le pregunté. Estaba tan cerca que el alcohol que despedía su aliento hizo que me picaran los ojos.

El tipo alzó el vaso de cristal, como un escudo, me sonrió y tomó un trago.

–No, solo siento curiosidad por saber qué ha hecho para que una chica entre en un bar buscándole.

Se echó a reír. El que estaba a su lado bebiendo cerveza lo ignoró. Frunció el ceño y me señaló con el vaso:

–Eres la hija de Patrick Farrell, ¿verdad?

El otro tipo guardó silencio. Asentí.

–Construcciones Ellison ganó un concurso. Fabricar una nueva estación de tren. Subvencionada por el ayuntamiento.

Tomó un trago de cerveza y dejó el vaso en la barra.

–Esos malditos turistas...

El otro tipo murmuró algo sobre el dinero, las subvenciones, las escuelas y las calles.

–Yo diría que lo encontrarás allí. ¿Cómo está tu padre?

–No muy bien –dije–. Peor. Cada vez peor.

–¿Venderéis la casa? Es lo que he oído.

–No lo sé –dije.

Todo fluía con naturalidad de nuevo. Papá no había firmado los papeles, pero en aquel momento la casa era solo la punta del iceberg.

Di media vuelta para irme, pero Jackson me cogió por el brazo.

–No seas tonta –dijo.

Y como un eco, escuché a Tyler susurrarle a Jackson en el río. «No seas tonto», le había dicho antes de que yo pisara sin querer una pequeña rama, me vieran y acabaran fingiendo que hablaban de otra cosa.

«Jackson declaró a la policía que no la había visto después de la feria, Nic –me contó luego Tyler–. Jura que no la vio en toda la noche.»

Pero mentía.

Yo les vi. Vi a Jackson y a Corinne. Después de la feria. Pero si él lo decía... Había que entender cómo eran las cosas por allí. La de historias que la gente se había montado con los pocos datos de que disponían, las conclusiones a las que habían llegado con lo poco que habían sacado de aquella caja imaginaria que había en comisaría.

Necesitaban a alguien a quien culpar. Alguien a quien insultar y a quien meter entre rejas para poder sentirse seguros de nuevo. Alguien que interpretara el papel, que fuese el monstruo.

No podía contarlo. No podía decir que le había visto con Corinne después de la feria. Si lo hacía, la caja se cerraría para siempre. Sería su sentencia.

Jackson no era un pusilánime que se dejase engañar una y otra vez por Corinne. No era un chaval cabreado que se había sentido traicionado, tal y como la investigación podía dar a entender. No tenía nada que ver con ningún bebé ni con ninguna pelea. Cuando Corinne cortó con él e hizo que se alejara de ella, a él le pareció bien.

Lo sé porque todos sentimos lo mismo.

Le pareció bien por lo que vino después. La llamada en la que le suplicaba volver. El mensaje de contestador que oímos todos: «Por favor, Jackson. Por favor, vuelve». La manera como ella le querría cuando él la quisiera. Nadie te querría nunca tan feroz, tan fatal y tan completamente. Todo lo que querías esconder. Eso era lo que ella amaba por encima de todo.

–Nic –me dijo al morir mi madre, atrayéndome hacia su pecho, llorando–. Te quiero. Te conseguiría otra madre si pudiera. Me cambiaría por ti. Lo sabes, ¿verdad?

La abracé con fuerza, sin decir nada. Corinne era así, hablaba de la gente como si pudiera intercambiarse, como si no fuéramos más que piezas de ajedrez sobre un tablero que ella podía mover a su antojo, que ella controlaba.

–¿Quieres ver arder algo? –me preguntó.

Aquella noche fuimos a la granja abandonada de los Randall. Ella llevaba un bidón rojo con gasolina, que vertió por todo el perímetro.

Me permitió encender la cerilla, y me cogió de la mano cuando el fuego prendió. Contemplamos juntas cómo ardía, tan cerca que podíamos oír cómo el fuego iba atrapando cada pedazo de madera para convertirlo en cenizas.

Llamó a Tyler para que viniera a buscarme y nos ordenó que dijéramos que habíamos estado juntos toda la noche.

–Largo –ordenó luego, justo antes de llamar a emergencias.

Se reservó para ella sola el derrumbe de la granja.

–Les he contado que estaba practicando. Quería aprender a hacer una hoguera. Como hacen las Girl Scouts. Por si algún día se me presentaba la necesidad. Y que se me fue de las manos.

Esa enorme sonrisa. Lo había reducido todo a un pequeño favor. Le cayeron seis meses de servicios comunitarios y tuvo que soportar la furia de su padre, pero me hizo un pequeño regalo para superar la muerte de mi madre.

¿Cómo no iba a adorar a Corinne Prescott? ¿Cómo no iba a adorarla todo el mundo? Me gustaba pensar que era por cosas como aquella y no porque me sintiera atraída por su maldad, no porque me atrajera lo poco que le costaba acabar con algo: una granja abandonada, un pájaro que se cuela por la ventana. Me gustaba pensar que hacía esas cosas porque me quería, tanto como yo a ella.

El paso del tiempo ha hecho que lo vea todo más claramente. Ha hecho que vea que no lo hacía solo por mí. Que era cuestión de perspectiva. Que no era más que un juego, una cadena de favores, un chantaje emocional que querría cobrarse tarde o temprano.

Creo que Corinne creía que la vida podía manipularse. Que existía la justicia divina. Que todo era un juego. Que todo riesgo tenía su recompensa, que había que pasar ciertas pruebas para conseguir respuestas, que ahí fuera había un ejército de amigos y de enemigos y que al final podías anotarte un tanto. Ahora sé que registró mentalmente todo cuanto hicimos o dijimos, y también todo lo que no hicimos. Pero siempre estuvo de nuestra parte.

Llamé a Daniel mientras conducía para ver si encontraba a Tyler. Contestó de inmediato.

–¿Hola? –dijo. Oía un tecleo de fondo.

–Dime que no has estado acostándote con Annaleise Carter.

El tecleo se detuvo.

–No me jodas, Nic.

–No me jodas tú, Daniel, ¿me tomas el pelo? ¿En qué demonios estabas pensando? ¿Qué me dices de Laura?

–Tú no eres la más adecuada para darme lecciones de fidelidad, Nic. Pero no –dijo–. No.

No le creí. Eso es lo que dices cuando te acorralan. Atacas a los demás cuando no tienes la más mínima prueba que niegue la evidencia. Lo dices y rezas para que aparezca alguien y se ponga de tu lado.

Ya le había cubierto en ese sentido en una ocasión.

Diez años antes, había oído que Hannah Pardot le preguntaba en la sala de estar:

–¿Corinne y tú salisteis alguna vez?

Yo tenía la oreja pegada al suelo del cuarto de baño y le oí jurar:

–Nunca –le oí decir–. Nunca.

Cuando me preguntó a mí le dije lo mismo. Dije: «Nunca. Nunca».

–¿Nic? ¿Me estás escuchando? –Parecía nervioso.

–Jackson me ha dicho...

–Jackson no tiene ni puta idea de nada. Y tengo un montón de trabajo por hacer. ¿Necesitas algo más? ¿O solo has llamado para interrogarme?

–Vale, vale.

Colgué. El estómago se me había contraído. Una vez más, vi a una chica desaparecida en el centro de una telaraña. Las palabras de Jackson se habían convertido en una señal de alarma. Annaleise estaba relacionada con todos aquellos que habían tenido algo que ver con Corinne Prescott. Como si hubiera estado buscando algo.

Al detenerme en el semáforo me pareció ver otro cartel con la leyenda DESAPARECIDA, y sus enormes ojos parecían mirarme en busca de algo. Me estremecí. Las manos empezaron a temblarme otra vez.

Yo también estaba buscando algo.

Me pregunté si ella llegó a encontrarlo.

Tyler no estaba en la estación de tren, sino a un centenar de metros, donde se trabajaba en la ampliación de las vías; ya habían colocado la base de hormigón. Estaba rodeado de individuos que vestían igual que él: vaqueros gastados, botas negras y camisetas, el uniforme de la empresa desde hacía once años. Eso sí: todos los trabajadores llevaban cascos amarillos, pero Tyler llevaba una gorra de béisbol con las siglas de la empresa en la parte frontal.

Un tipo delgado me vio llegar y le hizo un gesto con el mentón:

–Creo que tienes compañía.

Tyler se volvió a cámara lenta. Me hizo una seña para que entrara, mostrándose del todo impasible, lo que resultó francamente anti-Tyler. Lo normal es que al verme llegar hubiese sonreído y me hubiese dicho: «Hola, Nic». Como si solo llevase fuera un día, no seis meses, no un año.

Pero aquella vez la expresión de su rostro no cambió.

–Hola –me dijo.

Levantó el pulgar, como si yo fuera una desconocida. Desvió la mirada en cuanto sus ojos se encontraron con los míos. Miró al tipo delgado, que seguía observándonos.

–¿Puedo ayudarte en algo?

–He de hablar contigo. Es urgente.

Me reprendí a mí misma mentalmente. «Urgente» es lo que hubiera dicho Everett en una reunión de negocios.

–Claro.

Me indicó un pequeño barracón y por un momento temí tener que hablar con él delante de su padre, pero cuando entramos vi que aquello era lo más parecido a un despacho propio que podía tener. Solo había una mesa y las llaves de su camioneta estaban allí, sobre un montón de papeles. Había algunas sillas alrededor. Las paredes eran de corcho y había planos y permisos clavados aquí y allá. Tyler siempre había ayudado a su padre, desde que íbamos al colegio, y yo había pensado que aquello sería temporal. Que él quería más, como yo. Pero cuando acabó el instituto no fue a la universidad, y entonces debería haber caído en la cuenta. No asumir que si trabajaba con su padre era porque me estaba esperando.

Diez años después dirigía la compañía. Sin haber ido a la universidad, parecía mucho más realizado que yo.

Cuando entramos, cerró la puerta y se apoyó contra ella.

–Lo siento, no te esperaba. –Miró por la ventana–. Y no llegas en el mejor momento.

–Lo siento, pero ha pasado algo.

Intenté mirarle a los ojos, pero la gorra me lo impidió. Solo pude verle la boca, transformada en una delgada línea horizontal.

–¿Qué ha pasado? –preguntó, todavía con la espalda contra la puerta. Me trataba con una frialdad forzada y antinatural.

–Anoche. Justo después de medianoche. Había alguien en casa de Annaleise.

Percibí una contracción nerviosa en su mejilla izquierda y sentí deseos de quitarle la gorra. Necesitaba verle los ojos.

–¿Cómo lo sabes?

–Porque lo vi.

–Nic, tienes que alejarte de ese bosque. Olvídalo.

–Tyler...

–¿Qué? –me preguntó.

–Tengo que preguntártelo.

Permanecí callada, deseando que me lo impidiera. Se ajustó la gorra y se volvió para mirar de nuevo por la ventana.

–¿Qué es lo que quieres saber exactamente?

¿De cuántas maneras podía formular aquella pregunta? Di un paso hacia él, pero su rostro seguía ensombrecido.

–¿Fuiste tú?

Me devolvió la mirada, como si la conversación lo hubiera pillado desprevenido.

–¿Fui yo el qué? ¿De qué demonios estás hablando?

Bajé el tono de voz, a pesar de que estábamos solos.

–¿Estuviste en su casa anoche? –pregunté.

Tyler se volvió y me clavó la mirada. «¿Qué estás insinuando, Nic?», decían sus ojos. Tuve que desviar la mirada.

–¿Tienes llave? –pregunté.

–¿Me tomas el pelo?

–Nunca me dejaste claro de qué iba la cosa –dije–. No sé si lo vuestro iba en serio o solo querías tirártela.

Se quitó la gorra, se pasó la mano por el pelo y volvió a ponérsela. Luego dijo:

–Solo me la estaba follando, Nic. ¿Contenta?

–No, Tyler, no. –Me temblaba la voz, así que respiré hondo y traté de centrarme–. Vi a alguien en su casa.

–La policía, probablemente. Acaban de pasarse por ahí.

Joder. El cabrón de Jackson estaba en lo cierto.

–¿Qué querían? ¿Qué les has dicho?

Miró de nuevo por la ventana.

–Quieren encontrar a Annaleise. Y buscan un punto débil en mi coartada. Pillarme en un renuncio.

Me quedé pensativa.

–¿Cuál es tu coartada, Tyler?

–Ese es el problema –dijo él–. No tengo ninguna. Mi coartada es, sencillamente, que no estaba con ella. Aunque sí lo había estado un poco antes aquella misma noche. Así que mi coartada es que no estaba allí cuando desapareció. Que no discutimos y que la cosa no se nos fue de las manos.

–¿Eso es lo que creen que pasó?

Se encogió de hombros.

–Es lo que quieren creer. Que la llamé. Que nos peleamos. Que por algún motivo que aún no tienen claro quedamos en el bosque. Que ella me acusó de ponerle los cuernos contigo. Y que entonces yo... Le hice algo. –Alzó las manos y simuló estrangular a alguien.

–Tendrán que probarlo –dije.

–¿En serio? ¿Crees que va a ser necesario? ¿Incluso si todo el mundo se cree esa versión y luego apareces tú a plena luz del día en mi trabajo?

–Lo siento –susurré; percibí que el rubor inundaba mi rostro–. Siento haber venido. Solo quería saberlo.

Asintió.

–Perdóname. Estoy cabreado. Me cabrean ellos, no tú. Mira, Nic, lo más probable es que quien estuviera en su casa fuese la policía.

–No, no fue la policía. No había coches. Quienquiera que fuese iba a pie. Alguien que no quería ser visto. Que tenía una llave. Y que sabía moverse por el bosque.

–Entonces debió de ser alguien de su familia.

–Por el bosque, Tyler. Alguien llegó caminando por el bosque.

Entonces me miró de nuevo, se ajustó la gorra y asintió.

–No fui yo –dijo–. Y vete de aquí si no quieres ser la siguiente a quien interroguen.

Le seguí afuera. El sol brillaba tanto que la zona de obras parecía una foto sobreexpuesta.

Las comidas se me juntaban unas con otras y las horas pasaban sin que me diera cuenta, y poco a poco el mundo iba desestructurándose a mi alrededor. Apenas podía pegar ojo, y para mantenerme despierta tomaba más cafeína de la cuenta. Hasta las nueve de la noche no fui consciente de que aquel día no había probado bocado. Había demasiadas posibilidades. No dejaba de darle vueltas a los nombres y a los sucesos que escondía aquella hipotética caja. Y había mucho más, todo lo que sabía y que jamás llegaría a figurar entre los informes de esa caja. Las cosas que nunca nos habíamos preguntado unos a otros y que, poco a poco, se iban descubriendo.

Para resolver un misterio aquí has de ser de aquí.

Había gente que sabía más de lo que decía y que había decidido callar, como Jackson cuando afirmó que no había visto aquella noche a Corinne. O como yo, que los había visto juntos y tampoco lo había contado. Seguro que había más como nosotros. ¿A qué venía ese callarse las cosas? Si descubría lo que le había pasado a Corinne, descubriría lo que le había pasado a Annaleise. Y viceversa.

Tenía que aplicarles el mismo filtro para conseguir la perspectiva adecuada.

Vi una luz fuera, en el bosque. Otra vez había alguien cerca de su casa. No me molesté en coger el teléfono, sino que agarré la linterna que había en un cajón, junto al microondas, y que llevaba ahí desde quién sabía cuándo.

No podía permitirme perderlo esta vez. Tenía que saber quién era.

¿Y si era el nuevo agente estatal, que se alojaba en el motel de la carretera? ¿Y si era otra persona? ¿Y si era Annaleise?

Lo encontraría. Y encontraría todas las respuestas.

Me deslicé por el patio como lo hacía de pequeña, en silencio y a oscuras, hasta alcanzar el límite del bosque. El haz de la linterna iba de un lado a otro, allí, a lo lejos. Corrí hasta él. Me acerqué tanto que tuve que apagar mi propia linterna para no ser descubierta. Me bastaría con la luz de la luna, me sabía el camino de memoria.

Pero la luz no se dirigía a la casa de Annaleise, ni a la mía. Se alejaba. Retrocedía. Se movía con determinación y con un objetivo claro a través del bosque. Quizá se dirigía hacia un rincón seguro. O hacia un coche aparcado en el otro extremo.

Llevábamos al menos media hora ahí fuera y el pánico se estaba apoderando de mí. Estaba en desventaja, sola, desarmada y desprotegida. No tenía teléfono, ni mapa, ni GPS. Lo único que podía hacer era seguir aquel haz de luz o detenerme sin tener la más remota idea de dónde estaba.

Y aun así tuve la sensación de que sabía adónde nos dirigíamos. No respecto a la zona donde estábamos, sino al tiempo. Ya antes había hecho una incursión así en plena noche.

Pero no estuve segura hasta que alcanzamos el claro. Un gran descampado junto a la carretera. El camino estrecho, acordonado, que llevaba a las cuevas. Permanecí en el bosque, observando la luz de la linterna. Al poco apareció otra linterna en el camino y empecé a distinguir a la persona a la que estaba siguiendo.

Por un momento creí que vería unos brazos delgados, una melena rubia y unos ojos enormes; una chica pálida con ropa sucia. Quizá no eran más que vanas esperanzas, pero así es: esperaba ver a Annaleise.

Pero era un chico. Un adolescente. Su hermano. Y la persona que iba con él era una chica alta de pelo oscuro que tenía levantado un brazo para protegerse los ojos.

–Joder, me estás dejando ciega, capullo.

–¿Dónde está David?

–Ha ido a buscar las bebidas. Carly está en el coche. No le apetece estar aquí si solo estamos nosotros. Dice que no es seguro. –La chica hizo una pausa–. ¿Se sabe algo de tu hermana?

–No –respondió él, bajando el haz de luz.

–Lo siento, Bryce –dijo ella.

Bryce. Exacto. No parecía muy afectado por el hecho de que su hermana hubiera desaparecido. Y no se parecían mucho, o al menos no tanto como Daniel y yo. Bryce era rechoncho, y había heredado de su padre la mandíbula cuadrada y la espalda ancha.

–Todavía puede aparecer –dijo.

Nueve días, y aquello era todo lo que sabía. Me habría parecido sospechoso si no conociera a los de su clase: una generación de chavales que confiaban en que todo se solucionaba solo. Si alguien desaparecía, acabaría apareciendo. Si había un misterio, alguien lo resolvería por ellos. Diez años antes, habíamos recorrido hasta el último rincón de aquel bosque. Habíamos seguido a los policías y habíamos buscado en los sitios en los que ellos la habían buscado y en los que no. Pero aquellos chavales, no. Aquellos chavales se encogían de hombros, se daban el pésame, se tomaban otra cerveza.

Es posible que Annaleise no fuera de los suyos: demasiado mayor, se había marchado, había ido a la universidad, había vuelto. No era de los suyos. Ni de los nuestros. Annaleise era el eslabón perdido que traía sin cuidado a todo el mundo.

Oí el ruido de un motor y retrocedí.

–Ahí está –dijo la chica–. Vamos, el bosque me da miedo. Mi hermano solía decirme que había un monstruo.

Bryce asintió y la siguió.

Si crees todo lo que se cuenta y dejas que las historias sean algo más que historias, llegas a creerte que Corinne desapareció sin dejar rastro. Ocurre muchas veces, en todas partes, y especialmente en los bosques, en la oscuridad de la noche. Y si lo hizo Corinne, también pudo hacerlo Annaleise.

No cuesta imaginarse incluso la existencia de un monstruo que te observa y te espera, que te obliga a hacer cosas. Que respira el humo que despide la hoguera que han encendido unos adolescentes. Que ve que se reúnen a su alrededor y cuentan historias, que con las plantas de los pies congeladas esperan hasta que, uno tras otro, caen, se duermen, y entonces son arrastrados hasta las cuevas y descubren sus secretos, si es que los tienen.

No es tan raro. En aquel preciso instante había alguien que los observaba, y no tenían ni la más remota idea.

En aquel momento, yo era el monstruo.

UN DÍA ANTES

DÍA 9

Tenía la espalda apoyada en la pared y la oreja pegada a la ventana, como una niña que trata de escuchar una conversación a la que no ha sido invitada. Daniel trataba de deshacerse de la policía, no quería que nos implicaran en otra investigación.

«Mantente alejada de esto», me había dicho, y me había parecido bien.

Ya había hecho mi declaración, le había contado al agente Fraize lo que sabía, pero no sirvió de nada. «¿Viste algo en el bosque? ¿Oíste algo aquella noche? ¿Cualquier cosa?»

«No señor, no señor, no señor.»

Nada me relacionaba con Annaleise. Y nada podía hacerlo, a menos que echasen mano de aquella hipotética caja que supuestamente había en comisaría en la que se guardaba todo lo relacionado con el caso de Corinne y descubriesen que ella había sido nuestra coartada. Pero ahí estaba aquel otro poli, y decía que quería hablar conmigo.

Su voz era grave pero también amable. Intentaba ser cuidadoso.

–Si pudiera hacerle unas preguntas respecto a su relación con Tyler Ellison...

Ahí estaba. Tyler. Era inevitable que relacionaran a Tyler conmigo y a mí con mi hermano. Y cuando nos presionaban lo suficiente, revelábamos algo de forma involuntaria. Algo que acababa por fastidiar al otro. Hannah Pardot era experta en eso. Aquel tipo, no tanto. Había empezado por Daniel, y Daniel había conseguido abrumarle. No iba a poder conmigo de ninguna de las maneras.

–Creo que está durmiendo –oí que decía Daniel–. Mira, me

has pillado camino del trabajo, así que no puedo quedarme. ¿Por qué no pruebas a venir después de comer?

–Es importante. Hay una mujer desaparecida. Y cada día que pasa hay menos posibilidades de encontrarla con vida. Es nuestro deber moral seguir todas las pistas que encontremos.

Aquel tipo parecía salido de una asignatura: la de «cómo interrogar a un testigo eficazmente». ¿Qué llevaba, un mes de prácticas? Deber moral. No me hagas reír. ¿Era su deber moral dejar al descubierto hasta la última faceta de la vida de cualquiera que estuviera relacionado con la víctima en cuestión? ¿Era su deber moral destruir a los vivos para encontrar a los muertos?

Hacía ocho días que se había denunciado la desaparición de Annaleise. Preguntarme sobre Tyler entonces no iba a cambiar nada. Nadie la estaba buscando. A quien buscaban era a él. Pese a las buenas intenciones de Daniel, pese a sus advertencias, si yo no salía, la policía podía llegar a creer que tenía algo que ocultar.

Me puse ropa limpia y bajé descalza por las escaleras. La conversación apenas podía oírse a través de la madera y el yeso. Abrí la puerta mosquitera y protegí mis ojos del sol.

–¿Daniel?

Había un coche aparcado en mitad del camino de entrada. Al parecer, a aquel policía le traía sin cuidado que la gente supiera o no que había venido. Hacía como si simplemente estuviera de visita. Nada serio. El coche era de color azul marino, tenía las ventanas tintadas y no le hubiera ido mal un lavado.

–¿Va todo bien? –pregunté.

No llevaba uniforme y era más grande de lo que había pensado, y más joven, según la idea que me había hecho por su voz. Tenía mi edad, o quién sabe si la edad de Annaleise, por lo que es imposible que hubiera podido formar parte de la investigación del caso de Corinne. Por su forma de hablar, además, llegué a la conclusión de que no era de la zona. Al menos, no de Cooley Ridge. Aunque bastaba alejarse una hora en dirección este para parecer de cualquier otra parte. Las montañas y la única y maltrecha carretera que llegaba hasta aquí mantenían el lugar aislado del resto del mundo, como una isla.

–Nicolette... –Echó un vistazo al cuaderno– ¿Farrell?

Decididamente, no era de por allí. Podía ser demasiado joven para conocerme, pero conocería a mi familia. No había secretos. La finca de los Carter estaba junto a la finca de los Farrell, y ambas lindaban con la de los McElrays, que aún no se habían decidido a construir nada. Los Lawson habían mostrado interés por la casa y las tierras del otro lado de la carretera cuando Marty Piper, el último Piper, murió tras su tercer ataque al corazón, pero un follón legal, con un papeleo interminable, había impedido que hicieran nada.

Estaba mirando el bosque en la dirección en la que se encontraba la casa de Marty, cuando el agente me llamó:

–¿Señora?

–¿Sí?

Daniel se dio media vuelta, me vio y se reunió conmigo en el porche.

–¿Es usted Nicolette Farrell?

–Sí.

–Soy el detective Charles. Me gustaría hacerle unas preguntas respecto a su relación con Tyler Ellison.

Parecía estar esperando algo, quizá que yo fuese la anfitriona sureña ideal, un poco al estilo Laura, que abriera la puerta mosquitera, le invitara a pasar y le ofreciera un poco de té. Los de fuera solo vienen cuando se produce algún cambio en la investigación. El detective Charles era, en ese sentido, la nueva Hannah Pardot.

Le vi dar algún que otro paso vacilante en dirección a la casa antes de decidirme a bajar los escalones del porche. Me reuní con él en el patio. Tenía los zapatos hundidos en el barro. Había llovido la noche anterior.

–¿Qué tal está el motel? –le pregunté, por decir algo–. ¿O se hospeda en un sitio mejor?

Vaciló.

–Lo siento, ¿nos hemos visto antes? –preguntó.

–No es de por aquí, ¿verdad? –le solté.

–No, señora –dijo, anotando algo en su libreta. Era más alto que yo, así que no pude ver qué anotaba. Se aclaró la garganta, con el bolígrafo aún sobre el papel–. Solo será un momento. Estoy siguiendo una pista y me ha parecido que este podría ser un buen sitio por el que empezar. –No levantó la vista hasta que dijo–: Por favor, descríbame qué relación tiene con Tyler Ellison.

–No le haré perder el tiempo, detective. No tenemos ningún tipo de relación. Lamento que haya tenido que venir hasta aquí para nada.

Me miró un segundo, luego volvió a mirar su libreta.

–¿Y qué me dice de la que tenían en el pasado?

–Fuimos novios en el instituto –dije–. Ahora tengo veintiocho años.

Pasó páginas de su libreta, adelante y atrás, asintiendo para sí, hasta que encontró lo que estaba buscando.

–¿No han vuelto a verse desde entonces? Tengo entendido que se les ha visto juntos después.

Le sonreí.

–Vivo en Filadelfia. Pero a veces vengo de visita, claro.

–Pero ¿no han vuelto a estar juntos? –insistió.

–Estoy prometida –dije, y le vi buscar el anillo en mi mano.

Volvió a pasar páginas.

–Vaya, el caso es que se le ha visto rondar su casa. Hace poco. Hace muy poco, de hecho.

Me estaba enfadando y no tenía por qué fingir lo contrario.

–Ha estado ayudándonos...

Daniel nos interrumpió.

–Yo se lo pedí. Se dedica a la construcción. Y estamos tratando de arreglar la casa. Nic solo está de paso. Me está ayudando porque le he pedido el favor.

El detective Charles miró a mi hermano.

–¿Son ustedes amigos?

Hubo una pausa, minúscula, pero una pausa, al fin y al cabo.

–Sí –dijo Daniel.

«No seas tonta. Da la respuesta más sencilla. Cierra el círculo, no abras uno nuevo innecesariamente, porque se cebarán en él, intentarán llenarlo.»

–Así que la cosa es...

El detective Charles pasó un puñado de aquellas páginas, y entre ellas cacé una en blanco. Estaba jugando con nosotros. No había escrito nada. Solo algunas palabras en los márgenes. Solo había sido un intento de fingir que no sabía de dónde veníamos ni cuál era nuestra historia. En realidad, lo sabía perfectamente. Nos había estado estudiando, pero considerado más adecuado fingir. Dios mío, ¿cuánto tiempo llevaba allí?

Posé mi mano en el brazo de Daniel y le apliqué una débil presión antes de que el detective Charles volviese a mirarnos.

–Resulta que no hemos encontrado el móvil de Annaleise, y parece ser que está apagado. Pero hemos examinado la lista de sus llamadas. Y la última que contestó, la noche de su desaparición, era una llamada de Tyler Ellison, realizada alrededor de la una de la madrugada.

–Tengo entendido que salían juntos –dije.

Posó el bolígrafo en el papel.

–Bueno, Tyler dice que habían roto. Y cuando intento averiguar por qué, pues es una desafortunada coincidencia romper con alguien y que luego este alguien desaparezca, descubro que la gente dice que si rompieron fue por culpa de usted. ¿Por qué cree que todo el mundo piensa eso?

Apreté los dientes, apreté los puños.

–Porque no son capaces de pensar en nada más. En este sitio, lo que pasó en el pasado sigue de alguna manera presente. De hecho, es como si no pudiera pasar nada que no haya pasado ya, detective. Si fuese usted de por aquí, lo entendería.

–No se ponga a la defensiva, solo intento entender lo que pasa.

–¿Por qué no le pregunta a Tyler?

–Ya le he preguntado. Aunque me resultó difícil localizarle.

Hubo una época en la que todo lo que tenía que hacer para dar con él era pensar en él. Pensaba en él y lo tenía delante, en carne y hueso, como si lo hubiera llamado. Pero ahora estaba de acuerdo con el policía. Tyler se había convertido en un fantasma. Tenía la sensación de que si parpadeaba el tiempo suficiente, podía desaparecer para siempre.

El detective Charles volvió a golpear su cuaderno con el bolígrafo.

–Dice que llamó a Annaleise a la una para, déjenme comprobarlo, decirle que lo suyo se había acabado. Porque, y cito textualmente, «ella quería más de lo que yo estaba dispuesto a darle». ¿Qué cree que significa eso?

–Exactamente lo que parece. Que no quiere sentirse atado a nadie.

Sonrió de forma inquietante: por unos instantes pareció el más despiadado de los jugadores dispuesto a sacar su carta ganadora.

–Eso es justo lo contrario de lo que he estado oyendo por ahí. Parece que está atado y bien atado.

Cambié mi peso de un pie al otro.

–Mire, cuando llegué la semana pasada, hacía un año que no hablaba con Tyler. No tengo ni idea de qué clase de relación tenía con esa chica.

El detective notó el tono vacilante de mi voz, estaba segura de que lo había notado, pero fingí que me traía sin cuidado. Daniel me puso una mano en el hombro. «Calma.»

–Señorita Farrell, no quiero causarle ningún problema. Solo pretendo hacerme una idea del estado de ánimo de Annaleise esa noche.

«Mentira.»

–¿Cuándo estuvieron por última vez usted y Tyler... juntos? –quiso saber, sin levantar la vista de la libreta.

–Si me está preguntando lo que creo que me está preguntando, le diré que no pienso decírselo. Es personal.

–Estoy investigando la desaparición de una persona. Por supuesto que es personal. Piense en la chica, señorita Farrell.

«Piense en la chica.»

–El año pasado –dije.

–¿Y qué me dice de la semana pasada? ¿Cuando regresó a casa?

–No –dije.

–Usted vuelve a casa y Tyler decide romper con Annaleise. Lo hace esa misma noche, y a la mañana siguiente la chica ha desaparecido. Dígame que no es lo que parece.

Sabía que se estaba inventando cosas para sacarme lo que le interesaba. Pero no iba a conseguirlo. Yo ya había pasado por eso antes. Todos habíamos pasado por eso antes. Aquel chaval no tenía ni puta idea.

–Entiendo que cuando la policía no tiene pistas que seguir, se desespera y trata de encontrar sentido a cosas que no lo tienen. Intentan unir los puntos de un dibujo que sean capaces de entender. Sea o no verdad.

El móvil de Daniel sonó, y mi hermano contestó sin excusarse por hacerlo.

–¿Hola? –dijo–. ¿Qué? –Continuó escuchando, y yo me concentré en su rostro porque no me apetecía tener que mirar al detective Charles, cuyos ojos parecían querer taladrar un agujero en mi cráneo–. Voy enseguida –dijo. Luego, dirigiéndose al detective, añadió–: Nuestro padre no está bien. Tenemos que irnos. Suerte con el caso. –Se volvió hacia mí–. Quieren que vayamos. Ahora.

–Oh, Dios –dije, y me apresuré a entrar en casa, cerrar puertas, ponerme los zapatos y coger el bolso.

Daniel ya tenía el coche en marcha cuando salí y llamaba a la compañía de seguros para la que trabajaba para informarles de que no podría acudir a su próxima cita. Daniel era perito de seguros y se encargaba de evaluar los daños producidos en cualquier siniestro. Trabajaba fuera de casa e iba a donde le enviaran las distintas compañías que le contrataban en la región. Siempre había un formulario que rellenar: no importaba el tipo de desastre, tragedia o desgracia. Todo tenía un valor y un coste. Supongo que se había acostumbrado a llegar al fondo de las cosas a fin de señalar a un culpable o para detectar el fraude, y descubrió que era bueno en eso. Después de lo sucedido con Corinne debió de ser un consuelo encontrarle sentido al caos. Descubrir la verdad.

–No –dijo–. Hoy no voy a poder reincorporarme. Doblaré el turno mañana. Sí, tómatelo como un día de baja.

Antes de incorporarse a la carretera llamó a Laura. El detective permaneció en su coche tomando notas, y fingía que no nos estaba viendo marchar.

Papá estaba atado a la cama, tumbado boca arriba, con los ojos fijos en el techo. La habitación estaba llena de personal que trabajaba en no importa qué departamentos de aquel sitio. Cuando Daniel y yo entramos, el médico mantenía un par de dedos bajo la correa para tomarle el pulso.

–¿Qué demonios le están haciendo? –pregunté, ignorando al médico, abriéndome paso y forcejeando con la correa de su otra muñeca.

–Señorita Farrell. –Alguien había posado una mano en mi hombro, pero la voz sonaba lejana–. Señorita Farrell. –Era la voz de una mujer, y esta vez me sonó más cerca. La mano que se había posado en mi hombro bajó hasta la muñeca y detuvo mi forcejeo–. Es por su seguridad. Y la nuestra.

Miré la mano que me rodeaba la muñeca. Dedos largos, nudillos agrietados, a los que seguían una muñeca protuberante y un brazo que era puro músculo. Daniel.

Fue entonces cuando miré alrededor y me fijé en las personas que había en la habitación. Vi una enfermera, que parecía bastante inquieta y a la que se le había salido prácticamente la totalidad del pelo del moño que llevaba. Vi dos hombres que no parecían médicos ni enfermeros y que estaban examinando a mi padre. Y luego estaba la mujer que había pronunciado mi nombre, que vestía un traje chaqueta y estaba en la puerta.

–Ahora está sedado –dijo la mujer–. Pero no sabemos cómo despertará cuando lo haga.

El ambiente era frío, viciado, tremendamente impersonal. No olía a nada que recordase al hogar, sino a medicinas, a productos de limpieza, a lejía. Aquello no podía ser bueno. No podía ayudarle a recordar. Necesitaba oler la madera del suelo de casa, el bosque. Necesitaba volver a oler el tubo de escape de su viejo coche y la fritanga del Kelly's.

–Cuando se despierte y vea que está atado, le aseguro que no le gustará –dije.

Apretó los labios y me tendió la mano; no tuve más remedio que estrecharla.

–Soy Karen Addelson, la directora. Me temo que no había tenido el placer de conocerla hasta ahora, señorita Farrell. Por favor, acompáñenme a mi despacho. Los dos. –No solo no dejó de estrecharme la mano, sino que además me tomó por el codo con su otra mano–. Su padre estará bien atendido. Alguien va a quedarse con él. –Aquella otra mano abandonó mi codo y se posó en mi espalda, acompañándome fuera, con Daniel a nuestro lado.

Karen Addelson vestía muy bien, a la manera en que yo vestía en Filadelfia. Llevaba una falda de tubo, unas modernas bailarinas negras y el tipo de camisa que parece a la vez muy femenina y muy profesional. De camino a su despacho se hizo a un lado y avanzó junto a la pared para dejar sitio a las sillas de ruedas y a las camillas. Durante todo el trayecto no dejó de sonreír, ni de echar la vista atrás para comprobar que la seguíamos. Su cara sin maquillaje y el recogido extremadamente funcional que se había hecho en el pelo no cuadraban en absoluto con la ropa que llevaba, así que no supe por dónde cogerla.

La seguimos hasta su despacho. Tenía un montón de plantas junto a la ventana, y en la antesala, un escritorio y una secretaria que sonrió distraídamente en nuestra dirección.

–No me pases llamadas –dijo Karen al entrar en su despacho.

Había tres sillas de aspecto cómodo, un sofá en un extremo y, en el otro, el escritorio. Nos señaló el sofá. Daniel se acomodó en él, pero yo me quedé de pie. Everett no se hubiera sentado. «Perderías ventaja, Nicolette», imaginé que me susurraba al oído. Everett era así: solía decirme lo que tenía que hacer, como si al hacerlo pudiera moldearme y convertirme en alguien como él. Solía imaginarme a su padre haciendo lo mismo con él, diciéndole qué debía hacer una y otra vez y en cada caso, y también imaginaba a un pequeño Everett que asentía, que aprendía, que copiaba, que se convertía en él.

Karen se sentó en la silla que quedaba más cerca del sofá y yo me quedé en pie junto a este, muy cerca de Daniel.

–Estoy preocupada –dijo–. Su padre ha tenido un episodio esta mañana.

–¿A qué se refiere exactamente? –dijo Daniel–. ¿Qué es para usted «un episodio»?

–Se ha puesto muy nervioso...

–Eso es porque aquí no hay nada que le ayude a recordar –dije–. También yo me pondría nerviosa si despertara en un sitio que no reconozco.

–Puede que tenga razón, señorita Farrell, no niego que eso fuese lo que le ocurriera. Pero ha ido más allá de la mera desorientación. Me temo que debemos considerarlo paranoia. Y me he planteado si realmente este es el tipo de residencia que le conviene. Quizá esté mejor en un sitio en el que puedan tratar ese tipo de trastornos.

–¿Paranoia? –preguntó Daniel.

–Sí. Ha estado gritando que alguien persigue a su hija, y que no puede quedarse aquí. Se ha vuelto incontrolable. Se ha puesto violento, insistía en que tenía que salir de aquí para dar con usted. Y ayudarla.

Me miró, y yo desvié la mirada, imaginándomelo gritar todo aquello, muerto de miedo. Fuese o no paranoia, los pelos se me erizaron.

–Han hecho falta dos hombres para reducirlo. Luego el doctor lo ha sedado. Pero él no ha dejado de repetir: «Mi hija está en peligro».

Noté que Daniel me miraba. Un escalofrío me recorría la columna vertebral. El estómago se me encogió, fui incapaz de respirar.

–Si se estaba refiriendo a algo ocurrido en el pasado, podríamos llegar a entenderlo –prosiguió–. Estaría en la línea de lo que le ha venido pasando. ¿Diría que es así? ¿Estuvo alguna vez en peligro, señorita Farrell?

Sacudí la cabeza.

–No sé lo que le pasa.

Pero no podía dejar de oír cómo habría estado gritando mi nombre, como si lo hubiera oído yo misma.

–Siendo así, como les he dicho, el delirio paranoico hace que me pregunte si su padre se encuentra en el centro adecuado –dijo, volviendo a la casilla de salida del motivo de nuestra reunión.

–Es culpa mía –dijo Daniel.

–¿Disculpe? –dijo Karen.

Las dos le miramos; sus mejillas ardían como si hubiera pasado demasiado tiempo trabajando al sol.

–Nuestra vecina ha desaparecido. Annaleise Carter. No sé si lo ha visto en las noticias. Y se lo conté. Y ahora me doy cuenta de que cometí un error. Pero se me escapó. Desapareció en el bosque situado justo detrás de nuestra casa. La casa en la que ahora vive mi hermana. Quería que mi padre lo supiera por mí y no por las noticias. Pero no debería habérselo contado. Lo siento. No es paranoia. Solo es una confusión. Un error.

Karen inclinó la cabeza hacia un lado, evaluando las palabras de mi hermano.

–Es comprensible. Preocupante, cuanto menos. Tendremos que vigilarlo, de todas formas. Porque si vuelve a repetirse...

–Lo siento –dijo Daniel–. Hablaré con él.

–Deja que lo haga yo –dije–. Era de mí de quien hablaba. –Me alegré de estar de pie, porque me daba confianza.

Karen se levantó.

–Creo que es una buena idea.

–Pero es preciso que lo desaten –dije.

Daniel fue a la cafetería y pidió tres menús para llevar a la habitación de papá. Cuando papá despertó, yo estaba sentada en la silla de la esquina, con las piernas cruzadas y bebiendo de una lata de soda que había sacado de la máquina. Había un camillero en la habitación, cerca de la puerta, porque Karen así lo había solicitado.

–Hola, papá –dije, vacilante.

Se frotó distraídamente las muñecas y me fijé en la marca rojiza que le habían dejado las correas. Me incliné sobre la cama para que me viera antes de darse cuenta de que estaba en una habitación que no era la suya con un tipo al que no conocía de nada.

–Estás bien –dije–. Y yo también.

Se incorporó con un estremecimiento.

–¿Nic? –dijo. Sus ojos se fijaron en mí, luego miró alrededor, y al final volvió a mirarme. Estaba preguntándose dónde estaba.

–Estás en Grand Pines y estás bien, y yo estoy aquí y estoy bien.

Extendió la mano y la posó en mi mejilla.

–Nic, gracias a Dios. Nic. No estás a salvo aquí.

–Chsss, papá –dije, mirando al tipo que había junto a la puerta–. Estoy bien. –En ese preciso instante llegó Daniel con la comida. Tres cajas de espuma de poliestireno apiladas–. Y Daniel está también aquí, ¿ves? Estamos todos a salvo.

Papá se sentó en la cama, como lo haría un niño después de una pesadilla, a la vez aliviado y aún aterrorizado. Miró a Daniel, me miró a mí, miró al hombre que estaba junto a la puerta.

–¿Cuidarás de ella? –le preguntó a Daniel.

Daniel abrió las cajas, echó un vistazo dentro de cada una y las distribuyó.

–Sí, papá –dijo, y sentí un nudo en la garganta–. No puedes alterarte de esa manera, ¿vale?

Papá se frotó las muñecas otra vez, como si no pudiera recordar si antes había habido algo allí.

–Papá –dijo Daniel–, es importante.

Me incliné hacia delante y coloqué una servilleta en el regazo de mi padre.

–Papá, todo va bien.

Miró fijamente a Daniel.

–Prométemelo –dijo–. Prométeme que la cuidarás.

Daniel ya había empezado a comer. Nada le hacía perder el apetito. Mantuvo los ojos fijos en papá.

–Sabes que lo haré –dijo, sin dejar de masticar.

Y entonces Karen Addelson entró con el médico.

–¿Qué tal va todo por aquí, Patrick? ¿Te encuentras mejor?

–¿Qué? Ah, sí. Sí. –Cogió el bocadillo como si estuviera interpretando un papel–. Esta es mi hija. ¿La conoces? Nic, te presento a la Dama Al Mando De Todo, Dama Al Mando, te presento a mi hija.

–Encantada de conocerte –dijo Karen, y también yo lo dije–. Ahora, Patrick –prosiguió Karen–, ¿por qué no nos echamos un sueñecito? Come primero, luego vendrá el doctor a darte algo para dormir. Mejor hablamos de todo esto mañana, ¿de acuerdo?

Asentí, reconfortada. Daniel también. Papá miró a algún lugar que quedaba entre Daniel y yo y estuvo asintiendo hasta que ella se fue. Cuando lo hizo, me cogió por la muñeca.

–Prométemelo, Nic.

–Te lo prometo –le dije.

No tenía ni idea de lo que me estaba pidiendo ni de lo que le estaba prometiendo. Pero deduje que era mejor hacerlo.

Volvimos a encontrarnos con Karen en recepción.

–Lo evaluaremos mañana y determinaremos el mejor modo de actuar. Fijaremos una reunión para la próxima semana. –Me entregó su tarjeta–. Estaremos en contacto.

Daniel y yo nos despedimos de la recepcionista y dimos las gracias al tipo que nos sostuvo la puerta, pero no cruzamos palabra hasta llegar al coche, que estaba recalentado; lo pusimos en marcha y, a la espera de que el aire acondicionado empezara a funcionar, circulamos con las ventanillas bajadas.

–¿Qué demonios ha pasado ahí dentro? –pregunté.

–Que me aspen si lo sé –dijo, con ambas manos sobre el volante; el sol de la tarde se reflejaba en el asfalto como si la calzada fuese agua.

–¿De verdad le contaste lo de Annaleise? ¿O fue eso lo primero que se te ocurrió?

–No –dijo–. De verdad le he hablado de ella.

–No creo que haya sido buena idea.

–Lo sé. No fue una buena idea. –Suspiró, y su cara se volvió aún más inexpresiva. Impenetrable.

–No deberías haberlo hecho –dije.

El rubor le subía por el cuello. Los nudillos palidecían sobre el volante. La sangre viajaba de un lugar a otro.

–Soy totalmente consciente de eso, Nic. Totalmente. Volveré mañana a ver qué tal se despierta.

–Vale –dije–. ¿A qué hora?

Me miró de soslayo y volvió a fijar su vista en la carretera.

–No te preocupes. Tú sigue con lo de la casa. Yo le traeré los papeles.

–La casa no está lista.

Su mandíbula se tensó.

–Por eso debes quedarte en casa.

Llegué a creerme que la cosa había cambiado, pero no. Así era como se comportaba siempre. Así era como nos comunicábamos. Lo importante era lo que no decíamos. Se convirtió en una especie de costumbre cuando mi madre enfermó. Lo que decíamos no tenía nada que ver con lo que queríamos decir en realidad.

Daniel estaba conmigo cuando arañé la camioneta de Tyler con la puerta del copiloto de nuestro coche.

–¡Nunca prestas atención! –me soltó Daniel, cerrando de un portazo la puerta del conductor.

–¡La culpa es tuya, por aparcar tan cerca! –le grité.

Tyler nos miraba.

De lo que deberíamos haber hablado era de cómo nuestro padre se estaba alejando de nosotros, de que Daniel iba a dejar el instituto, de lo que pasaría cuando mi madre muriera. Pero no, hablábamos de aparcar demasiado cerca de otros coches, de arañazos, y de si yo llegaba tarde o él demasiado pronto.

Así éramos. Así ha sido siempre entre Daniel y yo.

–Hoy no voy a volver al trabajo –dijo–. Te echaré una mano. Adelantemos algo.

Lo que de hecho estaba diciendo era que yo no había hecho nada por mi cuenta.

Me di cuenta enseguida. Las cosas no estaban como las había dejado. Me quedé en la entrada, quieta, y Daniel se coló por mi lado para entrar.

–Ha venido –dije.

Daniel miró alrededor.

–¿Qué? ¿Quién?

Cerré la puerta y me incliné hacia él. El ritmo de mi respiración se aceleró.

–Ese policía. Ha entrado en la maldita casa.

Le señalé la mesa del comedor, que era un auténtico caos, pero era mi propio caos. Había estado distribuyendo las cosas en cajas, pero no por su contenido, sino por la época: cosas de mi infancia, cosas que no había visto nunca, y cosas que me sonaban de la época en que tenía dieciocho años y Corinne desapareció. Y las que no tenía claro a qué época pertenecían las había dejado sobre la mesa sin más.

Pero ninguna de ellas estaba tal como yo las había dejado. Alguien las había revuelto. El libro sobre reformas del hogar que había encontrado en el cajón de la cocina, con páginas marcadas, lo había dejado sobre la mesa, cerrado, pero ahora estaba abierto por una de las páginas marcadas. Los recibos sin fecha ahora aparecían en las pilas equivocadas.

–¿Cómo puedes saberlo? Este sitio está hecho un asco.

–Ha estado aquí, Daniel. Ha revuelto cosas. Te lo juro.

Sus ojos se encontraron con los míos y nos miramos el uno al otro. Al final dijo:

–Registra la casa.

Asentí y subí las escaleras de dos en dos hasta llegar a mi cuarto. Si el policía estaba buscando pistas sobre Tyler, seguro que habría registrado mi habitación. Pero no, mi habitación estaba tal cual la había dejado. Incluso el cajón de la mesita de noche que no había cerrado cuando bajé a hablar con él seguía abierto. En la habitación de mi padre no había prácticamente nada: el armario estaba abierto y había ropa en el suelo, y perchas, y también estaban por allí sus zapatillas de estar por casa.

Lo que sí había registrado era la habitación de Daniel, en la que había colocado las viejas cosas de papá. Había movido las cajas, las había apilado, se había dejado papeles fuera, no pretendía ocultar su rastro.

Oí los pasos de Daniel en las escaleras, luego se acercaron por el pasillo y a continuación noté su aliento en mi nuca.

–¿Qué pasa?

–Aquí. Alguien ha estado aquí –dije.

Daniel miró el pequeño caos que se había formado allí. En su antigua habitación. Eran las cosas de mi padre.

–Pues entonces no era a Tyler a quien buscaba.

–No –dije.

Daniel posó una mano en el marco de la puerta con suavidad. Desde aquel día en la feria no había vuelto a golpear nada. Ni una pared, ni una puerta. Nada. Por miedo a que alguien le viera hacerlo. Por miedo a que alguien detectara en él un patrón. Pero tenía que emplearse a fondo, porque en aquel momento estaba deseoso de desahogarse. Pero permaneció allí, de pie, un momento, y luego se dio media vuelta en silencio y volvió a bajar las escaleras.

Lo seguí, al tiempo que comprobaba las ventanas, asegurándose de que seguían cerradas y de que nadie las había abierto.

–¿Cerraste bien? –Se volvió hacia mí–. Porque no parece que hayan forzado nada para entrar, Nic.

–Cerré bien –dije, lentamente–. Pero la cerradura de la puerta trasera está rota.

Abrió los ojos como platos y murmuró entre dientes, cruzó la cocina y lo comprobó por él mismo. Tiró del pomo y abrió la puerta sin esfuerzo.

–Ya te lo había dicho.

Estaba haciendo girar el pomo, como si a fuerza de hacerlo girar el resultado pudiera ser distinto.

–¿Estaba rota antes? ¿Antes de que llegáramos?

–Sí.

–¿Estás segura?

–¿Que si estoy segura? ¡Claro que estoy segura! ¡Por Dios, Daniel!

Se había puesto rojo, rojísimo, por toda la ira que intentaba contener, y como no podía más, incluso había empezado a palidecer.

–¿Por qué demonios no me lo dijiste? ¿Por qué no lo has arreglado? ¿Qué se supone que estás haciendo aquí, joder?

–¿Qué hubiera cambiado? Venga, Daniel, ¿acaso un cerrojo podría haberle detenido? Si quería entrar, hubiera entrado de todas formas.

«Sé racional. Mantén la calma.» Eso hubiera dicho Everett, pero en mi familia aquellas palabras no tenían sentido. Nosotros éramos así.

–No, Nic, pero tendríamos una prueba. Una ventana rota, huellas en los cristales...

–¡Para ya! Nadie va a perder el tiempo preguntándose quién ha entrado en una casa en la que en realidad no vive nadie y de la que no ha desaparecido nada. Acusarían a un puñado de críos. A nadie le importa.

–Sí que le importa a alguien –dijo.

Tragué saliva. Respiré hondo. Intenté centrarme, tratando de encontrar una explicación racional.

–Puede que haya sido Tyler –dije–. Todavía tiene la llave que le di hace años...

Daniel carraspeó, visiblemente molesto, y no supe si era por mí o por Tyler.

–Dijo que se pasaría a arreglar el aire acondicionado, y puede que...

Daniel levantó las manos, dio un paso hacia mí.

–¿Tal vez qué? ¿Se tomó un respiro de su mierda de día husmeando entre las cosas de papá en mi antigua habitación?

–Imbécil –murmuré.

Accioné el interruptor del vestíbulo para comprobar si el aire acondicionado funcionaba, y ¡Dios!, quería que funcionara. Pensar en cualquier otra posibilidad me provocaba náuseas. Tenía la sensación de que quien fuera que hubiera hecho caer aquella caja imaginaria en la comisaría, le había dado un buen golpe y los nombres habían acabado atrapados en un pequeño tornado y no hacían otra cosa que moverse en círculo, desesperados.

Tyler era la única respuesta que nos mantenía a salvo. «Por favor, que sea Tyler.»

Accioné el interruptor general del aire acondicionado y escuché. Nada. Ni un movimiento. Ni un ruido. Nada. Los conductos de ventilación permanecieron en silencio.

Los nudillos de Daniel estaban blancos. Se encontraba justo a mi lado y su voz sonó extrañamente susurrante cuando dijo:

–Si Tyler hubiera venido a trabajar no necesitaba colarse ni usar su propia llave para entrar. Estoy seguro de que nos hubiera avisado de que venía. Aunque en realidad no tendría por qué hacerlo.

Lo empujé suavemente para separarlo de mí. Un par de pasos. Así que íbamos a volver a pelearnos por Tyler. Bueno, al menos ya sabíamos cómo iría la cosa.

–Hubiera llamado antes –dijo–. ¿Te llamó? –Me mantuve en silencio–. ¿Lo hizo?

–No, porque no... En realidad, no nos hablamos.

Daniel soltó una carcajada.

–¡Joder!, es increíble. Lo has conseguido, Nic. Has jodido a la única persona que parecía inmune. Al final has llegado muy lejos. Felicidades.

–Eres un cabrón.

–Y tú a veces eres estúpida hasta la exasperación.

Me miró. Le miré. La cabeza inclinada hacia un lado. Parecía que iban a explotarle las mejillas, el cuello ribeteado de puntos blancos, los puños apretados. Algo oscuro y horrible empezó a correr por mis venas.

–¿Vas a pegarme otra vez? –pregunté.

Respiró pesadamente, enfurecido, y el frágil terreno sobre el que nos manteníamos en pie se rompió.

Aquella pregunta nos alejó de repente y nos llevó de vuelta al pasado, a aquel maldito momento. Al momento en que sus nudillos golpearon mi mejilla. El momento en el que todo empezó y todo acabó.

Daniel dio una gran vuelta para evitarme y salió, dejando la puerta de entrada entreabierta.

Me apoyé en la pared, acunando el teléfono en mi pecho.

Aquel sitio me asqueaba. Me había olvidado de mí. Llamé a Everett, pero saltó el contestador del móvil. Llamé a su oficina y fui la de siempre con Olivia, su secretaria, que se había convertido en una de mis mejores amigas. No importaba que formase parte de su universo: era mi amiga de todas formas.

–Está preparando a los testigos –dijo–. Me encantaría poder charlar un rato contigo, pero esto está a tope. ¿Lo oyes? –Sí, oí más teléfonos que sonaban en todas partes. Y voces, más voces, por todas partes. Prosiguió–: Necesito una noche de chicas, y la necesito ya. ¿Cuándo vuelves? Mierda. Tengo que colgar. Le digo que has llamado.

Me quedé mirando el teléfono, preguntándome a quién podía llamar para que me devolviera a la realidad exterior. La verdad es que no tengo buenos amigos. Solo un montón de conocidos con los que salgo después del trabajo. Se me da estupendamente improvisar lasañas e invitarlos a cenar. Caigo genial a los amigos de Everett. Pero no se me da nada bien intercambiar teléfonos y decidirme después a llamar solo para hablar.

Huyo de la gente. En vacaciones no me llegan ya postales porque me mudo frecuentemente y no doy a nadie la nueva dirección. No suelo contestar los correos electrónicos. Tampoco devuelvo las llamadas. Es casi una costumbre. Me facilita las cosas. Soy la clase de amiga a cuya fiesta de despedida acudes pero con la que ya no vuelves a hablar. Me quedaban demasiados peldaños por subir, demasiadas deudas que pagar, todo estaba por hacer.

¿Acaso me quedaba alguien, después de tanto cambio? Everett. Llevábamos un año juntos. Y mi compañera de cuarto en la universidad, Arden, que ahora era médico y estaba siempre muy ocupada, y cada decisión que tomaba era a vida o muerte, lo que hacía que mis problemas parecieran ridículos. Mi tutor de tesis, Marcus. Podía llamarle y desahogarme como habría hecho cualquiera en mi situación. Pero a un nivel superficial, no en plan: «Mi mejor amiga desapareció cuando tenía dieciocho años y no puedo dejar de pensar en ello, y estoy perdiendo a mi padre, y acaban de entrar en mi casa. Puede que haya sido la policía, pero puede que no».

A él solo podía contarle cosas como: «He conocido a alguien. Nos hemos prometido. Tengo un nuevo trabajo». Con esa clase de amigos solo puedes compartir banalidades, nimiedades. Pero ¿podía llamar a alguien cuando tenía algo verdaderamente importante que contar, cuando quería abrir mi corazón y mostrar sus más oscuros secretos? No. Dejé de tener ese tipo de amigos al irme de Cooley Ridge.

Everett me devolvió la llamada por la noche, cuando yo estaba limpiando la casa. Daniel me había hecho sentir culpable. Se oían voces de fondo que se iban apagando a medida que se alejaba de ellas.

–Eh, perdona. Pensaba que era más pronto. No estarías durmiendo, ¿verdad?

–No –dije–. ¿Qué hay de nuevo?

–Jerga legal aburrida. Aburrida pero implacable. –Suspiró–. Te echo de menos. ¿Cómo va todo por ahí?

–Hemos entregado ya los papeles y estamos a la espera de una fecha para el juicio. Y limpiando la casa. ¿Cómo va el caso?

–Bueno, ya sabes cómo es esto. Menos mal que no estás aquí. Todavía estoy en la oficina. Estarías enfadadísima.

Eché un vistazo al reloj. Eran casi las diez.

–Me acerco un momento y te llevo la cena.

–Cómo te echo de menos. –Oí otra voz. Voz de mujer. Mara Cross–. Un momento –dijo. Cubrió el teléfono con la mano–. Ah, el Pad Thai. Sí. Gracias. –Volvió a dirigirse a mí–. Disculpa. Estamos pidiendo comida.

–¿Está Mara ahí? –pregunté.

–Todo el mundo está aquí –dijo, sin darse tiempo a titubear.

Everett tenía una relación dolorosamente sana con su ex, por lo menos eso era lo que él creía. Pero ella forzaba la sonrisa al verme y todo su cuerpo se tensaba cuando estaban juntos: las rodillas, los hombros, el cuello. No eran auténticos amigos, por más que Everett quisiera creerlo. Olivia no soportaba a Mara, no soportaba su forma de hablar, ni la manera en que me hablaba a mí. Probablemente fue por eso por lo que nos hicimos amigas.

Hacía ya mucho le pregunté a Everett por qué había roto con Mara, si Mara siempre sonreía, era atractiva, inteligente y parecía siempre disponible.

–No éramos compatibles –me respondió, lo que al principio no tenía sentido para mí. Porque parecían perfectamente compatibles. Iguales, incluso. Ella tenía carácter y trabajaba aun más horas que él y podían hablar de las mismas cosas: litigios y recursos y tribunales de apelación. Palabras que yo entendía pero que no significaban nada para mí.

Me gustaba imaginar que eran incompatibles en algún otro sentido. En la cama, por ejemplo. Cada vez que la veía, cada vez que la pillaba mirando a Everett como si lo conociera demasiado bien, me aferraba a aquella palabra, «incompatible», y me imaginaba algo incómodo e insatisfactorio. Traté de que su nombre se convirtiera en un sinónimo de aquello, y me sorprendía enterarme de que había ganado el caso que llevaba. «¿Ella? Con lo torpe que es. Seguro que sus alegatos no fueron nada del otro mundo.»

Era más sencillo que pensar que yo no era nada de eso: que no era fuerte, que no sabía defender mis opiniones, que jamás hubiese llevado la batuta. De otra forma, no seríamos compatibles, o eso decía la lógica. ¿Qué había visto él en mí? ¿Alguien a quien podía moldear, crear, presentar, colocar en su mundo exactamente como le apeteciera? ¿Qué vio en mis muebles restaurados y en la larga conversación que mantuvimos en el apartamento de Trevor? ¿Una hoja en blanco? «Tienes que venir de la nada», le había dicho. Quizá se lo había tomado de forma literal. Y no sospechaba que yo ya era alguien.

Yo sabía cosas de Everett, al igual que él sabía cosas de mí. Las que había decidido compartir. O las que había compartido su familia entre risas: «Ja, ja, ¿recuerdas la vez que...?». ¿Tenían ellos cadáveres en el armario?

Everett tenía amigos, casi todos chicos, y en todos los casos ofrecían distintos grados de la clásica personalidad del que se niega a crecer, lo cual si bien podría resultar no del todo atractivo, no era perjudicial. No era horrible. No le definía. Le contaban, por ejemplo, que la noche anterior habían bebido como cosacos, o que una vez se habían tragado un pez de colores entero, lo cual resultaba repulsivo, pero no tenía nada que ver con el hecho de que tu mejor amiga hubiera desaparecido y que toda tu familia fuera sospechosa de su desaparición. Si Corinne no hubiera desaparecido, tal vez nos seguiríamos viendo, nos reuniríamos para tomar una copa cuando coincidiéramos en Cooley Ridge, y a nuestros novios o a nuestros maridos les contaríamos anécdotas del pasado. «Y entonces Bailey vomitó en las zapatillas de Josh Howell...»

Había una gran diferencia, había un abismo entre ese tipo de historias y el verdadero pasado.

¿Había vivido Everett algo así?

¿Dónde estaban las historias que lo definían, que le habían hecho tal y como era, que le habían marcado?

¿Quién era el hombre con el que pensaba casarme?

–Dime algo de ti –propuse–. Algo que nadie más sepa.

Le oí arrellanarse en la silla; le imaginé primero quitándose los zapatos y luego posar los pies en el suelo de madera. Lo más probable es que a continuación se pasase las manos por detrás de la nuca y que los botones de su camisa pugnasen por soltarse, y que se viese algo de su camiseta interior.

–¿Es un juego? –me preguntó. Parecía realmente cansado.

–Claro –dije–. Si lo prefieres. Pero no tiene por qué serlo.

–Vale. Veamos. Vale. No te rías. Intenté usar la tarjeta de crédito de mi padre para pagar por ver porno *online*. No se me ocurrió pensar que de todos modos iba a enterarse.

–Qué bruto –dije, riéndome–. Pero no vale. Tu padre lo sabe.

–Uf, no me lo recuerdes. Todavía me cuesta mirarle a los ojos cuando pienso en ello.

–Qué mono. Pero no era a eso a lo que me refería. Me refería a algo más íntimo, a algo que realmente nadie sepa.

Su silla crujió unas cuantas veces más, y llegué a pensar que no contestaría. Pero al final lo hizo:

–Una vez vi morir a un hombre –dijo. El aire en la habitación cambió. Bajó la voz, noté que se acercaba al auricular–. Estaba en el instituto. Había habido un accidente en la autopista y se suponía que no debíamos estar allí. Había ya mucha gente que ayudaba. Y ambulancias. No podía dejar de mirar.

«Sí –pensé–. Ahí está. El verdadero Everett. ¿Se da cuenta?»

–Continúa –dije.

Respiró hondo. Oí pasos, una puerta que se cerraba, el crujido de la silla otra vez. No quise interrumpirle.

–No sé si tengo estómago para mi trabajo –dijo–. Me gusta lidiar con los hechos y la ley, y creo que todo el mundo tiene derecho a que alguien le represente. A que el juicio sea justo. Hago bien mi trabajo, no me malinterpretes. Pero a veces ocurre que te das cuenta de que la persona a la que representas es culpable. Y ya no hay marcha atrás. Y entonces la justicia se convierte en un arma de doble filo. Y yo soy un defensor de la justicia, debo defenderla hasta el final, como diría mi padre. Pero ¿qué hay de la justicia real, Nicolette? ¿En qué consiste exactamente?

–¿Me estás hablando del caso Parlito?

–O de cualquiera –dijo. Suspiró–. Cuanto menos sé, mejor hago mi trabajo.

–Podrías dedicarte a otra cosa –dije.

–No es tan sencillo –repuso.

–Sí lo es –dije–. No me importa lo que hagas. Lo sabes bien. No me importa que seas o no abogado.

Hubo una pausa.

–Claro. Y me parece estupendo. Pero no todos podemos permitirnos el lujo de decir algo así. Tengo treinta años. Y soy socio del bufete. Esta es mi vida.

–Lo que digo es que no tiene por qué serlo. «Córtate el pelo y lárgate. Instálate en cualquier otro sitio y no mires atrás. Puedes hacerlo. Podemos hacerlo.»

Se rio, como si se riera de sí mismo. Para distanciarse de la conversación.

–Nicolette, ¿siempre quisiste ser consejera?

–Ni hablar. Quería ser cantante country.

–Un momento –dijo–. ¿Cantas? Creo que me he perdido algo que no debería.

–Soy peor que mala.

Se rio, y su risa fue suave, como el algodón.

La verdad es que yo era una pésima consejera. No daba buenos consejos. Siempre me equivocaba. Pero era buena escuchando, así que lo que intentaba era no hablar demasiado. Mi trabajo consistía precisamente en ayudar a los estudiantes a que encontraran aquello que buscaban o que lo que buscaban les encontrara a ellos. Estamos hablando de recursos educativos. De descubrir qué querían y ayudarles a conseguirlo. Yo descubría lo que ellos ni siquiera sabían. Dejaba que volcaran sus sueños de adolescente en mi despacho. En teoría, yo era una excelente consejera.

Quizá notaban algo en mí, algo como lo que yo había notado en Hannah Pardot, la sensación de que sabía más de lo que parecía porque ella también había estado una vez en mi lugar.

Puede que creyesen que había visto cosas peores. Que los entendería.

O quizá notaban que sabía guardar secretos.

Sé hacerlo.

Cuando Everett me dijo que llegaba la cena, colgué. Para entonces ya había empezado a sentir que estaba muy lejos, en otro planeta. Con Tyler siempre había sido al revés. Había tenido que borrar su número de mi teléfono para dejar de llamarle cuando bebía más de la cuenta, o después de una cita horrible, o especialmente después de haber tenido una cita relativamente estupenda.

Pero un segundo después de haber colgado a Everett sentía que la distancia que nos separaba se volvía insustancial, que aquello que teníamos tan solo era producto de mi imaginación, que aún conservaba la esperanza de que pudiera pasarme algo bueno.

Tuve un sueño agitado. Demasiadas cosas en la cabeza, demasiados nombres. No podía dejar de pensar en que alguien había entrado en casa y me preguntaba quién podría haber sido. Quién querría hurgar entre las cosas de papá, a quién se le ocurriría registrar la habitación de Daniel. La lista contenía nombres de hacía diez años, pero también nombres nuevos. Y no estaba segura de si lo que había ocurrido tenía algo que ver con lo que pasó entonces o con lo que acababa de pasarle a Annaleise. Puede que papá tuviese razón. Puede que el tiempo no sea real. Solo es algo que creamos para seguir adelante. Una etiqueta para dar sentido a las cosas.

–Si yo fuera un monstruo –nos había dicho Corinne en el porche delantero de casa, bajo la lamparita que se balanceaba y con las sombras moviéndose al compás–, fingiría ser humano.

Bailey se había reído y Daniel sonreía. Ella se había acercado a él, le había cogido por la barbilla y le había mirado directamente a los ojos.

–No –le había dicho–. Esto de aquí es un humano de verdad.

Luego había mirado a Bailey y le había revuelto el pelo; había dejado que sus dedos corretearan por aquella melena negra solo porque Daniel estaba delante y tenía que llamar la atención de alguna manera. Le tocó la nariz con la suya y Bailey no retrocedió. Habíamos aprendido a dejarla hacer. «Haz lo que te plazca, porque seguro que está bien. Todo esto forma parte de un plan que solo Corinne conoce y nosotras estamos incluidas.»

–Mmm –dijo–. No, no, no está aquí, pero ha estado aquí. Te visita a veces. ¿Qué te obliga a hacer, Bailey? ¿Te obliga a besar a los novios de tus amigas? –«Fuiste tú, Corinne», pensé, pero no dije nada. Tampoco Bailey abrió el pico–. ¿Hace que te guste? –Le había metido la mano por debajo de la camisa y le estaba tocando la espalda, sus cuerpos estaban muy cerca, y Daniel parecía ido, hechizado–. ¿Hace que sueñes con él por las noches? ¿Que sueñes con chicos que no te pertenecen?

Había dado entonces un paso atrás, rompiendo el hechizo. Bailey parpadeó una, dos veces, y Daniel se metió en la casa.

Corinne sonrió como si nada hubiese cambiado. Me cogió por la barbilla y me miró a los ojos. Pude verme reflejada en sus pupilas, gracias a la luz del porche, que no dejaba de balancearse por la brisa. Parpadeó y puso su mejilla contra la mía, apartándose de Bailey, y me susurró al oído.

–Ahí estás.

UN DÍA ANTES

DÍA 8

Ahora que habíamos vaciado el garaje comprendí por qué Daniel quiso convertirlo hace tiempo en un estudio: había ventanas a ambos lados y la luz entraba a raudales e iluminaba un espacio amable, repleto de vigas a la vista y con tejado abuhardillado. En un rincón había un pequeño cuarto de almacenaje que podría haberse convertido en el cuarto de baño. Me quedé en la entrada, contemplando los muros inacabados, y empecé a pensar en Daniel y en papá y en Tyler y en su padre trabajando juntos a principios de junio de hacía diez años. Antes de que todo cambiara.

El ruido de un motor que se acercaba me devolvió al presente.

–¿Nic? –me llamó una voz grave desde el otro lado del patio.

Al principio me costó reconocerla. Fue como si hiciera cosquillas a mi memoria mientras yo trataba de tirar del hilo y dar con su dueño.

Me di la vuelta y vi a un hombre que acababa de bajarse de la moto. Estaba junto a la carretera. El sol me daba en la cara y no podía verle bien. Me acerqué, haciendo visera con una mano sobre los ojos, y poco a poco la figura fue perfilándose. Las mangas de la camisa le cubrían los tatuajes de los brazos, aquellas letras enroscadas que le llegaban hasta los pulgares.

–¿Jackson? –pregunté, aunque todavía estaba lejos para verle la cara.

Asintió.

–Sí, hola. Perdona por presentarme así. Busco a Tyler.

–No está aquí.

Me detuve junto a la carretera y me pareció que las palabras que tenía escritas en el brazo se ondulaban cuando se pasó la mano por el pelo castaño y revuelto. Si le quitabas los tatuajes, le cortabas el pelo y le cambiabas de ropa, tendrías el clásico tipo americano. De mandíbula fuerte, pómulos definidos, hombros anchos, complexión delgada. Era lógico que hubiese sido el chico de Corinne. Estaban hechos el uno para el otro. Su mano izquierda tembló cuando se llevó el cigarrillo a la boca, evaluándome a través del humo.

–¿Estás segura? –preguntó.

Puse los ojos en blanco.

–¿Acaso ves su camioneta? –Miré por encima del hombro, hice bocina con mis manos–: ¡Eh, Tyler! ¿Estás ahí? –Me volví y el humo me entró en los ojos–. Estoy segura.

–No estoy de broma –dijo–. He estado buscándole. Y no soy el único. Nadie le ha visto desde el viernes.

Era lunes, y hacía siete días que Annaleise había desaparecido.

–¿Y qué te hace pensar que yo sí?

Las suelas de sus botas negras se hundieron en la tierra cuando se inclinó para apoyarse en la moto.

–Trabajo en un bar, Nic. Un bar en el que la gente habla. Y Tyler vive justo encima.

–No le he visto, Jackson. Palabra. No lo he visto desde el viernes.

Hizo una pausa y sus pies removieron la tierra que había junto al sendero de entrada.

–He oído sonar el móvil en su apartamento. Y... no quiero llamar a la policía. No creo que sea buena idea. Pero me preguntaba si... ¿es posible que tengas una llave? Solo entraría a echar un vistazo.

El estómago me dio un vuelco. No había visto a Tyler desde el viernes. No sabía nada de él. Eran muchos los motivos que podían haberle mantenido alejado de mí en ese tiempo, pero hasta entonces ninguno referente a su seguridad.

–No tengo llave –dije. Solía tenerla, pero se había mudado. Hice ademán de dirigirme a la casa para coger las llaves del coche–. Voy a buscar el bolso.

Jackson asintió.
–Vale –dijo.

Me alegré de que un lunes a las nueve de la mañana el bar estuviera cerrado. Ya circulaban suficientes rumores, según Jackson.

–Su camioneta no está –dije al llegar al aparcamiento de grava que había junto al bar. Miré la ventana de su apartamento: la persiana estaba bajada.

–Lo sé. No ha estado aquí en todo el fin de semana. Pero su móvil...

–No, tienes razón –dije.

–Podría llamar al propietario, pero no desearía que Tyler tuviera problemas con él. No cuando la policía ya ha venido a preguntar. Una parte de mí piensa que solo los está evitando, porque es lo que yo haría. Pero...

–El teléfono.

–Sí. El teléfono.

Jackson abrió la puerta. El vestíbulo me pareció un lugar claustrofóbico en aquel momento, con el bar cerrado y una densa oscuridad, la estrecha escalera y la puerta de cristal rayada. Cerró la puerta detrás de mí y me señaló la escalera.

–Después de ti.

Subimos las escaleras acompasadamente: sus pasos y los míos resonaban a la vez, y a medida que el olor a tabaco iba invadiendo nuestro ascenso su mano rozó la mía en la barandilla. Los listones de madera del rellano crujieron al llegar. Yo iba delante. Jackson se quedó detrás. Tenía el teléfono en la mano.

–Déjame probar –le dije. Saqué el móvil y llamé a Tyler. Coloqué el teléfono en una oreja y apoyé la otra en la puerta.

–¿Lo oyes? –me preguntó Jackson, acercándose demasiado.

–Sí, lo oigo. –Cerré los ojos, esforzándome por escuchar algo más.

El goteo lento y periódico de un grifo que no cerraba bien. El repiqueteo del aire acondicionado. Pero ni un solo paso. Ni un roce de la ropa. Nadie que pidiera ayuda.

–No lo oigo –dije.
–Lo que te decía.
Es muy distinto que te digan por teléfono que alguien ha desaparecido, enterarte por un cartel o tras ver su foto en la tele, a cerciorarte tú mismo, trasladarte al lugar en el que debería estar y percibir su ausencia. Empieza siendo un pequeño malestar que acaba convirtiéndose en un tremendo vacío. Un vacío que se llena a la vez de todas las posibilidades más horribles.
Volví a llamar a la puerta, del mismo modo que había vuelto una y otra vez a los sitios en los que podía encontrar a Corinne, a las cuevas, pensando que me había olvidado de mirar aquí o allá.
–Tyler, soy yo –grité. Mi voz sonó asustada–. Tyler. –Había apretado el puño cuando Jackson lo alejó de la puerta.
–Vamos –dijo, y bajó al bar. Me llevó hasta el almacén y cogió una escalera. La llevó hasta el aparcamiento y la colocó bajo la ventana de Tyler–. Tú serás mi coartada y yo seré la tuya. No es allanamiento de morada. Solo estamos comprobando que no ha ocurrido nada malo. ¿Vale?
Asentí, y él también lo hizo. Acabábamos de sellar un pacto.
Miró hacia la calle: estaba vacía. Me dispuse a subir, pero Jackson me detuvo.
–Subiré yo. Parezco un tipo de mantenimiento. Nadie lo pondrá en duda. Tú podrías resultar sospechosa: una chica guapa subiendo por una escalera de mano...
Odiaba tener que darle la razón, porque lo cierto es que quería entrar en el estudio de Tyler. Quería ser yo quien comprobara que Tyler no estaba en casa, que la visión de su cadáver junto al teléfono no era real. Que estaba bien, en algún otro lugar. Quería ver el teléfono y descubrir por qué lo había dejado allí, echar un vistazo a su armario y tratar de imaginar adónde había ido.
Jackson alcanzó el aparato de aire acondicionado, lo quitó y entró. Me quedé quieta, sin dejar de mirar hacia arriba, aunque el sol me deslumbraba. Los ojos me ardían. Los nervios me dificultaban la respiración.
Jackson no tardó en asomarse.

–No hay nadie –dijo.

Estuvo demasiado tiempo volviendo a colocar el aparato del aire acondicionado. Al fin pisó el suelo, recogió la escalera y regresó dentro, sin decir una palabra.

–¿Qué has visto? ¿Dónde está? ¿Alguna idea? –le pregunté. Le seguí. No se dignó responder hasta que llegamos al almacén.

–No, no he querido registrar nada. No está en casa. Es todo lo que sé. Puede que se haya ido de acampada, quién sabe.

«Jackson Porter, eres un inútil», pensé. Debería haber subido yo. Habría comprobado si se había llevado el saco de dormir y la cantimplora. Habría buscado su cepillo de dientes. Habría echado un vistazo a su móvil. Habría encendido su ordenador y habría mirado el historial de búsqueda.

Aunque puede que Jackson lo hubiera hecho y no quisiera contármelo.

Estábamos en el bar, vacío. Los taburetes estaban sobre la barra y yo seguía muerta de miedo.

–Siéntate –me dijo, y bajó un taburete–. Deja que te prepare el desayuno. Pongámonos al día.

Me senté en el taburete, ardiendo por la adrenalina. No me quedaba energía. Estaba a punto de romperme.

–Café –dije–. Fuerte.

Mantuvo el cartel de CERRADO y las luces apagadas, así que tuve que acostumbrarme a la oscuridad únicamente rota por la escasa luz que se colaba por la ventana.

–¿Sirves desayunos aquí?

–No –dijo–. Pero yo sí desayuno aquí. Hoy abrimos por la tarde. Pero si encendiera las luces, alguien intentaría entrar.

–Y luego dicen que las cosas van mal.

–Las cosas van peor que mal, Nic. –Rompió un huevo y lo echó en la sartén–. Pero eso es bueno para el negocio.

–Vaya, Jackson, ¿no te remuerde la conciencia aprovecharte?

–No. A menos que pienses demasiado. ¿Quién soy yo para juzgar a nadie? Lo único que sé es que tengo el trabajo más estable del estado.

–Me alegro por ti –murmuré.

Deslizó el huevo frito en el plato que había colocado en la barra frente a mí e hice explotar la yema con el tenedor.

–¿No te gustan los huevos?

Me metí un pedazo en la boca y me supo mal: un sabor algo metálico. No me gustó.

–¿Recuerdas a Hannah Pardot? –pregunté.

–¿Quién?

–Ya sabes. La mujer de la policía estatal que investigó la desaparición de Corinne.

¿Cómo podía haberlo olvidado?

–Ah, sí. La detective Pardot. No tenía ni idea de cómo se llamaba. Vaya, ¿te dejó que la llamaras Hannah? Debiste de caerle bien.

No, no le caía nada bien. Y lo cierto es que ella nunca se presentó como Hannah, y no me dejó que la llamara así. «Sí, detective. No, detective. Gracias, detective.» Pese a ello, la recordaba como Hannah Pardot.

–Hannah quiere hablar contigo, Nic –me dijo mi padre un día cualquiera que se apostó junto a la puerta de mi cuarto–. No tienes por qué hacerlo, pero creo que deberías.

–Ya se lo he contado todo a Bricks.

–Pues dile lo mismo a Hannah.

Ese había sido mi padre. «Gracias por tu ayuda, Hannah.» Un hombre educado, capaz de recitar versos y de citar a filósofos cuando toca. Un viudo que trata de salir adelante. Su hijo había pegado a su hija, y yo les había escuchado hablar a través de la rejilla del cuarto de baño. «Escucha, Hannah, ¿puedo llamarte Hannah? Esto es un asunto familiar, solo eso. Y tengo la sensación de que lo de Corinne también podría tratarse de un asunto de familia. Esa chica siempre estaba aquí, como si huyera de algo.»

Mi padre era guapo, a la manera en que ciertos profesores lo son a veces, con americanas que no combinan con el pantalón, pajaritas, mocasines y el pelo en modo alguno a la moda. Solía sonreír y le brillaban los ojos, porque cada nuevo día era para él una aventura.

–Oí a alguien llamarla así –le conté a Jackson–. Yo tampoco le caía bien.

–¿Y qué pasa con ella? –quiso saber.

–Va a volver. O vendrá alguien como ella. Y si estamos todos aquí, ¿detrás de quién crees que irán?

Hizo una pausa, terminó lo que le quedaba de desayuno, se bebió medio vaso de zumo de naranja y se limpió la boca con el dorso de la mano.

–Deberíamos irnos de viaje.

Sonreí.

–Claro, eso no parecería nada sospechoso.

Cogió mi plato, el suyo, y los colocó en el fregadero. Abrió el grifo, sin mirarme.

–Quiero que sepas algo. Y no tienes por qué decir nada.

–Vale.

Se centró en el agua que salía del grifo, en la manera en que golpeaba el fregadero.

–No le hice daño a Corinne. La quería.

–Lo sé –dije.

Levantó la vista y su mirada me derrumbó. Cogí la taza por hacer algo con las manos.

–El caso es, Nic, que el bebé no era mío. –Me quedé helada. Aún no me había llevado la taza a los labios–. ¿Te lo había contado Tyler? –me preguntó.

–No –dije, casi sin voz.

–No sé si me creyó cuando se lo dije. Pero tenía razón, de todas formas. No podía contarlo. Seguiría teniendo un motivo. Los celos, ¿verdad?

Asentí, y me imaginé a Tyler y a Jackson en el río. «No seas tonto», le habría dicho.

–Pero yo no lo sabía, Nic. Ni siquiera lo sabía... Ella no me lo había dicho. ¿Por qué no me lo había dicho? –Se apoyó en la barra, estábamos frente a frente–. No nos habíamos acostado, Nic.

Me sonrojé, la taza se volvió resbaladiza.

–Está bien.

Sacudió la cabeza, me miró. Sus pestañas eran enormes.

–¿Me crees? ¿Te contó algo ella? ¿Te dijo de quién era?

–No me dijo nada –respondí–. Jackson, esto es lo que quieren esos policías. Que dudemos de nuevo. Que no nos fiemos el uno del otro. Olvídalo. Olvídala.

Cerró el grifo, las manos le goteaban.

–No puedo. ¿Sabes lo que me dijo aquella noche?

Se habían visto después de la feria, yo lo sabía. Pero era la primera vez que lo admitía, y no tenía claro por qué lo hacía ahora.

–Me suplicó volver y le dije que no. Le dije que habíamos roto. Que había conocido a otra. Fui tan estúpido, tan terco. Aunque de todas formas no habría funcionado. No con Corinne por allí. Nunca habríamos podido estar juntos. Aunque si me acerqué a Corinne fue por ella.

–¿Bailey? –pregunté.

Se apartó de la barra y se apoyó en la estantería en la que se alineaban las botellas de licor.

–Corinne lo sabía, estoy seguro. Me dijo que quería volver y yo le dije que no. Todos esos cortes en la espalda... se los había hecho ella misma.

Asentí. No lo sabía entonces, pero ahora sí.

–Mierda, debería haberle dicho que sí. No dejo de pensar en ello. Por entonces no era más que un crío estúpido. Si le hubiera dicho que sí, ella todavía estaría con nosotros.

–¿Por qué me cuentas todo esto ahora?

–Porque confío en ti. –No se movió, pero su sonrisa hizo que lo sintiera más cerca–. Porque nunca le contaría a nadie que una noche de la semana pasada Tyler se sentó aquí mismo, seguro que venía de una cita, y al poco llegó tu hermano y le invitó a una ronda y le dijo que te dejara en paz sin que quedara claro en qué sentido. Luego sonó el teléfono. Tyler sonrió y le dijo a Dan: «Esto se lo deberías decir a ella». Luego descolgó, aquí mismo, delante de Daniel, y se regodeaba. «Eh, Nic», dijo, y al instante se puso blanco y empezó a decirte que te calmaras. Dejó el vaso en la barra y salió echando leches del bar, y tu hermano le siguió poco después. Salieron los dos del aparcamiento en tu busca, Nic, y luego Annaleise desapareció.

Me temblaban las manos. Las escondí bajo la barra. Todo mi cuerpo estaba a punto de estallar.

–No es lo que...

–Claro que no –dijo–. Pero tú sabes cómo van las cosas. Alguien te cuenta algo así, o le comentas a alguien que Corinne me suplicó que volviera cuando estaba embarazada de otro tío, le dices algo así a alguien y estás acabado.

Nos mantuvimos en silencio, como si no hubiera pasado nada, como si no estuviera en algún sentido amenazándome con sus palabras. Me eché a reír.

–Cómo odio este sitio.

–Lo echas de menos –dijo.

–En la misma medida en que un exconvicto echa de menos a los demás reclusos. –Como la bolsa de hielo después de un puñetazo: no puede pensarse en uno sin el otro.

–¿Nunca has querido volver?

–Nunca –dije. Y al ver como me miraba, añadí–: Voy a casarme. Con un tío de Filadelfia.

–¿Lo sabe Tyler?

–Sí.

–Pero es a él a quien llamas después de medianoche... No, vale, no es asunto mío.

Pillé una estrofa de Poe que le subía por el antebrazo, una frase de Kerouac en la muñeca. Como si hubiera estado hojeando los viejos libros de mi padre, hubiese tomado algunas palabras prestadas y se las hubiese hecho grabar en la piel.

–Tengo que irme. Gracias por el desayuno.

–Me alegro de verte, Nic.

Me detuve en la puerta y me di media vuelta antes de salir. Jackson me estaba mirando.

–Está muerta, Jackson –dije.

–Lo sé –dijo él.

De camino a mi propia casa me acerqué a la de los padres de Tyler; su camioneta tampoco estaba allí. Pese a todo el tiempo que pasamos juntos, apenas los conocía. Tyler no era la clase de chico que lleva a su novia a cenar a casa. Solo nos quedábamos en casa cuando hacía mal tiempo. Y siempre teníamos su camioneta, y el bosque. A primera vista da la impresión de que poco puede hacerse por aquí, pero la verdad es que en un sitio como este puedes llegar a sentirte el rey del mundo. El bosque era nuestro. Teníamos un claro donde montar la tienda. Y las cuevas, para cuando teníamos invitados. Y el río. Pasamos mucho tiempo a la orilla del río, tumbados el uno junto al otro, con las manos entrelazadas.

El río separaba nuestras casas, puede que de una forma más metafórica que física. No había forma de llegar a su casa sin cruzar el río. Técnicamente era posible cruzarlo cuando se estrechaba, haciendo equilibrios sobre uno de los troncos caídos. Aunque si dabas un paso en falso, la habías cagado. El agua estaba más fría de lo que parecía, las rocas podían lastimarte y los gritos se diluían en la noche.

No, era mejor coger su camioneta, conducir hasta la farmacia y salir desde allí. Era el camino más corto.

Pasé junto a la farmacia de camino a casa, y luego junto a la escuela de primaria, la comisaría, la iglesia y el cementerio. Desfallecí en el semáforo y contuve el aliento hasta que se puso verde.

No entré en casa ni en el garaje; al salir precipitadamente con Jackson había dejado la puerta abierta. Anduve hasta lo alto de la colina de detrás de la casa, desde donde se divisaba todo el valle, tratando de imaginar lo que podría haber pasado. La finca de los Carter quedaba a un lado, más allá del cauce seco del riachuelo. Desde donde me encontraba podía ver a lo lejos la franja blanca del garaje remodelado, y aún más lejos el río, oculto en aquella época del año. En invierno, cuando los árboles perdían las hojas, desde determinado ángulo podía verse un poco. Ahora debía conformarme con oír su rumor, sordo y constante, que subía en intensidad después de unos días de lluvia.

De vez en cuando encontraba a Daniel allí arriba, aunque daba por sentado que aquel sitio era mío y solo mío. Probablemente todos los niños de Cooley Ridge tenían los mismos refugios, los mismos rincones favoritos. Seguramente Annaleise se había sentado también allí algunas veces y había contemplado el pequeño mundo al que pertenecía. Y había pasado sus buenos ratos en el fuerte del claro del bosque que mi hermano y yo creíamos que era nuestro. Conocía todos los caminos y los lugares donde esconderse, igual que yo.

Recorrí el que conocía mejor, el que iba directo al claro. Solía pensar que los matorrales pisoteados y la porquería que se acumulaba a un lado y otro era cosa nuestra, por lo mucho que pasábamos Daniel y yo por allí, pero lo más probable es que hubiera comenzado hacía mucho tiempo y que continuara después.

Pasé junto al árbol del agujero en el tronco. Metí la mano y saqué parte de las bellotas y piedras que habíamos ido guardando allí durante años. Luego di con el sitio donde Tyler y yo montábamos la tienda. Estaba en el claro, donde la superficie no era tan irregular. Y con el lugar en el que Daniel y yo guardábamos ramas largas que pensábamos utilizar para ocultarnos de los forasteros, y que estaba justo detrás de dos troncos unidos.

Corinne, Bailey y yo nos habíamos adueñado del claro una vez, mucho antes de que empezáramos a interesarnos por los chicos, cuando todavía jugábamos a cosas de niñas, y lo habíamos defendido de la conquista de Daniel y sus amigos. Corinne había conseguido un enorme bastón y fingía ser un mago de *El Señor de los Anillos*. Los chicos acababan de ver la película en casa. Fue algo inolvidable: Corinne, Bailey y yo vigilábamos el claro, Daniel y sus amigos trataban de colarse sin que los pilláramos, Corinne gritaba: «¡Ni se os ocurra entrar!» y se partía de risa. Jugamos hasta que se hizo de noche, y Corinne intentó que le jurasen fidelidad como la Reina del Claro que era, blandiendo su bastón y moviendo las caderas. Daniel acabó por derribarla. Era flaca y todavía completamente plana, y su pelo era tan largo que casi tocaba el suelo. Al caer, gritó: «¡Yo te maldigo, Daniel Farrell!», porque ya por entonces era Corinne Prescott.

No podía evitarlo: sentía que todos seguíamos allí, como antes, antes de que todo cambiara, como si el pasado pudiera coexistir con el presente. Daniel fue el primero en dejar de ir al claro. Siempre tan responsable, tan maduro. Empezó a decir que eran cosas de críos. Corinne y Bailey se aburrían. «Solo es divertido si alguien quiere quitártelo –dijo Corinne–. De otra manera, ¿qué sentido tiene?»

Me detuve a pensar en todas las personas que habían estado allí conmigo. Daniel y Tyler, Corinne y Bailey.

Y luego intenté imaginar que un desconocido nos observaba.

Todas aquellas veces que habíamos oído algo –un animal, la brisa– y nos habíamos asustado. «Un monstruo», había dicho Daniel, y a todos nos había parecido ridículo. «No es nada –había dicho Tyler, abrazándome con más fuerza–, estás conmigo.» Pero ¿y si era algo? ¿Y si el monstruo era en realidad otro niño que nos espiaba? ¿Y si Annaleise estaba escondida entre los arbustos? Intenté hacerme más pequeña, más tímida, más ella, y contemplarnos desde fuera. «¿Qué habría visto? –me pregunté–. ¿Qué habría pensado? ¿Quién era yo pasada por el filtro de su mirada?» Me quedé allí quieta, en el centro del claro, tratando de imaginarnos.

Estaba tan metida en el recuerdo, en esa otra gente que habíamos sido, en otro tiempo, en la sensación de haber compartido ese espacio con todos ellos, que en un primer momento no me di cuenta de que había alguien conmigo. Justo en aquel momento.

Noté el crujido de una rama al romperse y el sonido de alguien que se escabullía entre los arbustos. Se me erizó el vello de la nuca.

Estaba en mitad del claro, completamente expuesta, y sentía que me miraban. Oía su respiración.

–¿Tyler? –grité.

Me exasperaba pensar en él antes que en nadie más. Era su número el que empezaba a marcar después de medianoche antes de darme cuenta de que lo estaba haciendo y parar. Y era su nombre el que decía en voz alta cuando la puerta de casa se abría.

–¿Annaleise? –dije, en un susurro.

Saqué el móvil. Si había alguien, quería que viese que tenía uno.

Oí más sonidos –pasos– en el bosque.

Retrocedí entre los árboles, camino de casa. Oí un ruido procedente de uno de los lados y me volví al instante para mirar en esa dirección.

Sujetaba el teléfono con ambas manos. Y tenía señal. Una señal maravillosa, ahí, en mitad del bosque, gracias al único proveedor con cobertura en la zona. En otras circunstancias habría sido horrible –si querías desconectar, no podías tomarte un respiro, ni cuando el servicio de datos era un asco–, pero estaba sola en el bosque, y funcionaba.

Everett me había cogido una vez el móvil. Estaba cargando el suyo en otro cuarto. Quería saber el resultado de un partido de algo, no fue posible y me dijo:

–¿Qué mierda de compañía tienes? Es horrible.

–No lo es –dije. Pero lo era.

Y ahora pensé: «Solo por si acaso. Por algo así. Aquí». Pensé en todas esas pequeñas cosas. Esas pequeñas cosas que vinieron conmigo cuando me fui. Esa amenaza directa y constante que, en algún sentido, me hacía sentir como en casa.

Me coloqué el teléfono en la oreja y llamé a la única persona que sabía que vendría sin hacer preguntas.

El teléfono sonó una, dos veces, tres, y estaba a punto de perder los nervios cuando Daniel contestó.

–Estoy en el bosque –dije–. En el claro.

–Ajá –dijo–. ¿Estás bien?

Un cierto olor a tabaco en el aire vino igual que se fue, de forma un tanto repentina.

–No lo sé –dije.

Había apoyado la mano en el tronco del agujero y la corteza áspera me resultó familiar; fue como si me acogiera.

Respiraba agitadamente; imaginé que se ponía en pie.

–¿Qué pasa? –preguntó.

Miré alrededor, buscando a alguien. Bajé la voz y dije:

–No lo sé. Pero creo que hay alguien aquí.

Le oí maldecir.

–Voy para allá. No cuelgues. Déjale claro que estás al teléfono. Haz ruido, Nic. Y ve directamente a casa.

Le llevaría veinte minutos llegar si estaba en casa. Aún más si se encontraba en cualquier otro lugar.

No sabía qué decirle y acabé por decirle lo más estúpido que se me ocurrió:

–Estoy pensando en largarme. –Algo totalmente ridículo–. No puedo soportar la idea de una boda por todo lo alto. Con gente que no conozco. La familia de Everett es muy popular. Probablemente habrá como doscientos invitados de su parte y cinco de la mía. Y papá... Imagínate que ese día ni siquiera sabe quién soy. ¿Me llevaría al altar de todas formas? Quizá deberíamos hacer una celebración íntima e invitar solamente a la familia más cercana. Irnos a alguna parte. Donde haga calor.

–¿Dónde estás? –me preguntó.

–Sí, sería estupendo. Estoy en el camino, junto al roble que tanto nos gustaba, ¿te acuerdas de él?

Cogí una piedra afilada del camino y giré sobre mí misma para cubrir todos los flancos. Escuché un ruido a mi izquierda. Un crepitar de hojas. Continué, apresurándome.

–Te escucho –dijo.

–Si la familia de Everett insiste en lo de la boda, podría invitar a Olivia, es una chica que trabaja con Everett, y a Laura, claro, si quiere. Y podría llamar a Arden, mi amiga de la universidad. –No se me ocurría nadie más–. Algo íntimo, ya sabes, bonito.

–Sigue hablando –dijo Daniel–. Estoy en Fulton Road.

Continué hablando, caminando, sin tener ni idea de si aún había alguien que me seguía.

Daniel y yo no solíamos hablar de nada personal, solo teníamos conversaciones funcionales. Si me llamaba, era por algo. Si le llamaba era para darle mi nueva dirección, para contarle qué iba a hacer por Navidad, o que acababa de prometerme.

–Una vez fui a una boda porque un exestudiante al que había hecho de consejera me pidió que lo acompañara. Fue muy raro.

Su padre volvía a casarse y él no quería ir solo. Ahora que lo pienso, supongo que fue del todo inapropiado que un chaval de dieciocho llevase a su profesora de veintitrés a la boda de su padre, pero en aquel momento no me pareció mal. Era verano, acababa de graduarse y no me lo tomé como una cita: fui solo porque me incluyó en la lista de invitados. Con todo, no pude evitar pensar que estaba tratando de decirme algo. En cualquier caso, la boda fue ridícula. Eran gente extremadamente rica, Daniel. Riquísima. Podrían haber pagado la universidad con lo que se gastaron, podrían haber alimentado a un país pequeño. No sé por qué quiso que fuera. No sé qué quería que viera. No sé qué fue de él después de aquello.

–Voy por Cranson Lane, ¿ves a alguien?

Volví a girar sobre mí misma, pero no vi a nadie.

–No. Creo que debería buscarle. Y preguntárselo. Luego tuve otro alumno que quiso que fuese a verle jugar a fútbol. Yo tenía que estar allí de todas formas, teníamos que acudir a un determinado número de partidos durante el semestre. Pero en realidad no quería que le viese jugar. Quería enseñarme algo. Quería que viera lo que le decía su padre. Cómo le presionaba. No quería contármelo. Quería que lo viera.

–¿Dónde estás?

Miré por encima del hombro y todo lo que vi fue un borrón, la adrenalina no me dejaba enfocar la mirada. O quizá fuese el miedo.

–Oh, ya estoy cerca de casa. Debería volver a hablar con ese chico. Shane nosequé. Vaya, no puedo recordar su apellido. ¿Fui a la boda de su padre y no recuerdo su apellido? Empiezo a confundirlos unos con otros. Hay demasiados. Eh, ya está. Veo la casa.

–Nic. Entra en casa y cierra las puertas.

Fue lo que hice. Tiré la piedra y corrí, con el teléfono en la mano, cortando el aire a cada golpe de mis brazos. Corrí la distancia que separaba el bosque de mi casa, cerré de un portazo al llegar y eché el pestillo, como me había pedido Daniel.

–Estoy dentro –dije ya sin aliento. Fui a la ventana de la cocina y miré hacia fuera, hacia el bosque. No vi nada. Nada se movía.

–¿Estás bien?

–Estoy dentro –repetí, y al instante me llevé la mano al pecho. «Calma.»

–No salgas –dijo–. Ya estoy aquí.

Aparcó el deportivo azul junto al garaje, salió del coche pero no entró en casa. Se fue directo al bosque.

Salí y grité:

–¡Daniel! ¿Qué demonios haces?

–Vuelve dentro, Nic. –Empezó a correr en dirección al bosque.

Y una mierda. No pensaba quedarme en casa mientras él estaba en el bosque, ¿qué quería, que me diera un patatús? Volví a la linde del bosque y me mantuve a este lado de la línea de los árboles, tratando de controlar mi respiración.

Le vi desaparecer en fragmentos: un pedazo de él se perdió detrás de un árbol, confundí un brazo con una rama, sus pasos los cubrió el viento. Me quedé mirando fijamente el lugar en el que había desaparecido, deseando que regresara.

Y esperé. Mientras lo hacía, mi respiración se agitó y mi pulso se aceleró. Me sobresalté cuando el teléfono empezó a sonar. Everett. Silencié la llamada. Fue hacerlo y oír unos pasos que se acercaban.

–¿Daniel? –susurré, estirando el cuello para ver mejor–. ¿Daniel?

Primero vi una ráfaga de pelo rubio, luego un hombro. Media cara, sus piernas largas y bien torneadas. Salió del bosque sacudiendo la cabeza, guardándose algo en la parte de atrás de sus pantalones.

–No he visto a nadie –dijo.

–¿Eso es una pistola?

No contestó. Siguió caminando hacia la casa, esperando que lo siguiera.

–¿Estás segura de que has oído a alguien? –me preguntó.

–¿Por qué demonios tienes una pistola?

–Porque vivimos en mitad de la nada y la policía tardaría demasiado en llegar a casa en caso de necesidad. Todo el mundo tiene pistola.

–No, no todo el mundo. No creo que sea seguro ir por ahí con algo cargado en los pantalones.

Sujetó la puerta, esperó a que yo entrara y entonces respiró hondo.

–Nic, ¿estás segura? Dime qué fue exactamente lo que oíste.

No pude mirarle a los ojos.

–Estaba en el claro, aquel en el que solíamos hacer fuertes, y me pareció oír unos pasos. –Intenté acordarme de lo que había pasado, pero me costaba. Tuve la sensación de estar inventándome lo que había oído y cómo había ido aumentando el volumen–. Me ha parecido oler a tabaco, pero no estoy segura.

Puede que hubiera alguien mirándome o puede que no. Como solía decir Daniel, hay un monstruo ahí fuera. Y no es difícil verlo cuando has dormido poco, cuando acaban de amenazarte, cuando personas a las que quieres desaparecen. Es fácil creer en monstruos en un sitio como Cooley Ridge.

–Quizá deberías pensártelo mejor antes de llamarme, para no volverme loco.

Le miré fijamente.

–Me he asustado.

Dio un profundo respiro, intentando no explotar. Me puse tensa y lo noté en los hombros, como le ocurría a él.

–Tienes los ojos rojos, ¿has dormido? –me preguntó.

Supe que no se fiaba de mí. Pero ni siquiera yo me fiaba de mí misma, por todo lo que había pasado en aquellos diez años.

–Un poco... En realidad, me cuesta dormir –dije–. No puedo dormir aquí...

–Te dije que vinieras a casa, Nic. Vente a casa.

Me reí.

–Así se arreglará todo, ¿verdad? ¿Cuándo compraste la pistola?

Cogió algunas de las facturas que había sobre la mesa, les echó un vistazo y las devolvió a su sitio.

–Laura me contó lo que pasó en el *baby shower*. Se siente fatal. Quiere echarte una mano. Me está volviendo loco.

–¿Y qué le diríamos? ¿Que de repente quiero instalarme en vuestra casa?

–El aire acondicionado –dijo, sonriendo durante una fracción de segundo.

–No puedo, Daniel. Además, no te ofendas, pero Laura es una metomentodo.

Sacudió la cabeza pero no me lo discutió.

–Oye, mañana tengo que trabajar, pero antes pasaré por aquí para ver qué tal has dormido. Si no te cojo el teléfono, llama a Laura. Puede ayudarte.

–De acuerdo.

–No la valoras en su justa medida, Nic.

Vi parte de la culata de la pistola cuando se dio la vuelta.

–Es la tradición familiar –dije, y él negó con la cabeza sin dejar de alejarse–. ¿Daniel? –le llamé, y se dio media vuelta–. Gracias por venir.

Se volvió y alzó la mano a modo de despedida. Ya en el coche, se detuvo antes de entrar, y apoyándose en él, me dijo:

–¿Has conseguido las declaraciones juradas?

–Una sí, la otra aún no –dije–. Estamos en ello.

Asintió.

–La pistola es de papá –dijo–. Pensé que ya no era seguro que la tuviera. Podría hacerse daño. O hacérselo a alguien.

Nuestro padre bebía mucho. Y a veces no volvía a casa. Y olvidaba pasar por la tienda de comestibles. Y teníamos que espabilarnos solos. Tuvimos suerte. Sabiendo lo que sabía ahora de la vida, pensando en aquella época, solo sé que en realidad fuimos afortunados.

Corinne no tuvo tanta suerte. Pero nosotros no lo sabíamos. Fue Hannah Pardot quien le sacó la verdad al padre de Corinne. Hannah Pardot sabía cómo sacarte las cosas. Probablemente por todo lo que mi padre le contó. «Es un asunto familiar», le había dicho, bajando la voz, para que quedara más claro.

Corinne tenía dos hermanos que eran mucho más pequeños

que ella. Corinne tenía once años cuando nació el primero, Paul Júnior. Corinne le llamaba Pe Jota. Layla llegó dos años después. Cuando Corinne desapareció, eran muy pequeños: siete y cinco años. Eran callados y sufridos, algo poco habitual para unos niños de su edad, le había dicho Hannah Pardot a Bricks, y Bricks se lo había contado a todo el mundo. Hannah los había interrogado en el sofá blanco de su casa: su madre había servido limonada y los chicos miraban a su padre como quien espera recibir órdenes. Habían mirado a su padre cuando Hannah les preguntó si Corinne parecía triste o enfadada, o si habían oído algo. «Cualquier cosa», había dicho. Cualquier cosa que tuviera que ver con su estado de ánimo. Ellos habían mirado a su padre, interpelándole. Y esa había sido su respuesta: mirarle.

La madre de Corinne la había llevado al hospital en dos ocasiones. Hannah Pardot había leído los informes en voz alta delante de su padre: un codo dislocado –«por intentar subir por la ventana», nos había dicho Corinne, poniendo los ojos en blanco– y una herida en la cabeza –«de saltar en el río, en las rocas resbaladizas».

«Sí –había admitido su padre ante Hannah Pardot–. Fui yo.» Sollozaba, echaba lagrimones. Hannah Pardot llamó a Bricks y a Fraize y les pidió que vinieran porque estaba segura de que iba a confesarlo todo.

No era el tipo de alcohólico que bebía fuera de casa, para tratar de huir de todo, como mi padre. Él se tomaba su whisky en la sala de estar y la pagaba con todo el mundo menos con el único con quien debía pagarla: con él.

«No la pegué –afirmó–. Nunca la he pegado.»

«No», dijo su madre. Decía la verdad. Lo que hacía era castigarla. La empujaba cuando le llevaba la contraria. Una vez la empujó y cayó escaleras abajo. Solo una vez, aquella vez. La del codo.

Estaba siempre a la que saltaba. Tiraba platos contra la pared, y a menudo rozaban la cabeza de alguien. Y una de aquellas veces le había dado. Era un tipo peligroso; vivir con él era vivir bajo amenaza, pero Corinne había llegado a acostumbrarse. Era inmune. De ahí que si un pájaro se colaba por la ventana no dudase en aplastarlo.

Salía de casa y venía a la mía, diciendo que habíamos quedado. Ahora entiendo por qué lo hacía. «¿Es que se te ha secado el cerebro? Habíamos quedado. Iba a dormir aquí.»

Al final, yo también la dejé. La aparté de mi lado.

Registraron su casa. Buscaban sangre. Pruebas. Signos de lucha, de otro «accidente» que su padre tratase se esconder.

No podía imaginarme a Corinne mintiendo en el hospital, diciendo «me caí. Me escabullía por la ventana y me caí». Dejando que su padre ganara. Corinne no era así. No era de las que se acobardaban y fijaban la vista en el suelo. Su poder, ahora era consciente de ello, no era ilimitado, como todos habíamos creído. Tenía límites, pero cuando salía de casa se negaba a dejar pasar la más mínima. Era en casa donde había aprendido a provocar, a manipular. Sabía lo que hacía. Lo había aprendido de su padre: «Presiona pero hasta cierto punto, doblega pero no rompas». Hay una parte oscura en todos nosotros. Y ella lo sabía mejor que nadie. Todo el mundo tiene dos caras, y buscó las nuestras. Y las encontró.

En todas partes hay chicas como Corinne. Cada año me topo con al menos una. Es una de las alumnas a las que trato de aconsejar. Es fuerte, es cruel, todo el mundo la adora. Pero cuando le quitas a todo el mundo, lo que queda es una chica triste, apenas un esbozo a lápiz de lo que debería ser.

Por eso no hay que apartarse de ella.

Por favor. No os apartéis.

«Es mala, pero te quiere –me gustaría decirles–. Aguarda y verás.»

Lleva manga larga y sé lo que esconde.

La veo ignorar su bandeja de comida mientras fastidia a alguien.

Veo a los chicos a los que se quita repetidamente de encima, y que esperan volver con ella, aunque saben que nunca podrán acercarse mucho. Ella no les dejará.

Quiero llamarla a mi despacho aunque no haya motivo alguno: ignorar a la que cree estar superada por las expectativas, a la que no lleva bien el divorcio de sus padres, a la que lo daría todo por un poco de atención. Quiero a esa chica, la que no figura en mis archivos. Quiero pedirle que se pase por mi oficina para que sepa que, cuando crezca y todo el mundo la abandone –porque eso es lo que sucederá finalmente–, podrá contar conmigo.

Esta vez podrá contar conmigo.

Acababa de meterme en la cama cuando llamó Tyler. Su nombre parpadeaba en la pantalla. Allí estaba. Para mí. Siempre tan cerca.

–¿Hola? ¿Tyler?

Me levanté de la cama y bajé a la planta: podría estar fuera, en su camioneta, bajo aquella llovizna constante.

–Hola, Nic.

–¿Va todo bien? ¿Estás en casa? –La noche era oscura, ni rastro de Tyler.

–Sí. Jackson me dijo que estabas preocupada.

–Él estaba preocupado. Bueno, yo también. ¿Dónde estabas?

–Ocupándome de unos asuntos.

–¿Y por qué no te llevaste el teléfono?

Hizo una pausa, como dando a entender que no era asunto mío.

–Olvídalo.

Odiaba que Tyler me mintiera. Se suponía que no debíamos mentirnos. Puede que no nos dijésemos siempre todo lo que estábamos pensando, pero nunca nos mentíamos. Se lo había hecho prometer.

–Tyler –dije–. Cuéntamelo. Por favor. He llegado a pensar que te había ocurrido algo. He llegado a pensar que...

Se produjo un silencio incómodo. Luego dijo:

–He estado en Misisipi. –Sin el teléfono, claro.

–¿Has ido a casa de su padre?

–Quería comprobarlo por mí mismo. Ni rastro de Annaleise –dijo–. No he encontrado nada.

Permanecí en silencio a este lado del teléfono. Oía su respiración. Fue él quien habló.

–Tenías razón –dijo–. Necesitamos espacio.

Tuve la sensación de que se alejaba mientras hablábamos.

–Tyler...

–¿Necesitas algo, Nic? –dijo, y sonó a cortesía profesional.

¿Qué necesitaba en realidad? ¿De él? A él.

–Solo saber que estás bien.

–Estoy bien –dijo–. Nos vemos, Nic.

Aquí la lluvia tiene algo familiar y a la vez incómodo. En la ciudad golpea las ventanas y las calles e inunda las alcantarillas, como si nos invadiera. Provoca atascos de tráfico y las aceras se vuelven resbaladizas. Pero aquí la lluvia forma parte del paisaje. Como si fuese ella la dueña del lugar y nosotros estuviésemos de visita.

La lluvia me hacía sentir pequeña y efímera. Me imaginaba a mi madre en esta misma casa oyendo caer la lluvia. Las mismas moléculas de agua que caen, víctimas del reciclaje perfecto, como en una modelación de clase de ciencias. Y también me imaginaba a mis abuelos, que compraron estas tierras, construyeron esta casa, miraron por esta misma ventana y escucharon lo mismo. «Algunas religiones creen que el tiempo es cíclico –había dicho mi padre–. Que todo se repite. Para otras, el tiempo es Dios. El regalo que nos permite existir.»

Fue un consuelo para mí oír a mi padre intentando dar sentido a las cosas.

Porque estar aquí, rodeada de montañas, escuchando la lluvia que cae, en la casa que construyó tu abuelo, te hace sentir verdaderamente insignificante.

Lo rápido que puedes pasar de tenerlo todo a no tener nada.

Cómo, en un momento, puedes pasar de ser la chica que se ríe en mitad del campo de girasoles a aparecer en un cartel en un poste de teléfono.

Qué aterrador, vacío y hueco. Y a la vez, qué liberador.

Un día de lluvia llevé a Tyler fuera y le pregunté:

–¿Lo notas?

Anudé mis dedos en los suyos y esperé a que susurrara:

–Sí.

Podía haberse referido a cualquier cosa: el frío en la cara, el agua que le mojaba los zapatos, el cielo que le susurraba cosas sobre el amor, la soledad y yo. Pero me gustaba pensar que había sentido lo mismo que yo. Porque quería creer que era la persona que siempre entendería todo lo que le dijese.

Traté de volver a dormir. Me acosté, cerré los ojos y me concentré en el sonido de la lluvia en el tejado, con la esperanza de mantener mi mente en blanco y sumirme en el sueño.

Pero Cooley Ridge me hablaba en cada gota que caía, me pedía que despertara.

«Mantén los ojos abiertos. Mira.»

El tiempo, si le dejas, puede construir cosas para ti y mostrarte el camino. Tal vez fue así. Puede que Cooley Ridge estuviese tratando de mostrarme el camino. Que el tiempo estuviese intentando explicar las cosas.

«Tictac.»

UN DÍA ANTES

DÍA 7

La casa parecía tener más brillo, parecía más viva, gracias a la pintura que había elegido Laura: color almendra pálido, dijo. Pero los muebles habían sido retirados de las paredes y estaban aquí y allá, cubiertos con grandes plásticos, lo que daba a la planta baja un aspecto de Casa de los Horrores. Quizá sea inmune al olor de pintura por la noche, ya que hasta que salí a tirar la basura y volví a entrar no me di cuenta de lo mucho que olía, y lo desagradable que era ese olor gomoso y sofocante que no iba a desaparecer por más que abriéramos las ventanas. Necesitábamos una corriente de aire, necesitábamos que los conductos de ventilación empezaran a funcionar. Necesitábamos el puto aire acondicionado.

Coloqué en el piso de abajo los ventiladores que había traído Daniel, los puse en marcha y dejé las ventanas abiertas.

Y luego me fui. Que acabara ardiendo a causa de un cortocircuito no era lo peor que podía pasarle a la casa.

El almuerzo especial que sirven en Grand Pines los domingos ha convertido ese día en el día de la familia. Vas a la iglesia y luego rindes visita al familiar que has abandonado en una residencia. El día de la penitencia. Tu peso en pecados. Culpable por una tortilla.

Era un bufé. Yo iba detrás de papá, y mi bandeja, que se deslizaba por las barras de metal detrás de la suya, sonaba como si alguien estuviese arañando una pizarra con clavos.

–Prueba el beicon –me dijo, y no tuve más remedio que servirme una loncha–. Pasa de los huevos –me susurró–. Tostadas. Coge dos.

Cogí una. No tenía hambre y no quería que se echase a perder si realmente eran tan buenas.

En el bolso que colgaba de mi hombro llevaba un documento que había recogido en recepción y que estaba firmado por el médico. Una declaración jurada que certificaba la incapacidad mental de mi padre y la necesidad de disponer de un tutor. Precisábamos otro más antes de ir a juicio, y este mismo médico ya había comentado el caso de mi padre a alguien que iría a visitarlo esa misma semana.

Al servirme aquel trozo de beicon, seguir sus consejos y fingir que estaba allí por la comida, por su compañía, sentí que lo estaba traicionando. Claro que yo estaba allí por eso, pero no era el motivo principal. Me pregunté si Daniel y Laura solían venir los domingos. Es probable. Papá había sonreído al verme entrar, como si fuera la cosa más natural del mundo que estuviera allí, y parte de mí se preguntaba si esa declaración jurada no se ajustaba a la realidad. Tal vez estaba mejorando. Tal vez fuese reversible. Quizá se trataba de un problema horrible pero temporal que poco a poco iría desapareciendo. «Papá, ¿recuerdas la época en que no te acordabas de nosotros? Nos asustamos tanto...»

Nos sentamos a la misma mesa que la semana pasada, que al parecer era la mesa a la que solía sentarse.

–Deberías ver a Laura –le dije–. Ayer fui a su *baby shower*. Está a punto de explotar.

Se rio.

–¿Qué van a tener?

Él lo sabía. Tenía que saberlo.

–Una niña. –Un leve asentimiento por su parte–. Shana –dije, y se me quedó mirando un rato, luego desvió la mirada. Acababa de meter la pata; iba a perderle. Se iría a algún lugar lejano.

–¿Sabes? Cuando tu madre me llevó a casa por primera vez, me enamoré.

Aunque puede que aquella vez me llevase con él.

–¿De Cooley Ridge? –pregunté.

–No pongas esa cara, Nic. –Sonrió–. Pero no. No me enamoré de Cooley Ridge. Me enamoré de ella. Porque la vi aquí. Hasta entonces ella había sido como una pieza de puzle suelta. Pero cuando la vi aquí, el lugar al que pertenecía, lo entendí todo. Eran tan bonita...

Los recuerdos más vívidos que tenía de mi madre eran de la época en la que se estaba muriendo. Enferma. En una silla de ruedas, con una manta azul y amarilla sobre las piernas porque siempre se moría de frío. Daniel sostenía un vaso con una pajita delante de ella, los dos cada día más delgados, más pálidos, más tristes. En las fotos era guapísima. Antes del cáncer, era una mezcla perfecta de carácter y dulzura, y su sonrisa era maravillosa, tremendamente cálida.

–Te pareces muchísimo a ella. Los dos, Daniel y tú. Os miro y es como si viera retazos de ella –dijo.

–Daniel se parece a ti.

Probé el beicon. Me provocó náuseas. Lo corté en trozos más pequeños para que no se diera cuenta de que no me lo comía.

–Claro, ahora sí, eso es lo que dice todo el mundo. Pero de pequeño era idéntico a Shana. –Me miró–. Imagina que no hubiera tenido hijos. Todo eso, todo lo que ella era, se habría perdido.

–Está bien –dije.

No me gustaba la manera en que me miraba, como si hubiera una parte de ella aún viva, una pieza de puzle suelta, un pedazo de ella en mi ojo izquierdo, en mi labio inferior, en mi nuca. Me miraba como me había mirado aquel día Corinne, la vez en que andaba buscando al monstruo en nosotros.

–Por poco no os tuvimos, ya lo sabes. Cuando los padres de Shana murieron en aquel accidente y se sintió sola en el mundo, se juró que nunca tendría un hijo único. O ninguno, o más de uno. Innegociable. –Masticó la comida, puso los ojos en blanco–. Era tan cabezota... Durante mucho tiempo pensé que no tendríamos ninguno. De verdad. Daniel nos pilló desprevenidos, ya sabes.

–No, no lo sabía.

Mis padres eran mayores cuando nos tuvieron, pero había supuesto que era algo planeado: que primero querían acabar sus carreras y luego crear una familia.

–Entonces estaba desesperada por tenerte lo antes posible. Dios, casi me vuelve loco. No sé por qué estaba tan obsesionada, pero no quería que su hijo pasase por lo que ella había pasado. No quería que se quedara solo, sin familia. Quería que os tuvierais el uno al otro. Ahora que no está, me doy cuenta de cuánta razón tenía. Daniel te necesitaba.

–Estoy segura de que no estaría de acuerdo. –Me reí–. Soy un grano en el culo para él.

–No, no, Nic. Eres exactamente lo que necesita. Y lo sabe. Ya sabes cómo es.

No, no lo sabía. Porque las cosas habían cambiado. Ya nada era como antes. Los médicos firmaban papeles para incapacitar a mi padre. Las chicas desaparecían. Una casa repleta de secretos. Niños que llegaban por accidente. Daniel. Y ojos, ojos en todas partes, que te miraban. No solo en el bosque. Aquí también. Miré alrededor e hice tamborilear mis dedos sobre la mesa. Para hablar con papá debía aproximarme al tema poco a poco, dar un rodeo. No abordarlo directamente, para que no se sintiese atacado, para que no acabasen saliendo ciertas cosas a la superficie. Pero necesitaba que supiera algunas cosas. Que las entendiera.

–Tyler nos ha estado ayudando con la casa –dije, y le di un mordisco a la tostada.

–Eso está bien. Es un buen chico.

–Nunca te gustó cuando éramos críos –bromeé.

–Eso no es cierto. Trabajaba duro y te quería. ¿Por qué no iba a gustarme?

–Porque se supone que los padres de las adolescentes odian a los novios de sus hijas. Es la norma.

–Vaya, ¿hay un manual de instrucciones? Nunca lo leí. Evidentemente –dijo. Y se arrellanó en la silla–. Nunca supe qué hacer contigo, Nic. Cómo educarte. Pero te has convertido en una buena persona, y lo has hecho tú sola.

–No soy una buena persona –dije, y me reí. Empecé a desmenuzar la galleta sobre el plato, para no tener que comérmela.

–Lo eres. Mírate. Mírate ahora.

Tuve que dar un poco de marcha atrás en la conversación. Con cuidado.

–Tyler dice que nos darían más por la casa si termináramos el garaje –dije–. ¿Te acuerdas de cuando Daniel y tú empezasteis a reformarlo?

Me miró a los ojos, sonriendo.

–Me pidió permiso –dijo, pensando en algo que no debía decir porque no estaba bien que lo dijera–. O me lo contó. Ya conoces a Tyler. Me dijo que quería casarse contigo.

El calor inundó mi rostro, no podía mantener los dedos quietos, no podía evitar imaginarme la conversación. No tenía ni idea de que le había dicho algo así, y me pilló por sorpresa.

–Así que te pidió permiso, ¿eh? Y ¿qué le dijiste?

–Le dije que erais unos críos, claro. Le dije que primero había que salir y ver mundo. Le dije que el tiempo...

Miró en otra dirección y temí que su mente empezara también a moverse en otra dirección.

–¿Qué pasa con el tiempo? –pregunté, tratando de que no se desviara del tema.

Volvió a mirarme.

–Que te enseña cosas, si estás dispuesto a verlas.

Incliné la cabeza hacia un lado.

–Eso es lo que solía decir mamá.

Cuando estaba enferma y yo lloraba, me dijo que había podido verme, que también había visto a Daniel, que nos había visto de mayores, que íbamos a ser dos personas increíbles.

–Lo aprendió de mí. Durante el embarazo de Daniel estaba siempre tan preocupada, y lo mismo pasó contigo, que solíamos inventarnos historias.

Empezó a recordar. Podía perderlo en cualquier momento. Tenía que devolverlo al presente.

–¿Y qué te dijo Tyler? –le pregunté.

Yo solo quería saber su respuesta, imaginar la conversación,

Tyler sentado en el sofá, mi padre en una silla, no sé, tal vez una mosca que revoloteaba.

–¿Eh? –Alzó la vista y se encogió de hombros–. No me dijo nada. No estaba pidiéndome permiso en realidad. Y yo le dije: «No te enfades si dice que no».

Sonreí.

–Creí que lo sabías. Fue el día en que la chica de los Prescott... Bueno. Pasaron cosas más importantes después de aquello, y luego te fuiste. Pero quería que lo supieras. Es un buen chico. Creo que todavía está enfadado conmigo. Por no darle tu nuevo número.

–Eres un buen padre –dije–. De verdad.

–Soy un padre de mierda, y lo sé. Pero he intentado hacerlo lo mejor que he podido, y no sé si lo he hecho del todo bien.

–Papá, mírame. Ya está hecho –dije. Le miré a los ojos, deseando que recordara esta conversación–. Lo que pasó, pasó. Es hora de que dejemos atrás el pasado. Es hora de que vendamos la casa.

Untó mantequilla en la tostada y me apuntó con el cuchillo.

–Termínate el plato, pequeña. O vas a empezar a desaparecer.

Sabía que el motivo de la desaparición de Annaleise estaba relacionado con lo que había visto hacía diez años, aunque la policía aún no se había dado cuenta. Sabía que las respuestas llegarían todas a la vez. Que no sabríamos lo que había pasado con Annaleise hasta que supiéramos qué había pasado con Corinne.

Tenía que volver atrás en el tiempo.

Y tenía que hacerlo antes de que la investigación superase la fase «tratar de encontrarla». Antes de que se convirtiera en otra cosa, en algo peor.

Diez años antes Hannah Pardot, con aquella cara de mujer capaz de aguantar cualquier cosa y un lápiz de labios especialmente llamativo, vino con una misión: que la investigación pasase de «encontrar a la chica» a «resolver el caso». Dos cosas muy distintas. Dos supuestos muy diferentes.

Una semana después de la desaparición de Annaleise me pareció que el cambio era inminente.

Tenía que ponerme a ello cuanto antes. Tenía que ponerme en la piel de Annaleise. Descubrir qué había pasado desde aquella noche. Y para ello debía empezar por lo que había visto en la feria.

La feria de hecho no tenía una sola entrada. Estaba en mitad del campo. Habían improvisado una zona de estacionamiento en la que también habían colocado casetas en las que se vendían las entradas para montar en las atracciones. Había un pequeño módulo que hacía las veces de consulta médica, o caseta de primeros auxilios, junto a la venta de entradas, y luego nada más. Solo árboles diseminados, aquí y allá.

Situada junto a unos viejos establos, esta zona, una vez al año y durante dos semanas, se llenaba de atracciones. La principal era la noria, un auténtico prodigio que se alzaba orgullosamente entre el resto. En otoño se llenaba de globos aerostáticos. Era el lugar al que íbamos para tocar el cielo.

Todo era ruido esa noche, pero un ruido agradable al fin y al cabo: niños que pedían cosas o que no podían ocultar su felicidad, padres que reían y a ratos les gritaban que no podían hacer esto o aquello; las sirenas de las atracciones y la cháchara de las tómbolas; adolescentes que se gritaban cosas unos a otros desde las mesas del pícnic, desde la zona de baños portátiles, desde las cabinas de la noria. Me quedé sin aliento contemplándola desde el aparcamiento. La mayor parte de las cosas te parecen más pequeñas cuando creces, pero la noria me parecía más grande. En cierto sentido, más inalcanzable. Traté de imaginar a una chica que colgaba de una de las cabinas. Estaría muerta de miedo. Me pondría enferma. Me enfadaría muchísimo.

Una chica con falda a punto de saltar, su mejor amiga susurrándole cosas al oído, su novio, abajo, esperándola. Quizá nos lo merecíamos.

Aquello era lo más cerca que había estado de Corinne en mucho tiempo. Noté sus manos frías que me sujetaban por el codo, su aliento en mi oído, el olor a hierbabuena del chicle que mascaba. Si pudiera cerrar los ojos y fingir que el tiempo no existía, la cogería por la muñeca. La abrazaría. No dudaría. Nunca me atreví.

Alguien topó conmigo: un niño, tendría unos tres años, corría en zigzag y chocó conmigo antes de continuar su carrera hacia la entrada. Sus padres me pidieron perdón al pasar, también corriendo, junto a mí. El sol estaba ya muy bajo, a punto de esconderse, y las luces del campo se encendieron mientras seguía allí, mirando. Todo tenía un aspecto evocador, y por toda respuesta solo pude cerrar los ojos.

Caminé entre las casetas de venta de entradas para las atracciones. El césped siempre había estado bastante maltrecho allí; mejor dicho, casi todo era tierra, y de vez en cuando te topabas con una pequeña isla de césped. Justo ahí, en la entrada, fue donde me caí. Ahí fue donde Daniel me golpeó.

Desde donde me encontraba podía ver la noria. Me di la vuelta y me imaginé a Annaleise apoyada en una de las casetas con el helado de fresa. Mirándonos.

Viéndonos a todos:

A mí corriendo detrás de Tyler.

A Tyler esperándome.

A Daniel cogiéndome por el brazo y golpeándome.

A Tyler lanzándose sobre él, propinándole un puñetazo y agachándose luego a mi lado. Observando mi brazo dolorido. «¿Estás bien? Nic, ¿estás bien?»

«No lo sé, no...». Yo, frenética, poniéndome en pie, apoyándome en Tyler, asumiendo todo lo que había pasado, notando la quemazón del golpe, lo raro del momento. «Estoy bien», dije. Y noté sus manos. Estaban por todas partes. Me apartaban el pelo, me tocaban la cara, el cuello, los brazos, me rodeaban la cintura. Mirando por encima del hombro vi a Corinne correr hacia nosotros. Bailey estaba lejos, un rostro entre la multitud.

No sabía cuánto tiempo había permanecido Annaleise allí. No la había vuelto a ver. Puede que se hubiese quedado junto a la puerta de entrada. O que se hubiese escondido detrás de la caseta, observando lo que ocurrió a continuación a través de los listones del establo. Sí, ella había confirmado nuestra coartada, pero no podía evitar preguntarme si había visto lo que había pasado luego.

Porque entonces Tyler se levantó y, mirándome con atención, empezó a preguntarme una y otra vez si estaba bien.

–Espera aquí –dijo.

Volvió junto a mi hermano, le tendió la mano y se inclinó hacia él. Le dijo algo al oído. Daniel me miró y yo tuve que apartar la mirada.

–Nic –suplicó, desde el suelo, pero para entonces Corinne ya estaba allí.

–¡Bailey! ¡Ve a buscar hielo! –ordenó, aún en la distancia, decidida a tomar el control, como era habitual.

Empecé a alejarme. Tyler vino conmigo y nos acercamos al puesto de primeros auxilios. Había un tipo sentado en una silla plegable que fumaba.

–Chicos, ¿estáis bien? –preguntó, sin ponerse en pie.

–¿Tiene hielo? –preguntó Tyler.

El hombre abrió una nevera portátil azul que tenía a los pies y puso algo de hielo primero en un vaso de plástico y luego en una bolsa para mí.

Tyler volvió a mirarme, volvió a tocarme, aquí y allá, y de nuevo me preguntó si me encontraba bien.

–Tyler –dije–. Tu mano. –Tenía los nudillos hinchados, enrojecidos, como si los rasgos afilados de Daniel se hubieran ensañado con ellos. Le pedí al tipo unas vendas.

Miró la mano de Tyler.

–Puede que esté rota –dijo.

–No, está bien –dijo Tyler–. Vamos.

Pero el tipo tenía razón. Estaba hinchada y roja, y Tyler era incapaz de coger nada con ella.

–Tyler...

–Cogeré un poco de hielo yo también –murmuró.

–Al menos ve a lavártela –dije.

Asintió.

–Vale. No te muevas.

–Te espero aquí –dije.

Pero en cuanto desapareció, empecé a pensar en Daniel. Daniel tirado en el suelo, con la nariz rota. En la manera en que había dicho mi nombre. La manera en que me había mirado. Tenía que hablar con él. Teníamos que hablar. Sobre lo que estaba pasando. Ahora mismo. Incluso entonces supe lo importante que era que habláramos. La de cosas que en el futuro dependerían de que tuviéramos aquella conversación.

Fui a buscarle, pero ya no había nadie. Se me ocurrió pensar que quizá los habían echado, o alguien había llamado a seguridad. Atravesé la zona de los establos y llegué al aparcamiento, pero tampoco estaban allí.

Acababa de dar la vuelta para regresar al puesto de primeros auxilios cuando oí la voz de Corinne. Dejé atrás los establos y me interné en la oscuridad que imperaba a mi derecha y seguí la voz de Corinne, su risa.

Primero la vi a ella. Estaba junto al edificio que había un poco más allá de la salida de la feria y sujetaba una servilleta contra la cara de mi hermano. Apoyaba la cabeza en su hombro. Su otra mano estaba bajo su camisa, junto al cinturón, acariciándole. Vi que le besaba y que le susurraba algo al oído. Y por la manera en que lo estaba haciendo, por la manera en que mi hermano la dejaba hacer, estaba claro que no era la primera vez. Supe que Daniel me había visto porque trató de apartarla antes de que me volviera. Y la oí quejarse ante su intento de volver a abrazarle. Pero era demasiado tarde.

Él me había mentido. Y ahora sabía que yo lo sabía. Y que yo también había mentido por él. «Nunca –dije–. Nunca.»

Me pregunto si Annaleise había visto aquello. Si estaba en algún lugar, entre los árboles. O escondida entre los coches en el aparcamiento. Era demasiado pequeña para volver sola a casa. Necesitaba que un adulto la llevara. Debía de estar cerca.

Me pregunto qué le había parecido todo aquello a su edad, apenas trece años. ¿Qué creía que estaba pasando exactamente? Y si había vuelto a pensar en ello después, ¿habría cambiado de opinión? ¿Habría llegado a otra conclusión? Durante mucho tiempo creí que yo era la única que sabía lo de Corinne y Daniel, pero ahora ya no estaba tan segura.

En realidad, nunca supe qué pasó exactamente entre ellos dos, o con Bailey, después de aquello. Regresé al recinto de la feria, y cuando Tyler salió ya estaba de vuelta en el puesto de primeros auxilios. Nos fuimos en su camioneta. Conduje yo, porque él no podía hacerlo con aquella mano. Un grupo de chavales se rio de él al vernos pasar.

–¡No jodas! ¿Dejas que una chica conduzca tu camioneta?

Una de las chicas añadió:

–Vaya, eso sí que es amor.

No sé cómo Daniel y Corinne se separaron, ni cuándo ni cómo Corinne se encontró con Jackson, o por qué Daniel acabó llevando a Bailey a casa. No me atreví a preguntar. Nadie preguntó.

Me pasé un buen rato en la entrada, fijándome en la gente y preguntándome qué aspecto tendrían en un fotograma. ¿Qué vería en las fotografías? ¿Qué pensaría de estas imágenes? La madre que coge a su hijo del brazo un segundo antes de desaparecer en la multitud; adolescentes que se besan mientras hacen cola para subirse en una de las atracciones; la mujer morena de pelo muy largo que lleva de la mano a una niña y que en un momento determinado se da la vuelta y me mira.

Su cara se abrió camino en mi mente y encontró el contexto. Corrí tras ella.

–¿Bailey? –la llamé.

Bailey. Le vi la cara cuando se dio la vuelta, también vi cómo ondulaba su larga melena oscura...

No era en la iglesia, sino ante situaciones como aquella, cuando creía en Dios, o en algo parecido. En una especie de orden en medio del caos, en algo que le daba sentido. Como toparte con la persona que precisamente necesitas, o conocer a la persona que te completa, cuando sientes que hay una razón para todo lo que te ocurre. Como estar viendo en aquel momento a Bailey, a quien no había vuelto a ver desde que acabó el instituto. Bailey, que había estado con nosotros la noche en la que todo se acabó.

Me estremecí al pensar que aquel era el lugar en el que debía estar, que el universo estaba reuniendo las piezas para mí, que el tiempo me estaba mostrando algo.

Sabía que me había visto. Se detuvo al verme, igual que yo al verla, pero luego se alejó, confundiéndose entre la multitud. Pero yo le estaba dando alcance abriéndome paso entre los críos que querían volver a subirse donde fuera.

–¡Bailey! –repetí.

Se detuvo cuando casi la había alcanzado, miró por encima del hombro y fingió sorpresa al verme.

–¿Nic? Vaya, cuánto tiempo –dijo.

Nos miramos, sin hablar. La niña seguía cogida de su mano.

–¿Tienes una hija? –le pregunté, sonriendo a la cría.

La niña se escondió detrás de las piernas de Bailey y ocultó la mitad de su cara, aunque pillé uno de sus ojos color avellana que me miraba.

–¿Dónde está papá? –preguntó, mirando a su madre.

–No lo sé –dijo Bailey, echando un vistazo a su alrededor–. Debería estar por aquí.

–No sabía que estuvieras casada –dije.

–Bueno, te lo perdiste. Me he divorciado. Pero tuve un marido, sí. –Volvió a echar un vistazo a la multitud, supuse que estaba buscando a su ex–. ¿Y tú? –me preguntó–. ¿Te casaste? ¿Tienes niños?

–Ni una cosa ni la otra –dije, aunque sospeché que no me estaba escuchando.

–Allí –murmuró y levantó la mano–. ¡Peter!

Peter era un tío elegante, con barba, de mandíbula cuadrada y más alto de lo habitual, pero no me gustó. No sé por qué, puede que fuese por la forma en que caminaba, como si alguien le debiese algo. O por la manera en que sonrió a Bailey cuando su hija echó a correr hacia él, como si se estuviera anotando un tanto.

–Llegas tarde –dijo ella. Le tendió una bolsa de gimnasio–. Tiene piscina a las diez.

–Lo sé –dijo. Luego me miró y sonrió–. Hola, soy Peter. –Alcé una ceja y su sonrisa desapareció–. De acuerdo, será mejor que nos vayamos, pequeña. Dejemos que mamá se divierta un rato.

Bailey se agachó junto a la niña y la abrazó con fuerza.

–Nos vemos mañana, amor –dijo.

Se puso en pie poco a poco, observando cómo se internaban en la feria.

–Me alegro de verte, Nic. Pero tengo que irme.

–Tengo que preguntarte una cosa. Sobre Corinne.

Sus ojos se agrandaron. Luego se volvió y caminó hacia la salida.

–Bailey.

La pillé junto al Tornado. Los coches se acercaban peligrosamente al borde de la pista y luego se retiraban.

–No, Nic. Ya basta. Eso se acabó. Para todos.

Cerré los ojos.

–Bailey, responde la maldita pregunta y me iré. –Sin quererlo, le estaba hablando como le hubiera hablado Corinne.

Y ella estaba esperando, como siempre. No quería presionarla, pero tenía que saberlo.

–Annaleise Carter, ¿te acuerdas de ella?

Se cruzó de brazos.

–Sé que ha desaparecido.

–¿Alguna vez trató de hablar contigo? ¿Sobre Corinne? ¿Sobre aquella noche?

Empezó a sacudir la cabeza, pero se detuvo. Le brillaban los ojos.

–¿Qué? –pregunté.

–Fue raro –dijo–. Por aquella época apenas la conocía. Y ya no vivo aquí. Pero hace unos meses me topé con ella en el mercadillo campesino de Glenshire, ¿sabes? –Bailey siempre acababa las frases tratando de hacerte partícipe de lo que fuese. Asentí, esperando que continuara–. O ella se topó conmigo. El caso es que no la reconocí. Pero ella me llamó, dijo: «¿Bailey? ¿Bailey

Stewart?». Como si nos conociéramos de toda la vida. En realidad, era la primera vez que hablábamos.

–¿Qué quería? –quise saber–. ¿Te preguntó por Corinne?

–No, para nada –dijo. Frunció el ceño–. Quería invitarme a comer. Y me dijo que pensara en ella si alguna vez necesitaba canguro para Lena. Fue como si quisiese... ser mi amiga.

–¿Y lo hiciste? ¿Fuiste a comer con ella? ¿Le pediste que cuidara a Lena?

–No, soy demasiado mayor para volver a tener esa clase de amigos... Quiero decir, amigos de Cooley Ridge. –Me miró a los ojos–. He crecido, Nic. No soy la misma.

–¿Te acuerdas...?

Alzó una mano.

–Dijiste una pregunta. Dijiste que te irías... –Su voz vaciló, y vi que miraba por encima del hombro: alguien que acababa de pasar la había descompuesto.

Era un hombre. Solo alcancé a verle de espaldas. Fumaba. El pelo le caía sobre la cara. Su manera de caminar, inclinado hacia delante, me resultó familiar.

–¿Es Jackson? –le pregunté.

–Mmm... –Trató de volver a la conversación–. Pues no lo sé. Hace años que no le veo.

–Lo último que sé es que trabaja en el Kelly's –dije.

Ella se encogió de hombros.

–Ya no voy por ahí.

–Él no lo hizo, Bailey –dije.

Bailey dio un paso atrás y topó con la caseta de los perritos calientes.

–Lo sé –dijo, y para mí fue una sorpresa. Porque habían sido sus palabras las que lo habían convertido en sospechoso. Sus respuestas a Hannah Pardot. Sus acusaciones.

–Entonces ¿por qué hiciste que todo el mundo creyera que había sido él?

–¡Me dijeron que estaba embarazada! Jackson me mintió. Y luego llegó la policía con sus preguntas, ¡no era más que una niña! –gritó.

–No, tenías dieciocho. Todos teníamos dieciocho. Todo lo que decías podía convertirse en una prueba. Todo. Le arruinaste la vida.

–Todo el mundo tenía un motivo, Nic. Si no hubiera sido él, ¿quién crees que podría haber sido? ¿En quién habrían pensado?

Bailey era más lista de lo que había creído entonces. Pero era tan capaz de mentir como recordaba.

–Oh, no, ¿en serio? ¿Cuál habría sido tu motivo, Bailey? Dios, eres horrible.

Pero lo sabía. Sabía cuál habría sido el motivo. El tipo que acabábamos de ver. Jackson Porter. «¿Qué te induce a hacer el monstruo? ¿Te hace soñar con ellos? ¿Con los novios de las demás?»

–No fui yo. Ella era el monstruo. ¿Aún no te has dado cuenta? Todos estamos mejor sin ella –dijo Bailey.

–No digas eso.

La verdad es que creía que Bailey había tenido suerte. Para Bailey Stewart la vida con Corinne podría haber acabado de dos formas distintas. Bailey era guapísima, una seductora nata. Pero Cooley Ridge pertenecía a Corinne. Era ella quien merecía tener toda la atención allí. Si Bailey no se hubiese sometido a Corinne, si Corinne no hubiese reinado, la habría destruido. Bailey había tenido suerte. Era débil. Se dejaba moldear. Había cosas peores que ser un felpudo.

Pero también había cierta oscuridad en Bailey, una oscuridad que Corinne manipulaba, que permitía que mostrase. Bailey tuvo suerte de que Corinne la quisiera.

–Verdad o atrevimiento, Bailey. –Corinne jugueteó con la pajita del refresco en su boca.

Desafío, pensé. Escoge desafío.

–Verdad –dijo Bailey.

Corinne sonrió, encantada.

–¿Jackson o Tyler? Y por qué.

Ninguna respuesta habría sido la buena. Siempre pasaba lo mismo.

–He cambiado de opinión –dijo Bailey–. Desafío.

–No, no, no, Bailey, querida. La verdad o te largas. Dime, ¿con cuál de nuestros novios te lo montarías?

Me había apoyado en los codos. Bailey parecía molesta. Corinne me miró y sonrió.

–Escoge siempre desafío, Bails –dije.

–Tyler –dijo Bailey, y sus mejillas se tiñeron de rojo.

Me reí.

–Mentirosa.

Ella me miró.

–Puedes hacer lo que te dé la gana, Nic. La gente cree que eres mejor de lo que eres porque estás con él. Por eso. Esa es mi razón. Elijo a Tyler.

Corinne se rio.

–Bien hecho, Bailey. –La arrastró hacia ella y la abrazó–. Dios, cómo te quiero. A las dos. Sois malísimas.

Me molestaba que Bailey hubiese dicho que Corinne era un monstruo y olvidase momentos como aquel.

–Miéntete tanto como quieras. Siempre se te ha dado muy bien.

–No finjas ahora que no sabes de lo que hablo. La oí –dijo Bailey–. Oí lo que dijo en la noria.

Sacudí la cabeza, fingiendo no recordarlo.

–¿Quién dice cosas como aquellas? –me preguntó–. Estaba enferma, Nic. Y era contagiosa.

–No sé de qué me hablas –dije.

Se rio, como si hubiera dicho algo divertido.

–Tengo que irme.

–Espera –dije–. ¿Puedo llamarte? Podríamos volver a vernos. Lejos de aquí –le propuese, refiriéndome a la feria, la noria que giraba sobre nuestras cabezas y nos alteraba, poniéndonos a la defensiva.

–No –dijo–. Olvídalo.

Bailey sabía algo que yo no sabía. Estaba convencida de ello. Deseé que Everett estuviera allí para que pudiera sonsacarle algo, para que pudiera convencerla de que lo mejor era compartir hasta el último de sus secretos, para redimirse, al fin. Cogí una servilleta del puesto de perritos, garabateé mi número y se la tendí.

–Si cambias de opinión, estaré por aquí un tiempo. Cuidando de mi padre.

Se guardó la servilleta en el bolsillo trasero. Dios, era tan bonita. Cada movimiento que hacía parecía parte de una coreografía.

–Adiós, Nic.

–Tu hija es preciosa –dije.

Empezó a alejarse, se echó el pelo por encima del hombro y me lanzó una última y ardiente mirada.

–Espero que no sea como nosotras.

Podía oír el movimiento de los engranajes de aquella atracción, el Tornado, cómo chocaban entre sí, metal contra metal, a medida que los coches se movían, se detenían y empezaban a moverse en sentido opuesto. Oí los gritos de los chavales que se divertían subidos en los coches. Traté de concentrarme en ellos para dejar de pensar en mí, en Bailey y en Corinne en la noria.

Debí de parecerle realmente patética al fingir que no recordaba la palabra que Corinne me había susurrado allí arriba y que se había ido haciendo cada vez más fuerte con el paso de los años. Tanto que a veces, cuando pensaba en Corinne, era lo único que oía.

Recordaba sus manos frías que me sujetaban los codos. Su aliento en mi oreja. La risa de Bailey, tensa, nerviosa, de fondo. Aquel olor a hierbabuena del chicle que estaba mascando. Sus dedos bailando sobre mi piel. «Salta», había dicho.

Me había pedido que saltara.

UN DÍA ANTES

DÍA 6

Disponía de unas horas antes del *baby shower* de Laura, que se celebraba en el sótano de la iglesia. Cada vez que pensaba en ese lugar se me aparecía el agente Fraize organizándonos por grupos de búsqueda, y veía las fotografías de Annaleise y Corinne colgadas en las paredes, ambas intercambiables en mi mente.

–¿Así que vendrás a mediodía? –Daniel estaba fuera, limpiando el patio con agua a presión, subido en el segundo peldaño de una escalera apoyada en la pared.

–Eso he dicho.

–Dame la lista –dijo, extendiendo la mano.

–¿En serio? ¿Ahora vas a ponerte a trabajar en la casa? ¿Para sacarla a la venta?

Él sacudió su mano por segunda vez.

–Vamos. Además, tampoco puedo estar en casa.

Le alcancé la lista, le echó un vistazo.

–Agua a presión: eso ya está. Muy bien, ahora me pondré con el yeso de las paredes y luego, si viene Tyler a echarme una mano, pintaré.

–¿Va a venir Tyler?

–No lo sé. Iba a venir, pero aún no me lo ha asegurado –dijo, mirándome–. Así que hazme un favor y separa de la pared los muebles pequeños. Yo me encargo de los grandes. Y saca las lonas del maletero.

Siguió con lo suyo. Estaba claro: íbamos a vender la casa. La estábamos adecentando. Dejaríamos atrás nuestras vidas. Seguiríamos adelante.

–Nic –dijo–. Maletero. Vamos.

Me dirigí flotando hacia su coche, como si estuviera en un sueño. Apenas había pegado ojo las últimas noches y la falta de sueño pasaba factura a mi cerebro: tenía la sensación de moverme en un espacio infinito sin nada sólido a lo que agarrarme. Cogí las lonas del maletero: olían fatal, las aguanté contra el pecho y se me pegaron a la cara. Me imaginé cómo sería morir asfixiada por una de ellas, me las imaginé en la escena de un crimen. Mi madre solía proteger el suelo con lonas de plástico como esas para que Daniel y yo pudiéramos pintar la cocina, y al rato quedaban perladas de manchitas de colores, como por accidente... un hermoso accidente.

No podía respirar. Las dejé en las escaleras del porche y Daniel se volvió para mirarme.

–Vamos, Nic –dijo. Sonó decepcionado.

–No me encuentro bien.

Apagó la máquina y bajó de la escalera.

–Bueno, si no vas a ayudar aquí –dijo–, ve a la iglesia y echa una mano.

Asentí.

–Probablemente regrese tarde. Tengo planes para después.

–¿Planes?

–Sí –dije–. Planes.

Planes que consistían en estar en cualquier otro lugar menos allí.

–Puedes quedarte con Laura y conmigo esta noche. La pintura huele. Yo tampoco querría respirar ese olor.

–Puede –dije.

Asintió.

–Vale. Nos vemos luego, pues.

Había algo inquietante en aquella iglesia. Tal vez fuese su proximidad con la comisaría o que justo detrás estaba el cementerio, donde mi madre descansaba junto con mis abuelos. Quizá se trataba de aquellos bancos de madera que olían a tierra, o el hecho de que tuvieras que cruzarla entera, incluso pasar por el altar, para llegar al sótano. De niña iba allí cada domingo, pero dejé de ir al morir mi madre, y Daniel también. Mi padre tampoco solía ir, a decir verdad. Estaba demasiado ocupado durmiendo la mona. Y Tyler solo iba si le pedía que me acompañara. Ya no había nada que me interesara allí dentro.

La iglesia era otra parte de mi vida en Cooley Ridge. Era lo que hacía los domingos por la mañana. Lo que hacíamos todos. Luego nos reuníamos para ir a la tienda a comprar chuches. Corinne, Bailey y quien fuese que quisiera apuntarse. Nos subíamos al capó de los coches en pleno verano o permanecíamos en el interior de la tienda, en algún rincón, si hacía frío, y Luke Aberdeen, el cajero, no nos quitaba ojo de encima. Y hacía bien.

La última vez que había estado en la iglesia fue en la boda de Daniel y Laura. De eso hacía ya tres años. También entonces sentí aquel desasosiego. De pie junto al altar, con un vestido rosa que me había hecho la propia Laura sin que yo llegara a mandarle las medidas. Era un poco largo –prácticamente me llegaba a los tobillos cuando apenas debería haber pasado de la rodilla–, me apretaba en el pecho y los tirantes eran demasiado anchos. Me sentía fuera de lugar. Y parecía estarlo.

Luego me había refugiado en el sótano, a la espera de que llegaran los invitados. Tyler me había descubierto jugando a los dardos sola en la sala de descanso. Le había oído llegar, quitarse la chaqueta y tirarla en la silla más cercana, sin dejar de apuntar con un ojo cerrado al centro de la diana.

–Bonito vestido –había dicho.

–Cierra el pico.

–¿Quieres largarte de aquí?

Conocía una salida secreta. Unas escaleras conducían a un cuarto de baño exterior. La puerta estaba cerrada con cadena y candado, pero Tyler conocía la combinación. Había trabajado allí durante una inundación. Tyler siempre sabía cómo escapar.

Daniel no me perdonó que me perdiera la recepción.

–¡Nic! –gritó Laura al verme. Había estado hablando con su madre y su hermana mayor, que estaban colgando adornos.

Sonreí.

–Daniel me ha dicho que necesitabais ayuda.

–Oh, Dios mío, por supuesto que sí –dijo. Se acercó–. Mi madre está loca. Katie intenta mantenerla ocupada, pero está imposible. No sé si es porque la emociona o la aterroriza convertirse en abuela.

Asentí demasiado rápido. Hay instantes fugaces, como este, en que la pena surge de repente de ninguna parte, de un modo astuto y delicado, y no te das cuenta hasta que se te echa encima. Me había bastado verlas hacer algo tan sencillo como colgar adornos en las paredes. Mi madre jamás colgaría serpentinas rosas de las paredes el día de mi *baby shower*. Yo nunca podría inclinarme y decirle a alguien al oído: «Mi madre está loca». Ella nunca iba a ser abuela.

Laura respiró hondo y se frotó la barriga, como si acabara de notar una patadita.

–Deja que te sirva un poco de ponche.

–No, gracias. Solo dime qué tengo que hacer.

–De acuerdo. Esto, ¿Katie? –La llamó por encima del hombro–. ¿Qué puede hacer Nic?

Dejé que Katie me aburriera con los detalles. Colgar una inscripción, preparar los juegos, colocar las madalenas en las mesas plegables. Su mirada se desviaba con frecuencia hacia la pizarra, la misma que había utilizado la policía para organizar la búsqueda de Annaleise y que seguía en un rincón del sótano. La fotografía de Annaleise todavía estaba ahí colgada, junto a una hoja cuadriculada y un mapa del bosque dividido por secciones y una letra asignada a cada cuadrícula. Bricks y el agente Fraize nos habían reunido a todos allí y nos habían organizado en grupos. Yo estaba en el equipo C, y debíamos ocuparnos de buscar en las inmediaciones de la finca de los Carter, a lo largo del río. Daniel estaba en el A, que correspondía a los Piper (incluyendo la casa abandonada, donde nos dijo más tarde que no había nada de interés), a los McElray y a nosotros. Tyler estaba en el E, el más alejado de los Carter: le correspondían los barrios y las casas que había detrás del colegio. El porqué estaba claro, y lo sabíamos.

Yo fui la encargada de descolgarlo y ponerlo bajo la mesa.

–Gracias –dijo Katie–. Me daba cosa quitarlo, pero ¿quién querría tener que verlo durante la fiesta?

Sacudió la cabeza. Tenía el mismo pelo que su hermana, largo y delicado, pero en su caso tenía algo que le hacía ganar volumen. Katie se había divorciado dos veces, pero me fijé en que llevaba puesto un anillo.

–Felicidades –dije.

–A la tercera va la vencida –dijo, risueña–. Y tú ¿qué? ¿Es verdad que te has prometido con un importante abogado del norte?

Sentí el fuego de sus ojos en mi dedo desnudo.

–Sí. Pero el anillo lo están limpiando.

–Si necesitas algún consejo para la boda, ya sabes dónde estoy –dijo, riéndose.

–Gracias, Katie.

Una hora después el lugar parecía un homenaje a las nubes de algodón y los invitados habían empezado a llegar.

–¡Oh! –dijo Katie–. ¡La mesa de los regalos!

Colocó diversos paquetes sobre la mesa de la esquina. Todos estaban adornados con lacitos de colores rosa o verde.

–He olvidado mi regalo en la sala de descanso –dije.

La sala estaba más allá de la cocina, junto a los baños. Cuando llegué y cogí mi regalo, escuché que alguien tiraba de la cadena. Cerré los ojos y recordé el día en que me escapé de allí con Tyler.

Había ido a Babies "R" Us con la intención de encontrar el regalo perfecto, pero la enormidad del establecimiento me había superado. Pasillos y más pasillos: una inmensa industria dedicada a producción y crianza de pequeños seres humanos; no tenía ni idea de por dónde empezar. Y no sabía qué querían o qué podían necesitar Laura y Daniel. Pregunté al entrar si había algún tipo de lista de regalos, como ocurre en las bodas, pero no era el caso. Así que compré un pequeño vestido rosa de cuadritos, un sombrerito rosa y unos diminutos calcetines también rosas. Más tarde, en el trabajo, le pregunté a una de las profesoras cuál había sido el mejor regalo que le habían hecho cuando había sido madre.

–Un sacaleches –dijo–. Ni se te ocurra comprar ropa.

Aquella noche, mientras metía mis cosas en cajas para guardarlas, abrí un pequeño contenedor que había traído de casa con todo lo que había sido de mi madre. Cosas que he llevado de un lado a otro pero que nunca he usado. Habían permanecido todo aquel tiempo en el pequeño contenedor de plástico gris porque tenía miedo de romperlas o de que alguien entrara en mi roñoso apartamento y las robara.

Y justo entonces me di cuenta de que había olvidado la tarjeta. Estúpida.

Laura salió del cuarto de baño con la cabeza inclinada hacia un lado y la melena cayéndole sobre los hombros.

–¿Es para mí? –preguntó.

–He olvidado la tarjeta –dije.

–No pasa nada. –Iba a coger la bolsa pero no dejé que lo hiciera, no quería que se perdiera en el mar de regalos de aquella mesa–. ¿Y si lo abro ahora?

Asentí, y ella sonrió. Le sujeté la bolsa mientras ella quitaba el envoltorio, y cuando sacó el vestido rosa, el sombrerito, los calcetines, su sonrisa se ensanchó. Luego volvió a meter la mano en la bolsa y pude observar su expresión al notar el frío del metal, o quizá fue cuando sus dedos acariciaron el grabado. Sacó el joyero de plata que había sido de mamá y que tenía su nombre grabado: un regalo de mi padre el día de su boda. «Shana Farrell», podía leerse en aquella caligrafía perfecta: bonita pero fácil de leer, formal pero nada pretenciosa.

Laura no dijo nada. Una lágrima le resbaló por la mejilla mientras la luz reflejaba el nombre en la superficie del joyero.

–Oh, Nic –dijo, cubriéndose la boca con una mano y luego bajándola hasta la barriga.

–Oh, no, no lo hagas. Dios mío. No te pongas de parto ahora. No estoy preparada.

Ella sonrió y sacudió la cabeza.
–No puedo aceptarlo. Es tuyo.
–Nunca tendré una Shana Farrell –dije–. Por favor. Si ella pudiera estar aquí, seguro que te lo daría. Lo sabes.
Era verdad. Me la imaginaba haciéndolo, la veía allí mismo, abrazando a Laura, acariciándole el pelo.
Sacudió de nuevo la cabeza, pero no me devolvió el joyero.
–Gracias –dijo.
–¿Laura? –Katie asomó la cabeza–. Los invitados están aquí, cariño. ¿Todo bien?
Laura se secó las mejillas, sostuvo mi mano y me la estrechó.
–Lo cuidaremos, Nic –dijo–. ¿Vienes?
–Solo un momento. Ve tirando –dije.
Me quedé un rato en el baño, que siempre ha sido mi lugar favorito para llorar.

La fiesta estaba en pleno apogeo, los amigos de Laura sostenían vasos de ponche en la mano, y madalenas y pequeños emparedados. Su madre y su hermana reponían las bandejas e iban de aquí para allá saludando a todo el mundo. La gente apostaba sobre qué día nacería el bebé y lo apuntaban en un papel que colgaban junto a la mesa de los regalos. Yo estaba de espaldas a la entrada, preparándome para el espectáculo. «Sonríe. Sé amable. Hazlo por Laura.»
–No creo que sus casos estén relacionados. –Escuché que decía una de sus amigas mientras retiraba los papeles que había debajo de la mesa. Era una compañera de clase del instituto de Laura; la conocía. Me había hablado de ella. El mismo color de pelo, pero teñido de rojo. Monica Duncan. O al menos ese era su nombre de soltera–. Annaleise no se parecía en nada a Corinne Prescott.
Echaron un vistazo a la lista de los equipos de búsqueda y a la fotografía de Annaleise, que yo había escondido para evitar que la gente curioseara y así evitar comentarios gratuitos: son dos de las cosas que más odio de este lugar. Laura estaba al otro extre-

mo de la mesa, dándonos la espalda, pero miró por encima del hombro y dijo:

–No digas eso, Monica.

Esperaron a que Laura rodeara la mesa y Monica bajó la voz:

–¿Qué? –dijo–. Es verdad. ¿No te acuerdas? Esta chica solía venir a nuestras fiestas cuando no tenía más que catorce años. ¿No te acuerdas? –Laura volvió a mirar por encima del hombro y vi que se ruborizaba. Regresé a la cocina–. Flirteaba con los novios de otras, creía que la ciudad era suya. ¿Qué podía pasar? Si era así a los catorce, ¿cómo sería a los dieciocho? No, espera, ni siquiera hace falta imaginarlo. Había rumores para todos los gustos.

No podía creer que estuvieran hablando de aquella manera en la fiesta. Laura se había casado con Daniel, un sospechoso no oficial. Y era cuñada de la mejor amiga de Corinne.

–Annaleise era una buena chica. Nunca se metía en líos. Sabía cuál era su sitio. En cambio, la Prescott era distinta. Era como una tormenta a punto de estallar. ¿A quién le sorprendió que desapareciera?

–No lo sé –comentó alguien–. Me han dicho que Annaleise salía con Tyler Ellison. –Escuché una risita nerviosa–. Así que, después de todo, quizá no era tan buena.

Todas se echaron a reír.

–Martin me ha dicho que la policía ha ido a casa de Tyler esta misma mañana. Para interrogarle. Pero no estaba –dijo otra mujer del mismo grupo.

¡Dios mío!, los rumores, las teorías de la conspiración. «Así es como empieza todo. Así es como la gente decide quién es culpable y quién no.» Había llegado el momento de irse, de que se dieran cuenta de que había estado allí todo el tiempo y dejaran de hablar, porque así eran las cosas en el sur.

–¿Podemos no hablar de esto precisamente ahora? –propuso Laura.

–¡No te enfades, querida! –dijo Monica, rodeando con una mano la cintura de Laura–. Lo único que digo es que no tenemos de qué preocuparnos. No es lo mismo. No es el mismo patrón. No hay motivos para creer que hay una conexión entre los dos casos –susurró.

No tenían ni idea del mensaje que Annaleise le había mandado al agente Mark Stewart preguntando por el caso de Corinne. Aunque no tardarían en saberlo. Salí de la cocina y me dirigí a la mesa del ponche. Monica añadió:

–Corinne recibió su merecido. Los puso a todos en su lugar, ¿verdad?

Laura se había quedado blanca y me miraba directamente a mí.

–Monica –dijo.

–¿Qué?

Laura se alejó de ella y vino hacia mí, pero yo retrocedí y volví a la cocina.

–Vaya, lo siento –escuché decir a Monica.

Era imposible seguir en aquella fiesta sin montar un numerito que avergonzaría a Laura o a sus amigas. Laura todavía estaba blanca cuando entró en la cocina.

–Lo siento mucho –dije, buscando mi bolso–. He de irme.

–Nic, no. Por favor.

Cogí la correa del bolso y la pasé por encima del hombro.

–Felicidades, Laura –dije.

Tenían razón. Aquel no era mi sitio. Yo sabía cuál era, y no estaba allí. No estaba en Cooley Ridge.

Laura no pudo seguirme. Desaparecí por el cuarto de baño trasero, subí las escaleras y recordé la combinación de hacía tres años. «Diez, diez, diez, la gente es demasiado confiada», había dicho Tyler entonces.

Abrí la puerta y salí.

Corinne no era culpable, pero tampoco inocente. Eso es lo que había querido decir Monica y lo que todos pensaban. Corinne inspiraba pasión, rabia, lujuria, ira. No podía evitarlo. Formaba parte de su personalidad. Es lo que una se dice a sí misma para convencerse:

«Nunca seré así.»

«No sabía cuál era su sitio.»

«Despertaba demasiadas pasiones.»

Los crímenes pasionales suelen ser cosa de hombres. Son sus dedos los que se cierran en torno a nuestros cuellos. Sus brazos fornidos forman un arco, más allá de su propia conciencia, y se dirigen contra nuestros frágiles pómulos. Pasión. Deseo. Instinto.

Las mujeres actúan más deliberadamente. Elaboramos en silencio un recuento de pequeñas ofensas, construimos la narrativa, retrocedemos hacia nuestro interior.

La pasión es para los hombres. Las estadísticas dicen que los ataques impulsivos son siempre cosa suya. Así que la investigación fue así: primero les tocó a Jackson, Tyler, Daniel y su padre.

Pero la policía se equivocó al empezar por ahí, apoyándose en las estadísticas. Debían haber empezado por Corinne, tenían que haberla conocido antes. Se habrían dado cuenta entonces de que no hay nada más apasionado que querer a alguien por encima de todas las cosas. Seas quien seas, si amaste a Corinne, lo hiciste apasionadamente.

Los detectives buscaban pruebas. Nombres. Hechos. Todo lo que habría podido llevar a una chica a perder la vida la última noche de la feria del condado. Hannah Pardot sacó a la luz a esa Corinne, la de verdad. Pero no sé si tuvo sentido. Si su Corinne era más real que la que yo había conocido, la que aún vivía en mi mente. La chica que daba vueltas y vueltas en aquel campo de girasoles y cuya imagen se desdibujaba. Nunca pude entenderla, pero era la persona más real que he conocido.

«Salta», dijo. Se acercó para que solo yo pudiera oír lo que decía, y me susurró: «Si yo fuera tú, lo haría».

Pero no lo hice.

Los hechos. Los hechos fluían y cambiaban, dependiendo del punto de vista. Los hechos se distorsionaban fácilmente. Los hechos no siempre están en lo cierto.

«¿Qué podía hacer?», tendrían que haber preguntado.

Después de que yo le dijera que no.

Después de que Daniel la apartara de él.

Después de que Jackson la abandonara.

¿Qué podía hacer si todos nos alejamos de ella el mismo día? ¿Si no tenía ningún sitio adonde ir? ¿Qué podía hacer?

Todavía noto sus fríos dedos en mis brazos, el susurro que se convirtió en grito: «Salta».

Quieres creer que no eres la persona más triste del planeta. Que hay alguien que está peor que tú, que está contigo. Alguien que a tu lado atraviesa su propia oscuridad insondable.

«Salta», había dicho, como si yo no tuviera futuro.

Pero estaba equivocada. Muy equivocada.

Porque cuando estaba en el borde de la cabina en la noria, a punto de saltar, con mi aliento perdiéndose en el viento y Tyler esperándome abajo, todo se aclaró.

Me gustaría hablar con alguien de lo de aquella noche. De Corinne. De lo que me dijo.

De mí.

Pero no sé cómo. En realidad, es imposible. No son temas separados. Van de la mano. No puedes explicar una historia sin la otra. En tu mente, para siempre, formarán parte la una de la otra.

Dos días antes de la feria, en el cuarto de baño de su casa, Corinne sujetaba en la mano un test de embarazo.

–Noventa segundos –dijo, sin dejarme ver nada. De fondo, el tictac del reloj en su mesita de noche: «Tictac, Nic».

–Me asombra que te parezca divertido –dije.

–Ha llegado el momento de la verdad.

Ella lo miró primero, y sentí la necesidad de arrancarle el test de las manos.

Sonrió al enseñármelo.

Había dos líneas azules. El corazón me dio un vuelco. Me desplomé de rodillas en el suelo del cuarto de baño, sobre las baldosas inmaculadamente blancas, y me apoyé en el inodoro. Me masajeó la espalda.

–Tranquila –dijo–. Todo irá bien.

Me senté en el suelo y me quedé aturdida mientras ella guardaba el test en una caja de chocolatinas que había sacado de la papelera.

–No te preocupes –dijo, con una media sonrisa dibujada en el rostro–, mi madre también me tuvo con dieciocho.

No debería haber aceptado hacer el test allí, las dos juntas en el cuarto de baño. Ella no tenía que haber sido la primera en enterarse. No tenía por qué enterarse antes que Tyler.

–Tengo que irme –dije.

Ella no me retuvo. Salí trastabillando de la habitación, salí de su casa y me dirigí al río. Una vez allí, me senté y lloré, contemplando el fluir del agua. Sabía que allí nadie podía escucharme. Llamé a Tyler y le pedí que viniera, y me obligué a dejar de llorar para contárselo.

Dos días después, subida en aquella noria, vi a Tyler allí abajo y por un momento pensé que lo tenía todo.

Corinne me incitó a encararme a la parte exterior de la cabina, y lo cierto es que yo quería hacerlo. Quería dejarme llevar para luego negarme. Quería sentir la adrenalina, el poder, la esperanza: todo lo que aún me quedaba por vivir.

Pero entonces noté su aliento en mi oído: «Salta», dijo, y en ese instante me asustó pensar en lo que podría llegar a hacer Corinne. Cuánta oscuridad albergaba en su interior. Para ella, mi vida no era más que un juego. Una pieza que mover, para ver cuánto tardaba en caer. Cuánto debió de odiarme, a mí y a todos nosotros, después de todo.

Temía que me empujara, que Bailey no dijera nada, que todos pensaran que quería suicidarme cuando lo único que deseaba era vivir el momento. Ver a Tyler allí abajo, imaginar la vida que viviríamos juntos, todo lo que aún era posible.

Y entonces todo se desequilibra a mi alrededor, el mundo se inclina hacia un lado, el puño impacta en mi cara.

Corinne llega corriendo para ser testigo de la destrucción.

Una chica que se come un helado me está mirando, y el recuerdo la acompañará toda la vida.

Mi brazo protege instintivamente mi regazo mientras caigo al suelo, porque he entendido lo frágil que es todo, lo paralizante de saber que estamos de paso en este mundo y la necesidad de proteger ese algo que crece dentro de mí.

Algo a lo que vale la pena aferrarse.

Después de la fiesta de Laura pasé lo que quedaba de tarde en el río hasta que anocheció; hasta que supe que Daniel se había ido; hasta que me di cuenta de que la casa, con las paredes húmedas de pintura, estaba vacía.

Ignoré las llamadas de Daniel y opté por escribirle un mensaje: «Estoy en casa».

«¿Vienes?», respondió.

«No. Me voy a la cama», escribí.

Pero no dormí. No hice absolutamente nada.

Me permití una sola noche para sentir lástima de mí misma. Solo una noche. Para llorar a Corinne y a mamá, para pensar en Daniel y en papá, en mí y en Tyler y en todas las cosas que había perdido.

Mañana sería otro día. No volvería a llorar. Me diría a mí misma que tenía que seguir adelante.

UN DÍA ANTES

DÍA 5

No debería estar aquí. No debería estar aquí. No debería estar aquí.

Estaba acurrucada en el sofá, delante de la tele, con una taza de café en la mano y la ropa, la misma del día anterior, pegada a la piel.

El despertador sonó en la habitación, y sabía lo que venía a continuación: él lo pararía y lo dejaría sonar hasta en dos ocasiones más, luego maldeciría camino de la ducha, se vestiría, se calaría la gorra con el pelo aún mojado y llenaría su termo con café recalentado del día anterior.

Yo seguiría sentada en el sofá, con las piernas plegadas, tomando a sorbos el café recién hecho que me había servido en su taza favorita.

En vez de eso, Tyler vino directamente a buscarme, como si hubiera oído el televisor, aunque el volumen estaba muy bajo. Se quedó de pie en la puerta. Solo llevaba unos boxers negros. Sus ojos azules estaban bien despiertos. Me fijé en su bronceado pecho y en su barriga. Había ganado algo de peso desde la última vez que nos habíamos visto, pero nadie lo diría al verle vestido. Yo era la única persona que podía saber qué parte de su cuerpo y de qué manera había cambiado en aquella década. Mis manos recorrían su cuerpo con memoria muscular. Y lo mismo ocurría con él respecto a mí.

Intenté no apartar la vista de la pantalla y gesticulé con la taza.

–Solo miro las noticias –dije, viendo cómo se movía la boca de la reportera. Estaba delante de un cartel de Annaleise Carter, recapitulando lo que se sabía hasta la fecha: que el último en verla fue su hermano, y que la había visto internarse en el bosque. Se estaba poniendo en marcha el operativo de búsqueda por segundo día consecutivo, helicópteros incluidos. Ni rastro de ella. Ni una sola pista. Sin novedades.

–Pensaba que te habrías ido –dijo Tyler. Casi había llegado al sofá.

Seguí sin apartar la vista de la pantalla.

–Necesito que me lleves a casa. He hecho café –dije–. Está en la cocina, calentito.

–¿No has podido dormir?

Su voz me llegó desde la cocina, donde acababa de abrir un armario. El apartamento no era gran cosa: la sala de estar en la que me encontraba, la habitación en la que dormía y la cocina, con una isla en el centro. Su ordenador estaba cerca, en la mesita que había delante de la tele.

–No mucho –dije, aunque no era del todo cierto.

Me había dormido profundamente nada más caer en la cama, y podía decirse que aquel había sido el primer sueño reparador que había tenido desde mi vuelta. Pero el ruido de la gente al salir del bar cuando cerraron me despertó y ya no hubo manera de volver a conciliar el sueño; solo Tyler podía hacer que me durmiera, evitando que pensara en lo que no debía, haciendo que me olvidara hasta de mí misma. En las últimas horas había estado a punto de volverme loca.

Quitó la manta arrugada que había junto a mí y la colocó sobre el reposabrazos, donde había estado la noche anterior. Se sentó a mi lado, quizá demasiado cerca. La taza en una mano, me pasó el brazo derecho por detrás y sus dedos empezaron a moverse distraídamente entre mi pelo. Sentí que me destensaba, que me relajaba. Cerré los ojos un segundo y le escuché sorber su café.

Esto. Nosotros. Un consuelo, por fin. Algo a lo que no podía negarme. No podía negarme a abandonarme a ello durante un fin de semana.

Sonó mi teléfono, estaba en la mesa, lo cogí, esperando que

fuese Daniel, y la sangre se me subió a la cabeza cuando vi el nombre de Everett en la pantalla. Dejé la taza sobre la mesa y contesté.

–Te llamo ahora –dije, antes de que me hablara–. Diez minutos.

–Voy camino de la oficina –dijo–. Lo intentaré a la hora de comer.

–Vale. Hasta luego. –Colgué y me incliné hacia delante en el sofá, con la cabeza entre las manos.

Tyler se puso en pie.

–Tengo que ir al trabajo –me dijo–. Te llevo de camino. –Se dirigió al cuarto de baño y se detuvo en la puerta de la habitación–. Y hazme un favor: no le llames cuando me meta en la ducha.

Fruncí el ceño cuando se dio la vuelta.

–No pensaba hacerlo.

–Estupendo.

–No seas así –dije–. No...

Se dio media vuelta; una mano se apoyaba en el pomo de la puerta y la otra me señalaba.

–¿Y eres tú quien me pide que no sea así?

–¡Estaba triste!

–Lo sé, estaba contigo.

–No pensé lo que hacía.

–Tonterías.

Me miró desde la puerta. Yo me concentré en los labios de la reportera, que no dejaban de moverse.

–No quiero discutir contigo –dije.

–No, sé exactamente para qué me quieres.

Aquello fue cruel, pero la manera en que me miraba no lo era en absoluto. Lo de la noche anterior le había parecido bien, aunque, a la luz del día, estaba francamente mal.

–Lo siento, pero ¿qué quieres de mí?

Sus ojos se agrandaron, si es que algo así es posible.

–Esto no es serio –dijo. Sacudió la cabeza. Se pasó una mano por la cara–. ¿Por qué te sientes culpable exactamente? Solo siento curiosidad. ¿Por lo de esta noche? ¿Por lo del año pasado? ¿Por la vez anterior? ¿O por haberte largado sin decir una maldita palabra?

Me puse en pie, temblando.

–No hagas esto ahora. No me lo eches en cara.

Habíamos llegado a un acuerdo. No íbamos a hablar de ello. No podíamos pensar en el pasado ni en el futuro.

Cuando acabé el instituto, el plan era esperar un año. Ahorrar un poco de dinero, largarnos juntos. Pero Corinne desapareció y todos los planes se fueron al carajo. Daniel dejó de trabajar en el garaje y me dio todo el dinero que pudo. Me fui sola, pasé un año en un colegio universitario y luego me trasladé a una universidad en la que estuve cuatro años, pedí un préstamo estudiantil y me instalé en el campus, un lugar aislado del mundo. Lejano y seguro.

–¿O te sientes culpable por haber cambiado el número de teléfono? –Tyler siguió y dio un paso hacia mí–. ¿O por llegar cinco meses después como si no hubiera pasado nada?

–No podía hacerlo –dije–. Éramos niños, Tyler. Solo niños.

–Eso no significa que no fuese real –dijo, endulzando la voz–. Podríamos haberlo conseguido.

–Podríamos. Pero esto es solo una suposición. No lo hicimos, Tyler. No lo hicimos.

–¡Porque desapareciste! Literalmente.

–Yo no desaparecí, me fui.

–Estabas aquí un día y al día siguiente ya no. ¿Qué diferencia hay? Me lo tuvo que decir tu hermano, Nic.

–No podía quedarme –dije, y me costó alzar la voz para decirlo.

–Lo sé –dijo–. Pero no era temporal. Lo que te dije. La promesa que te hice. Iba en serio. Iba en serio, Nic.

Me dejó conducir su camioneta porque le dolía la mano. Yo no podía dejar de tocarme la cara, esperando notar algo nuevo, algo más que una marca roja y un labio partido.

–En serio, Nic, ¿estás bien? –me preguntó.

–Sí –dije–. Estoy harta de todos. De Daniel, de Corinne. Estoy harta de sus juegos. Estoy harta de papá. Estoy harta de este sitio.

–Para –dijo.

–¿Dónde?

La carretera estaba oscura y repleta de curvas y no había lugares en los que detenerse. Pero las vistas del valle eran increíbles y había quitamiedos alrededor de las rocas que sobresalían aquí y allá.

–En cualquier parte.

Pero supuse que sabía por qué quería que parara y no quería verme expuesta a la luz de los faros.

–Estamos cerca de las cuevas –dije.

Conduje la camioneta hasta el solar, salí de la carretera, dejé atrás las rocas y me dirigí al claro, que quedaba oculto entre los árboles. Apagué el motor. Me desabroché el cinturón de seguridad. Pero él no me atrajo hacia sí. Ni siquiera me miró al principio.

–Cuidaré de ti, lo sabes –dijo–. Seré bueno contigo. Te querré siempre, Nic.

–Lo sé –dije. Era lo único de lo que estaba segura.

Abrió la guantera y sacó un anillo. Era sencillo. Precioso. Perfecto. Dos bandas de plata unidas por una línea de gemas azules.

«Para siempre.» Es el tipo de cosas que dices cuando no has vivido mucho. Cuando aún estás a décadas de convertirte en una de esas muñecas rusas.

Una parte de mí era todavía increíblemente infantil y se aferraba a cualquier cosa para mantener viva la esperanza de que, de alguna manera, podía llegar a tenerlo todo. Que Tyler podía convertirse en Everett, que Everett podía llegar a ser Tyler. Que yo podía ser todas las versiones de mí misma, una dentro de otra, y aun así encontrar a alguien que me quisiera. Que las quisiera a todas. Pero solo puedes pensar así cuando eres una cría. Luego te das cuenta de que a cada paso que das haces una elección. Que debes perder algo para ganar algo. Que debes mirarlo todo con perspectiva, sopesar tus deseos, y poner un orden, decidir qué es lo que más quieres, y qué estarías dispuesta a dar por ello.

Hacía diez años yo había elegido un camino para los dos, me había largado sin más. «Una ruptura limpia», pensé entonces. Pero nunca le di una oportunidad, no había vuelta atrás. «Desapareciste», había dicho.

–Me fui y lo siento, pero eso fue hace diez años –dije–. No puedo volver atrás y deshacer lo que hice.

–No dejas de volver, Nic.

No estaba segura de si se refería a Cooley Ridge o a él.

–Vas a llegar tarde.

Se pasó la mano por el pelo, lentamente, como queriendo agarrar cada mechón.

–Me vuelves loco –dijo, de camino al cuarto de baño. Puso en marcha la ducha y dio portazos a todos los armarios. «Está perdiendo la cabeza ahí dentro», pensé.

Es lo que suele pasar: los hombres pierden la cabeza en momentos de pasión. Y es cosa nuestra. Nunca es por su culpa.

Cerré los ojos y me apoyé en la encimera, junto a la nevera. Clavé las uñas en la palma de la mano y conté lentamente hasta cien.

Tuvimos que salir por la puerta principal, junto a la puerta del bar. Intenté no mirar hacia dentro, mirar a la calle. Seguí a Tyler hasta su camioneta, aparcada en la parte de atrás, y una vez dentro recosté mi cabeza en la ventanilla.

De camino a casa no dijimos ni una palabra. Me dejó en el sendero y dudé antes de salir. Tenía ya la mano en el tirador, pero no pude evitar contemplar la casa antes de salir.

–¿Estarás bien aquí? –me preguntó.

La casa, abandonada e inclinada, me esperaba. Detrás quedaban las tierras de los Carter y la búsqueda de una chica desaparecida. Me bajé del coche. Él bajó la ventanilla del copiloto y susurró:

–¿Nic?

Tardé un segundo en mirarle. Había perdido a todas las chicas que había amado y mi fantasma le perseguía por todas partes en aquella ciudad. No estaba segura de por qué lo había hecho. ¿Creía que esta vez la cosa cambiaría? ¿Creía que esta vez me quedaría? Yo le partía el corazón cada vez que me iba, y eso era algo que podía cambiar. La clase de regalo que podía hacerle. Algo que le debía desde hacía tiempo.

Porque no iba a volver de ninguna manera. La distancia no paraba de aumentar.

–No podemos volver a vernos –le dije.

–Vale, claro –dijo, como si no me creyera.

–Tyler, te lo estoy pidiendo. Por favor. No podemos volver a vernos.

Se produjo un silencio. Se estaba conteniendo.

–Te estoy arruinando la vida, Tyler. ¿No te das cuenta?

Su silencio y su mirada me siguieron por el patio, me acompañaron hasta los escalones del porche, hasta la puerta, que cerré con un golpe detrás de mí.

Di por hecho que, si se fijaba bien, podía darse cuenta de lo que era yo.

La casa me pareció distinta. De repente, no me parecía un lugar seguro, sino un lugar desconocido en el que podía pasar cualquier cosa. Las paredes me susurraban. Podía ver el garaje desde las ventanas de la sala de estar, tan modesto bajo la luz del sol, y más allá el bosque que se extiende hasta el infinito.

No, no iba a estar bien allí.

Conduje hasta la iglesia y bajé al sótano, donde el agente Fraize estaba organizando la búsqueda de Annaleise. Había una décima parte de la gente que había habido el día anterior. Me dio un mapa con una área delimitada de búsqueda. La zona estaba marcada con un rotulador naranja y me señaló un par de críos de pelo negro que estaban recogiendo panecillos y pastas del día anterior donados para la ocasión.

–Hola –dije a la espalda de una chica.

Ella se dio media vuelta. Tenía una porción de pastel en la mano.

–Hola –me dijo. Era un poco mayor de lo que había pensado en un primer momento. Más joven que yo, pero no una niña–. ¿Vas a ayudarnos?

Con el «nos» se refería a ella y a un chaval de su misma edad con barba de dos días y una cara que no era nada del otro mundo. Hermanos, pensé, por el color de pelo.

–Eso parece –dije.

–Soy Britt –dijo–. Y este es Seth. –Miró el mapa y me di cuenta de que las raíces de su pelo eran de color castaño, bastante más claras que el resto de la melena. Quizá no fuesen hermanos–. Nos asignan el seguimiento del río, o eso parece. Debería ser fácil.

–Pasaremos por la farmacia –dijo Seth–. Necesito ibuprofeno o algo parecido. –No tenía buena cara.

–Resaca –me susurró Britt, tendiéndole un pedazo de pastel que había cogido directamente con la mano.

Seguí el coche de Seth y esperé a que saliera de la farmacia. Además del ibuprofeno o lo que fuese, compró caramelos y no paró de comerlos de camino al bosque. Le oí masticar aquellos caramelos hasta que nos internamos en el bosque y nos topamos con el río. A partir de entonces sólo pude oír el chapoteo del agua.

Caminé junto al río, sin perderlo de vista, buscando en el fondo. El agua no era profunda, así que podía ver con facilidad las piedras y las raíces que había en el fondo, incluso en la sombra. Alcanzamos un claro, la luz del sol brillaba, tenía que entrecerrar los ojos para ver con claridad, y de todas formas el resplandor del sol se reflejaba en la superficie de forma tan violenta que empañaba mi visión.

–¿Estás bien?

Britt me cogía de la mano cuando creía que iba a caerme porque me inclinaba más de la cuenta.

–Sí –dije–. Intento ver si pudo caerse al río.

Britt me alejó de la orilla.

–Ten cuidado –dijo–. He oído que van a empezar a buscarla en el agua, pero si está ahí –señaló el río–, no es que importe lo rápido que la encontremos

Seth desenvolvió otro caramelo y se guardó el envoltorio en el bolsillo.

–Apuesto que pensó que era lo más indicado –dijo–. Tan Ofelia. Tan artístico. Tan sustancial.

–¿Erais amigos? –le pregunté.

La chica asintió.

–Sí, supongo. Lo habíamos sido antes de que se convirtiera en la Escuela de Arte Annaleise.

–¿Cómo era antes?

–Como nosotros –dijo. Britt se internó en un sendero apenas visible que se alejaba del río y me llevó con ella.

–Siempre había pensado que era una chica tranquila –dije.

–¿Annaleise? Supongo. Pero no lo sé. Se tomaba muy en serio lo que hacía. Sus creaciones. Por ejemplo, hizo un mural para la obra de teatro del instituto e incluyó un montón de cosas rarísimas. No nos dimos cuenta hasta mucho después. Era una especie de homenaje, si algo así existe, a todo el mundo que odiaba en el instituto. –Seth se rio, pero Britt ni siquiera sonreía–. Era tan sutil que lo negó todo. Y en el fondo, para nosotros, chivarnos era admitir ciertas cosas, ¿sabes a lo que me refiero? Caminaba por el pasillo con esa sonrisa odiosa en su cara, como si se hubiera salido con la suya y todos lo supiéramos. Era mala.

Todos lo somos un poco. Corinne nos lo había demostrado.

–Así que no –añadió Seth–. No éramos amigos.

–¿Alguna idea de dónde puede estar?

Seth masticaba el caramelo mientras hablaba.

–Apuesto que ni siquiera estuvo en el bosque –dijo.

–Su hermano dijo... –empecé yo.

–Su hermano, ¿eh? –dijo Seth–. Pedazo de inútil de mierda. ¿Quieres saber por qué estaba colgando de su ventana el lunes por la noche? Porque no quería que su madre oliera el porro que se estaba fumando.

–He oído que está pensando en largarse –añadió Britt.

Un chico nada prometedor, todo lo contrario que su hermana. Que acababa de ver cómo ella se había esfumado sin dejar rastro.

–Nadie se fía de él, pero tampoco es que pudiera hacer otra cosa –dijo Seth.

–¿No te lo crees? ¿Que se fue por el bosque?

–¿Después de medianoche? ¿Que salió a dar un paseo por el bosque con el bolso? Venga ya –dijo Britt.

–Entonces ¿qué hacéis aquí?

Seth se encogió de hombros y sacó otra de aquellas golosinas.

–Podíamos pillarnos el día libre si nos apuntábamos.

Britt debió de notar la mirada que le eché.

–Además, están los helicópteros. Si está aquí, la encontrarán.

Levanté la vista hacia la cortina de hojas. Luego miré la corriente de agua del río. Y deseé que fuera una mentira que se contaba a sí misma para no preocuparse.

En el bosque podías perderte fácilmente. Podías perderte sin más. Podías vivir algo allí dentro sin que nadie se enterase. Lo habíamos hecho, hacía diez años.

Volví al río el invierno después de irme para siempre, la primera vez que regresé a casa.

Usé el dinero de Daniel para matricularme en un colegio universitario que estaba a miles de kilómetros hacia el este y alquilar una habitación en un piso compartido con otras tres chicas. Conseguí un empleo en la oficina de registro, que en verano se volvió fijo. Volví a casa una semana por Navidad y acabé quedándome dos porque la ciudad sucumbió a una tormenta de nieve y quedé atrapada.

Me había puesto mis botas de nieve y mi chaqueta de invierno, y un gorro con el que cubría mi recién estrenada melena pelirroja. Fui al río. Me ardían los pulmones por el frío que se respiraba ahí abajo.

No tardé en darme cuenta de que no estaba sola.

Caminamos despacio a uno y otro lado del río hasta que llegamos al tronco que lo cruzaba, justo en el lugar en el que el cauce se estrechaba. Era Tyler. Cruzó dando tumbos por el tronco, me reí cuando resbaló, pero acabó agarrándose a tiempo con sus manos enguantadas.

Sonreí cuando pisó tierra firme.

–Me gusta tu pelo –dijo.

–No tienes por qué mentir.

Eran guantes de lana e irritaban mi piel. De la misma manera que me la irritaba la piel de su mandíbula. Sus labios estaban secos y agrietados, pero él ardía. Hicimos un trato ese día. Un pacto de silencio. No hablaríamos de lo que había sucedido, de lo que habíamos perdido.

Britt y Seth siguieron el río hasta que se ramificó: allí terminaba nuestra zona de búsqueda según el mapa. Seth giró sobre sus talones y yo contemplé los dos brazos en que se bifurcaba, preguntándome adónde llevaba cada uno. Uno, a las cuevas. El otro serpenteaba alrededor de los solares que rodeaban la feria y llegaba casi hasta el decadente Riverfall Motel.

–Eh, Nic –dijo Britt. ¿Le había dicho mi nombre? ¿Me conocía? –. Media vuelta, hermana.

–Voy a seguir adelante –dije.

–Ni de coña –dijo–. ¿No tienes una copia de las normas? Hemos de permanecer juntos. Regresar juntos. Y contar lo que hemos visto.

Les seguí de vuelta a la carretera. Les seguí hasta la oficina improvisada del agente Fraize. Luego cogí un folleto con la fotografía de Annaleise y conduje hasta el Riverfall Motel.

Había veinte habitaciones idénticas en el Riverfall. Y todas daban a la carretera. En realidad, al aparcamiento del propio motel, que había pintado una zona de estacionamiento delante de cada una de las puertas. Estaba descolorido y parecía abandonado, pero había coches en el aparcamiento. Supuse que por la feria. Quizá eran los vehículos de los feriantes. En aquel motel se había hospedado Hannah Pardot hacía diez años. Solía pasarme a menudo por allí, aunque solo fuera para comprobar que su coche ya no estaba.

Aparqué frente a recepción, entré y el tipo del mostrador apartó la vista un segundo de la telenovela que estaba viendo para mirarme.

–¿Puedo ayudarte en algo? –me dijo.

Puse sobre el mostrador el folleto, él me miró y yo le di la vuelta para que pudiera ver a Annaleise.

–¿Has visto a esta chica?

–¿Annaleise Carter? La policía ya ha estado aquí. No. No la he visto. –Volvió a mirar el televisor.

–De acuerdo, gracias.

Llamé una a una a todas las puertas. De la mayor parte no obtuve ninguna respuesta, aunque en algunas había coches aparcados en la puerta. Gente que quería intimidad, gente con secretos que guardar.

En la tercera habitación escuché pasos dentro, vi una sombra bajo la puerta y me di cuenta de que alguien me observaba por la mirilla, pero la persona que estaba al otro lado no descorrió el cerrojo. Coloqué el folleto delante de la mirilla.

–Estoy buscando a esta chica –dije.

La puerta se abrió. La habitación olía a podrido y a alcohol, como si alguien se hubiera dedicado a mezclar leche con whisky en la alfombra.

El mundo estaba lleno de gente dispuesta a dar información que a menudo se inventaba creyendo que podía llevarte a alguna parte. Pero el mundo también estaba lleno de gente que se mantiene tan lejos como sea posible de la policía. Que había visto cosas pero que se las quedaba para sí. Un grupo de personas que, si se unieran, podrían completar el puzle y descubrir la verdad. El hombre no abrió la puerta del todo, pero pude verle la cara. Tenía barba y cicatrices. No sabía por qué estaba allí, pero tampoco me importaba lo más mínimo.

–No soy policía –dije–. Solo una amiga. La estoy buscando. Se me ha ocurrido que quizá haya pasado por aquí. ¿La ha visto?

Sus ojos me escrutaron con cuidado, quedándose con hasta el último detalle, desde mis zapatillas de deporte hasta mi vieja camiseta y mi ridícula cola de caballo. Inclinó la cabeza y se acercó un poco.

–Puede –dijo a través de la grieta de la puerta–. ¿Una amiga, dices?

Ajustó la cara a la pequeña abertura y me miró fijamente.

Le devolví la mirada, sin dar un paso atrás.

–No –dije–. En realidad no era amiga mía. Pero necesito encontrarla.

Sonrió. Tenía los dientes amarillos, pero ni uno solo estaba torcido. Tal vez hubiera llevado aparatos en el pasado.

–Puede que la hubiese visto salir del bosque y abrir la ventana de una de las habitaciones del final del pasillo. Tal vez la vi entrar en la habitación. Pero no es asunto mío.

–Gracias –dije, mientras la puerta se cerraba–. Gracias.

«¿Ves, Annaleise? Siempre hay alguien mirando.»

Me encaminé hacia el final del pasillo y di con la ventana, que no estaba cerrada. La abrí y entré en la habitación, de la misma manera en que debía de haber entrado ella. Pero la habitación estaba vacía, ni rastro de Annaleise. Inspeccioné la ducha, el armario, eché un vistazo bajo la cama. Nada. Cerré los ojos e imaginé que llegaba corriendo desde el bosque y entraba en aquella habitación por la ventana. ¿Por qué estaba aquí? ¿Qué andaba buscando?

Puede que un sitio en el que tomarse un respiro. En el que poner orden en sus pensamientos. En el que trazar un plan. No parecía que hubiera dormido nadie en aquella cama. No había ninguna toalla usada en el baño.

Cogí el teléfono y escuché el tono de llamada. Información. Llamaría a un operador. Si yo no tuviera a mano mi teléfono, llamaría para preguntar un número. Comprobé el pequeño bloc que había junto al teléfono. No había nada escrito, aunque noté ciertos puntos de presión en el papel, como si hubiera escrito algo en una hoja que se hubiese llevado. Aunque no había forma de descubrir qué número podía haber sido.

Pulsé el botón de rellamada.

El teléfono sonó cuatro veces y luego saltó el contestador: «Has llamado a los Farrell. No estamos ahora en casa, pero te llamaremos en cuanto oigamos el mensaje». Era la voz de Laura. Annaleise había llamado a casa de mi hermano. Había estado en el motel y había llamado a mi hermano, y luego había desaparecido.

Volví a casa. Daniel limpiaba la zona del patio que quedaba junto al garaje y cargaba los escombros en el coche.

–¿Se sabe algo? –pregunté, protegiendo los ojos del resplandor del patio delantero.

–Nada.

Enrolló la manguera en su soporte y se dirigió a un costado de la casa.

Me quedé allí.

–Daniel, ¿hay algo que no me hayas contado de Annaleise?

Se detuvo, dejó caer el soporte de la manguera y me miró.

–¿Es que no me crees?

«¿Hay algo que no me hayas contado de Corinne?» ¿Me lo diría? ¿O se ceñiría a la versión oficial?

–Puedes hablar conmigo, Daniel –dije.

Cogió de nuevo la manguera. Se oyeron voces en el bosque y dirigió la mirada hacia allí.

–La policía está en el bosque –dijo–. ¿Has comido? He traído comida de casa. Entra, Nic.

Asentí, entré, calenté el estofado, observé a Daniel por la ventana. Y me di cuenta de cómo había sabido que era la policía sin esperar a ver un agente: había estado vigilando. Observando el bosque desde el patio. Escuchando.

«¿Qué no me has contado, Daniel?»

Daniel y yo nos comunicábamos con los silencios. Y me pregunté: «¿Qué estaba tratando de decirme en aquel momento?».

UN DÍA ANTES

DÍA 4

Había dejado de llover, pero las gotas seguían resbalando de las hojas de los árboles y golpeaban el techo de la casa con la cadencia de un reloj: «Tictac, Nic». El reloj de la cocina marcaba las cinco de la mañana y aún no había ni rastro de Daniel ni de la camioneta de Tyler.

–¿Sabes algo de él? –pregunté, mientras llenaba un vaso con agua del grifo.

–¿Qué voy a saber, Nic?

Ambos mirábamos el teléfono de Daniel. Estábamos sentados a la mesa de la cocina. Me tembló la mano con la que le tendí el vaso de agua a Tyler. Él lo cogió y se lo llevó a los labios con determinación, sujetándolo por la base con una mano mientras con la otra se masajeaba la nuca. El sol empezaba a despuntar en el horizonte.

–He de volver a casa –dijo. Estaba sucio, cubierto de tierra y porquería, pero tenía las manos tan limpias como yo–. Tengo que cambiarme antes de empezar la búsqueda. Necesito una ducha. ¿Puedo coger tu coche? Te lo devolveré en cuanto Daniel aparezca con mi camioneta.

Me pasó el vaso y tiré lo que quedaba al fregadero.

–No estoy segura de qué va a pensar la gente si ven mi coche frente a tu casa. Hablarán de nosotros.

–No puedes evitar que la gente hable –dijo.

–Pero ahora es distinto.

–¿Por qué? ¿Porque estás prometida? Podemos ser amigos, ¿no?

Nunca habíamos sido amigos. Ni antes ni después. No hubiera sabido ni cómo hacerlo.

–Porque tu novia ha desaparecido –dije–. No seas tonto, Tyler.

Se le iluminó la mirada. «No seas tonto.» Se inclinó hacia atrás y apoyó la cabeza en la nevera.

–No puedo creer que esto esté pasando. Dime que no está pasando.

–Pues está pasando.

–Me voy a convertir en sospechoso si no aparece, ¿verdad? –me preguntó.

–Tyler, serás «el» sospechoso.

Como lo había sido Jackson. «El novio», el camino más corto.

Cerró los ojos con fuerza y quise recorrerle el pelo con los dedos, colocarlos luego en la base de su cuello y darle un masaje, como hacía siempre que estaba tenso, cuando llegaba cansado después del trabajo.

–Usa mi ducha –dije–. Buscaré algo de mi padre que puedas ponerte. No deberías llegar a casa así.

Se miró la ropa, las piernas, las manos.

–Vale. Sí.

Limpié el suelo con un trapo húmedo para eliminar las marcas y las pisadas. Luego lo metí en la lavadora. Oí el agua correr por las tuberías y a continuación la cortina de la ducha, y me dirigí al armario de mi padre en busca de algo de ropa para Tyler.

La ropa de trabajo de mi padre le quedaría pequeña. Tendría que conformarse con los gastados pantalones de chándal que aún no había tirado y la vieja camisa que se ponía para trabajar en el patio.

Entré en el cuarto de baño, el vapor ya había empañado el espejo.

–Soy yo –dije, dejando la ropa encima del lavabo.

–Eh –dijo–. Espera.

Apoyé la espalda en la puerta y observé la sombra de Tyler al otro lado de la cortina a rayas grises y negras de la ducha. Era más sencillo hablar con él así, sin tener que mirarnos a los ojos.

–Acabo de mudarme –dijo.

–¿Adónde?

–Encima del Kelly's. No es gran cosa. Un estudio. Pero hay un sofá y mantas. Puedes venirte, Nic. Instalarte allí estos días. Sin ataduras. No tienes por qué quedarte aquí.

Me reí, y resultó cruel que lo hiciera.

–Es una pésima idea, por un montón de razones.

–No sería la peor de esta semana –dijo al verme recoger su ropa sucia.

Abrí la puerta del baño y noté que el calor que había allí dentro se disipaba. Incluso me pareció que hacía frío fuera.

–Voy a lavarte la ropa. No gastes toda el agua caliente.

Cuando regresé a mi cuarto me lo encontré allí, vestido con la vieja ropa de mi padre y secándose el pelo con la toalla. Estaba mirando el garaje por la ventana y yo me situé a su lado e hice lo mismo. Se volvió hacia mí y me quitó algo de la cara rozándome con el pulgar.

–No entiendo lo que está pasando –dije. Estaba a punto de echarme a llorar. Tyler me hizo levantar la vista–. ¿Cómo...?

–Eh –dijo–. No te martirices. Está bien cuidado, ¿vale?

Intenté hacerle caso, como había hecho siempre, confiar en lo que decía, creerle –«me gustas», me había dicho a los dieciséis; «te quiero», a los diecisiete; «para siempre», a los dieciocho–, pero la distancia era insalvable. No había vuelta atrás. Por suerte, el familiar ruido del motor de la camioneta de Tyler hizo que por un momento lo olvidara todo.

–Daniel ha vuelto –dije. Salí de la habitación y corrí escaleras abajo.

Daniel detuvo la camioneta junto a la puerta mientras yo descendía los escalones del porche. Tyler iba un paso detrás de mí. Daniel se bajó sin mirarnos, arrojó las llaves a Tyler y se metió en su coche.

–Tengo que irme –dijo, sin haber llegado a mantener contacto visual.

–Daniel, espera –dije.

–Tengo que irme –repitió.

Corrí hasta él, pero en cuanto lo alcancé me di cuenta de que no sabía qué decirle. Se me ocurrió mirar a Tyler, para que me echara un cable, pero Tyler ya había cargado su camioneta y cubría la parte posterior con una lona para proteger los materiales.

–¿Qué le has dicho a Laura? –pregunté.

Daniel abrió la puerta de su coche.

–Que he estado aquí. Que estuvimos trabajando hasta tarde.

–Nos vemos en la búsqueda de Annaleise –gritó Tyler, subiéndose a la camioneta.

Conseguí llegar dentro antes de vomitar. Puse el fregadero de la cocina perdido de bilis y una especie de polvo blanco. Lo limpié antes de darme una ducha caliente y de fregar el suelo.

Cuando la secadora terminó, doblé la ropa de Tyler y la metí en el cajón inferior de mi cómoda vacía.

Nos reunimos en el sótano de la iglesia. Todo el mundo estaba allí, casi todo Cooley Ridge. Todos recién llegados del trabajo. Se agolpaban en la pequeña sala de descanso. Desbordaban la cocina. Había gente incluso en las escaleras.

Nos uníamos cuando pasaba algo malo. La tragedia nos hacía más fuertes. Si alguien moría, teníamos algo de qué hablar durante un año. Si alguien desaparecía, removíamos cielo y tierra hasta encontrarlo.

Bricks, de pie sobre una silla, estaba al mando. Había perdido pelo, lo cual resultaba aún más evidente al llevar rapado el poco que le quedaba.

Si quería ver algo, tenía que ponerme de puntillas, abrirme paso entre la gente. ¿De qué estaría hablando? Fui pillando retazos de su discurso. «Desaparecida.» «Corinne Prescott.» «Posible fuga.» «Secuestro.» «Monstruos.»

–... en las rutas. –Una mano se posó en mi hombro. Tenía que centrarme. Laura. La miré y ella alzó una ceja–. ¿Todo bien? –susurró.

Asentí. Bricks estaba señalando un mapa de Cooley Ridge. El bosque que rodeaba la ciudad. El río que la cruzaba.

–¿Qué creen que ha pasado? –susurró Laura–. ¿Que se ha perdido ahí fuera?

Había empezado a sudar. No había visto a Daniel, pero si Laura estaba allí, él también. Tampoco había visto a Tyler. Bricks sujetaba los papeles que habíamos firmado.

–Cada uno de vosotros cubrirá una zona y tendrá un líder. –Nos mostró un mapa en el que podía verse una zona marcada en lila–. Cuando diga vuestro nombre, seguid al agente Fraize.

Empezó a dividirnos en equipos, y Laura se inclinó hacia mí.

–Habéis estado trabajando demasiado duro en la casa, deberíais tomároslo con más calma. Los dos.

–Lo sé –dije, sin perder de vista a Bricks.

–Además –dijo–, se supone que debería estar pintando la habitación del bebé. Puedo ponerme de parto en cualquier momento.

Aquello me sobresaltó.

–No te preocupes, no va a suceder justo ahora.

–¿No deberías estar en casa? –le pregunté.

–Nic Farrell...

Me abrí paso entre los asistentes para seguir al agente Fraize, sin conocer a ningún otro miembro de mi equipo más allá de aquellos que parecían ser familiares de algún conocido. Éramos ocho.

–La tierra estará mojada –dijo–. Así que tened cuidado. Y no perdáis de vista al compañero que tenéis al lado. Id juntos en todo momento, intentad caminar al mismo ritmo. Y al volver, aseguraos de que estáis todos. No tenemos radios suficientes, así que... –Echó un vistazo al equipo y le tendió la radio a un hombre mayor que me sonaba como el padre de alguien con quien había ido al cole–. Avisadnos si encontráis algo.

–Hola –dije, y el agente Fraize me miró un instante antes de dirigirse a un nuevo equipo. Si me reconoció, supo disimularlo–. ¿Ha contactado con su padre? ¿Con sus amigos de la facultad?

–Sí, estamos en ello. Sabemos cómo llevar una investigación. ¿O tienes algo que decir al respecto? No tenía ni idea de que habías vuelto, Nic.

Se me pusieron los pelos de punta.

–No he vuelto. Solo voy a quedarme un tiempo.

Hizo una pausa, parecía estar buscando algo, reuniendo piezas.

–¿Estás en la vieja casa de tu padre?

–Sí.

–¿Te pareció ver algo en el bosque hace un par de noches? ¿Oíste algo fuera de lo normal? ¿Algo que quieras contarme?

Sacudí la cabeza. «No señor, no señor, no señor.»

Me miró durante un buen rato.

–Vete con ellos –dijo, y echó un vistazo al nutrido grupo antes de dirigirse finalmente al siguiente equipo.

Sabía exactamente a quién estaba buscando.

Iniciamos la búsqueda cerca de la parte de atrás de la casa de Annaleise, en dirección al río. La batida resultó fastidiosa. En especial porque en el equipo había una mujer mayor que era incapaz de seguir el ritmo. Avanzábamos a paso de caracol, y continuamente se detenía para coger o mirar con atención algo que le parecía fuera de lugar. Una piedra, un montón de ramas, una señal en un árbol. El hombre que iba al mando y que llevaba consigo el aparato de radio no paraba de recordarle:

–Estamos buscándola a ella. No investigando una escena del crimen.

No estábamos lo suficientemente cerca para poder hablar unos con otros, pero sí lo bastante para oír si alguien gritaba pidiendo ayuda o algo parecido. De vez en cuando, la chica que cerraba el grupo gritaba:

–¿Annaleise? ¿Annaleise Carter?

Al parecer, había más de una Annaleise perdida en aquel bosque.

Al acercarnos al río nos encontramos con otro equipo.

–Hemos ido demasiado lejos –dije.

Nuestro líder, Brad, examinó el mapa.

–No, nosotros podemos llegar hasta la orilla del río. Son ellos los que han ido demasiado lejos. ¡Eh, vosotros! ¡Estáis en nuestra zona!

–¿Disculpa? –le gritó un hombre.

–¡Digo que estáis en nuestra zona!

Se gritaron algo más, y finalmente los dos líderes se encontraron, consultaron sus mapas y discutieron. Yo me senté en un tronco, a esperar. Era una pérdida de tiempo. No teníamos ni idea de si los equipos estaban cubriendo las zonas adecuadas. No todo el mundo estaba familiarizado con el bosque. No todos conocían las referencias.

–¡He encontrado algo! –exclamó la mujer mayor que no dejaba de detenerse. Había visto algo entre un puñado de hojas, en el suelo. La chica que estaba a mi lado puso los ojos en blanco. La mujer nos mostró un objeto que brillaba bajo la luz del sol. Lo sujetaba por encima de su cabeza y entrecerraba los ojos, tratando de descubrir qué era exactamente–. ¿Qué es? –se preguntó.

Me puse en pie y, sin prisa, me acerqué.

–Una hebilla –dijo alguien–. Debió de pertenecer a un hada. Es minúscula.

–Oh –dijo la mujer–. ¿Una pulsera, quizá? –La levantó entre sus manos. Tenía un círculo grabado y dentro, dos iniciales, y estaba sucia de barro–. Las iniciales son MK, así que no puede ser suya.

–Dios mío –dije–. ¿En serio vamos a considerar una pista cualquier cosa que encontremos en el bosque? ¡Es ridículo!

–¿No sería mejor no toquetearla? –intervino un adolescente que probablemente había visto demasiadas series policíacas.

La vieja frunció el ceño, la dejó en el suelo y la cubrió con un puñado de hojas para que tuviera el aspecto que había tenido al encontrarla.

–No es ninguna pista –dije, recogiéndola y mirándola–. Es una correa de perro. ¿Acaso tenía perro?

–Creo que no –dijo el chaval.

Brad nos pidió que diésemos media vuelta.

–Vamos –dijo–. Volvamos a empezar.

Me alejé un poco de los demás, y a medida que avanzaba me fijaba en el suelo. Guardé la hebilla en el bolsillo trasero. No era un pedazo de correa de perro, ni de un collar, ni de una pulsera. Reconocí la marca. Era de un bolso.

Camino de casa me detuve en la tienda de comestibles y compré un refresco, me metí en el cuarto de baño, tiré la hebilla en el cubo de la basura y saludé a Luke Aberdeen al salir.

Me detuve en la puerta principal y traté de verla como lo haría un extraño. No tenía nada de especial, nada que hiciese que te volvieras a mirarla. Mis pies empezaron a hundirse en un charco de barro, y me moví para dejar de sentir que la tierra intentaba tragárseme. Caminé por el porche, arriba y abajo, oyendo mis pasos en el suelo de madera, y me detuve en la puerta, una vez más, dispuesta a entrar.

Cuántos secretos escondía aquella casa, incluidos los míos. Los de Daniel, los de mi padre y los que habían pertenecido a la generación anterior. En las paredes, bajo los listones de madera del suelo, bajo la tierra. Me imaginé a Corinne con una lata de gasolina empapándolo todo, y luego me vi a mí prendiendo una cerilla y lanzándola a uno de los escalones del porche, quedándonos las dos demasiado cerca para ver, para sentir cómo empezaba a arder, cómo el humo empezaba a devorarla, cómo iba a acabar convertida en un montón de cenizas. Las llamas se extenderían al tronco del árbol más cercano y de allí al resto del bosque, que ardería con él.

–¿Qué estás haciendo?

Miré por encima del hombro y vi a Tyler. Acababa de bajarse de la camioneta. Venía hacia mí, tan despacio como lo había hecho yo misma un momento antes.

Me volví y miré de nuevo la casa. Observé la ventana que había en el tejado abuhardillado.

–Imagino un incendio –dije.

–¡Vaya! –exclamó. Posó una mano en mi hombro, de pie a mi lado. Contemplaba el mismo porche maltrecho, la misma ventana, y no era difícil imaginarle pensando lo mismo que yo–. ¿Has comido hoy?

–No lo sé.

–Vamos. He comprado la cena.

El bar estaba en penumbra, pero no vacío. Tyler me obstruyó la vista del interior al colocarse justo delante de la puerta cuando entramos en el pasillo que comunica el pub con el piso superior, donde estaba su apartamento. Llevaba una bolsa con comida china en la mano. Le seguí por la estrecha escalera. Le sujeté la bolsa para que abriera la puerta, y él la mantuvo abierta con el pie para que yo entrara.

–Mi humilde morada –dijo.

Dejé la bolsa en la mesa de la cocina, que quedaba a mi izquierda, nada más entrar. El sitio necesitaba pequeños arreglos, una mano de pintura, una alfombra o dos que cubriera el destartalado suelo de madera, pero, pese a todo, no desentonaba. Tenía todo lo que necesitaba: un sofá, una tele, una cocina y una habitación. Si algo le traía sin cuidado a Tyler era lo que pensaran los demás. Sacó la comida de la bolsa y la sirvió en dos platos de cerámica mientras yo daba una vuelta por el apartamento y tomaba buena nota de cada detalle.

La cama estaba hecha. Era una cama de matrimonio, con la colcha lisa y beis. La cómoda que había tenido en su cuarto, con la que había crecido, estaba en una esquina. Y tenía otra, nueva, que no pegaba nada con la vieja, aunque no quedaba del todo mal. La puerta del cuarto de baño estaba abierta y había espuma de afeitar sobre la pica y jabón en un platito. Al salir eché un vistazo al armario. Solo había ropa de hombre y un equipo de acampada en un rincón.

–¿Ha superado la inspección? –me preguntó, cuando ya me dirigía a la cocina. Me tendió un plato por encima de la mesa.

–Juegas con ventaja –dije.

–Lo sé.

Se dirigió al sofá y se sentó en el suelo, con la espalda apoyada en la parte inferior del sofá. Colocó dos cervezas en la pequeña mesa que había delante.

Me senté a su lado en el suelo.

–Veo que no eres muy fan de las sillas.

–Solo llevo aquí seis meses. Las sillas son lo siguiente en mi lista –dijo, metiéndose un puñado de arroz frito en la boca–. Nic

–dijo, señalando con el tenedor el plato que tenía delante–. Tienes que comer algo, en serio.

Al mirar el plato se me encogió el estómago. Tomé un sorbo de cerveza y me recosté en el sofá.

–¿Qué tipo de bolso llevaba Annaleise?

Noté que aquello le incomodaba.

–No quiero hablar de Annaleise.

–Es importante. Necesito saberlo.

–Vale. Era... –Se detuvo a pensarlo–. No sé, era verde oscuro.

–Pero ¿recuerdas la marca?

–No, no la recuerdo. ¿Vas a decirme por qué lo preguntas?

–Los de mi equipo encontramos algo. Una hebilla. De un bolso Michael Kors. En el río. –Respiré hondo–. Estoy casi segura de que es del suyo.

Dejó el plato en la mesa y dio un largo trago a su cerveza.

–¿Y dónde está esa hebilla ahora?

Le miré. Miré sus ojos rojos.

–En el cubo de basura del lavabo de chicas de la tienda de comestibles.

Se presionó el puente de la nariz con los dedos.

–Nic, no puedes hacer ese tipo de cosas. No puedes intentar joder la investigación, pues la gente va a empezar a preguntarse por qué lo haces. Sinceramente, creo que ella está bien.

–Pues sinceramente yo creo que no –dije–. Creo que cuando la gente desaparece es porque no están bien, Tyler.

–Eh –dijo–. No llores.

–No estoy llorando –dije, apoyando la cabeza en el hombro y tratando de ocultar lo evidente–. Lo siento. Ni siquiera llevo aquí, ¿qué?, ¿tres días?, y ya me estoy volviendo loca.

–No te estás volviendo loca –dijo–. Estás aquí, conmigo, y estás bien.

Me reí.

–No estoy nada bien. Tengo la sensación de que el mundo entero se ha vuelto loco. De que estoy perdiendo la cabeza. De que hay un abismo justo ahí y que todavía no me he dado cuenta de que estoy en el borde.

–Si eres consciente de eso, es que no has perdido la chaveta en absoluto.

Sacudí la cabeza y engullí un pedazo de jamón. Estaba forzándome a comer algo.

–Y tú, ¿estás bien? –le pregunté.

–En realidad, no.

Nuestros platos estaban en la mesa, junto a las dos botellas de cerveza, ahora medio vacías.

–No sé qué hago aquí –le dije.

–Solo somos un par de amigos que cenan después de un día de mierda.

–¿Eso es lo que somos? Quiero decir, ¿amigos?

–Somos lo que tú quieras que seamos, Nic.

–No hagas eso.

–¿El qué?

–Mentir –dije.

–Ya, claro –dijo, recostando el brazo en el sofá, justo detrás de mí, y dejando espacio para que me apoyara en él. Lo hice, me incliné junto a él y Tyler me rodeó el hombro con el brazo. Así nos quedamos, mirando la pantalla apagada del televisor que había al otro lado de la habitación.

–Si fuera de su bolso –dije–, está claro que sea lo que sea lo que ha pasado no es algo bueno. Y yo debería estar ahí fuera buscando el maldito bolso.

–Tienes que relajarte, Nic.

Noté su aliento en mi frente. Estábamos en silencio, pero por la ventana nos llegaba el ruido que hacía la gente al salir del bar.

–No sé qué hacer con la casa. –Probar la comida había sido un error. Respiré hondo, tratando de mantener la calma–. No puedo dormir allí –dije.

–Pues no lo hagas –dijo–. Este sofá es muy cómodo. Dormiré aquí, y tú puedes dormir en mi cama. Necesitas descansar.

–La gente...

–Solo será esta noche. Nadie sabe que estás aquí.

Apoyé la cabeza en su hombro. Cerré los ojos, y aunque sus dedos no llegaban a tocar mi pelo, estaban muy cerca. De repente, aquello me pareció increíblemente íntimo. Demasiado íntimo, aunque ni siquiera me estaba tocando.

Pero quizá no haya nada más íntimo que el hecho de que alguien que conoce hasta el último de tus secretos se siente tranquilamente a tu lado, te compre tu comida favorita y te revuelva distraídamente el pelo para tranquilizarte y para que puedas dormir.

–Por cierto –dijo–. Me gusta tu pelo.

Sonreí, intentando no pensar en el día de mañana. En que un día llegara yo y Tyler ya no estuviera. En que, como Annaleise, me internara en el bosque y desapareciera, dejando tras de mí la hebilla de un bolso. En que todos acabáramos dentro de una caja, en la comisaría de policía, o bajo tierra, y el mundo pasara junto a nosotros sin que nos diéramos cuenta, sin que le importáramos a nadie, sin que quedara nadie interesado en encontrarnos.

Me incorporé, aparté la cabeza de su hombro y me coloqué encima de él, una pierna a cada lado, le rodeé el cuello con los brazos y empecé a juguetear con su pelo.

–Un momento. Esto no es... No es por esto que...

Me quité la camisa, él miró un momento la cicatriz de mi hombro y luego apartó la mirada, como hacía siempre.

Tyler me agarró los muslos, sin dejar de abrazarme. Apoyó su frente contra mi hombro desnudo. Su respiración era suave.

Para mí, volver a casa es esto. No siento nostalgia de la comida de mi madre, ni de la mascota que dormía a los pies de mi cama, ni de la hamaca que una vez instalamos en el jardín. Pero sí de esto. Sí de Tyler. Saber que hay alguien que me conoce en profundidad, a quien no le sorprendería ninguna de las distintas Nic que encontraría en la enorme muñeca rusa que en realidad soy; alguien que conoce todas las decisiones que he tomado, todas las mentiras que he contado, las cosas que he perdido, y aun así me soporta.

–¿Vas a hacer que te lo pida por favor? –le pregunté.

Cuando habló, noté su aliento entre mi hombro y mi cuello. Sus labios se movieron.

–No –dijo–. Nunca.

Y me besó.

Tyler siempre me da lo que necesito.

UN DÍA ANTES

DÍA 3

Cuando la comisaría abrió por la mañana, Annaleise ya había sido dada por desaparecida, aunque no de forma oficial. Pero dado que se acercaban tormentas por la montaña, la batida aún no iba a comenzar. Tenía veintitrés años y solo llevaba un día desaparecida, pero las circunstancias habían alertado a la policía: su hermano dijo haberla visto internarse en el bosque después de medianoche. Su madre había pasado por su estudio a buscarla a la hora de comer porque habían quedado en visitar juntas una escuela de posgrado y no la había encontrado en casa. Si se la llamaba al móvil, saltaba el contestador. Y su bolso había desaparecido.

Y luego estaba aquel mensaje de texto. El que había enviado al agente Stewart: quería reunirse con él para preguntarle un par de cosas sobre Corinne Prescott.

Tyler se había presentado en mi casa justo después del desayuno, con pantalones y camisa de vestir. Estaba dando vueltas por la planta de abajo y dejaba huellas de pisadas por todas partes.

–Ese mensaje va a traer cola.

–¿Tiene alguna idea la policía de por qué se lo envió?

–No que yo sepa. Y no importa, supongo. Es pura coincidencia, ¿no crees? –Abrió la boca para decir algo más, pero fuera oímos ruedas de neumáticos que removían la gravilla mojada bajo la lluvia.

–Llega alguien –dije, acercándome a la ventana.

Un deportivo rojo que no reconocí acababa de aparcar en el sendero de entrada, junto a la camioneta de Tyler. De él se bajó una mujer de la edad de mi padre –pelo canoso, como el suyo, y cara redonda y de facciones agradables– y abrió un paraguas. De camino hacia el porche, no perdió de vista el bosque. Era un poco más corpulenta que Annaleise, pero sus ojos eran igual de grandes e inquietantes.

–Es la madre de Annaleise –dije, dirigiéndome a la puerta. Cuando llegué, le di la espalda y miré a Tyler. Miraba la pared como si pudiera ver a través de ella–. ¿Qué haces aquí, Tyler? ¿Qué haces aquí?

Se lo pensó. Al cabo, dijo:

–Estoy arreglando el aire acondicionado.

–Pues ve a arreglarlo –le ordené, antes de abrir la puerta.

La madre de Annaleise miraba el sendero. Mantenía abierto el paraguas aunque se encontraba bajo techo, en el porche. Estaba tan mojado que goteaba.

–Hola, señora Carter. –Abrí la mosquitera y me quedé en el umbral.

Ella se volvió lentamente hacia mí y sus ojos se entretuvieron algo más. Estaba mirando el sendero. Había visto la camioneta de Tyler.

–Buenos días, Nic. Qué alegría verte por aquí. –Los modales primero, siempre.

–Lo mismo digo. Me he enterado de lo de Annaleise. ¿Se sabe algo?

Sacudió la cabeza, cerró el paraguas.

–Mi hijo dice que la vio entrar en el bosque. Ella es así, ya sabes. Siempre tan solitaria. Suele salir a pasear. No es nada raro. Lo raro es que ayer habíamos quedado... Y que su teléfono... Bueno. –Apretó los labios–. Al parecer salió tarde, después de medianoche. Como vuestra casa está junto a la nuestra, vengo a preguntar. ¿La viste por casualidad? ¿O viste a alguien? ¿Algo?

–No, lo siento. Estuve limpiando la casa y me acosté pronto. No me enteré de nada.

Asintió.

–¿Esa de ahí es la camioneta de Tyler Ellison, querida?

–Ah, sí. Mi hermano lo ha contratado para que arregle unas cosas.

–No tengo su número y me gustaría hablar con él. ¿Te importa? –Se acercó a la puerta y me obligó a dejarla pasar. Al entrar, dejó el paraguas en el suelo del porche.

–Iré a buscarle. Lo siento si hace demasiado calor. El aire acondicionado no funciona. Por eso está Tyler aquí. ¿Tyler? –le llamé por el hueco de la escalera–. ¡Aquí hay alguien que quiere verte!

Se apresuró a bajar, y mientras lo hacía, antes de que pudiera vernos y de que pudiéramos verle a él, dijo:

–Creo que es el condensador. Si compras uno, creo que podría... Ah, hola –dijo, ralentizando sus pasos.

–He estado intentando dar contigo –dijo la señora Carter.

–Lo siento, he tenido trabajo. Se nos está echando el tiempo encima con un proyecto que tenemos entre manos. De hecho, a las diez tengo una reunión en la oficina del alcalde, y debería ir tirando.

–Claro. Lo único que quiero saber es si has tenido noticias de Annaleise.

–No.

Seguía en el umbral, pero acababa de dar otro paso al frente.

–¿Cuándo fue la última vez que la viste? ¿Qué te dijo?

Tyler estuvo callado durante un momento, se quitó el casco, se pasó la mano por el pelo y volvió a ponérselo.

–Fuimos a ver una película después de cenar el lunes por la noche. La dejé en casa un poco antes de las diez. Al día siguiente tenía que madrugar.

–¿Te habló de algo en concreto? ¿De lo que pensaba hacer?

–No, no la volví a ver.

–¿Te dijo que teníamos que ir a visitar escuelas de posgrado?

–No –dijo.

–¿Sabes lo que podría haber estado haciendo en el bosque?

–No. Lo siento.

Las preguntas se sucedían con rapidez, y las respuestas de Tyler también.

–Lo siento mucho –dije, abriendo la puerta mosquitera e invitándola a irse–. Por favor, si hay alguna novedad, infórmenos.

–Claro –dijo ella, volviéndose hacia mí–. Si mañana no aparece, organizarán una partida de búsqueda. –Su voz se quebró.

–Allí estaré –dijo Tyler–. Pero estoy seguro de que no le ha pasado nada.

Cogió su paraguas y estuvo mirándonos sucesivamente a mí y a Tyler hasta que salió de casa.

La madre de Corinne había venido a verme una semana después de su desaparición, cuando ya habíamos registrado el bosque, el río, las cuevas.

–Cuéntame, Nic. Cuéntame cosas que crees que no me gustaría saber. Para que podamos encontrarla.

Recuerdo el sentimiento de querer decirle algo, darle algo a lo que poder agarrarse. Recuerdo haber pensado que era muy joven, demasiado joven para perder a una hija tan mayor.

Pero sacudí la cabeza porque no tenía ni idea. Hannah Pardot aún no se había presentado en casa y todo lo que querría haberle dicho era: «Corinne tenía cierta maldad. Cierta oscuridad. Me quería y me odiaba a la vez, y a mí me pasaba lo mismo con ella». Pero no podía decirle algo así delante de mi padre, que estaba en la cocina, ni delante de Daniel, que estaba en su cuarto, pero que seguramente nos hubiera oído por la ventana. Aquella mujer estaba hecha polvo.

–Dime una cosa. ¿Crees que está bien?

Una semana era demasiado para seguir alimentando la esperanza. Incluso tratándose de Corinne.

–No –dije. Porque eso, también, era algo que podía darle.

Un año más tarde, cuando el recuerdo de la investigación empezó a diluirse, la señora Prescott se divorció. Consiguió la custodia de sus hijos y se los llevó de Cooley Ridge. No sé adónde fueron. Pero probablemente fuese un lugar en el que no hubiese bosques en los que perderse ni cuevas en las que internarse. Ni ríos que cruzar ni troncos caídos de los que se pudiera resbalar.

Donde los hombres no te empujaran por las escaleras ni hicieran volar platos cerca de tu cabeza. Donde sus otros hijos no se sintieran obligados a dominar una ciudad entera y donde, espero, jamás nadie les abandonaría.

Cuando la madre de Annaleise se fue, Tyler seguía de pie junto a mí en el porche.

–He de irme –dijo–. Tengo una reunión sobre un estudio topográfico. Pero volveré más tarde.

–Vale, vete.

Se acercó más de la cuenta, como si estuviera a punto de darme un beso en la frente. Luego pareció cambiar de opinión y en el último momento se apartó. Me puso una mano en el hombro y me dio un pequeño apretón, tal y como habría hecho Daniel.

–No me mires así. No puedo llevarte conmigo al trabajo.

–No te lo he pedido.

–No, pero me has mirado como si quisieras pedírmelo.

Le di un pequeño empujón.

–Vete.

Cambió de opinión y me atrajo hacia sí.

–Todo va bien –dijo.

Me hubiera quedado así para siempre. Nada iba bien en absoluto, pero eso era lo que pasaba siempre con Tyler, que me hacía creer que todo podía ir bien.

Seguí pegada a él durante más tiempo del que se consideraría adecuado para que una chica prometida y un chico cuya novia había desaparecido estuviesen juntos.

–Volveré esta noche –me dijo, soltándome.

–Tal vez no deberías.

–¿Por qué no? Su madre acaba de venir y ha visto mi camioneta aquí. La gente hablará de todas formas –dijo.

–No deberías reírte de tu novia desaparecida.

–No está desaparecida. Solo es que no está aquí. Y te puedo asegurar que, en cuanto aparezca, lo primero que haré será romper con ella.

–Por favor, no digas eso, no es divertido.

Suspiró.

–No veo qué otra cosa puedo hacer, Nic.

Asentí, le apreté la mano con fuerza y le vi marchar.

Tan pronto como su camioneta desapareció, volví dentro, abrí todos los cajones de la cocina, saqué los papeles de mi padre, los esparcí por el suelo y me dispuse a poner orden en los últimos diez años de la vida de mi padre.

Se suponía que después de la lluvia el tiempo refrescaría, pero no fue así. Siguió el calor, un calor húmedo, insoportable. Así que para lo único que sirvió fue para mantenernos alejados del bosque, de la búsqueda de Annaleise.

Después de comer fui a la biblioteca y utilicé uno de los ordenadores para buscar tiendas de empeño en las páginas amarillas. Anoté el teléfono y la dirección de todas las que quedaban a menos de una hora en coche y salí al patio de la biblioteca, que en realidad era un patio particular, solo que rodeado de muros de ladrillo, con plantas en los costados y bancos en medio. No había nadie, por la lluvia. Me quedé junto a uno de los muros, a cubierto de la lluvia, y marqué el primer número.

–Empeños Primera Clase –contestó un hombre.

–Estoy buscando una cosa –dije en voz baja–. Puede que le entrara ayer o que acabe entrándole hoy.

–Me temo que voy a necesitar algo más de información –dijo él.

–Es un anillo –dije–. Con un diamante de dos quilates. Muy brillante.

–Tenemos algunos anillos de compromiso –dijo–, pero ninguno de ellos ha entrado hace poco. ¿Has puesto una denuncia en la policía?

–No, aún no.

–Pues si no lo has hecho y te lo han robado y acaba en una tienda de empeños como la nuestra, no tenemos por qué devolvértelo. Así que ese es el primer paso, cariño.

–Vale, gracias –dije.

–¿Quieres dejarme tu número, por si aparece?

Hice una pausa.

–No –dije–. Gracias por su ayuda.

¡Mierda! Guardé la lista en el bolso para que no se mojara, crucé la biblioteca, salí a la calle y me metí en el coche. Tenía que verlo con mis propios ojos. Tenía que salir ahí fuera y conducir bajo la lluvia hasta dar con cada una de aquellas tiendas de mierda, aparcar en la puerta, entrar. «Solo estoy mirando –diría–. Pasaba por aquí. Vi el cartel y me dije: "Voy a entrar".»

Cinco horas más tarde, cuando llegué a casa, me moría de hambre. No había encontrado el anillo y estaba que me subía por las paredes. Sabía que, en parte, era cosa del hambre, pero también del anillo, y de que el coche de Daniel estaba en el camino de entrada y no me apetecía en absoluto verlo. Necesitaba tranquilidad. Tiempo para pensar, para procesar lo que acababa de pasar. Para entenderlo.

Corrí bajo la lluvia, con el bolso en la cabeza.

–¿Daniel? –le llamé desde la puerta. El único ruido que escuché fue el de la lluvia golpeando el tejado, el viento en las ventanas, el sonido lejano de un trueno–. ¡Daniel! –grité, al pie de las escaleras.

Nada. No hubo respuesta. Subí las escaleras de dos en dos y me planté en el segundo piso, sin dejar de llamarle.

Nadie.

Volví abajo en busca de mi teléfono, le llamé al móvil y oí su ya familiar tono de llamada. Provenía de algún lugar. Algún lugar dentro de la casa. Separé lo justo el teléfono de mi oído y seguí el sonido hasta la cocina, donde encontré su teléfono junto a su cartera y las llaves del coche.

–¡Daniel! –grité aún más fuerte.

Salí por la puerta de atrás y me quedé mirando el bosque. No podía estar ahí fuera. Llovía demasiado. Encendí la luz del porche trasero y empecé a gritar su nombre bajo la lluvia. Bajé los escalones, di la vuelta a la casa. Ni rastro de Daniel. Corrí hasta su coche, miré por la ventana. Estaba completamente empapada. Vi algunas herramientas en el asiento trasero, pero nada fuera de lo normal. Luego oí un golpe seco, como el de un martillo, acompañado del sonido del trueno. Parecía provenir del garaje. Había luz en la ventana; una luz apagada, débil. Protegiéndome la cara de la lluvia, me acerqué.

La puerta del garaje estaba cerrada y Daniel había enmascarado las ventanas con algo. Golpeé la puerta.

–¡Daniel! –grité–. ¿Estás ahí?

El ruido cesó.

–Vete a casa, Nic –me dijo desde el otro lado de la puerta.

Volví a golpearla.

–¡Abre la puta puerta!

Lo hizo. Abrió la puerta. Tenía las manos sucias de polvo y cemento, porque había estado golpeando el suelo. Trataba de abrirse camino a través del suelo del garaje.

–¿Qué coño es esto? –quise saber. Entré–. ¿Qué cojones estás haciendo?

Cerró la puerta detrás de mí.

–¿Qué te parece que hago? Estoy cavando, Nic. –Se pasó la mano por la cara, el polvo se confundió con su sudor–. Busco.

–¿Qué estás buscando? –le pregunté.

–¿Tú qué crees, Nic?

Algo enterrado. Algo que llevaba enterrado diez años.

–¿Y crees que es aquí? ¿Lo sabes? –Le clavé un dedo en el pecho, apuntándole, pero él no se movió–. ¿Cómo es que lo sabes, Daniel? ¡Daniel, mírame!

–No lo sé, Nic. No lo sé seguro.

–¿Que no lo sabes seguro? ¡Te estás cargando el suelo! Pareces muy seguro de lo que haces, joder.

–No, pero ya he buscado por todo el puto patio y este es el único sitio que me queda por mirar. El día en que Corinne desapareció estábamos cubriendo el suelo. Pero no fui yo quien lo terminó.

–¿No fuiste tú?

–No, no fui yo. Di por hecho que habían sido Tyler y su padre, pero no estoy seguro. ¿No es preocupante?

Su rostro estaba sombrío, yo temblaba de frío. Seguía empapada. Hubiera preferido estar en cualquier otro lugar.

–Vete –dijo–. Ve a ver a Laura. Dile que estoy trabajando en la casa. Dile que no se preocupe.

Volví a salir, a mojarme, corrí hasta la casa, entré y llamé a Tyler. Respondió a la primera señal.

–Hola –dijo–. Ya estoy terminando. Estaré ahí dentro de un rato, ¿vale?

–Daniel ha perdido la cabeza. Está levantando el suelo del garaje.

Hizo una pausa, bajó la voz.

–¿Que está haciendo qué?

–Está levantando el suelo del garaje porque dice que no sabe quién lo terminó hace diez años.

Me aferré al teléfono, esperando que me diera una explicación plausible, una respuesta que le diera sentido a todo.

Pero no lo hizo.

Permaneció en silencio.

–¿Fuiste tú, Tyler? ¿Hormigonaste tú el suelo? ¿Con tu padre?

–Dios, fue hace diez años. No lo recuerdo.

–Pues piensa –dije–. ¿Lo hiciste?

Le oí respirar al otro lado del teléfono antes de responder.

–Creo que no, Nic.

–Tiene un mazo y una pala y está levantando el suelo del garaje. Ha perdido la cabeza.

–Aguanta –dijo–. Voy para allá.

Esperé a Tyler durante cuarenta y cinco minutos. No me atrevía a enfrentarme sola a Daniel. No podía volver allí y discutir con él sola, porque no tenía ni idea de cómo hacerlo. Estaba paranoico. Loco. Tenía un mazo y no sabía si decía la verdad respecto a por qué estaba levantando el maldito suelo.

Salí al porche cuando oí llegar la camioneta de Tyler. Sacó algo de la parte de atrás y se fue directo al garaje. Le seguí.

–¿Qué demonios es eso? –le pregunté.

Estaba ya en la puerta, llamando. Al abrirla, Daniel me miró por encima del hombro de Tyler, el ceño fruncido, ligeramente molesto.

–¿Has llamado a Tyler? ¿Por qué coño lo has hecho, Nic?

Luego vio lo que Tyler había sacado de su camioneta. Lo vimos a la vez. Un puto martillo neumático.

–Acabemos la faena, Nic, ya que la has empezado –dijo Tyler. Entró en el garaje, miró alrededor y eligió un lugar por el que empezar–. Venga. Adelante.

Me llevé las manos a la cabeza.

–Habéis perdido la chaveta.

–Tenemos que saberlo –dijo Daniel.

–¡No, no tenemos que hacer nada! –dije. No entendía nada. No había forma de entenderlo–. Pero ¿qué pasa? ¿Cómo es posible?

Daniel hundió la pala en la tierra que había bajo el cemento levantado.

–No estás haciendo las preguntas correctas. Te preguntas «por qué» y «cómo», y no tiene nada que ver con eso. Pregúntate por qué papá no quiere vender la casa. «No vendáis la casa», dice. ¿Y qué quiere decir con eso? El suelo del garaje. No fui yo quien lo terminó. Vine al día siguiente y ya estaba acabado.

–Eso no quiere decir que lo terminara él. Y mucho menos que tenga que ver con Corinne –dije, y me fui del garaje enfadadísima.

Di un portazo, seguía tronando y aquello amortiguaba el martilleo. Daniel había vaciado el garaje. Las herramientas de jardín, las macetas, la carretilla se estaban mojando en el exterior.

Cogí la carretilla y la llevé hasta la puerta, maldiciendo en silencio. Me maldije a mí, maldije a mi padre, y a Corinne, por desaparecer. Tyler y Daniel dejaron lo que estaban haciendo para mirarme cuando abrí la puerta. Empecé a recoger pedazos de cemento del suelo y a cargarlos en la carretilla.

–¿Y bien? ¿Qué se supone que tengo que hacer con esto? –dije, con las manos en las caderas, tratando de ocuparme en alguna tarea.

Tyler me miró.

–Llévalos a la parte trasera de mi camioneta –dijo.

Salí con la carretilla, bajo la lluvia, y una vez en la camioneta retiré la lona, metí los escombros debajo y me miré las manos. Sucias. Parecían las manos de Daniel. Cuando me volví, Tyler estaba detrás de mí.

–Deberías irte a casa de Dan –me dijo.

Se estaba mojando. Tenía la ropa empapada ya, y el pelo también. El agua corría por el suelo, entre nosotros.

–¿Te ha pedido que me lo digas?

Se acercó un poco, y tal y como estábamos, en la oscuridad y bajo la lluvia, no fui capaz de entender lo que trataba de decirme con la expresión de su cara.

–Sí, me lo ha pedido. –Dio otro paso–. Lo más probable es que no encontremos nada.

–Si lo creyeras, no estarías aquí.

Se acercó un poco más y apoyó una mano en la camioneta, detrás de mí. Bajó la cabeza, dejó escapar un suspiro que se estrelló contra mi frente, y a continuación apoyó su frente contra la mía, apenas un segundo.

–Si estoy aquí es porque me has llamado. Así de sencillo. –Pegó sus labios a los míos, mojados por la lluvia, me arrinconó contra su camioneta, enredé mis dedos en su pelo, aferrándome a él, hambrienta, desesperada, hasta que el martillo neumático volvió a ponerse en marcha–. Lo siento –dijo, apartándose–. Ojalá pudiéramos volver atrás.

Me temblaban las manos. Todo en mí temblaba, y la lluvia caía cada vez con más fuerza.

–En serio, deberías irte –dijo mientras regresaba al garaje con la cabeza baja.

Debería haberle hecho caso. Quería hacerlo. No deseaba otra cosa.

Pero no hubiera sido justo para ellos ni para Corinne. Tenía que ser testigo. Tenía que pagar lo que debía.

En las horas siguientes Daniel y Tyler estuvieron apartando los escombros generados por el percutor. Los colocaban en la carretilla y los llevaban a la camioneta de Tyler. Estaban cubiertos de polvo.

No hablamos. No volvimos a tocarnos.

El suelo estaba ya levantado. Tyler acababa de incorporarse y miraba el trabajo hecho con las manos en las caderas, respirando pesadamente por el esfuerzo. La tierra estaba al descubierto y a la espera. Tyler trajo una pala de su camioneta, Daniel usó la que había en un rincón y yo la de jardín, y estuvimos golpeando la tierra hasta que empezó a romperse, a saltar en pedazos.

Oíamos nuestras respiraciones acompasadas, el ruido de las palas al hundirse en la tierra, el de la tierra que caía sobre otro montón de tierra, el de la lluvia y los truenos.

Y desde lo más profundo de mi memoria llegaron las palabras de Corinne, el olor a menta de su aliento, sus dedos fríos. Se me puso la piel de gallina al volver a hundir la pala en la tierra, porque aquella vez lo que tocó la pala no era tierra, ni roca; era otra cosa.

Me agaché, palpé lo que demonios fuese y me di cuenta de que era plástico. Con las manos temblorosas aparté la tierra que lo cubría y vi que lo que había creído que era plástico era en realidad una lona azul idéntica a la que Tyler tenía en la parte trasera de su camioneta.

Tenía que ser yo.

Tenía que ser yo quien la encontrara.

Yo, con mi pequeña pala de jardín.

Yo, en un rincón del garaje.

Me puse en pie demasiado deprisa. Tan deprisa que me mareé. Tuve que apoyarme en la pared para no caerme. Tyler y Daniel habían dejado de cavar y se acercaron para ver lo que había encontrado. Rodearon el agujero. Daniel usó un costado de la pala para apartar más tierra y ladearla, dejando al descubierto parte de una manta.

Daniel se exasperó.

–Mierda.

Era azul y tenía las costuras amarillas.

Era la manta que mi madre solía llevar sobre las piernas en la silla de ruedas. Era una manta vieja, pero gruesa, de colores desvaídos.

Daba la sensación de que quienquiera que la hubiese enterrado ahí no podía soportar la idea de que pasara frío.

Mi madre no había muerto en casa. Habría querido hacerlo, de la misma manera que habría querido seguir viva. Querer algo es bonito, pero una cosa es el deseo y otra, la realidad.

Ocurrió en invierno. Todos habíamos pasado por el clásico resfriado. Mi padre fue el primero en pillarlo, lo que no era habitual. Daniel y yo habíamos pasado la varicela juntos y recordaba que mi madre nos daba baños de avena empapándonos en calamina, pero no podía recordar quién la había cogido antes. Pero de aquel resfriado me acuerdo: recuerdo la tos seca de mi padre en la noche y la mascarilla que tenía que llevar mi madre. Le recuerdo a él durmiendo en el sofá. Y a Daniel pillando el resfriado, y luego yo, y por último, mi madre.

Nosotros nos recuperamos rápidamente, pues después de todo estábamos sanos. Pero ella no. Su resfriado se convirtió en neumonía. Ingresó en el hospital, los pulmones se le encharcaron, los tratamientos intravenosos no funcionaron, y murió. Murió de repente.

A pesar de hallarse en estadio terminal, su muerte fue inesperada. Aunque deberíamos, no estábamos preparados para ello. Supongo que había imaginado que me diría unas últimas e íntimas palabras, algo a lo que poder aferrarme, algo que poder contar algún día a mis hijos. Algo que sería solo mío.

Me sentí robada.

Y fue por culpa de mi padre. Incluso él lo sabía. Supongo que si soy sincera conmigo misma, diré que fue culpa de un virus y del cáncer. Y que podría haberlo pillado de cualquiera de nosotros. Pero si mi padre hubiera empezado a pensar en ello y tirar del hilo –y era la clase de persona a la que le gustaba tirar de los hilos con los que se topaba, no importaba cuán abajo pudieran llevarle–, se hubiera hundido.

Puede que supiera dónde había pillado el virus. Un alumno, un colega en la sala de profesores. El camarero de la cafetería. O la mujer que le había preguntado cómo llegar a no sé qué lugar. Y quizá le había echado la culpa. Quizá había vuelto a ver a quienquiera que hubiese sido paseando con su novia, o riéndose, en el coche de al lado, o mirando por la ventana, y pensado: «Mataste a mi mujer». Lo peor es que nunca lo sabrían. ¿Cuánta gente hay ahí fuera responsable de la tragedia de los demás sin saberlo?

Pensé en todo eso al ver la manta. Quizá lo hice para protegerme un rato más. Para centrarme en mi enfado, en mi madre, en de quién había sido la culpa –el error, la brusquedad, y tal vez incluso la amarga insignificancia– y no en lo que había debajo de la manta.

Oí el crepitar del plástico. Daniel había vuelto a mover la lona. Estaba descubriendo lo que había debajo. Bruscamente lo vi. Era Corinne.

Salí del garaje a toda prisa, me arrodillé en el suelo y vomité. Me limpié la boca con el dorso de la mano.

Daniel estaba junto a mí. Había posado una mano en mi hombro. Se la aparté. Fue en busca de la manguera para limpiar mi vómito, aunque seguía lloviendo. Y por una vez, solo por una vez, deseé poder hablar de lo que acababa de pasar. Deseé al menos poder mencionarlo. Reconocerlo. ¿Qué debíamos hacer? ¿Qué? Mi boca se abrió para preguntar, pero no fui capaz de articular sonido alguno.

Daniel debía de estar valorando las prioridades: «Punto uno, limpiar el desaguisado».

–La quemaremos –dijo.

–¿Y alertar –dijo Tyler desde dentro– a la policía? ¿Para que abran una investigación?

En la penumbra del interior del garaje pude distinguir el perfil de Tyler. Seguía mirando fijamente la manta, que implicaba sin lugar a dudas a alguien de los que habíamos vivido en aquella casa. Pero la lona, y el hecho de que estuviese precisamente bajo el suelo en el que él mismo había estado trabajando, podían implicarle.

Se maldijo, pateando las herramientas que había en el suelo. Pasó por delante de nosotros y fue directo a la camioneta. Arrancó la lona que cubría la parte trasera y regresó con ella. La arrojó sobre lo que habíamos encontrado en el suelo y utilizó la pala para cubrir el cuerpo por los bordes. Me quedé fuera mientras Daniel le ayudaba a enrollarlo con ella.

Daniel fue el único que vio el cuerpo. Cuando salió, le pregunté:

–¿Es Corinne?

Tardó en responder, se pasó el brazo por la boca y escupió todo lo que le quedaba dentro, lo cual ya era una respuesta. El cadáver de una chica con el pelo largo enterrado bajo nuestro garaje. Por supuesto que era ella.

–Era su ropa –dijo; se inclinó de nuevo y vomitó.

–Nic –dijo Tyler–. Mira el bosque.

Miré el bosque. Traté de ignorar lo que sacaron del garaje, la lona que lo cubría, la manta que había debajo. Traté de no pensar que era el cadáver de Corinne, porque eso era lo que estaban llevando a la parte posterior de la camioneta. Traté de no pensar en ella, en la chica que había sido, ni en la de veces que debía haber pisado ese mismo lugar sin sospechar que la verdad estaba allí mismo, bajo tierra.

Daniel puso una mano en el hombro de Tyler. Le quitó las llaves.

–No es cosa tuya –dijo.

Tyler se pasó una mano por la cara.

–Sé de sitios en los que he trabajado donde podríamos llevarla.

–No van a relacionarlo contigo –dijo Daniel–. Gracias.

–Daniel –dije.

–Conozco un montón de sitios, Nic. Esta es mi zona. Está repleta de lugares abandonados.

Íbamos a hacerlo. Realmente íbamos a mover un cadáver de sitio sin ni siquiera saber cómo había llegado aquí. Pensé en la policía y en los abogados y en todas las maneras en que un cadáver podría complicarnos la vida. Y entonces recordé que Everett había estado rastreando el teléfono del sospechoso en aquel condenado caso Parlito.

–Deja aquí tu teléfono –dije–. Lleva GPS.

–Está en la cocina –dijo Daniel. Luego, haciendo un gesto con la cabeza en dirección al estropicio que habíamos montado, añadió–: ¿Te encargas tú de esto? –Había mirado a Tyler, porque yo no era de fiar, o eso pareció. Tyler asintió.

Se fue, y empecé a llorar, esperando que la lluvia me alejara de allí.

–Necesito tu coche –dijo Tyler, fingiendo que no me estaba viendo llorar. No dejó de mirar el garaje mientras hablaba.

–¿Para qué?

–Para el cemento. Tenemos que volver a colocar el suelo.

–¿No podríamos esperar a mañana?

–No creo que sea buena idea. Tenemos que despejar la zona. Nivelarla. ¿Podrías ir haciéndolo tú?

Esa era mi tarea. Y podía llevarla a cabo.

–Vale –dije–. Claro.

Deja de llorar.

Céntrate en los escombros. En el polvo. En la manguera. En los truenos.

Ocúpate de los pequeños detalles.

Olvida lo que acaba de pasar.

«Céntrate, Nic.»

«Organízate, muévete.»

«Tictac.»

UN DÍA ANTES

DÍA 2

Fue justo después de medianoche. «Un nuevo día», pensé. El largo camino que había recorrido desde casa aún me pesaba. «Aquí estás –me dije–, sois tú y Cooley Ridge, Nic, tratando de volver a acostumbraros la una a la otra una vez más.» Dormiría un poco antes de que amaneciera, despertaría como nueva y haría lo que fuese necesario para que mi padre hablara, para que me contara lo que había visto. Lo abordaría desde otro punto de vista. Descubriría qué había estado escondiendo desde hacía diez años. Mientras, el fantasma de Corinne seguiría dando vueltas, borroso, en mi mente.

«Necesito hablar contigo. Aquella chica. La he visto.»

Apagué la luz del pasillo. La casa se quedó completamente a oscuras. Me apoyé en la pared y automáticamente reconocí el tacto. Estaba a cinco pasos de las escaleras. Conocía el camino de memoria.

«Mierda, el anillo.» Había vuelto a olvidármelo. Lo había dejado en la mesa de la cocina para no perderlo mientras limpiaba.

Volví atrás. El suelo de madera crujió bajo mis pies en la puerta de la cocina. Noté el tenue parpadeo de algo en la noche. La luz seguía apagada, me acerqué a la ventana.

Vi una sombra en la colina. Se movía. Podía verla porque llevaba una linterna. Un pequeño haz de luz se abría camino entre los árboles. Acerqué aún más la cara a la ventana. Estaba bajando por la colina y por un momento el corazón me dio un vuelco y pensé: «Tyler, como siempre».

Pero la sombra era demasiado pequeña. Demasiado fina. Cuando alcanzó el patio trasero de mi casa vi que tenía el pelo largo y rubio. Apagó la linterna con lo que me parecieron unos dedos delicados.

Cuando la vi mirar hacia las ventanas oscuras de la casa se me ocurrió que no podía verme desde fuera.

Llevaba una especie de paquete de color blanco bajo el brazo. Se agachó y desapareció de mi vista. Oí el crepitar del papel bajo la puerta trasera. Estaba tratando de hacerlo entrar. Pero no podía. Lo intentaba y lo intentaba, pero nada. La vi ponerse en pie y el pomo de la puerta empezó a girar. Qué demonios...

Abrí la puerta sin pensar, antes de que ella pudiera hacerlo. Encendí la luz y allí estábamos las dos, recién abandonada la oscuridad. Ella dio un salto y se llevó el sobre al pecho. Me miró con sus enormes e inocentes ojos. Parpadeó lentamente y se preparó para lo peor.

–Hola, Annaleise –le dije, retrocediendo para que pudiera entrar. «¿Qué puedo hacer por ti?» o «¿qué tal?» me parecieron frases inapropiadas teniendo en cuenta que era medianoche y que ella había estado a punto de entrar en casa sin llamar.

Se adentró en la casa sujetando con fuerza aquel sobre, con tanta fuerza que tenía los nudillos blancos.

–¿Es para mí? –le pregunté. Vi mi nombre en mayúsculas escrito con bolígrafo en el sobre. Solo ponía «Nic». Nada más–. ¿Es una carta de «deja en paz a mi novio?». Podrías haberte ahorrado el viaje. Tyler y yo hemos terminado. Es todo tuyo.

Se aclaró la garganta y dejó de sujetarlo con fuerza.

–No, no es eso –dijo, sacándose el teléfono del bolsillo trasero y dejándolo sobre la mesa de la cocina. A continuación se sentó a la mesa, cruzó las piernas y mantuvo sus manos inquietas en su regazo–. De hecho, no tiene nada que ver.

Sus ojos se toparon con los míos, su sonrisa se ensanchó y yo no pude evitar pensar que aquella Annaleise no se parecía en nada a la que había conocido hacía una década, a la Annaleise de trece años que recordaba. Abrió el sobre y desparramó su contenido sobre la mesa.

Lo primero que vi fue una hoja mecanografiada, «el coste del silencio y el precio por la memoria USB y dejarlo en la casa abandonada de Piper», y luego me fijé en las oscuras y sombrías imágenes que había, aquí y allá, sobre la mesa. Traté de no perder la cabeza.

–No lo entiendo –dije, tocando lo que había esparcido sobre la mesa.

Fotografías. Sombras en blanco y gris, granuladas, pixeladas. Apenas se veía nada. Eran oscuras, demasiado. Vislumbré alguna que otra rama, una luz en la ventana. Supe que era mi casa.

–No sé..., ¿qué es esto? –le pregunté.

–Nuestro acuerdo –dijo. Su voz sonó firme y segura.

Me acerqué todavía más a una de las fotografías y me fijé en lo que fuese que parecía haber en el porche. Un bulto. ¿Envuelto en una alfombra? ¿En una manta? Había una sombra que se aproximaba. Estaba fuera de plano. De la manta sobresalía algo castaño. Era pelo. Pelo. Pelo castaño que se escapaba del fardo que lo contenía y se derramaba sobre el suelo del porche. Devolví la fotografía a la mesa y aparté la mano, como si aquello pudiera, de alguna manera, morderme.

–¿Qué...?

–Pregunta equivocada. La pregunta es «quién». Porque a mí me parece el cuerpo de Corinne Prescott. El asesinato no prescribe, ya sabes –dijo.

Yo estaba horrorizada. He aquí, por fin, la respuesta a todas nuestras preguntas. Aquí está el cuerpo de Corinne Prescott. En mi casa.

–¿Y tú crees que...?

Hizo un gesto con la mano, como restándole importancia.

–Yo no creo nada. De hecho, vas a empezar a pagarme ahora mismo para que deje de pensar.

Volví a coger la fotografía y la miré con atención. Me fijé en la persona que se veía en ella. Apenas podía entrever lo que había visto ya, una sombra... Lo que parecía un brazo... Poco más. Lo primero que pensé fue: «Daniel». Porque la chica tenía el pelo largo, estaba en nuestro porche trasero y era de noche. Pero podría haber sido mi padre. Podría haber sido cualquiera. O quizá es que no quería pensar que podían haber sido ellos.

–Esto es cosa de la policía –dijo, señalando la misma sombra en otra de las fotografías.

–¿De dónde las has sacado?

La habitación parecía haberse perdido en el espacio, mi voz sonó tenue y lejana.

–Siempre las he tenido, pero no sabía que las tenía –dijo. Tuve que luchar para concentrarme en sus palabras. Corrían por la habitación como si fueran humo–. Compré una cámara nueva una semana antes de que Corinne desapareciera. Una noche estaba jugando con los ajustes, tratando de averiguar cómo hacer fotos en la oscuridad. Estaba cerca de tu casa porque tu casa siempre me ha fascinado. Siempre me ha parecido una especie de casa encantada. –Se encogió de hombros–. No sé, quizá porque tu madre murió, y porque luego murieron las flores. Solía pensar que la muerte era contagiosa. –Como una especie de parásito que acaba por extenderse–. Hice fotos la noche de la feria, pero no se veía nada. Pero en mi último año de carrera conseguí un nuevo software y un ordenador nuevo, y lo transferí todo, y me puse a manipularlas para ver qué había fotografiado, y esto fue lo que encontré.

Como en una polaroid, las sombras habían cobrado vida.

–Tienes mala cara. ¿En serio no lo sabías? –preguntó–. ¿Nunca lo sospechaste?

Me estaba poniendo enferma. De repente era como si no hubiera suficiente aire en la habitación. Annaleise había visto aquellas fotos a los dieciocho años, una edad peligrosa. La edad en la que los chicos sufren una pasión incontrolable, impulsiva, destructiva, y las chicas el anhelo incontrolable de algo intangible. Algo más.

–No –dije, tratando de agarrarme a algo para no caerme. Luego grité a Annaleise–: Sal de una puta vez de aquí.

Ella inclinó la cabeza hacia un lado.

–¿Crees que no se lo diré a nadie? –Cogió su teléfono, me sonrió con malicia y se dispuso a marcar un número.

–Espera. Para. ¿Qué haces?

Me mostró el teléfono para que pudiera ver lo que había hecho.

–Fui al colegio con el hermano de Bailey Stewart. ¿Te suena de algo el agente Mark Stewart?

Se me nubló la vista. Hice lo que pude por enfocar la vista y leer lo que ponía en la pantalla. «Quiero preguntarte un par de cosas sobre Corinne Prescott. ¿Podríamos vernos?»

–Tienes hasta mañana por la mañana para cambiar de opinión, porque será entonces cuando se levante y lo lea.

Me ardía la garganta. Volví a mirar las fotografías. Estaba pasando. Joder, estaba pasando. El aire vibraba a nuestro alrededor. Pura estática.

–¿Cómo sé que no vas a dárselas de todas formas?

–Porque –dijo– aún no lo he hecho.

–¿Aún?

–Se las dejé a tu padre hace años, con la misma nota –dijo. Se echó hacia atrás en la silla–. Y pagó. De hecho, aún me paga. ¿Por qué crees que lo hace, Nic?

Mi padre había pagado por su silencio. ¿Por qué alguien paga por el silencio de alguien? Pagas por aquello que debes pagar.

Cogí la nota que me tendía. Me temblaba la mano.

–No puedo pagarte tanto. –Diez mil y no diría nada. Veinte mil y me entregaría la memoria USB.

–Tyler me ha dicho que te casas. Que tu anillo vale más que esta casa. Que eres consejera en no sé qué escuela privada importante que te da vacaciones todo el verano.

–No tengo dinero, Annaleise. No tengo nada a mi nombre. Apuesto a que incluso estoy peor que tú.

Puso los ojos en blanco y se levantó. Era tan bajita que aún tenía que mirarla desde arriba.

–Estás aquí para vender la casa, ¿verdad?

Asentí.

–Entonces voy a darte un poco de tiempo. –Volvió a guardarse el móvil en el bolsillo trasero de los pantalones.

–Estás como una puta cabra –dije–. ¿Sabe Tyler que estás loca de remate?

Alzó las manos, como había hecho yo desde la ventana cuando me miró.

–Solo necesito una salida, Nic.

–Búscate un trabajo –dije, y luego recordé el dinero que Daniel me había prestado para que me fuera. Yo tenía a alguien. A mí me ayudaron.

–Sí, estoy en ello. –Se detuvo en la puerta–. Dos semanas, Nic. Te doy dos semanas.

–No puedo...

–Va en serio –dijo. Cogió el anillo. Había estado en el centro de la mesa–. Apuesto a que esto vale una fortuna. Tanto como lo que te pido, ¿verdad? –No pude responder. No tenía ni idea. Se lo puso en el dedo índice–. Me lo quedo hasta que pagues.

–Estás cometiendo un error. No puedes llevártelo –dije.

Ella abrió la puerta.

–Llama a la policía. Venga. Voy a quedármelo a modo de seguro.

Me estaba retando. «¿Qué vas a hacer, Nic? ¿El pasado o el futuro? ¿Largarte otra vez o quedarte y rendir cuentas?»

No sabía por qué Annaleise me estaba haciendo aquello. Ella creía que yo podía. Era una chica tímida, solitaria, tranquila.

O eso era lo que recordaba de lo que había visto de ella.

¿Qué recordaría ella de mí?

Me había visto hecha polvo el día que murió mi madre y vino a traer comida. Me había visto aquella noche en la feria, poco después de que Daniel me pegara. Débil, alterada.

Triste, callada, maltratada.

Me veía como la chica rota.

No conocía a las otras Nic. No tenía ni idea de quién era yo.

Después de aparcar la camioneta de Tyler junto a las cuevas y después de que deslizara ese anillo, el anillo que me tendió, en mi dedo, y que yo me hubiera sentado en sus rodillas...

Vi a Corinne. Por encima del hombro de Tyler, a través de los árboles, vi que el coche de Jackson llegaba al aparcamiento de las cuevas.

–¿Qué ha sido eso? –preguntó.

–Nada –repuse–. Jackson y Corinne. Pasa de ellos. No pueden vernos.

Vi a Corinne abrir la puerta, salir y gritarle algo a Jackson. Oí a Jackson gritarle algo a su vez, y luego vi que arrancaba y se largaba. Las ruedas levantaron una nube de polvo. Pensé que ella se metería en el bosque e iría directa a mi casa. Pero no. Se fue hacia la carretera. La perdí de vista en la primera curva.

–¿Deberíamos ir detrás de ella? –preguntó Tyler, que se había vuelto en su asiento y había contemplado la misma escena que yo.

Pero yo estaba harta de Corinne. No dejaba de oírla. La oía diciéndome que saltara. Y la veía. La veía con mi hermano en el bosque, en lo que parecía la traición definitiva, después de que él me golpeara. Ella había ido a consolarle a él, no a mí. Ella lo sabía y estaba de su parte.

–Ignórala –le dije a Tyler, y le hice volver la cabeza para que me mirara, y a él le había encantado poder complacerme.

No tardamos en volver a casa. Cuando arranqué la camioneta, llevaba puesto el anillo de Tyler y no esperábamos ver lo que vimos al tomar la primera curva.

Corinne Prescott hacía dedo con la falda ondeando a su alrededor.

Estaba en la cuneta, sola. Y sin nada. Ni siquiera llevaba el bolso, porque lo había dejado en mi casa. Solía hacerlo, para que la invitáramos. A veces conseguía que la invitaran los camareros, o los vendedores de billetes, en este caso, y si no, la invitábamos siempre nosotros. Yo le pagué la entrada para que subiera en la noria. Se lo pagué todo. Porque Corinne sabía algo que no quería que nadie más supiese. Un as en la manga. Chantaje emocional. Un desafío.

Bailey llevaba consigo unos botellines de whisky de la colección de su padre. Sacó uno cuando estábamos en la noria, tomó un trago, se lo pasó a Corinne y Corinne me lo pasó a mí, alzando las cejas. Lo tomé de su mano extendida, me lo llevé a la boca, noté el licor que me ardía en la lengua y cómo la quemazón bajaba por la garganta. En ese momento había empezado a tomar una decisión, pero preferí darle otro trago a la botella.

Corinne me sonrió.
–Tyler está aquí –dijo, señalando un lugar entre la multitud, allí abajo.
Me asomé con ella al borde de la cabina.
–¡Tyler! –grité.
Ella tomó otro trago y se metió un chicle en la boca.
–Verdad o atrevimiento, Nic –dijo, balanceando la cabina.
Bailey se reía.
–Atrevimiento –dije, sin pensar. Había demasiadas verdades a punto de aflorar a la superficie.
–Atrévete a salir de la cabina. A encaramarte por el exterior. A terminar el viaje así. Fuera de la cabina.
Y luego más tarde, la noche en que desapareció, nos miramos fugazmente a los ojos. Ella seguía haciendo dedo, y sus ojos me dijeron: «Atrévete a no parar. Atrévete a fingir que no me has visto. Te desafío a que lo hagas».
Annaleise no lo sabía, pero yo siempre aceptaba el desafío.

Todavía me sabía de memoria el número de Tyler. Cuando respondió, por el murmullo de voces de fondo supe que estaba en el bar.
–¡Hola, Nic! ¿Qué tal?
La luz de la cocina bañaba la brillante superficie de las fotografías. Cerré los ojos para no verlas.
–¿Sabías que tu novia chantajea a mi padre?
–¿Qué? –preguntó.
–Sí –dije–. ¿Quieres saber cómo lo sé? Porque acaba de venir a mi casa y ha intentado chantajearme a mí.
–Calma. Un momento. ¿Qué dices?
–¡Tu novia! ¡Tu puta novia! Tiene fotos, Tyler. –Estaban ahí, en la mesa. No podía dejar de mirarlas. Reprimí un sollozo–. Fotos de una chica. Una chica muerta. Una puta chica...
–¡Dios mío! –exclamó–. Voy para allá.
Miré las fotografías durante tanto tiempo que se me hicieron borrosas. Solo quería escapar de lo que me estaban diciendo. De

lo que significaban. Por más que fueran oscuras y con mucho grano, no podía negar que aquello era mi porche. Y que había una chica en él, una chica envuelta en una manta.

Era más que suficiente.

Era noche cerrada cuando llegó la camioneta de Tyler. Había estado esperándole en los escalones del porche. Lo llevé a la cocina.

–Mira –le dije.

Cogió una foto, se la acercó a la cara, la alejó, volvió a acercársela.

–No lo entiendo –dijo–. ¿Annaleise te ha dado esto?

–¡Hace cinco años que las tiene!

–¿Eso es...?

–¿Tú qué crees, Tyler? Por supuesto que lo es. –Sollocé–. ¿Qué demonios está haciendo en el porche de mi casa?

¿No era eso lo que me había dicho mi padre cuando le había preguntado? «La vi en el porche trasero, pero solo un momento...»

–¿Quién dirías que es? –pregunté, señalándole la figura que se entreveía en la foto.

Me preguntaba si mi padre lo sabía porque había sido él quien la había arrastrado hasta allí o porque había visto las fotografías. Porque si no había sido mi padre, entonces...

–¿Nic?

La puerta de la casa se abrió de sopetón. Me apresuré a guardar las fotos, las amontoné y las dejé a un lado de la mesa antes de que Daniel entrara en la cocina.

–¿Qué cojones está pasando? –preguntó.

Tyler se frotó la cara, apartó la mirada.

–Estaba sentado a mi lado en el bar –dijo–. Lo siento.

–Deberías irte –dije, de espaldas a la mesa, tratando desesperadamente de ocultar las fotos.

–Nic. Sal de ahí –dijo.

Pensé en la figura en sombras de la fotografía. Solo podía ser una de dos personas.

–Vuelve a casa con Laura –le dije.

Estaba a punto de estallar. De romperse en mil pedazos. Había llegado el momento de entenderlo todo.

Su mirada se hizo de alguna forma más profunda y empezó a moverse en dirección a la mesa, pero lo hizo lentamente, como si de hecho no quisiera acercarse, como si no quisiera ver lo que había sobre la mesa. Finalmente pasó por mi lado y cogió una foto del montón. La miró detenidamente, acercándola y alejándola, como había hecho Tyler, para tratar de distinguir algo.

–¿Qué es esto? –preguntó. Y luego, en un tono más alto–. ¿Qué es esto?

Como si fuera culpa mía. Tyler trató de apartarlo de mí, y yo apartaba a Tyler porque tenía que hacer algo.

–¡Son fotos de Corinne! –grité. Me ardían los ojos. Estaba llorando.

Daniel se zafó de Tyler y miró la foto. Le temblaba la mano. Levantó lentamente la vista y nuestros ojos se encontraron. Nos miramos fijamente por encima de una de las esquinas de la fotografía en cuestión. Nunca se me han dado bien las preguntas. Sin apenas alzar la voz, dije:

–¿Tú?

Sacudió la cabeza solo una vez.

Tyler se volvió y miró a Daniel por encima del hombro, luego me miró.

–¿Quién es? –preguntó, señalando la figura en sombras.

–Papá –dijo Daniel.

Tenía que serlo, porque de lo contrario sería él.

–¿Lo sabías? –le pregunté.

–No –me dijo, frunciendo el ceño al ver las otras fotos–. No, lo juro.

«El bosque tiene ojos.»

–¿De dónde las has sacado? –preguntó.

Tyler permaneció callado, mirando el patio y más allá, su mirada perdida en las profundidades del bosque.

–Annaleise Carter –contesté.

Su semblante se endureció.

–Quémalas –dijo.
–Tiene un USB –dije–. Papá ha estado pagándole para comprar su silencio. Y ahora quiere que le pague yo. Ha enviado un mensaje al agente Stewart preguntándole por Corinne y me ha dicho que tengo que decidirme antes de que vaya a hablar con él. He de decir que sí.
Me entraron ganas de llorar otra vez. Las reprimí.
Daniel se pasó una mano por la cara y sacudió la cabeza.
–De acuerdo –dijo–. Vale, dime. ¿Qué quiere exactamente?
–Diez si queremos que no hable. Veinte si queremos el USB.
–¿Veinte mil? –bramó Daniel–. ¿De dónde demonios cree que podemos sacar veinte mil dólares?
Tyler bajó la mirada: había estado mirándole fijamente durante demasiado tiempo.
–Pues de la venta de la casa. Todo el mundo lo sabe.
–Necesitamos el dinero –dijo Daniel–. Si le damos todo ese dinero no podremos pagar la residencia de papá.
–Lo sé.
–¿En serio? –preguntó.
Estupendo. Íbamos a empezar a discutir por algo que no tenía nada que ver con las fotos de mi mejor amiga muerta. Íbamos a discutir porque yo era un desastre con el dinero y porque había pasado de todo durante los últimos diez años y porque él había tenido que encargarse de todo, como siempre.
–Solo son fotos –dijo Tyler–. Y no se ve nada claro. No prueban nada.
–Pero pondrán en marcha una investigación –dije.
–Vale, vale –dijo Daniel. Estaba dando vueltas por la cocina. Arriba y abajo–. Pidámosle tiempo. Aunque alguien nos hiciera una oferta por la casa ahora, tardaríamos meses en cerrar el trato. Necesitamos tiempo. Hablaré con ella. Hablaremos con papá. Lo arreglaremos.
Me eché a reír, con el corazón encogido y lágrimas en los ojos. Levanté mi mano izquierda.
–Me ha dado dos semanas. Y se ha llevado mi anillo.
–¿Qué? –gritó Tyler.

–Sí. Para asegurarse, ha dicho. Cree que así tendrá el dinero antes. Cree que no voy a denunciar su desaparición.

–¿En cuánto está valorado? –me preguntó Tyler.

–No puedo hacerlo. No puedo decirle que lo venda y se quede el dinero. Está tasado y asegurado y, créeme, Everett no va a dejar que eso pase.

–Everett –murmuró Tyler.

–La verdad, Tyler –dije–, es que si ella cree que tengo dinero es por ti.

–Es ridículo. Ella no es así –dijo Tyler.

–¿Estás seguro? ¿Y cómo es, entonces?

Todos tenemos dos caras. Es lo que me enseñó Corinne.

–Llámala –dijo Daniel.

–¿Qué? –El miedo hizo que levantara la voz.

–Llámala. Dile que venga. Vamos a acabar con esto ahora –dijo Daniel.

–Oh, claro –dije–. «Eh, cariño, ¿cómo va eso de chantajear a los Farrell? ¿Por qué no lo hablamos?»

Tyler me miró fijamente cuando se llevó el teléfono a la oreja. Había marcado su número.

–Hola –dijo–. ¿Te he despertado? –Bajó la vista, salió de la cocina–. Sé que es tarde. Lo siento. Tengo que pedirte un favor. –Caminaba arriba y abajo–. He dejado la camioneta en casa de los Farrell para que Dan lleve unas cosas al vertedero por la mañana. Le he dejado las llaves, y creo que sin darme cuenta me he dejado también la cartera. No la encuentro. –Apoyó la frente contra la ventana mientras escuchaba–. ¿Puedes acercarte a ver si está allí? ¿Quieres que no cuelgue? Vale. Gracias.

Colgó. No sabía qué iba pasar, pero fuese lo que fuese, estaba a punto de hacerlo, no importaba si estábamos preparados o no. Nos reunimos en la cocina.

–Apaga la luz –dijo Daniel.

Tyler se acercó a mí en la oscuridad.

–Lo siento –susurró.

–Vamos –dijo Daniel.

Llegó por el lado de la casa en el que yo me encontraba. Un bolso en el hombro, pantalones cortos y el pelo recogido en una cola de caballo, como si acabara de salir de la cama. Llevaba una linterna con la que iluminó el patio trasero, uno de los costados de la casa y el camino de entrada. Cuando vio el coche de Daniel junto a la camioneta de Tyler supo que algo iba mal. Empezó a caminar de forma más lenta y al final se detuvo. Estaba indecisa. Qué hacer. Irse o seguir adelante. Dio un paso atrás.

–Espera –dije.

La había rodeado, y Tyler estaba junto a la camioneta. Abrió la puerta y encendió la luz de la cabina para que pudiéramos vernos. Yo podía ver su figura, pero sin distinguir nítidamente su cara. No podría decir si estaba sorprendida o asustada, jodida o triste. Y no veía a Daniel por ninguna parte.

Nos miró a los dos.

–¿Qué coño? –dijo, pero lo sabía perfectamente. Sabía perfectamente qué coño estaba pasando.

–Has cometido un error –le dijo Tyler–. El anillo. Devuélveselo.

Se ciñó el bolso al hombro y se cruzó de brazos.

–¿Te lo ha dicho? –preguntó–. ¿Te ha contado lo de las fotos?

–Has cometido un error –repitió.

–¿De verdad, Tyler? –Miró por encima del hombro–. ¿Dónde está Dan? ¿Por qué no me sorprende? ¿También tú estabas metido en el ajo? –dijo. Y luego, alzando la voz–: ¿Sabéis qué he descubierto? Que todos mentisteis sobre esa noche, ¿verdad? Todos. Teníais que saberlo. Mentíais por alguien.

Tyler alzó la vista, parecía haberse desmoronado.

–Esas fotos no prueban nada. Pero el chantaje es ilegal –dije.

–Para eso están los anónimos –dijo–. Paquetes con fotos de una chica muerta en tu porche trasero.

–Dame el anillo y el USB y fingiré que no le has jodido la vida a mi padre.

–¿En serio, Nic? ¿Crees que voy abandonar sin más? ¿Por qué iba a hacerlo?

–Annaleise, corta el rollo. Dale el puto anillo y sal de nuestras putas vidas –dijo Tyler.

«Nuestras vidas.»

Ella rio con malicia.

–Tyler, sé realista. Entre los Farrell hay un asesino.

–Te equivocas –dijo–. No puedes probar nada con un puñado de imágenes con mucho grano que con toda probabilidad han sido manipuladas y que además no tienen fecha. ¿Sabes que podrían probar? El chantaje. Has estado sacándole pasta a un hombre enfermo durante años. Ahí tienes tu futuro, Annaleise.

–Bueno, eso tampoco puedes probarlo. Pero ¿sabes lo que sí es una prueba? Un cadáver. ¿Lo has pensado?

Me quedé helada. «La vi en el porche trasero, pero solo un momento...» ¿Adónde había ido? ¿Adónde la había llevado?

–Me has robado el anillo. Eso sí puedo probarlo.

Se oyó un ruido tras ella, en el límite del bosque. Daniel salía de entre los árboles.

–Lo solucionaremos. Pero no así –dijo.

Siempre tan razonable, siempre tan responsable.

–Oh, mírate, el adalid de la justicia. Eres un puto hipócrita.

–Devuélvele el anillo y hablaremos –dijo Daniel.

Estaba tenso. Nos encontrábamos en un callejón sin salida. Teníamos ante nosotros dos crímenes y no podíamos llamar a la policía por no incriminarnos unos a otros.

–No lo llevo encima –dijo, aferrándose a la correa de su bolso de diseño.

Daniel asintió.

–Pues vamos a buscarlo.

–Vale –dijo ella, apartándose de nosotros.

Caminaba unos pasos por delante de Daniel y nosotros íbamos detrás. Tyler me cogía por la cintura y me prometía: «Todo va a ir bien, vamos a solucionarlo, lo tenemos controlado». No sé si fue porque estaba asustada, porque la asustábamos nosotros, que caminábamos detrás de ella, o porque le pareció que se había quedado sin opciones, que su mundo y su futuro podían quedarse en nada. El caso es que, en cuanto puso un pie en el límite del bosque –«el crujido de una rama, la oscuridad cubriéndola, como un manto»– echó a correr.

–Mierda –dijo Tyler, y echó a correr tras ella.

–Quédate aquí, Nic –dijo Daniel, y echó a correr tras ella pero en otra dirección, para rodearla.

Yo me quedé en la colina, entre las dos casas, en la oscuridad únicamente rota por la luz de la camioneta de Tyler. Me moví un poco para, desde donde me encontraba, ver con claridad la puerta de su casa. Escuché los sonidos del bosque. En busca de monstruos, demonios, ojos. De una pelea, un susurro, un grito.

Me agaché al oír pasos que se acercaban. Mis músculos se contrajeron, listos para echar a correr.

–¿Nic?

Me relajé al oír la voz de Tyler.

–Aquí arriba –dije–. ¿La has encontrado?

–No, ¿y tú?

Sacudí la cabeza cuando se agachó junto a mí y miró su casa.

Daniel tardó unos veinte minutos en aparecer. Salió por otra parte del bosque.

–La he perdido –dijo, extendiendo el brazo como si pudiera alcanzar a un fantasma–. Fui tras ella hasta el río, y luego nada.

–Volverá –dijo Tyler.

–Vete –le dije a Daniel–. Vete a casa con Laura.

Daniel miró el reloj y frunció el ceño.

–Llámame cuando vuelva. –Se metió las manos en los bolsillos y se fue.

–Tú también –le dije a Tyler–. Vete a casa. Yo la vigilaré.

–No –dijo él, sentándose a mi lado en lo alto de la colina–. No me voy a ningún sitio.

Estuvimos allí hasta el amanecer, pero ella no volvió.

De vuelta en casa, preparé café mientras Tyler daba vueltas por la cocina.

–Mierda. Mierda –decía.

Miré por la ventana y me mordí una uña. Sentía la corriente estática, el mundo se tambaleaba, a la vez que la presión aumentaba y el aire se espesaba. Tenía la sensación de que algo estaba a punto de pasar. Y lo estábamos esperando. Esperábamos las sirenas, la policía, una llamada telefónica, algo. Encendí el fuego, arrojé las fotos a las llamas, las vi fundirse, burbujearon... solo quería que desaparecieran lo más rápido posible. Cuando Daniel se detuvo de camino al trabajo y nada de lo que esperábamos había pasado aún, me dije que quizá no iba a pasar.

–¿Alguna noticia? –preguntó Daniel.

–No ha vuelto –dije–. ¿Qué le has contado a Laura?

–Nada –dijo–. No he tenido ocasión. Al no llegar yo, se fue ella. Supongo que ha pasado la noche en casa de su hermana. Lo que faltaba. Ahora no me habla.

–Dile que pasaste la noche aquí –dije.

–¿Y qué motivo me impulsó a quedarme? –quiso saber.

Me encogí de hombros.

–Ya se te ocurrirá algo.

–Joder –dijo, pasándose la mano por el pelo. Se aferró a la mesa, maldiciendo sin parar, tratando de controlarse, respirando hondo–. Tenemos que hablar con papá.

–Yo lo haré –dije.

–Tienes que ir con cuidado –dijo, y supe a qué se refería.

No podía dejar que fuese algo con lo que papá se quedase, con lo que se obsesionase, porque podía empezar a repetirlo cuando nos fuéramos. Tampoco podía arriesgarme a que se perdiera en el recuerdo. Tenía que limitarme a rozar la superficie, preguntarle por esto y por aquello y luego reunir las piezas.

–Vete a trabajar –dije–. Y tú también, Tyler. Aquí no ha pasado nada. Todo va bien. Llamadme si os enteráis de algo.

Estuve vigilando el apartamento vacío de Annaleise hasta mediodía. Vi que su madre llamaba a la puerta una y otra vez. La vi sacar una llave del bolsillo y entrar. La vi salir, quedarse quieta en la puerta, con el teléfono en la mano, mirando al suelo. La estaba mirando cuando se dio cuenta de que su hija había desaparecido.

De camino hasta Grand Pines estuve al borde del colapso. Los músculos se contraían por la tensión, aunque no había dormido desde el día anterior. No me notaba los pies, me hormigueaban, me pesaban.

Di mi nombre en recepción y un enfermo joven me acompañó hasta la habitación de papá, que estaba vacía.

–Sale a pasear a menudo –me dijo–. Lo más probable es que esté en el patio. Hoy hace muy buen día. Aunque he oído que mañana habrá tormenta. –Estaba apoyado en la ventana, a mi lado. Le vi mirarme en el reflejo. Su mirada se deslizó hacia mi mano–. Hola –dijo, tendiéndome la suya–. Andrew. Trabajo aquí. –Sus ojos eran azules, probablemente era más joven que yo y tenía una bonita sonrisa que seguramente causaba el mismo efecto en todo el mundo.

–Nicolette –dije–. En realidad, vivo en Filadelfia.

–Vaya –repuso–. ¿Estás de paso en la ciudad?

–No, no. –Señalé hacia un ángulo del patio–. Allí. –Cerca del límite del patio papá estaba leyendo un libro en un banco, los codos apoyados en sus pantalones marrones, pensativo, como si tratara de encontrarle más de un significado a las palabras que estaba leyendo–. Gracias por tu ayuda, Andrew. –Forcé una sonrisa al salir.

En el patio, unas mujeres comían en una mesita de café. Llevaban la comida en envases de plástico. Dos hombres jugaban al ajedrez. Otros daban vueltas en lo que parecían interminables círculos alrededor del patio. Me senté junto a mi padre en el banco.

–Hola, papá –dije.

Levantó la vista del libro y me miró.

–¿Qué estás leyendo? –le pregunté.

–Nabokov –contestó, y me mostró la cubierta–. Para el próximo semestre.

No estaba aquí. Pero no estaba lejos.

Me aclaré la garganta, mirándole de reojo.

–Ayer –dije– me dijiste que habías visto a mi amiga Corinne. Hace mucho tiempo. En el porche trasero.

–¿Eso te dije? No lo recuerdo.

Posó el pulgar en la tripa del libro e hizo pasar las páginas poco a poco.

–Sí –dije–. El caso es que me estaba preguntando... Me pregunto si sabes cómo llegó hasta allí.

No respondió, se limitó a mirar el libro. Pero sus ojos no seguían las líneas, no se movían, porque su mente estaba en otra parte.

–Bebía demasiado –dijo.

–Lo sé. No importa.

–Quiero decir, iba a ir a buscarte. Me llamaron. Me dijeron que había pasado algo en la noria. Contigo. Les dije que no podía ir. Pero fui. Me enfadé, me metí en el coche y conduje hasta allí, porque la cosa se nos estaba yendo de las manos, se nos había ido por completo. –Dejó el libro a un lado y entrecerró los ojos–. Estabas a punto de cruzar una línea peligrosa porque nunca te había puesto límites. Nunca te frené. Así que me metí en el coche. Iba a hacer de padre.

Empecé a sacudir la cabeza porque no me gustaba hacia dónde iba aquello. Era demasiado. Demasiado directo. No iba a poder escapar, ni él tampoco.

–Llegué hasta la última curva que hay justo antes de las cuevas y pensé: «Así no se comporta un padre. Un padre no conduce borracho». Y me detuve. Tiré la toalla.

–¿Dónde, papá? –Sonó a lamento ahogado.

–Justo antes de llegar a las cuevas, en la carretera de acceso, que es un callejón sin salida. Me detuve y aparqué. –Me miró–. No llores, pequeña. No me encontraba bien. Necesitaba un poco de aire. Solo un poco de aire.

Necesitaba parar.

–Tenía las ventanillas bajadas. Solo necesitaba dormir la mona. –Reunió sus manos en el regazo y tamborileó los dedos de una sobre los nudillos de la otra–. Oí a gente que gritaba...

Tenía que saberlo. Había llegado el momento.

–Papá –dije–. ¿Qué hiciste?

Noté que se tensaba. Se estaba poniendo nervioso.

–¿A qué te refieres? –Miró alrededor, entrecerrando los ojos–. Ese sitio es una madriguera –dijo.

Y Corinne era el conejo. La seguimos hasta el fondo, abajo de todo, y nos quedamos allí.

Luego me dijo:

–No me gusta esto. Tienes que irte. Quiero que te vayas. Nic, tienes que irte.

Me puse en pie, el aire se había vuelto pesado, espeso, sus palabras iban cargadas de corriente estática. Mis recuerdos giraban en espiral, se desdibujaban, como las fotografías, como fantasmas. No pude mirarle a los ojos antes de irme.

Vi la camioneta de Tyler en el camino de entrada, pero él no estaba en casa. Lo encontré en la parte trasera, sentado en el escalón del porche, los pies sobre la hierba.

–¿Algo nuevo? –pregunté.

–No –dijo–. ¿Has visto a tu padre?

Me senté a su lado. Tiré las rodillas hacia arriba y bajé la cabeza, de manera que lo único que podía ver era la hierba bajo mi sombra.

–No entiendo lo que pasó. No entiendo esas fotografías. Nada tiene sentido. Me ha dicho que condujo hasta las cuevas. Que estaba allí. Y nada más. Eso es todo lo que me ha dicho. –Tyler me cogió de la mano–. ¿Me has mentido?

–Yo no te miento, Nic –dijo.

–Pero... ¿qué crees que le pasó a Corinne?

El vello de la nuca se me erizó al imaginarla en el porche, a escasos centímetros de donde me encontraba en aquel momento, el pelo que sobresalía de la manta, la figura en sombras fuera de plano.

Tyler me miró y apretó con fuerza la mano que sujetaba.

–¿No te das cuenta? No importa lo que le pasara.

–Bueno. Pues creo que ha llegado el momento de que empiece a importar. –Respiré hondo–. Hay fotos, y ella está muerta. Así que dime. Dime qué ha pasado.

–No hiciste nada mal. Te lo prometo. Olvídalo.

Asentí. Dejé que rodeara mi hombro con su brazo. Y me permití creerle.

Tengo que contarlo así, a trozos. Tengo que llegar hasta ello. Tengo que volver a ello. Tengo que mostrarte todo lo que valía la pena antes de que veas lo horrible.

Tienes que entender que ella estaba destrozada.

Antes que nada, te prometo que la quería.

Corinne estaba en la cuneta, haciendo dedo. Y yo no reduje la marcha.

–¿No vas a parar? –me preguntó Tyler.

–No –dije.

La miré; había bajado el pulgar y me estaba mirando. Pisé el acelerador –«que te jodan, Corinne»– y parpadeé. No vi nada durante una fracción de segundo y al instante siguiente ella estaba ahí, en mitad de la carretera, delante de la camioneta.

Tyler extendió los brazos hacia delante cuando pisé el freno. Las ruedas chirriaron en el asfalto. Cerré los ojos esperando lo peor. El cinturón de seguridad se me clavó en el pecho, me estaba partiendo en dos, no podía respirar mientras el coche daba vueltas. Se rompió el cristal de la ventanilla y, al fin, con un golpe sordo de metal, nos detuvimos.

Al principio la adrenalina hizo que no pudiera dejar de pensar en un millón de cosas, el millón de cosas que estaban pasando, todas a la vez, pero poco a poco fui recuperando el control. Había demasiado que procesar. Estábamos en dirección contraria, apostados contra un quitamiedos, demasiado cerca del borde de la carretera. La rama de un árbol había entrado por la ventanilla y me había desgarrado el hombro. Iba a quedarme cicatriz. Oía con dificultad la voz de Tyler, decía cosas sin sentido, y me llegaba como desde muy lejos. No podía moverme. No sentía nada.

Hasta que pude. Y entonces lo sentí todo de golpe.

Primero fueron las náuseas y un dolor en el estómago que no me dejaba pensar y que se extendió por todo el cuerpo. Mis manos no me obedecían, parecían incapaces de desabrochar el cinturón de seguridad. Lo tuvo que hacer Tyler. Estábamos tan cerca del borde que ni siquiera pude salir por mi lado. Tyler tiró de mí y me sacó por la puerta del copiloto.

Todo lo que oía era un zumbido horrible y la tierra parecía moverse bajo mis pies, o puede que fuese yo quien se movía, dando tumbos, buscando a Corinne. Apoyé la mano en el capó de la camioneta y me di cuenta de que seguía en marcha, estaba ardiendo.

–¿Dónde está? –susurré.

Tyler también apoyaba las manos en el capó, y los brazos le temblaban como si estuviese a punto de echar a volar.

–¡Corinne! –grité–. ¡Contesta! ¡Qué coño te pasa!

En un momento de pánico, Tyler miró bajo la camioneta. El estómago me subió a la garganta. La carretera estaba oscura y vacía, el bosque estaba aún más oscuro, y nuestros faros apuntaban en dirección a las cuevas.

–¡Corinne! –grité otra vez, arqueándome mientras lo hacía.

Tyler miró hacia el bosque por encima del terraplén y corrió unos metros por la carretera. Regresó.

–No la veo –dijo.

–¿Le he dado? ¿Le he dado? No, no, no –dije, frenética, saliendo de la carretera e internándome en el bosque, entre las rocas.

Tropecé, me desgarré las rodillas y las manos. La bajada era empinada y no se veía nada. No había manera de distinguir ninguna figura entre las sombras.

–Para, Nic. Para.

Tyler me había seguido. No la veía.

–¿Por qué haría una cosa así? ¡Se ha puesto delante!

–Lo sé, lo he visto. –Me cogió del brazo para que no siguiera avanzando–. Tu hombro –me dijo, palpándolo. Pero lo que me dolía no era el hombro, sino la barriga y la espalda.

Me temblaban las manos.

–Se ha puesto delante. Me creerán, ¿verdad?

De repente pareció darse cuenta de algo y aflojó su presión sobre mi brazo.

–Llama al 911 –dije, porque no la veía y no respondía.

Cogió el teléfono con la mano herida y me miró a los ojos. Sentí otra oleada de dolor.

–Yo conducía –dijo.

–¿Qué? No. Yo conducía. Mírate la mano. ¡No podías conducir!

–Tú has bebido. Tampoco podías.

–No he bebido nada, lo juro.

–Claro que sí. No, conducía yo.

–¿Por qué estamos discutiendo por esto ahora? Yo conducía. –Estaba gritando–. Tú, no. No voy a dejar que mientas. Nos han visto salir de allí, y yo conducía. ¿Te acuerdas?

Sacudió la cabeza otra vez. Se guardó el teléfono en el bolsillo. Oí un murmullo entre los árboles y volví mi cabeza en esa dirección.

–¿Corinne? –la llamé.

No hubo respuesta. Ni un movimiento.

Tyler miró entre los árboles.

–Ha sido el viento –dijo.

–¿Dónde se ha metido, Tyler?

Me miró a los ojos, pero el mundo seguía dando vueltas.

–No la has atropellado –dijo–. Solo está jugando con nosotros.

–Y en tal caso, ¿dónde está?

–Escondiéndose. Puteándonos. Riéndose de nosotros en este mismo instante. Porque está loca, joder.

Cerré los ojos, me la imaginé. Fue sencillo. Porque así era Corinne. Por supuesto que haría algo así. Por supuesto que intentaría arruinar cada cosa buena que me pasara.

–Puedo arreglar la camioneta –dijo, casi sin levantar la voz.

Respiré hondo para soportar otra oleada de dolor y asentí.

Y en aquel momento tomamos una decisión, hicimos un pacto. Habíamos hecho caer una pieza de dominó y todas las demás se derrumbaban también.

–Quédate aquí –me dijo. Me dio la llave de las cuevas–. Espérame dentro. Voy a buscar el coche de mi padre. Volveré.

–Sé cómo llegar a casa desde aquí –dijo–. Conozco el camino.

Pero no iba a llegar a tiempo a casa. Me invadió otra oleada de dolor y supe que aquella noche iba a marcar el resto de mi vida.

Miró por encima de mi hombro. También estaba nervioso.

–¿Estás segura? –me preguntó.

–Sí –dije.

Esperé hasta que le oí en la camioneta y eché a correr. Acorté por las cuevas, porque era el mejor camino que conocía para llegar a casa. Pero no pude evitar imaginarla diciendo «encuéntranos» y perdiéndose en las profundidades del bosque, como hacía siempre, como hacíamos juntas. Cogí la cadena y abrí el candado. ¿Lo habría cerrado ella? Me estaba jodiendo. «Sí –pensé–, sí, ha sido ella.» Entré, la llamé, cogí la cuerda para guiarme. La llamé en la oscuridad, una vez, y otra.

–¡No tiene gracia, Corinne!

Dejé la cuerda, usé mi móvil para iluminar el espacio que me rodeaba, buscándola en la oscuridad, convencida de que la oía respirar pero sin ver nada. A nadie.

El dolor y el miedo se transformaron en rabia. Me estaba jodiendo la vida una vez más sin ni siquiera pestañear.

Me agarré de nuevo a la cuerda y salí.

No fue hasta mucho después, esa misma noche, ya sola en casa, que me di cuenta de que había perdido el anillo de Tyler.

Tuvo que haber saltado de la carretera. Esconderse. La mató otra cosa: otro vehículo, otro accidente, un salto desde el borde a las rocas de debajo. Es imposible que mi padre nos escuchara y supiera que había sido yo. No pudo ser él quien la encontrara después de que nos fuéramos. Que se llevara el cadáver y lo escondiera para que no lo encontraran, evitando así que me arruinara la vida.

Tyler me prometió que yo no había hecho nada malo. Tuvo que ser otra cosa.

De lo contrario, sería demasiado brutal en su sencillez.

Han pasado diez años y nada ha cambiado. Una fotografía cambia de ángulo. Un recuerdo se vuelve más claro. Alguien me susurra en la oscuridad: «Mira, Nic, ¿no lo ves?».

Había llegado el momento de abrir los ojos.

UN DÍA ANTES

DÍA 1 - NOCHE

Estaba cansada por el viaje y por la visita a mi padre en la residencia, y me sentía sucia porque me había pasado el día limpiando la casa. Pero aún quedaba mucho por hacer. «Sé responsable», pensé. Pero ya lo era. Ojalá Daniel pudiera verme. Había hecho promesas, había cerrado tratos, había tomado decisiones que Daniel ni siquiera había podido empezar a comprender.

El grifo del fregadero y el desagüe mostraban un color amarronado por culpa del óxido. Busqué en la caja de útiles de limpieza de Daniel, vertí desatascador por el desagüe y oí el crepitar de la reacción química.

Me puse unos gruesos guantes de goma amarillos y empuñé el cepillo, pero el anillo me molestaba: pellizcaba el guante cada vez que movía el dedo, así que no tuve más remedio que quitarme el guante, luego el anillo y dejarlo en medio de la mesa de la cocina, donde podía verlo perfectamente. Era una conexión con mi otro mundo, algo que me decía que sí, que después de todo ya no vivía en Cooley Ridge, que mi vida estaba en otro lugar.

Limpié el fregadero y la encimera, y me sentí en cierto modo orgullosa de mi proeza, muy meticulosa, pues tanto el uno como la otra brillaban. De todas formas, fue un alivio que sonara el teléfono. Había empezado a nublárseme la vista, así que, antes de descolgar, me retiré un mechón de pelo de la frente y me quité uno de los guantes.

–¿Hola?

–Hola. Siento llamar tan tarde –dijo Everett.

Me senté en la silla de la cocina y me saqué el otro guante con los dientes.

–No te preocupes. Sé que estás ocupado.
–Así que lo has conseguido.
–Lo he conseguido –dije.
–¿Y cómo te va de momento?
–Un poco como esperaba. Papá sigue igual, Daniel también. He preparado los papeles para el médico. Estoy limpiando la casa. –Me puse en pie y ordené un poco las cosas antes de dirigirme al piso de arriba.
–¿Cuándo crees que podréis ponerla a la venta?
–No estoy segura. No quiero hacerlo hasta que arreglemos un par de cosas. La primera impresión lo es todo. –Me di cuenta de que casi era medianoche y bostecé.
–Duerme un poco –dijo.
–A eso iba.
Apagué la luz de abajo antes de entrar en la habitación. Me volví hacia la ventana para ver la luz de la luna que bañaba los árboles y las montañas mientras yo seguía en la oscuridad. «Adiós», pensé.
Y por un momento creí haber visto un haz de luz entre los árboles.
–Intentaré que mi padre firme los papeles. No me parece correcto que lo hagamos nosotros en cuanto tengamos la custodia –dije.
–Claro –dijo Everett, y su bostezo me hizo sonreír–. Haz lo que tengas que hacer.
–Siempre lo hago –dije.

Diez años antes había tropezado en el bosque mientras trataba de volver a casa. Desesperada por la seguridad de estar entre cuatro paredes: de llegar a casa. Como si aquello pudiera evitar lo inevitable. El coche de mi padre no estaba, el de Daniel tampoco, y corrí por el patio, ciñéndome el estómago con el brazo. Me dolían ambos: brazo y estómago. La luz del porche se balanceaba, la puerta mosquitera chirrió cuando la abrí, y al fin, jadeante, estuve sola en casa.

Sola.

Del resto de la noche solo tengo flashes. No sé qué demonios significa esto, pero aunque puedo mantener la mirada fija en Corinne, no soy capaz de contar lo que pasó de forma directa. Tengo que dar un rodeo, mostrar primero una pieza y luego otra. Nunca lo he contado antes. Y esta es la única manera en que puedo hacerlo.

Lo estoy consiguiendo.

Me quité la ropa en el cuarto de baño, aterrada, tratando de controlar algo que no iba a poder controlar de ninguna de las maneras –y furiosa porque no iba a poder hacerlo–, y esa furia se transformó en calma cuando tiré la toalla. Cuando recordé que el mundo no giraba porque yo se lo permitía, que nunca lo había hecho y que no iba a empezar a hacerlo en aquel momento.

Abrí el grifo del agua caliente, dejé la ropa en el suelo y me senté en la bañera con las rodillas levantadas, la cabeza apoyada en los brazos y los ojos cerrados. Dejé que el agua me golpeara.

Dos días. Había sido una posibilidad hacía dos días en el cuarto de baño de Corinne, apenas se había metamorfoseado en algo mínimamente real y esperanzador en mi mente, y ya era historia. Como si nunca hubiera existido.

Más tarde, Daniel llamó a la puerta.

–Nic. ¿Estás bien? –Siguió golpeando la puerta–. Te estoy oyendo.

Aguanté la respiración para dejar de llorar.

–Contéstame o entro.

La maneta de la puerta se movió, y al momento entró Daniel junto con una ráfaga de aire frío. Vio mi ropa en el suelo.

–¿Estás bien?

Al dejar escapar el aire no pude reprimir el sollozo.

–No, no estoy bien.

–Dime qué puedo hacer. Dime cómo puedo ayudarte.

Después de golpearle, Tyler le había contado que estaba embarazada. Lo supe por la manera en que Daniel me miró, arrepentido.

–Ya es demasiado tarde.

–Sal de la bañera, Nic. No puedo ayudarte si no sales de la bañera.

–No quiero que me ayudes.

Y él:

–Lo siento. Lo siento.

Se fue. Cerró la puerta.

El agua se enfriaba, así que salí de la bañera y me envolví en una toalla.

Mi ropa ya no estaba en el suelo y oía que la lavadora estaba en marcha abajo. Me envolví en el pijama de felpa que solía usar en invierno y me acurruqué en la cama mientras oía a Daniel hablar por teléfono en su habitación.

–No, Tyler, no lo entiendes. Tienes que venir.

–No puede –grité desde mi habitación, y el grito llegó a través del cuarto de baño que unía la una con la otra.

Daniel colgó. Se plantó en mi puerta, y parecía tan indefenso y perdido como yo.

–¿Qué puedo hacer? ¿Qué hago?

Yo había vuelto a llorar –aquella noche horrible en la que el mundo se vino abajo– y deseaba, por encima de todas las cosas, volver al pasado, retroceder una década, irme a un momento en el que aún todo era posible. Recuerdo haber dicho:

–Quiero a mamá.

La petición menos razonable.

Daniel, inexpresivo, la cabeza bien alta, la nariz hinchada, los ojos morados, había contestado, sentándose a mi lado:

–Me tienes a mí.

De todas formas, Tyler lo consiguió. Vino a pie. Cruzando el río. Le oí en el piso de abajo, mucho más tarde, con Daniel.

Se lo diría por el hueco de las escaleras. Para entonces habría dejado de llorar.

Había perdido su anillo. Lo había perdido todo. Y no estaba segura de si su oferta seguía en pie. Si todavía iba en serio. Era más sencillo fingir que nunca había sucedido.

Todo lo que había en aquella caja imaginaria de la comisaría me pertenecía: el test de embarazo, el anillo, incluso las historias. Y en cierta manera, tenía sentido. Una chica se había esfumado en la curva de la carretera la última noche de la feria del condado. Había desaparecido. Había cambiado su color de pelo y su acento, su número de teléfono, su dirección. No había vuelto a mirar atrás.

«Haz lo que tengas que hacer, Nic.»

«Invéntate.»

«Empieza de nuevo.»

III
HACIA EL FUTURO

Tiene razón la filosofía: la vida solo puede ser comprendida hacia atrás. Pero no hay que olvidar el otro principio: que solo puede ser vivida hacia delante.

Søren Kierkegaard

DOS SEMANAS MÁS TARDE

DÍA 15

Las sirenas sonaban cada vez más cerca, y Tyler estaba en mitad de la habitación. Yo no podía dejar de oír sus palabras: «Han encontrado un cadáver en la granja de los Johnson». Recordé los girasoles. A Corinne dando vueltas y vueltas. Y su cadáver descansaba allí, diez años después.

Pero Daniel había dicho que iba a llevarla a una zona en obras. No podía ser Corinne.

–¿Annaleise? –pregunté–. ¿Está muerta?

–Sí –dijo–. Estaba allí tendida, en mitad del prado.

–¿Le han disparado? –pregunté, porque Daniel tenía acceso a la pistola de papá y la había estado persiguiendo por el bosque. Porque había encontrado la hebilla de su bolso cerca del río, donde Daniel había dicho que la había perdido de vista, y sabía que él tenía la llave de su estudio, que debía haber cogido de su bolso.

Tyler asintió.

–La encontró una familia. Los niños habían echado a correr después de hacerles unas fotos y... –Se mesó el pelo, dejando en el aire la continuación de lo que había ocurrido–. La mujer de un compañero trabaja en la centralita. Fue ella quien recibió la llamada. Intenté llegar el primero cuando me enteré. Lo intenté.

–Oh, Dios –dije–. ¿Y Daniel?

–No lo sé, Nic –repuso, y desvió la mirada.

Everett debía de estar ya en el aeropuerto. No podía llamarle para pedirle ayuda, no sobre algo así, y menos aún después de lo que había pasado.

¿En qué estaba pensando Daniel? El cadáver, las pruebas, todo llevaría directo a él. Y Annaleise... Jackson me había hablado de los rumores sobre la separación temporal de Laura y Daniel. Rumores que podían convertirse en hechos y en móviles muy concretos si llegaban a oídos equivocados. Sabía que mi hermano podía enamorarse de alguien que no debía, ya lo había hecho antes, pero no podía imaginarme que Daniel permitiera que Annaleise le hiciese aquellas fotos si realmente habían estado saliendo. A menos que alguien hubiese entrado en mitad de la noche y las hubiese borrado. Que hubiese borrado de su ordenador las fotografías de hacía unos meses. Había oído sus pisadas en el bosque, había visto su silueta en su casa. Debía haber sido alguien que conocía el bosque al dedillo. Daniel. Sí. Annaleise las debía haber hecho cuando dormía o cuando no miraba. Como todas esas fotos que había visto en sus carpetas, imágenes de chicas que no sabían que estaban siendo fotografiadas. Que no sabían que hubiera alguien mirándolas. Annaleise, con sus enormes ojos tras la cámara, camuflándose con el paisaje. Nunca sabrías que te había cazado.

Debería haber sido más listo.

Daniel la había alcanzado en el río y al tironear de su bolso la hebilla había saltado. Le había quitado el bolso y el teléfono. Debió de enterrarlos en algún lugar o esconderlos en su coche, porque no los tenía al reunirse con nosotros en el porche trasero. Se había quedado con la llave, que había escondido en las viejas zapatillas de papá. Coloca a mi hermano en las lagunas que quedan, y la historia comienza a cobrar sentido.

Debía de haberla encontrado y...

No. «Espera.» Annaleise se había escabullido de él. Siguió el río. Llegó al motel y entró por la ventana de aquella habitación del final del pasillo antes de volver a llamar a Daniel. Desde el teléfono del motel, porque el suyo se lo había quedado Daniel.

No podía entenderlo. ¿Por qué había llamado a casa de Daniel? Intentaba escapar de él. Y de todas formas, Daniel no iba a estar en casa. No tenía sentido. Pero yo había estado en aquella habitación, y al pulsar el botón de rellamada el teléfono había llamado a casa de Daniel, yo misma había oído la alegre y encantadora voz de Laura decir aquello de: «Has llamado a los Farrell...».

Laura. No era el teléfono de Daniel. Annaleise había llamado a su casa porque sabía que Daniel no estaría allí.

Había llamado a Laura. Me cubrí la boca al entenderlo por fin.

–No es Daniel –susurré.

Tyler asintió, mirando cómo lo había puesto todo de barro. No supe si me creía o si pensaba que me estaba agarrando a una mínima esperanza.

Estaba viendo todas las piezas y todas encajaban, la cosa empezaba a cobrar sentido.

El mundo entero de Annaleise se había hundido y la única carta que le quedaba por jugar era la de Laura. La llamaría. Se lo contaría todo. Le diría lo peligroso que era su marido. La familia de su marido. No necesitaba utilizar las fotografías para chantajear a nadie si podía convencer a Laura.

«¿Sabes dónde está ahora tu marido? Para que lo sepas: me está persiguiendo por el bosque. No quiere que hable. Me ha robado el bolso. Y el teléfono. No estás a salvo. Alguien de esa casa asesinó a Corinne Prescott. Debías saberlo.»

Intenté imaginarme a Laura cogiendo el teléfono y escuchando lo que Annaleise le decía. ¿La creería? ¿Iba a escucharla? Pero Daniel había dicho que Laura no estaba en casa cuando él había vuelto, que probablemente se había ido a casa de su hermana. Que estaba enfadada. Lo había hecho antes, si creemos lo que se dice por ahí.

Pero ¿y si no estaba con su hermana? ¿Y si hubiera cogido el teléfono y hubiera escuchado? ¿Qué habría hecho entonces?

¿Y si mi hermano había dicho la verdad? Que había seguido a Annaleise hasta el río y allí la había perdido. Había llegado a alcanzarla, había tirado del bolso, había roto la correa, el bolso se había caído y la hebilla se había perdido en el barro. Todo cuanto tenía era su bolso, su teléfono, su llave. Lo había escondido y había esperado.

Y con el paso de los días, al no dar Annaleise señales de vida, debió de sentir que el cerco se estrechaba en torno a él. Todos los secretos amenazaban con salir a la luz, los de entonces y los de ahora. Así que utilizó la llave para buscar pruebas en su casa, para echar un vistazo a sus archivos y, de paso, borrarse a sí mismo, mientras la investigación seguía su curso. Escondió la llave en su despacho por si acaso, porque creyó que Laura no miraría en el cajón, y fue allí donde yo la encontré. La única cosa que mi hermano estaba tratando de encubrir eran las habladurías sobre su aventura. Sabía, igual que yo, adónde podía conducir todo aquello.

Pero Annaleise fue hallada muerta en un campo de girasoles. Su cadáver sencillamente apareció.

Daniel la habría podido enterrar. Habría podido llevar el cadáver a uno de esos sitios abandonados que conocía. Pero Laura...

Cerré los ojos y vi que todas las piezas encajaban:

Laura recogió a Annaleise en el motel. «¿Dónde estás? Voy a buscarte.» Llevaba la pistola de papá en la guantera. Annaleise subió al coche y Laura condujo hasta la granja de los Johnson, lejos de la ciudad. Dieron una vuelta –«para que podamos hablar»– y Annaleise empezó a hablar mal de su marido, de su familia. Laura también tenía mucho que decirle, pues había dejado a Daniel por ella: los rumores que había oído sobre ella y su marido la habían obligado a irse de su casa hacía unos meses; y ahora esto. Aquella chica pretendía arruinar todo lo que Laura había construido. Embarazada de ocho meses, a Laura la esperaba toda una nueva vida por delante: una que incluía a Daniel. Estaba tan cerca que casi podía tocarla. La vida con la que siempre había soñado, la vida que se merecía.

Laura no podía cuidar de su jardín, y mucho menos podía enterrar un cadáver sola; solo quería alejar a aquella mujer de su familia para siempre.

Daniel tenía razón. Había subestimado a Laura. Había subestimado la intensidad de su amor por mi hermano, mi familia y su futuro. Todo cuanto uno podía llegar a hacer por los demás en un lugar como este.

Había subestimado mis propios deseos de volver para quedarme.

Tyler miró por la ventana. Las sirenas de la policía sonaban cada vez más cerca. Se estremeció.

–Nic, intenté llegar enseguida, antes que nadie. Quería encontrar el anillo, pero oí las sirenas y... no me dio tiempo.

–Está bien –dije.

Las sirenas seguían acercándose. Parecían dirigirse hacia donde nos encontrábamos. Ahí, en mitad de la cocina, Tyler no dejaba de temblar.

–No, no lo está. –Le temblaban las manos. ¿Había llegado a tocarla? Seguro que sí–. Encontraron... –Se cubrió la cara con las manos.

–¿El anillo? –pregunté, y de repente se me nubló la vista.

Negó con la cabeza.

–Una carta.

–¿Mandó una carta?

–No, no. La tenía escondida en el cinturón. No llegué a verla. Salí corriendo al oír las sirenas.

–Entonces ¿cómo sabes que había una carta? –pregunté. Acababa de decirme que había echado a correr. Y luego había conducido hasta aquí.

–¡Todo el mundo lo sabe! –dijo–. Jackson me ha llamado hace un momento. Para asegurarse de que lo sabía. –Hizo un gesto de dolor y volvió llevarse las manos a la cabeza–. Quería asegurarse de que supiera que habían encontrado un pedazo de papel doblado dirigido al Departamento de Policía de Cooley Ridge. –Me clavó la mirada–. Sin sobre. Por lo que su intención no era enviarlo, sino dejarlo allí. Una carta anónima.

Vi el bloc del hotel y me la imaginé garabateando como una posesa. Supongo que la escondió al llegar Laura, guardándosela para más tarde.

–¿Qué decía? –susurré.

Un universo de posibilidades se agolpó en mi cabeza. Todos los motivos por los que Daniel, asustadísimo, había llamado diciéndome que me fuera.

Nada es definitivo en este lugar.

Tyler hizo una pausa. Luego bajó el tono de voz.

–Decía que el cadáver de Corinne Prescott estaba en la finca de Patrick Farrell. Y que a quien debían investigar a fondo era a Nic Farrell y a Tyler Ellison.

Mi cuerpo empezó a temblar, imitando al de Tyler.

–Oh, Dios mío.

Annaleise evitó cualquier vínculo con la carta. Una carta anónima y Laura. Contaba con ambas para salir indemne.

–Estoy seguro de que alguien ha visto mi camioneta. La familia que encontró el cadáver estaba junto a la carretera. Puede que no me vieran a mí, pero sí a la camioneta. Me pueden situar en el prado. Estoy cubierto de polen. Esto pinta fatal, Nic. Tengo una cabaña en Tennessee que no figura en el registro. La construí hace unos años. Necesito desaparecer durante un tiempo. Lo dejé todo preparado este fin de semana por si acaso.

Tyler había estado en el campo de girasoles con el cadáver de Annaleise y una carta anónima nos implicaba a ambos. Quizá podría explicar lo de Annaleise, incluso probar que no había tenido nada que ver. Pero no podría hacerlo sin revelar lo que había ocurrido hacía diez años. Corinne volvía a buscarnos.

A buscarme.

Su camioneta. Era yo quien la conducía. Él siempre lo había sabido. Pero dejó que creyera que no había tenido nada que ver conmigo. Que a Corinne le había pasado algo junto a la carretera cuando nos fuimos. Me había hecho creer que era inocente.

Vivimos rodeados de mentiras, pero no todas llevan la misma carga. No hay nada más peligroso, más poderoso y necesario para nuestra supervivencia que las mentiras que nos contamos a nosotros mismos.

Le hundí un dedo acusador en el pecho y le hablé desde lo más hondo de mi alma:

–Me juraste que no la habías matado. Me dijiste que no había hecho nada malo. Me lo juraste.

Sus ojos se cerraron mientras cogía aire. El tiempo se agotaba, pero yo necesitaba más, solo un poco más.

–No fue tu culpa, Nic. Ella se puso delante de la camioneta. Se suicidó. Fue culpa suya.

«Llega un momento en que lo sabes –había dicho Everett–. Y ya no puedes justificarte ni volver atrás.»

Antes de ver todas aquellas fotografías, las posibilidades habían sido muchas. Ella se fue. Se escapó. Otra persona la golpeó. Saltó.

«Saltó.»

La creí capaz de hacerlo. Cuando me susurró en lo alto de la noria. Cuando la vi plantarse delante de la camioneta. Después de que Hannah Pardot nos descubriera un poco más cómo era, cómo había sido siempre en realidad, aún la creí más capaz. Corinne Prescott era la persona más decidida que conocía. Lo habría hecho sin dudar.

Pero había sido yo: yo conducía, Corinne estaba muerta y Tyler iba a pagar por ello.

–Vete, Nic. Ahora. Vuelve a Filadelfia. Aun estás a tiempo. No mires atrás.

No, de repente supe lo que tenía que hacer.

Necesitaba que Cooley Ridge me aceptara. Necesitaba pagar mi última deuda.

«Te toca, Nic.»

–Nunca estuviste en la granja de los Johnson –dije–. Quienquiera que haya visto tu camioneta se equivoca. Tú estabas aquí. Óyeme, Tyler. Escucha y haz exactamente lo que te diga.

El sonido de las sirenas seguía intensificándose, pero Tyler se equivocaba: teníamos tiempo. El tiempo podía convertirse en nuestro aliado. En aquel momento, podía salvarnos.

Sabía exactamente qué precio debía pagar. Diez años. Ese era el trato. Corinne los había medido y calculado, y les había puesto precio. Los diez años por los que yo tanto había luchado. Estos años eran la deuda. Como si no hubiesen sido más que un parpadeo.

«Paga tus deudas, como todo el mundo.»

Mi padre los había perdido por esconder el cuerpo. Jackson, por no querer volver con ella. Tyler, por preferirme a mí.

Había cierta justicia en todo aquello: ingresos y gastos, como en un libro de contabilidad. Podía sentirla en aquella casa. ¿Cómo no me había dado cuenta antes? Siempre había estado allí. Por supuesto.

Y estaba muy claro que lo haría. Que pagaría. Pero no lo haría por Corinne.

–Métete en la ducha –dije.

–Nic, es demasiado tarde...

–Deja tu ropa en el cuarto de baño y métete en la ducha.

–Es mediodía y no es mi casa. Esto no tiene sentido. Solo he venido a despedirme.

Lo cogí por el brazo.

–Lo sé. Y ahora te digo que te metas en la ducha, Tyler. Confía en mí, por favor.

Usé papel higiénico para limpiar el barro esparcido por la cocina mientras las sirenas seguían acercándose. Estaban llegando. Venían por nosotros.

–Date prisa –dije, y eso fue lo que hizo.

Dejé sus botas de trabajo en el armario de mi padre, como si fueran suyas. Cogí la llave que había en la zapatilla y la lancé lo más lejos que pude.

Luego me dirigí apresuradamente al cuarto de baño. Su ropa estaba en el suelo, como le había pedido. La recogí y la llevé al cuarto de la lavadora, donde la dejé junto a un montón de mi propia ropa, y puse en marcha la lavadora. La ropa de Tyler de hacía una semana todavía estaba en el cajón de mi cómoda. La cogí y la tiré al suelo del dormitorio. Saqué algo de ropa mía y también la tiré al suelo.

–Bien –dije, entrando en el cuarto de baño–. Todo listo.

Lo primero que se ve lo es todo. Y lo primero que se dice. Una investigación nace y muere en la primera impresión. La historia cobra vida a partir de allí.

Lo primero que necesitaban era vernos a Tyler y a mí salir juntos de la ducha. Eso es lo que esperaban ver. La razón por la que creían que Tyler había tenido algo que ver con la desaparición de Annaleise. Él y yo juntos y Annaleise muerta por nuestra culpa. Pero ahora los celos iban a ser el principal móvil de Annaleise.

Oí que llamaban a la puerta mientras las luces se reflejaban en mi habitación a través de la ventana del cuarto de baño: flashes de azul y rojo en una de las paredes. Cogí una toalla para cubrirme y le di otra a Tyler, que hizo lo mismo. Me puse un albornoz, bajé las escaleras y abrí la puerta. Allí estaban Mark Stewart, el agente Fraize, Jimmy Bricks y aquel tipo de la estatal. ¿Cómo se llamaba? ¿Detective Charles? No importaba. Me traía sin cuidado.

En el silencio que siguió el agua iba goteando de mi pelo. Mark Stewart enrojeció y desvió la mirada de mi albornoz.

–¿Qué ha pasado? –pregunté–. ¿Va todo bien? ¿Le ha pasado algo a mi padre?

Tyler bajó las escaleras detrás de mí, empapado, abotonándose los pantalones.

–¿Qué ha pasado? –preguntó. También él se quedó quieto–. ¿Va todo bien?

–Nic, Tyler –nos saludó el agente Fraize, asintiendo.

El detective fruncía el ceño.

–Creía que habíais roto –dijo.

Me crucé de brazos.

–No creo que sea asunto suyo.

–Sí, si han mentido durante una investigación...

El rugido de otro motor apagó su voz. El coche de Daniel acababa de aparcar en el camino de entrada.

–¿Qué hace Daniel aquí? –dije–. ¿Puede alguien explicarme qué demonios hace todo el mundo aquí?

–Tenemos algunas preguntas. Nos gustaría que nos permitiera echar un vistazo a la casa –dijo el detective Charles.

Tyler me puso una mano en el hombro.

–¿De qué va todo esto?

–Me temo que traemos malas noticias –dijo Bricks–. Hemos encontrado a Annaleise. Muerta.

Sentí que la mano de Tyler se aferraba a la tela de mi albornoz.

–¿Y habéis venido a interrogarme? –preguntó.

–No. No estamos aquí por eso.

El detective Charles miró por encima de su hombro otra vez. Observó a Daniel, que corría hacia donde nos encontramos, y vio la camioneta de Tyler, aparcada allí.

–¿Sería tan amable de decirme cuándo llegó aquí, señor Ellison?

Intenté calcular cuánto hacía que Everett se había ido. Intenté darle la mejor coartada posible a Tyler.

–¿Quizá una hora? ¿Más? –dije, mirando a Tyler. Sus ojos me escrutaron, los labios ligeramente entreabiertos. La historia estaba cobrando vida en mi cabeza. Se estaba volviendo real.

Asintió.

–Sí, más o menos –dijo.

Daniel se abrió paso e intentó disimular su sorpresa al descubrirnos a mí y a Tyler, empapados, en el portal.

–Everett está de vuelta –dijo–. Lo he pillado camino del aeropuerto.

Sentí un vacío en el estómago. Noté que Tyler también estaba tenso a mi lado. Daniel se dirigió al detective:

–Nuestro abogado nos ha pedido que no digamos nada y que no os dejemos entrar. –Alzó las manos. «No es cosa mía, solo obedezco órdenes»–. Lo siento.

Dejé a Daniel y a Tyler en el porche con los policías y subí a vestirme y a abrir la ventana de mi habitación. Oí a Bricks y al agente Fraize dar vueltas, examinar el perímetro, deteniéndose aquí y allá mirando por las ventanas. Ojos, ojos por todas partes.

El detective Charles estaba cerca del garaje. También miraba a través de las ventanas y a veces se agachaba para inspeccionar algo que había encontrado en el suelo. El corazón iba a estallarme en el pecho y ni siquiera pude preguntarle a Daniel por Laura, de tan ocupado como estaba él observando lo que hacían en el porche.

El taxi de Everett no tardó en aparecer. Lo dejó en mitad del camino de entrada. Al bajar del taxi se quedó paralizado por un instante. Luego recogió sus maletas. Yo sabía que estaba intentando recomponerse. Procesaba la situación. Acababa de encontrarse con el hermano de su prometida y otro tipo en el porche. Había dos coches de policía y uno sin matrícula en la carretera. Los agentes rodeaban la casa. Salí. Nuestras miradas se encontraron en cuanto cerré la puerta mosquitera. Se presentó a los agentes con una actitud muy profesional, al más puro estilo Filadelfia, lo cual en verdad no era la mejor de las ideas, pero sabía lo que se hacía.

–¿Tienen una orden de registro? –preguntó al detective incluso antes de dirigirme la palabra.

Allí estaba el Bueno de Everett. El Eficiente Everett.

–La estamos tramitando.

–Eso es un no, entonces –dijo Everett.

–Queremos hacerles unas preguntas. Puede quedarse, si quiere. La orden llegará. Se lo puedo asegurar.

–Genial. Entonces, cuando la tengan, podrán volver. No van a responder ninguna pregunta, así que lárguense. Salgan de esta propiedad, caballeros.

Luego me dijo:

–Entra, Nicolette.

Nadie se movió, ni siquiera yo.

–Como ustedes prefieran. Quédense aquí y presentaré una queja al estado.

«No es así como se hacen las cosas por estos lares.» Nos hace parecer culpables. Las apariencias lo son todo.

–No es mi propiedad –intervine–. Aún no. No sé lo que mi padre querría...

–Nicolette –me cortó Everett–. Entra en la casa.

Bricks arqueó las cejas, pero no se interpuso. Todos se dirigieron lentamente hacia sus coches. Pero no se fueron. El vehículo sin matrícula permaneció aparcado en la calle. El agente Fraize hablaba con el detective a través de la ventanilla.

–Entremos –dijo Everett, logrando que todos, al fin, le siguiéramos dentro.

–¿Y tú eres...? –preguntó cuando la puerta se cerró a sus espaldas.

–Tyler Ellison.

El silencio que siguió fue largo y siniestro. Duró hasta que Daniel empezó a dar vueltas por la sala.

–No se van –dije.

–Están esperando la orden de registro, y mientras tanto se aseguran de que nadie se vaya. Joder –dijo Everett, dejando las maletas cerca de la entrada–. ¿Le importaría a alguien decirme cuándo empezó toda esta mierda? Acababa de irme, joder.

El medicamento que me había recetado el médico para dormir estaba sobre la mesa, sin abrir. Vi que lo miraba, y luego nos miró a Tyler y a mí: mi pelo mojado, sus pies descalzos.

–Han encontrado el cadáver de Annaleise –dije–. Alguien le disparó. –Daniel se puso tenso–. Y también han encontrado una carta en la que nos acusa de la desaparición de Corinne.

–¿Acusa a quién? –preguntó–. ¿A tu padre? ¿A todos vosotros?

–Es complicado, Everett.

–Ponme a prueba.

No podía mirarle a la cara. Era evidente que quería entenderlo. Todavía quería creerme. Esperaba algo de mí.

Pero cada uno debe pagar sus deudas.

Me dirigí a Daniel, que estaba apoyado en la pared.

–Vete a casa. Cuida de Laura –dije.

Me pregunté si lo sabía. Si lo sospechaba. Seguro que se había dado cuenta de la desaparición de la llave del estudio de Annaleise; quizá pensó que Laura la había encontrado y se la había quedado, castigándolo así en silencio. Después de todo, aquella noche había salido. Me pregunté si él habría preguntado por ella. O si había ido a su casa para comprobar que la pistola siguiera en su sitio. Si había dicho alguna cosa al respecto.

Me acerqué y le abracé.

–Gracias por venir –dije. Y le susurré al oído–: Después del bar te fuiste a casa. Laura estaba en casa. Estabais juntos. –Él me rodeó con sus brazos y apoyó su cabeza en mi hombro, dándome a entender que me había oído–. Asegúrate de que nadie encuentra la pistola de papá.

Sentí cómo su cuerpo se transformaba a medida que comprendía. No me miró, mantuvo la cabeza baja y se mesó el pelo mientras se dirigía lentamente hacia la puerta.

Cuando se acercaba a su coche para marcharse, el agente Fraize lo paró. Daniel levantó los brazos.

–¿Qué le están haciendo?

Apreté los puños contra la ventana mientras el agente Fraize cacheaba a Daniel antes de darse por satisfecho y dejar que se marchara.

–Al parecer han pedido la orden para encontrar un arma –dijo Everett–. Se están asegurando de que Daniel no se la lleva. –Permaneció en silencio. Luego dijo–: Nicolette, ¿hay algún arma por aquí?

–¿Disculpa? –Me volví para mirarle a la cara–. No, no hay ningún arma aquí, Everett.

Él volvió a mirar por la ventana, entrecerrando los ojos para protegerse del sol.

–Ha llegado el momento de que me digas qué cojones está pasando aquí.

Retrocedí y me volví hacia Tyler, que estaba sentado en el sofá en silencio.

–Tú también deberías irte a casa –dije.

Tyler sacudió la cabeza, me miró a mí y después a Everett, y dijo:

–Estaré fuera.

Al salir, la puerta mosquitera se cerró de golpe. Tyler se sentó en el primer escalón con la barbilla apoyada en las manos.

Everett y yo entramos en la cocina. Me volví hacia él. Estaba demasiado cerca.

–Vale. Esto es lo que pasa. Annaleise Carter está muerta –dije– y está tratando de arrastrarnos a la tumba con ella. Dejó una carta en la que decía que si querían saber qué había pasado con Corinne, tenían que investigarme a fondo. Que el cadáver de Corinne estaba en esta casa.

–¿Y por qué iba a hacer eso Annaleise? ¿Por qué se inventaría toda esa historia?

–Porque estaba harta. El mundo está lleno de gente como ella, Everett. ¿Sabes a cuántos veo cada día? Y esos son solo los que puedo ver.

–Pero Annaleise está muerta, Nicolette. Alguien la mató con carta o sin ella. ¿Sabes a qué me recuerda todo esto?

–Ya veo. ¿Me tomas por estúpida?

–Están tramitando una orden de registro. ¿Qué crees que van a encontrar?

–¡No lo sé! –dije.

Everett se aproximó y yo retrocedí.

–¿Qué ha estado diciendo por ahí tu padre? ¿Por qué querías mantener a los polis lejos de él? ¿Por qué necesitabas que cerrara el pico?

–Dame un respiro –dije, poniendo mi mano en su pecho.

Abrí la nevera, cogí un refresco. Estaba ganando tiempo, necesitaba pensar.

Él se detuvo, las manos a uno y otro lado, inertes. Continuó:

–Vale, te lo diré de otra manera. Te llaman al estrado. Un abogado pregunta: «¿Qué le ocurrió a Corinne...?».

–Prescott –dije.

–¿Qué le ocurrió a Corinne Prescott? ¿Qué es lo que dirías bajo juramento, subida al estrado?

Me llevé el refresco a la boca, pero él esperaba una respuesta. El gas burbujeaba en mis labios.

–Bueno –dije al fin–, creo que me acogería a la Quinta Enmienda.

–Esto no es una película, Nicolette. Además, la Quinta Enmienda solo es admisible para protegerse uno mismo.

Miré por la ventana trasera y bajé la voz:

–Everett... ¿es esto una conversación profesional? ¿Lo que digamos será confidencial?

Dejé la bebida sobre la mesa y le miré. Odiaba la forma en que me miraba, con la cabeza inclinada hacia un lado. ¿Qué estaba buscando? ¿Qué veía?

Se tambaleó, o es posible que le empujara. Mi mano estaba tensa, insensible, no podría asegurarlo.

–¿Qué has hecho, Nicolette? –susurró.

Everett vivía en un mundo distinto al mío. En un lugar en el que las injusticias estaban en cualquier parte menos en su vida. Su percepción de la moral no se veía afectada. En su mundo no había matices. No podía internarse en la oscuridad, ni llevársela consigo a casa, ni amarla. Nunca abriría su corazón a un monstruo. ¿Acaso sería capaz de esconder un cadáver para encubrir a su hija? ¿Movería un cuerpo por su hermana? El mundo de Everett era teórico, nunca había sido puesto a prueba. ¿Qué era lo que me había contado? ¿La terrible experiencia que nadie más sabía sobre él?

Había visto morir a alguien.

¿Y ahora quería saber qué había hecho yo? Muchas cosas. Había asesinado a Corinne. Era la única explicación que me quedaba, sin importar quién hubiera sido el culpable. La había abandonado en la cuneta. Había mentido a la policía entonces, y mentía ahora. Vivía con su cuerpo bajo mi casa. Había huido de mi ciudad y de Tyler por culpa de aquello. Había dejado que ellos recogieran los pedazos.

Pero a Everett no le debía aquella verdad.

«Paga tus deudas –insistió ella–, como todo el mundo.»

Recordé mi apartamento, con los muebles pintados, y la placa con mi nombre en la mesa de mi despacho. Recordé haberme despertado junto a él, en la oscuridad, la noche en que Daniel me había llamado y yo había ignorado su llamada.

–Me he acostado con Tyler –le dije.

Con Everett todo era complicado, y aquél era un punto ciego. No se lo esperaba. Y le hundió.

–Dilo otra vez –dijo.

Retrocedí hasta sentir el tacto frío e impersonal de la pared a mi espalda.

–Me he acostado con Tyler –repetí, con el corazón a punto de estallarme en el pecho.

Tyler estaba fuera. Everett y yo estábamos solos, y quería ver qué era capaz de hacer. Si iba a salir y golpear a Tyler. Si me cogería por los hombros y me zarandearía. Si me diría cosas que permanecerían grabadas a fuego en mi mente. Pero no hizo nada de eso. Cerró los ojos, bajó la cabeza y retrocedió. Everett no era así. No mataría, no movería un cadáver, no mentiría para salvar o para culpar a nadie. Era mucho mejor persona que todos nosotros.

–Empiezo a encontrarme mal –dijo.

Dejó que ambos pensáramos que era debido a mi infidelidad.

Llamó a un taxi. Tuvo que hacerlo desde mi teléfono, porque el suyo no tenía cobertura, y le costó bastante pedírmelo. De hecho, ni siquiera me miró mientras esperaba a que llegara, ni me dirigió la palabra cuando me senté a la mesa frente él y me puse a tamborilear los dedos.

El taxi llegó por fin. Cogió sus maletas y se dirigió a la entrada, sin mirar a Tyler. No había ni un atisbo de violencia en su comportamiento.

–Lo siento –dijo mientras yo permanecía en el porche, junto a la puerta mosquitera.

No, me equivocaba. Mientras se iba, me cogió del brazo y me susurró algo junto a la oreja, algo acerca de cuánto me había querido, y también otra cosa del estilo «cómo pudiste» o «espero que seas feliz» –meras palabras vacías– que no pude oír bien porque me preocupaban más sus dedos que se clavaban en mi piel y pellizcaban un nervio, las rodillas que se aflojaban mientras mi boca se entreabría a causa de un dolor mudo.

Para cuando se fue, los moratones ya se estaban formando.

Me senté junto a Tyler en los escalones y vimos como se iba el taxi.

–¿Estás bien? –preguntó.

–Vamos –dije–. Entremos.

Volverían. Eso había dicho Everett. Volverían con una orden, y nos estaban vigilando. En cuanto se cerró la puerta, me acerqué a Tyler y dejé que me abrazara.

–Hay una llave en el respiradero. He de deshacerme de ella –dije.

Decidimos tirarla por el retrete y utilizar la escobilla para asegurarnos de que la llave fuese engullida. Pero antes estudié la intrincada silueta de la «A» en el llavero y le dije que lo había encontrado en casa de Daniel. Le conté todo lo que creía que había pasado con Daniel y Laura. Le susurré todo aquello bajo el murmullo del agua del grifo mientras él limpiaba la suela de sus botas.

Distinguí una fina línea que recorría la parte central del llavero e instintivamente tiré de ambos lados. Se desprendió una tapa. El llavero era en realidad un lápiz USB.

Mi anillo a cambio de aquel USB. Al final, parece que también había pagado aquella deuda.

Me pregunté cuándo había sentido Annaleise aquella conexión entre ella y Corinne que creía inquebrantable. Si antes de ver las fotos o después. Si todo había empezado, en realidad, aquella noche en la feria.

Me imaginé a Corinne mirando a otro lado después de que Daniel la apartara, y a Annaleise contemplándolo, y los ojos de ambas encontrándose durante un breve instante. Me imaginé a Annaleise viendo a Corinne romper a llorar, sola. Quizá era algo que nunca hubiera debido presenciar. O quizá Corinne vislumbró la oscuridad interior de Annaleise. Algo que las unía a ambas.

O quizá fue una situación breve y simple, como muchos momentos a los que luego les conferimos una carga demasiado emocional. Quizá Corinne no se dio cuenta de que ella estaba allí, pero Annaleise vio lo que tenía que ver. Algo que la unía a ella, o que la consolaba: que Corinne también podía desmoronarse; que incluso las más fuertes también se sienten solas; que aunque todo el mundo te quiera, también puedes estar triste. Deseé que la hubiera amado en aquel momento, que la hubiera amado como nadie jamás lo había hecho.

O quizá no fue hasta más tarde, cuando vio las fotografías y todo encajó.

Sé lo que es marcharse de tu ciudad, volver, no encajar. Sentir la distancia que se crea entre lo que eres y lo que viviste. Pero Annaleise no podría haber encajado en otro sitio. No se dejaba llevar lo suficiente. Era una chica solitaria, y se volvió más solitaria aún al hacerse mayor. Había vuelto al único lugar que conocía.

Quieres creer que no eres la persona más triste del mundo.

Annaleise descubrió en aquellas fotografías que había alguien más triste que ella. Descubrió a aquella otra chica triste, solitaria. La encontró en una fotografía vieja y oscura, envuelta en una manta. Pero quería más. Quería saber lo que sabían Jackson y Daniel, Bailey y Tyler. Quería servirse de la culpa de mi padre. Y al aparecer yo le supuse un nuevo reto. Quería servirse también de mí.

Vi a Annaleise mirar con nostalgia la fotografía del cadáver de Corinne. «¿Soy tú? –se preguntaba–. ¿En esto nos convertimos? ¿Así es como nos desvanecemos y desaparecemos?»

El bosque tiene ojos. Y monstruos. E historias.

Somos parte de todo ello en la medida en que ello forma parte de nosotros.

Poco antes de que anocheciera llegó otro coche. Las luces de colores iluminaban la gravilla. El detective Charles subió los escalones del porche, orden en mano, detallando lo que habían venido a buscar.

Everett estaba en lo cierto. Buscaban una pistola. Una pistola y un cadáver. Me hice a un lado, relajada tras haber quemado el libro de cuentas de mi padre y todas las facturas. La historia de lo que había pagado por mí, por el silencio de Annaleise. «Llego tarde –me había dicho en Grand Pines. No había pagado a tiempo–. Mi hija está en peligro».

Mark Stewart se sentó a la mesa con Tyler y conmigo, como una niñera, aunque no se atrevió a mirarnos directamente a ninguno de los dos. Una hora después, cuando llegaron con las máquinas, salí al porche. Levantaron de nuevo el suelo del garaje, como si el cemento fresco fuera prueba suficiente. Cavaron por todo el jardín. Trajeron un perro que olisqueó por toda la casa e incluso hasta el arroyo seco. Pero tampoco encontraron nada. Ya entrada la noche, yo estaba en la cocina con Tyler y los agentes habían empezado a marcharse cuando llegó Hannah Pardot. Tenía el pelo más largo, los rizos teñidos de un color más oscuro y había cambiado su pintalabios rojo por otro granate. Sus gestos eran más delicados, pero su rostro más duro. Y seguía sin sonreír.

–Nic Farrell –dijo–. Así que hasta aquí hemos llegado.

Como en los viejos tiempos. Parecía que retomábamos una conversación interrumpida momentos antes.

–Aquí no hay nada –dije.

Se sentó en una silla frente a mí.

–Recuerdo a Annaleise Carter. Era la coartada de tu hermano, ¿no? En realidad, era la de todos.

–Lo sé.

Sacó un papel de una bolsa de plástico. Una prueba sacada de la escena del crimen.

–Cuando la mataron llevaba esto encima, Nic. Explícamelo.

«Te desafío a que lo hagas.»

La carta era en realidad un pequeño rectángulo de papel, y la letra era clara. Probablemente lo había sacado del bloc del motel. Pero la tinta estaba corrida por culpa de la lluvia, y el papel se había ablandado.

–Volví a casa, Tyler la había dejado, nos culpó a los dos. No era una buena persona, detective.

Hannah ladeó la cabeza cuando el detective Charles llegó y se puso detrás de ella.

–Mentiste sobre tu relación con Tyler –dijo–. O bien mientes ahora o mentías entonces. En cualquier caso, es difícil creerte.

–Usted mintió primero, detective. Cuando se plantó en el patio de mi casa y me dijo que no quería que Tyler se metiera en ningún lío. Por favor.

Hannah le miró, pero luego volvió a centrarse en mí.

–Explícamelo. ¿Quién, además de vosotros dos, que sois los que aparecéis en la carta, querría verla muerta?

–Usted no conocía a Annaleise. Tenía un montón de enemigos. –La miré–. Pregunte a sus compañeros de clase de entonces. Le gustaba dejarles en evidencia, contar sus secretos. Era como si les desafiara a tomar represalias. Estoy segura de que se metió en un lío sin darse cuenta. Se creía mejor que nadie. Investíguela igual que hizo con Corinne. Y verá.

–¿Es eso cierto? –quiso saber Hannah Pardot.

–Sí –dijo Tyler.

«¿Acaso no ha oído lo que le he dicho? Incitaba al odio, al deseo. No es culpable de nada, pero tampoco inocente.»

«Se lo buscó, usted ya me entiende.»

–De acuerdo, entremos en detalles, ¿vale? Ya sabes cómo funciona esto.

Hannah colocó la grabadora en mitad de la mesa.

–¿Dónde estabais, los dos, la noche en que ella desapareció?

–Yo aquí, limpiando la casa –dije.

–¿Hay alguien que pueda confirmarlo?

–Tyler. Le llamé. Estaba en el bar, y vino. Rompió con Annaleise aquí mismo. Quería hacer lo correcto. Y se quedó a dormir.

–Así que uno es la coartada del otro y viceversa, ¿verdad?

Tyler se acomodó en su silla.

–Jackson Porter estaba conmigo cuando Nic me llamó. Vio que me iba. Sabía que venía hacia aquí.

Hannah puso los brazos sobre la mesa.

–Tu padre tiene registrada un arma a su nombre.

–¿Ah, sí?

–Sí. ¿Sabes dónde podría estar?

–No la he visto por ningún sitio –dije, encogiéndome de hombros–. Se mudó hace un año. La puerta trasera lleva rota bastante tiempo. Tengo que arreglarla. De hecho, el otro día entró alguien en casa. –Miré al detective Charles–. Podría habérsela llevado cualquiera.

Hannah se mordió el labio inferior.

–El cemento del garaje estaba fresco. ¿Qué estabais haciendo, Nic? ¿Tyler? Entiendo que la ayudaste.

–Lo estábamos acabando –dijo Tyler.

–Para mi padre –añadí. Y sonreí–: Siempre le cayó usted bien, Hannah.

Ella frunció el ceño.

–Creía que ibas a casarte con un abogado en Filadelfia.

–¿Ves algún anillo? –pregunté.

Ella se removió en su asiento.

–Firmaste unos papeles para conseguir la custodia de tu padre y poder vender la casa. Hemos visto esos papeles.

Mi mente se perdió, pero solo durante un instante. Sacudí la cabeza y sonreí para mí misma.

–No, no es para venderla. No hay ningún cartel. No está en el mercado. Tenemos una cita en el juzgado por lo de la custodia. Voy a traérmelo a casa conmigo.

Lo dije como si lo hubiera planeado desde el principio.

La distancia, como el tiempo, solo es una creación humana.

Todas las piezas del rompecabezas van cayendo en un precioso *crescendo*, con el objetivo de guiarme sana y salva de vuelta a casa.

TRES MESES DESPUÉS

En algún lugar hay un almacén repleto de muebles restaurados. Y cuando se acaba el dinero y no me encuentran porque no he dejado una dirección, los subastan o los tiran a uno de los contenedores del aparcamiento que hay justo detrás del edificio.

Esa persona desaparecerá. Será un fantasma en su recuerdo.

He cambiado mi número. Es más fácil así.

El anillo no apareció. Puede que el hermano de Annaleise lo encontrara antes de que llegara la policía. Puede que su madre lo escondiera para salvarla de algo que no entendía. Puede que esté en su bolso, enterrado, con el resto, sea donde sea que Daniel lo dejó. Puede que aparezca algún día, transformado en un coche nuevo, en un garaje reformado o en un año de universidad.

Nada se pierde para siempre aquí.

Desmontaron la vida de Annaleise y volvieron a montarla. Preguntaron a sus familiares y a la gente que había ido al colegio con ella, preguntaron en la universidad, indagaron en su pasado. Yo ya había hablado lo suficiente. No tenía por qué volver a hacerlo. Lo sabía gracias a Everett.

Tyler también dejó de hablar, y luego Jackson, Daniel y Laura, hasta que nos convertimos en una ciudad sin voz. ¿Acaso podían culparnos después de lo que pasó la última vez? Había rumores sobre nosotros. Pero puedo soportarlos.

Si existiera una caja que contuviera todo lo que generó la investigación del caso de Annaleise, esto es lo que encontraríamos al abrirla: una carta doblada, dirigida al Departamento de Policía de Cooley Ridge; el informe de la autopsia, en el que se leería algo parecido a «herida de bala en el pecho, limpia, sin más»; otras pruebas, casi todas descartadas; sus registros telefónicos, que Daniel explicó –«Le dije que dejara de llamar. Me estaba acosando»– con el bebé en brazos; y mentiras: «Estaba en casa conmigo –había jurado Laura–. Llegó justo después de medianoche. Había estado en el Kelly's. Pasamos la noche juntos. Yo tenía acidez a causa del embarazo. Me hizo un plato de pasta para asentarme el estómago. Estuvo aquí conmigo todo el tiempo.»

Estábamos acabando de arreglar la casa. Primero terminamos el garaje, para papá. A veces me parecía que se había curado, porque la vuelta a casa le había sentado bien, le sentaba bien estar rodeado de cosas que recordaba. Pero de vez en cuando salía de casa y no volvía, se perdía por la ciudad. Siempre había alguien que lo traía de vuelta. Y a veces entraba en casa por la mañana, se sentaba a la mesa de la cocina y me llamaba Shana, como si hubiera podido retroceder en el tiempo. Esos días solía dirigirse a mi tripa y decía: «Espero que esta vez sea una niña. Necesita una hermana. Alguien a quien proteger. Haría de él un buen hombre».

Una semana después de llevarnos a papá con nosotros a casa me di cuenta de que tenía una falta. Y a las dos semanas me sentí como aquel día en el cuarto de baño de Corinne, dos días antes de que todo cambiara. Las náuseas, el cansancio.

Tyler había reformado todas las habitaciones. Por fin teníamos un lugar para nosotros. Mi antigua habitación sería la habitación del bebé. La antigua habitación de Daniel sería el despacho de Tyler. Tenía que renovar la habitación de mis padres para que yo pudiera dormir en ella. Volveríamos a pintarla, pondríamos una nueva alfombra y compraríamos muebles nuevos. Pensé en Laura, en todo lo que le había pedido a Daniel cuando estaba embarazada, y la entendí.

Aunque siempre estoy cansada, tengo problemas para conciliar el sueño. A veces no soy capaz de diferenciar el día de la noche. No sé si estoy despierta o dormida.

Y a veces vuelve a temblarme la mano derecha. Tengo que pegármela al cuerpo, al estómago, para mantenerla firme. Todavía estoy asustada. Siento que todo está demasiado cerca de la superficie. Que bastaría un pequeño empujón para que todo lo que hemos construido se derrumbara y quedáramos expuestos.

Pero aún no ha ocurrido.

Y no creo que ocurra.

Todo va a ir bien.

¿Cómo puedo dormir después de todo lo que pasó?

No creo que ayude a nadie en este momento decir que Corinne era hermosa, y un monstruo, y que una vez la quise. Y que al final la abandoné, como todos los demás. Que al final me obligó a matarla.

Eso es. Ahí va mi confesión. Corinne era la persona más decidida que he conocido nunca. Sabía en todo momento lo que estaba haciendo. Tenía que saberlo. Por eso puedo dormir por las noches.

Pero a veces solo puedo pensar en ella. En la noche en que se plantó en mitad de la carretera y me miró a los ojos. A veces, cuando estoy a punto de conciliar el sueño, veo sus ojos, deslumbrados por la luz de los faros, que me miran.

En noches como esta, Tyler me atrae hacia sí como solo él sabe hacerlo.

Y me siento en casa. Me siento en un lugar en el que los secretos no existen, donde nada está enterrado: ni el pasado ni tú misma. Donde puedes ser la versión que te apetezca de ti misma, o todas a la vez, y verlas reflejadas de vuelta, mientras bajas las escaleras que solías bajar, recorres los mismos pasillos, entras en las mismas habitaciones. Sentir que compartes la cocina con el fantasma de tu madre cuando te sientas a la mesa, oír hablar a tu padre entonces, mientras cenabais. Ver que viene tu hermano a decirte que debes hacer las cosas mejor de lo que las haces, ser más fuerte de lo que eres; que se pasa por aquí para comprobar que todo va bien. Y Tyler. Por supuesto, Tyler.

Por un lado están las cuatro paredes que te devuelven el eco de aquello que has sido y aquello que has hecho, y por otro la gente que no te abandona, hayas hecho lo que hayas hecho. Que lo aguanta. Que se queda precisamente por eso.

Un sitio en el que puedes dejar de tener miedo a la verdad. En el que dejas que la verdad forme parte de ti. Te la llevas contigo a la cama. La miras fijamente a la cara y dejas que rodee tus hombros con su brazo.

La verdad, sí.

La verdad es que me aterroriza pensar en todo lo que podría perder y en lo cerca que voy a estar siempre de perderlo. Pero ya me ha pasado antes. Y he sobrevivido.

Me gusta pensar que eso fue lo que Everett vio en mí y lo que Tyler sabe. Que he sobrevivido. Solo es una cosa. Pero lo es todo.

«Invéntate.»

«Empieza de nuevo.»

AGRADECIMIENTOS

Gracias a mi agente, Sarah Davies, que me animó a escribir esta historia cuando no era más que una idea, que me dio un sinfín de inestimables consejos durante el tiempo que pasé escribiéndola y cuyo apoyo inquebrantable y su fe en este proyecto le dieron vida.

Gracias a mi editora, Sarah Knight, que supo cómo hacer de esta novela algo aún mejor y me ayudó a conseguirlo. Siempre le agradeceré su visión y su talento. Y a todo su equipo de Simon & Schuster, especialmente a Trish Todd y Kaitlin Olson.

Gracias a Megan Shepherd, que leyó tantos borradores de este libro que ya he perdido la cuenta, y a Elle Cosimano, Ashley Elston y Jill Hathaway, por todas las sesiones de *brainstorming*, los consejos y la amistad. Muchas gracias a todos en Bat Cave 2014, por su comprensión y por todos los ánimos que me dieron.

Y por último, gracias a mi marido, Luis, a mis padres y a mi familia por todo su apoyo.

ÍNDICE

Título de la edición original: *All the Missing Girls*
Traducción del inglés: Laura Fernández Domínguez,
cedida por Los Libros del Lince, S. L.

Diseño: Planeta Arte & Diseño
Ilustración de la sobrecubierta: broad daylight / Millennium Images UK

Círculo de Lectores, S. A. U.
Av. Diagonal, 662-664, 08034 Barcelona
www.circulo.es
1 3 5 7 9 7 1 1 2 8 6 4 2

Licencia editorial para Círculo de Lectores
por cortesía de Los Libros del Lince, S. L.

Depósito legal: B.27547-2017
Fotocomposición: Dpto. de Realización de Círculo de Lectores, Barcelona
Impresión y encuadernación: RODESA (Rotativas de Estella, S. A.)
Navarra, 2017. Impreso en España
ISBN 978-84-672-7129-4
N.° 26844